UMA CURVA NO RIO

TRADUÇÃO
CARLOS GRAIEB

"V. S. Naipaul é um circum-navegador literário que só se sente em casa dentro de si mesmo, dentro de sua voz inimitável. Mantendo-se alheio a modismos e clichês literários, ele mistura diferentes gêneros para construir o seu próprio, no qual a divisão usual entre ficção e não ficção possui importância apenas secundária." As palavras da Academia Sueca ao atribuir o prêmio Nobel de literatura de 2001 a Naipaul aplicam-se de modo notável a *Uma curva no rio*, originalmente publicado em 1979. Ambientado na África durante o período conturbado da descolonização do continente, entre as décadas de 1960 e 1970, o romance é uma exuberante demonstração da arte narrativa do autor de *Os mímicos* e *Entre os fiéis*.

Salim é um jovem de origem indiana nascido no litoral de uma colônia britânica no leste do continente. Sua família, fixada há gerações numa modesta propriedade, dedica-se ao comércio entre as margens do oceano Índico. Nas costas daquele mar muito navegado, árabes, hindus, europeus e africanos ainda convivem em relativa harmonia, integrados às rotas comerciais desenhadas entre os portos de mercadorias e, até o século XIX, também de escravos. Entretanto, a segurança da antiga comunidade de Salim encontra-se ameaçada pela iminência da conquista da colônia por forças nacionalistas, que prenuncia uma era de expropriações e massacres para pessoas de origem estrangeira. O protagonista e narrador então resolve aceitar a oferta de Nazruddin, um parente bem-sucedido e cosmopolita, e assumir um de seus negócios na África central — uma loja de quinquilharias numa pequena cidade no meio da selva, quase totalmente destruída pela guerra civil, mas que lentamente se reergue das ruínas.

Situada às margens de um grande rio que nunca é nomeado, assim como o país a que pertence (pode-se, entretanto, supor que se trate do ex-Congo Belga), a cidade que Salim escolhe para iniciar a construção de seu futuro é uma espécie de microcosmo da África recém-emancipada, com sua caótica mistura de medo, esperança e violência. Dotado de um agudo poder de observação, o narrador torna-se uma espécie de testemunha da história da cidade desde o posto privilegiado do balcão de sua loja. Naipaul conduz o leitor pelos volteios da narrativa de Salim com uma escrita que confronta os ritmos milenares das águas do rio ao bárbaro choque de modernidade sofrido pela África após a descolonização, realizando uma poderosa alegoria da história política e social do continente.

UMA CURVA NO RIO

V. S. NAIPAUL

25 ANOS
COMPANHIA DAS LETRAS

Aos meus amigos
Nadira K. Alvi e Nancy Sladek,
Andrew Wylie e Geordie Greig

PRIMEIRA PARTE

A SEGUNDA REVOLTA

1

O mundo é o que é; homens que não são nada, os que se deixam tornar-se nada, nele não têm lugar.

Nazruddin, que me vendera barato a loja, achou que eu teria dificuldades ao assumir o negócio. O país, como outros na África, vivera distúrbios depois da independência. A cidade no interior, na curva do grande rio, quase deixara de existir; Nazruddin disse que eu precisaria começar do zero.

Parti da costa dirigindo meu Peugeot. Não é o tipo de viagem que se possa fazer hoje em dia na África — do litoral diretamente ao centro. No caminho, há um grande número de lugares fechados ou cheios de sangue. E, mesmo naquele tempo, quando as estradas estavam mais ou menos abertas, o trajeto me tomou mais de uma semana.

Não foram só os areais e os atoleiros, as estradas serpeantes, esburacadas e estreitas subindo pelas montanhas. Havia toda aquela negociação nos postos de fronteira, aquelas barganhas na floresta, do lado de fora de cabanas de madeira que ostentavam bandeiras estranhas. Eu tinha de convencer os homens armados a nos deixar passar — eu e o meu Peugeot —, apenas para encontrar mato e mais mato. E depois eu tinha de arengar mais ainda, e desfazer-me de mais dinheiro, e ceder mais um pouco de minha comida enlatada, para sair — com o Peugeot — dos lugares em que convencera alguém a nos deixar entrar.

Algumas dessas negociações podiam levar a metade de um dia. O encarregado do lugar pediria uma quantia ridícula — dois ou três mil dólares. Eu diria não. Ele entraria em sua cabana como se não houvesse nada mais a discutir; eu ficaria do lado de fora, porque não havia outra coisa que pudesse fazer. E aí, depois de uma hora ou duas, eu entraria na cabana, ou ele sairia dela, e fecharíamos um acordo por dois ou três dólares. Era como Nazruddin dissera, quando lhe perguntei sobre vistos e ele disse que dinheiro era melhor. "Você sempre pode entrar nesses lugares. O difícil é sair. É uma luta particular. Cada um tem de achar seu caminho."

Conforme eu me aprofundava na África — os descampados, o deserto, a subida rochosa das montanhas, os lagos, a chuva das tardes, a lama e depois o outro lado, o lado mais úmido das montanhas, as florestas de samambaias e as florestas dos gorilas —, conforme eu me aprofundava, refletia: “Mas isto é loucura. Estou indo na direção errada. Não pode haver uma nova vida no final disto”.

Mas fui em frente. Cada dia na estrada era como uma conquista; a conquista de cada dia fazia com que fosse mais difícil voltar atrás. Eu não conseguia deixar de pensar que nos velhos tempos também fora assim, com os escravos. Eles haviam feito a mesma jornada. A pé, é claro, e na direção oposta: do interior do continente para a costa ocidental. Quanto mais eles se distanciavam do interior e de sua área tribal, mais diminuía a probabilidade de fugirem das caravanas e voltarem para casa, mais temerosos eles ficavam dos africanos estranhos que viam ao seu redor, até que finalmente, no litoral, já não causavam problema nenhum e mostravam-se positivamente ansiosos para entrar nos barcos e ser transportados para um lar seguro do outro lado do oceano. Como o escravo distante de casa, tudo o que eu queria era chegar. Quanto maiores os contratempos da viagem, mais disposição eu sentia para seguir adiante e abraçar minha nova vida.

Quando cheguei, descobri que Nazruddin não mentira. O lugar tivera problemas: a cidade na curva do rio estava em boa parte destruída. O bairro europeu próximo às quedas-d’água fora incendiado e o mato crescera entre as ruínas; era difícil distinguir o que fora jardim do que fora rua. As áreas oficiais e comerciais próximas das docas e da alfândega haviam sobrevivido, assim como certas ruas residenciais no centro. Mas não restava muito além disso. Mesmo as *cités* africanas só estavam habitadas nas esquinas, mostrando-se arruinadas em outros pontos, com muitas das casas baixas de concreto, pintadas de azul ou verde-pálido e semelhantes a caixotes, abandonadas e infestadas de trepadeiras tropicais que cresciam rápido e morriam rápido, formando tapeçarias marrons e verdes nas paredes.

A loja de Nazruddin ficava numa praça que abrigava um mercado. Cheirava a rato e estava repleta de fezes, mas intacta. Eu comprara o estoque de Nazruddin — mas dele não vi sinal. Também havia pago por sua freguesia — mas isso já não queria dizer nada, porque um grande número de africanos voltara para a mata, para a segurança de vilas escondidas em afluentes de difícil acesso.

Depois de toda a ansiedade para chegar, não encontrei quase nada que pudesse fazer. Mas não estava sozinho. Havia outros comerciantes, outros estrangeiros; alguns haviam presenciado os distúrbios. Esperei com eles. A paz se manteve. As pessoas começaram a voltar para a cidade; os quintais da *cité* se encheram. As pessoas começaram a ter necessidade dos bens que podíamos fornecer. E os negócios, devagar, recomeçaram.

Zabeth estava entre os meus primeiros clientes regulares. Era *marchande* — não uma comerciante, mas uma varejista, à sua maneira modesta. Pertencia a uma comunidade de pescadores, quase uma pequena tribo, e todos os meses vinha de seu vilarejo até a cidade para comprar sua mercadoria por atacado.

De mim, comprava lápis e cadernos, giletes, seringas, sabão, pasta e escovas de dente, tecido, brinquedos de plástico, panelas de ferro e frigideiras de alumínio, utensílios esmaltados e bacias. Essas eram algumas das coisas simples que os habitantes do vilarejo de Zabeth precisavam buscar no mundo exterior, coisas de que se haviam privado durante os distúrbios. Não eram bens essenciais nem luxos; eram coisas que tornavam o cotidiano mais simples. As pessoas aqui tinham muitas habilidades; sabiam se virar sozinhas.

Curtiam couro, teciam, fundiam ferro; transformavam grandes troncos de árvore em barcos e pequenos troncos em pilões de cozinha. Mas, para pessoas à procura de um vasilhame maior, que não vazasse nem contaminasse a comida e a água, imagine que bênção era uma bacia esmaltada!

Zabeth sabia exatamente do que as pessoas de seu vilarejo precisavam e quanto aceitariam ou teriam condições de pagar. Os comerciantes do litoral (inclusive meu pai) costumavam dizer — especialmente quando tentavam consolar-se por causa de uma compra ruim — que tudo, mais cedo ou mais tarde, achava um comprador. Não era o que acontecia aqui. As pessoas se interessavam por coisas novas — como as seringas, o que foi uma surpresa para mim — e até por coisas modernas; mas suas preferências haviam se estabelecido em torno dos primeiros exemplares aceitos desses objetos. Depositavam sua confiança num certo modelo, numa certa marca. Não adiantava tentar "vender" algo a Zabeth; eu tinha de me ater o máximo possível aos produtos usuais. Era um negócio enfadonho, mas desse modo se evitavam complicações. E isso contribuía para que Zabeth fosse a negociante boa e direta que era, algo incomum para uma africana.

Ela não sabia escrever nem ler. Levava suas complicadas listas de compras na cabeça e lembrava de quanto havia pago pelos produtos em ocasiões anteriores. Jamais comprava a crédito — odiava a ideia. Pagava em dinheiro, tirando as cédulas do *nécessaire* que levava consigo para a cidade. Todo comerciante conhecia o *nécessaire* de Zabeth. Não que ela desconfiasse dos bancos; ela não os entendia.

Eu lhe dizia, naquele dialeto ribeirinho que usávamos: "Um dia, Beth, alguém vai lhe arrancar o *nécessaire*. Não é seguro viajar por aí com o dinheiro desse jeito".

"Quando isso acontecer, Mis' Salim, vou saber que chegou a hora de ficar em casa."

Era uma maneira estranha de pensar. Mas ela era uma mulher estranha.

Esse "mis'" utilizado por Zabeth e outros era uma abreviação de "mister". Eu era "mister" porque era de fora, alguém do litoral distante, e também porque falava inglês; era "mister" de modo a ser distinguido dos outros estrangeiros ali residentes, que eram "monsieur". Isso, é claro, antes de o Grande Homem aparecer e tornar-nos a todos *citoyens* e *citoyennes*. O que foi aceitável durante algum tempo, enquanto as mentiras que ele nos fez viver não começaram a confundir e amedrontar as pessoas, fazendo-as decretar o fim de tudo aquilo e retornar ao princípio assim que um fetiche mais forte do que o dele foi encontrado.

A vila de Zabeth ficava a apenas uns noventa quilômetros dali. Mas era afastada da estrada — na verdade pouco mais que uma trilha; e era afastada do rio, também. Por terra ou por água, a viagem era difícil e levava dois dias. Por terra, durante a estação chuvosa, podia levar três dias. No começo Zabeth vinha por esse caminho, marchando com suas assistentes até a estrada e esperando lá por uma perua, um ônibus ou caminhão. Depois que os vapores voltaram a trafegar, Zabeth sempre usou o rio; e não era muito mais fácil.

Os canais secretos que atravessavam a vila eram rasos, cheios de troncos submersos e bancos de areia, infestados de mosquitos. Por esses canais, Zabeth e suas mulheres empurravam as canoas com varas até chegar ao rio. Lá, perto da margem, aguardavam o vapor, as canoas cheias de mercadorias — normalmente alimentos — que seriam vendidas aos passageiros do barco e da balsa que ele rebocava. A comida consistia sobretudo de peixes e macacos, frescos ou *boucanés*

— defumados à maneira do lugar, com uma grossa crosta negra. Às vezes havia uma cobra ou um pequeno crocodilo defumado, um tolete negro quase irreconhecível — mas com carne branca ou rosada por baixo da pele queimada.

Quando o vapor aparecia, com a balsa a reboque, Zabeth e suas mulheres avançavam até o meio do rio, deslizando rio abaixo com a corrente. O vapor passava; as canoas balançavam nas marolas; e chegava o momento crítico em que as canoas e a balsa se aproximavam. Zabeth e suas mulheres atiravam cordas para o deque inferior de aço, onde sempre havia mãos para agarrar as cordas e amarrá-las a algum balaústre, e as canoas, que antes deslizavam rio abaixo e contra a lateral da balsa, começavam a mover-se na outra direção, enquanto as pessoas na balsa atiravam pedaços de papel ou tecido sobre o peixe ou o macaco que desejavam comprar.

Esse atracar de canoas ao vapor ou à balsa em movimento era uma prática comum no rio, mas tinha seus perigos. Em quase toda viagem do vapor falava-se de alguma canoa que havia virado em algum ponto da rota interminável, e de pessoas que haviam se afogado. Mas o risco compensava: depois, sem grande esforço, *marchande* a vender os seus produtos, Zabeth era puxada rio acima até os limites da cidade. Perto das ruínas da catedral, um pouco antes das docas, ela soltava suas canoas para evitar os oficiais da alfândega, sempre ansiosos para recolher algum imposto. Que jornada! Tantas dificuldades e perigos para vender coisas simples de sua vila e levar outras coisas para as pessoas de lá.

Por um ou dois dias antes da chegada do vapor formava-se um mercado e um acampamento no espaço aberto diante dos portões das docas. Enquanto estava na cidade, Zabeth fazia parte desse acampamento. Se chovesse, dormia na varanda de alguma mercearia ou de algum bar; mais tarde passara a alojar-se numa pensão africana, mas no começo não existiam lugares desse tipo. Quando vinha à loja não havia nada em sua aparência que denunciasse a difícil viagem ou as noites a céu aberto. Vestia-se formalmente, à maneira africana, envolta em um tecido de algodão que, por vincos e dobras, enfatizava a grandeza de seu traseiro. Usava um turbante — uma peça no estilo de quem morava rio abaixo; e carregava seu *nécessaire*, com as notas amassadas que recebera das pessoas de sua vila e das pessoas do vapor e da balsa. Ela comprava, ela pagava; algumas horas antes de o vapor partir novamente, suas mulheres — magras, baixas, de cabelo ralo e roupas de trabalho rasgadas — vinham buscar as mercadorias.

A jornada rio abaixo era mais rápida, mas igualmente perigosa, com a mesma atracação e desatracação das canoas à balsa. Naquele tempo o vapor deixava a cidade às quatro da tarde; assim, era noite alta quando chegava o momento em que Zabeth e suas mulheres deviam desprender-se da embarcação. Zabeth tomava cuidado para não revelar a entrada de sua vila. Desatracava; esperava que o vapor, a balsa e as luzes desaparecessem. Em seguida, ela e suas mulheres remavam ou deslizavam para o canal secreto e para o trabalho noturno de avançar sob as árvores frondosas.

Voltar para casa à noite! Não era frequente que eu me visse à noite no rio. Jamais gostei disso. Não me sentia seguro. Na escuridão da floresta e do rio você só tinha certeza daquilo que podia ver — e mesmo nas noites de luar não era possível ver grande coisa. Ao fazer um barulho — mergulhar um remo na água, por exemplo —, você se ouvia como se fosse outra pessoa. O rio e a floresta eram como presenças, e muito mais poderosas do que você. Você se sentia desprotegido, um intruso.

À luz do dia — embora as cores pudessem ser bastante pálidas e fantasmagóricas, com a névoa causada pelo calor sugerindo às vezes um clima mais frio — era possível imaginar a cidade sendo reerguida e se alastrando. Era possível imaginar as florestas sendo derrubadas, estradas sendo construídas por cima de arroios e pântanos. Era possível imaginar a terra sendo incorporada ao presente: foi assim que o Grande Homem se expressou mais tarde, oferecendo a visão de um "parque industrial" de mais de trezentos quilômetros ao longo do rio. (Mas ele não queria dizer isso realmente; era apenas seu desejo de parecer um mágico mais poderoso do que todos os que o lugar já conhecera antes.) À luz do dia, contudo, você podia acreditar naquela visão do futuro. Podia imaginar a terra se tornando normal, adequada a homens como você, assim como pequenas partes dela haviam se tornado normais por um pequeno período antes da independência — as mesmas partes que agora se encontravam em ruínas.

Mas à noite, se você estivesse no rio, era diferente. Você sentia a terra devolvê-lo a algo familiar, algo que você conhecera em outra época, algo esquecido ou ignorado, mas que sempre estivera lá. Você sentia a terra devolvê-lo àquilo que estivera lá cem anos antes, que sempre estivera lá.

Que jornadas fazia Zabeth! Era como se a cada vez ela saísse novamente de seu esconderijo para roubar do presente (ou do futuro) alguma carga preciosa que devesse levar até seu povo — aquelas navalhas, por exemplo, que seriam tiradas de seus embrulhos e vendidas uma a uma, maravilhas de metal —, uma carga que se tornava tanto mais preciosa quanto mais ela se afastava da cidade, quanto mais próxima ficava de sua vila pesqueira, o mundo real e seguro, protegido dos outros homens pela floresta e por braços obstruídos de rio. E protegido de outras maneiras também. Aqui, qualquer um sabia que era observado do alto por seus ancestrais, habitantes permanentes de uma esfera superior cuja passagem pela terra não esquecida, mas essencialmente preservada, parte da presença da floresta. Na floresta mais profunda estava a maior segurança. Era dessa segurança que Zabeth se afastava para obter sua carga preciosa; era essa a segurança para a qual regressava.

Ninguém gostava de deixar seu território. Mas Zabeth viajava sem medo; ia e vinha com seu *nécessaire* e ninguém a molestava. Ela não era uma pessoa comum. Na aparência já não era como as pessoas de nossa região. Elas eram pequenas, magras e muito negras. Zabeth era uma mulher grande, de compleição acobreada; havia ocasiões em que esse brilho acobreado, especialmente em suas bochechas, parecia um tipo de maquiagem. Havia outra coisa a respeito de Zabeth. Seu cheiro era especial. Um cheiro forte e desagradável, e a princípio pensei — pelo fato de ela vir de uma vila pesqueira — que era um cheiro antigo e profundo de peixe. Depois pensei que tivesse a ver com uma dieta restrita. Mas as pessoas da vila de Zabeth com quem me encontrei não cheiravam como ela. Os africanos percebiam seu odor. Se vinham à loja quando Zabeth estava lá, faziam careta e às vezes se retiravam.

Metty, o garoto mestiço que crescera na casa de minha família na costa e que viera juntar-se a mim, dizia que o cheiro de Zabeth era forte o bastante para espantar os mosquitos. Eu achava que aquele cheiro afastava os homens, a despeito da opulência de Zabeth (apreciada no lugar) e de seu *nécessaire*. Pois Zabeth era solteira e, que eu soubesse, não vivia com ninguém.

Mas o odor tinha o papel de manter as pessoas a certa distância. Foi Metty — que aprendia rapidamente os costumes locais — quem me disse que Zabeth era feiticeira e conhecida como tal na região. Seu cheiro provinha de unguentos protetores. Outras mulheres usavam perfumes e fragrâncias para atrair; os unguentos de Zabeth repeliam e alertavam. Ela estava protegida. Ela sabia, e os outros sabiam.

Até então eu tratara Zabeth como *marchande* e boa freguesa. Agora que sabia que em nossa região ela era uma mulher de poder, uma profetisa, não conseguia esquecer-me disso. Seu feitiço também funcionara sobre mim.

2

A África era o meu lar, como fora o lar de minha família durante séculos. Mas vínhamos da costa leste, e isso fazia a diferença. O litoral não era propriamente africano. Era um espaço árabe-indiano-persa-português, e nós, que ali vivíamos, éramos na verdade pessoas do oceano Índico. A verdadeira África ficava às nossas costas. Muitos quilômetros de savana ou deserto nos separavam das pessoas do interior; olhávamos a leste para as terras com as quais comerciávamos — Arábia, Índia, Pérsia. Essas eram também as terras de nossos ancestrais. Mas não podíamos mais dizer que éramos árabes, ou indianos, ou persas; quando nos comparávamos com eles, sentíamos que éramos habitantes da África.

Minha família era muçulmana. Mas éramos um grupo especial. Éramos diferentes dos árabes e dos outros muçulmanos da costa; em nossos costumes e atitudes estávamos mais próximos dos hindus do noroeste da Índia, de onde originalmente provínhamos. Quando chegamos, ninguém sabia. Não éramos esse ou aquele tipo de gente. Simplesmente vivíamos; fazíamos o que se esperava de nós, o que tínhamos visto a geração anterior fazer. Jamais perguntávamos por quê; jamais registrávamos. Sentíamos em nossos ossos que éramos um povo muito antigo; mas não parecíamos ter meios para medir a passagem do tempo. Nem meu pai nem meu avô conseguiam datar suas histórias. Não porque houvessem esquecido e se sentissem confusos, mas porque o passado era simplesmente o passado.

Lembro-me de ouvir meu avô contar que certa vez expedira um barco de escravos como se a carga fosse borracha. Não sabia dizer quando fizera isso. O fato simplesmente estava lá, em sua memória, flutuando, sem data e sem outras associações, um evento incomum numa vida pacata. Ele não falava disso como de um ato cruel, uma trapaça ou piada; apenas contava a história como algo incomum que houvesse feito — não o fato de não embarcar os escravos, mas o de descrevê-los como borracha. E, sem minha própria lembrança da história do velho, suponho que ela teria se perdido para sempre. Creio, de acordo com minhas leituras posteriores, que a ideia da borracha lhe teria ocorrido antes da Primeira Guerra, quando a borracha se tornara um negócio graúdo — e mais tarde um grande escândalo — na África Central. Há coisas familiares para mim que permaneceram ocultas ou desinteressantes para meu avô.

De todo aquele período de conflitos na África — a expulsão dos árabes, a expansão da Europa, a divisão do continente —, essa é a única história de família que possuo. Essa era a nossa feição. Tudo o que conheço de nossa história e da história do oceano Índico recebi de livros escritos por europeus. Se digo que em sua época nossos árabes eram grandes aventureiros e escritores; que nossos marinheiros deram ao Mediterrâneo a vela latina que tornou possível a descoberta das Américas; que um piloto indiano guiou Vasco da Gama da África Ocidental até Calcutá; que a palavra *cheque* foi primeiro usada por nossos mercadores persas; se digo todas essas coisas é porque as encontrei em livros europeus. Elas não faziam parte do nosso conhecimento ou do nosso orgulho. Sem os europeus, sinto que todo o nosso passado teria se apagado, como as pegadas dos pescadores na praia de nossa cidade.

Havia uma fortificação nessa praia. Suas paredes eram de tijolo. Era uma ruína, em minha infância, e, na África tropical, terra de construções efêmeras, um raro vestígio histórico. Nessa fortificação os escravos eram mantidos, depois de serem arrastados do interior, nas caravanas; lá, esperavam pelos *dhows* que os transportariam mar afora. Mas, se você não soubesse disso, o lugar não seria nada, não passaria de quatro paredes em ruínas num cenário de cartão-postal, com a praia e os coqueiros ao redor.

Outrora, os árabes haviam governado ali; depois foi a vez dos europeus; agora, os europeus estavam prestes a partir. Mas pouco havia mudado nas mentes e maneiras do lugar. Os barcos dos pescadores daquela praia ainda tinham grandes olhos pintados na proa para atrair boa sorte; e os pescadores podiam ficar muito bravos, podiam até cometer um assassinato se algum visitante tentasse fotografá-los — roubar-lhes a alma. As pessoas viviam como sempre haviam vivido; não existia ruptura entre o passado e o presente. Tudo o que acontecera no passado era apagado; havia somente o presente. Era como se, por algum distúrbio dos céus, a luz da manhã estivesse sempre retrocedendo para a escuridão e os homens vivessem num alvorecer perpétuo.

A escravidão na costa leste não era como a escravidão na costa oeste. Lá, ninguém era embarcado para grandes plantações no além-mar. A maioria daqueles que deixavam nosso litoral ia para casas árabes, para o serviço doméstico. Alguns se tornavam membros da família a que se haviam agregado; uns poucos se tornavam poderosos em seu próprio direito. Para um africano, uma cria da floresta, uma pessoa que caminhara centenas de quilômetros do interior para a costa e que estava distante de sua vila e sua tribo, a proteção de uma família estrangeira era preferível à solidão entre africanos estranhos e inamistosos. Essa era a razão pela qual o comércio escravo se mantivera até bem de pois de proscrito pelos poderes europeus; também por isso, no tempo em que os europeus comerciavam com certo tipo de borracha, meu avô ainda conseguia negociar com um tipo diferente daquele. Pela mesma razão, uma escravidão secreta perdurou no litoral até recentemente. Os escravos, ou as pessoas que poderiam ser consideradas escravas, desejavam continuar como estavam.

Em nossa propriedade havia duas famílias de escravos, e fazia pelo menos três gerações que elas estavam lá. A última coisa de que queriam ouvir falar era de serem obrigadas a partir. Oficialmente, aquelas pessoas eram apenas serviçais. Mas queriam que fosse do conhecimento de outros africanos, de árabes e indianos pobres, que na verdade eram escravos. Não que tivessem orgulho da condição de escravos; tinham orgulho era de sua conexão com uma família de renome. Podiam ser muito rudes com pessoas que consideravam inferiores às da família.

Quando eu era pequeno, levavam-me a passear pelas vielas cercadas de muros brancos da parte antiga da cidade, onde se situava nossa casa. Davam-me banho e me vestiam; passavam carvão ao redor de meus olhos e penduravam um amuleto de boa sorte em meu pescoço; depois Mustafá, um de nossos velhos, carregava-me em seus ombros. Era assim que eu passeava: Mustafá me exibindo nos ombros, exibindo a joia de nossa família e ao mesmo tempo manifestando sua própria posição de confiança dentro dela. Alguns meninos faziam questão de zombar de nós. Mustafá, quando calhava de encontrarmos esses meninos, colocava-me no chão e me encorajava a gritar insultos; ele mesmo proferia alguns insultos, incitava-me a brigar, e depois, quando as coisas ficavam quentes demais para mim, erguia-me de novo para os ombros, fora do alcance dos pés e punhos dos meninos. Continuávamos nosso passeio.

Essa conversa sobre Mustafá e Arábia e *dhows* e escravos poderia soar como uma coisa tirada das *Mil e uma noites*. Mas quando me lembro de Mustafá, e até quando ouço a palavra "escravo", penso na esqualidez do prédio habitado por nossa família, com sua mistura de pátio escolar e quintal: lembro-me de toda aquela gente, alguém sempre berrando, grandes quantidades de roupa pendurada nos varais ou estendida nas pedras de esfregar, o cheiro acre daquelas pedras confundindo-se com o cheiro da latrina e do mictório, pilhas de esmaltado sujo e de pratos de latão no tanque localizado no centro do quintal, crianças correndo por todos os lados, panelas cozinhando ininterruptamente na cozinha enegrecida. Penso no alarido de mulheres e crianças, de minhas irmãs e suas famílias, das servas e suas famílias, os dois lados aparentemente em constante competição; penso em brigas nos aposentos da casa, em disputas nas habitações dos serviçais. Havia pessoas demais naquela pequena moradia. Não queríamos toda aquela gente na ala dos serviçais. Mas eles não eram empregados normais, e não havia como nos livrarmos deles. Estávamos todos atados.

Era assim, na costa leste. Os escravos podiam tomar o poder de mais de uma forma. As pessoas que viviam em nossa casa já não eram africanas puras. Na família ninguém admitia, mas em algum ponto, ou em vários, o sangue asiático se acrescentara ao deles. Mustafá tinha nas veias o sangue do Gujarat; o mesmo acontecia com Metty, o rapaz que mais tarde atravessara o continente para juntar-se a mim. Essa, no entanto, era uma transferência de sangue de senhor para escravo. Com os árabes de nosso litoral, o processo fora o inverso. Os escravos haviam absorvido os senhores; a raça árabe dos dominadores virtualmente desaparecera.

Grandes guerreiros e exploradores, os árabes haviam governado outrora. Haviam avançado até o interior, construindo cidades e abrindo áreas de plantio na floresta. Depois seu poder fora aniquilado pela Europa. Suas cidades e plantações haviam desaparecido, engolidas pelo mato. Eles deixaram de ser guiados pela ideia de sua posição no mundo e sua energia se dissipou; esqueceram-se de quem eram e do lugar de onde tinham vindo. Sabiam apenas que eram muçulmanos; à maneira muçulmana, precisavam de mais e mais esposas. Mas haviam perdido suas raízes na Arábia e só podiam encontrar mulheres entre as africanas que antes escravizavam. Logo, portanto, os árabes, ou as pessoas que se apresentavam como árabes, tornaram-se indistinguíveis dos africanos. Mal tinham ideia de sua civilização original. Observavam o Corão e suas leis; atinham-se a certos estilos de vestimenta, usavam certo tipo de barrete, tinham um corte peculiar de barba; e isso era tudo. Mal faziam ideia daquilo que seus ancestrais haviam feito na África. Possuíam apenas o hábito da autoridade, sem a energia ou a educação para legitimá-la. A autoridade dos árabes — bastante palpável quando eu era criança — não passava de uma questão de hábito. Podia ser afastada a qualquer tempo. O mundo é o que é.

Eu me preocupava com os árabes. E também conosco. Porque, no que dizia respeito a poder, não havia diferença entre os árabes e nós. Éramos ambos pequenos grupos vivendo sob bandeira europeia nas margens do continente. Em nossa casa, quando eu era pequeno, jamais ouvi uma única discussão sobre nosso futuro ou o futuro do litoral. A crença, aparentemente, era de que tudo permaneceria igual: os casamentos continuariam sendo arranjados, o comércio e os negócios continuariam em seu ritmo, a África seria para nós o que sempre fora.

Minhas irmãs se casaram conforme a tradição; pressupunha-se que eu faria o mesmo quando a hora chegasse e que daria prosseguimento à vida de nossa casa. Mas percebi, ainda muito jovem, um estudante, que nosso modo de vida era antiquado e estava próximo do fim.

Pequenas coisas podem nos encaminhar para novas formas de pensar, e fui encaminhado nessa direção pelos selos postais de nossa região. A administração britânica nos dava lindos selos. Esses selos mostravam cenas e objetos locais; um deles tinha o nome de "*Dhow* árabe". Era como se, naqueles selos, um estrangeiro dissesse: "É isto o que mais chama atenção neste lugar". Sem aquele selo eu poderia ter encarado os *dhows* com naturalidade. Em vez disso, aprendi a observá-los. Sempre que os via amarrados ao ancoradouro, pensava neles como algo específico de nossa região, uma coisa ancestral que despertaria o interesse dos estrangeiros, uma coisa não propriamente moderna e definitivamente diferente dos cargueiros e transatlânticos que aportavam em suas docas próprias.

Assim, desde cedo desenvolvi o hábito de observar as cenas familiares com distanciamento, de procurar estudá-las de fora. Foi desse hábito de observação que me veio a ideia de que nossa comunidade ficara para trás. E esse foi o início de minha insegurança.

Eu costumava considerar esse sentimento de insegurança uma fraqueza, uma falha em meu caráter, e ficaria envergonhado se alguém descobrisse sua existência. Não compartilhava com ninguém minhas ideias sobre o futuro, e isso era bastante fácil em nossa casa, onde, como eu disse, nunca houve uma discussão política. Meus familiares não eram tolos. Meu pai e seu irmão eram comerciantes, homens de negócio; à sua maneira, precisavam manter-se atualizados. Eram capazes de avaliar situações; arriscavam-se e às vezes podiam ser bastante ousados. Mas estavam tão profundamente mergulhados em suas vidas que não eram capazes de dar um passo atrás e considerar a natureza delas. Faziam o que era preciso fazer. Quando as coisas iam mal, recorriam aos consolos da religião. Não se tratava apenas de disposição para aceitar o destino; tratava-se de uma silenciosa e arraigada crença na futilidade de todo e qualquer esforço humano.

Jamais consegui ter essa elevação de espírito. Meu pessimismo, minha insegurança, tinham qualidade mais terrena.

Eu era desprovido do sentimento religioso de minha família. A insegurança que sentia devia-se a minha falta de verdadeira religiosidade, e era como um resquício do exaltado pessimismo de nossa fé, um pessimismo capaz de inspirar os homens a realizar maravilhas. Era o preço por minha atitude mais materialista, meu desejo de ocupar a linha média entre voar acima das preocupações mundanas e entregar-me à vida.

Se a insegurança que eu sentia quanto a nossa posição no litoral era resultado de meu temperamento, então pouco acontecia para tranquilizar-me. Os eventos naquela parte da África começaram a ganhar velocidade. No norte estava em curso uma rebelião sangrenta, de uma tribo que os britânicos pareciam incapazes de controlar; em outros pontos também se viam explosões de desobediência e raiva. Até mesmo os hipocondríacos são às vezes acometidos por doenças reais, e não creio que minha ansiedade tivesse sido a única responsável por meu sentimento de que o sistema político que conhecíamos se encaminhava para o fim e de que o que sobreviria não seria agradável. Eu temia as mentiras — homens negros assumindo as mentiras de homens brancos.

Se foi a Europa que nos deu, no litoral, alguma ideia sobre nossa história, foi também a Europa, creio, que nos apresentou à mentira. Aqueles entre nós que povoavam aquela parte da África antes dos europeus jamais haviam mentido sobre si mesmos. Não porque fôssemos morais. Não mentíamos porque nunca refletíamos sobre nós mesmos e não pensávamos que houvesse algo sobre o que mentir. Éramos pessoas que simplesmente faziam o que faziam. Mas os europeus podiam fazer uma coisa e dizer outra bem diferente; e podiam agir dessa maneira porque tinham uma ideia daquilo que deviam a sua civilização. Era a grande vantagem que levavam sobre nós. Os europeus queriam ouro e escravos, como todo mundo; mas ao mesmo tempo queriam estátuas que os representassem como pessoas que haviam feito o bem dos escravos. Um povo enérgico e inteligente, no auge de seu poder, os europeus podiam exprimir ambos os lados de sua civilização; e conseguiam tanto os escravos como as estátuas.

Porque podiam refletir sobre si próprios, estavam mais bem equipados para lidar com as mudanças do que nós. E eu via, quando nos comparava aos europeus, que já não contávamos na África, que realmente já não tínhamos nada a oferecer. Os europeus se preparavam para partir, ou lutar, ou fazer concessões aos africanos. Nós vivíamos como sempre: cegamente. Mesmo nesse estágio tardio, nunca houve coisa alguma que se assemelhasse a discussão política em nossa casa ou nas casas das famílias que eu conhecia. O assunto era evitado. Eu me pilhava evitando-o.

Eu costumava jogar squash duas vezes por semana na quadra de meu amigo Indar. O avô dele viera do Punjab, na Índia, para trabalhar na ferrovia como empreiteiro. O velho punjabi tivera sucesso. Ao término de seu contrato, estabelecera-se no litoral, tornando-se agiota no mercado, emprestando vinte ou trinta shillings de cada vez para tratadores de animais que dependiam dessas pequenas quantias para completar suas compras. Por dez shillings emprestados nesta semana ele recebia doze ou quinze na semana que vem. Não era um negócio fácil; mas um homem ativo (e severo) podia, num ano, multiplicar muitas vezes seu capital. Bem, tratava-se de um serviço e de um ganha-pão. Mais do que isso, aliás. A família ficou importante. Seus integrantes se tornaram, informalmente, mercadores-banqueiros, que apostavam em pequenas companhias de prospecção ou em empreitadas comerciais na Índia, na Arábia e no Golfo Pérsico (ainda nos *dhows* dos selos postais).

A família ocupava uma grande propriedade num quarteirão asfaltado. A casa principal ficava nos fundos; havia casas menores ao lado, para os membros da família que desejavam morar sozinhos, outras casas para os empregados (empregados de verdade, contratados, e não agregados como os nossos); e havia a quadra de squash. Tudo isso era cercado por um muro alto, ocre, e havia um portão principal com um vigia. A propriedade ficava numa região mais nova da cidade; eu não imaginava que alguma coisa pudesse ser mais exclusiva e protegida.

Gente rica nunca esquece que é rica, e eu via em Indar um filho digno de sua família de banqueiros ou emprestadores de dinheiro. Era bonito, cuidadoso com sua aparência e levemente afeminado, com expressão um tanto amarrada. Eu punha aquela expressão na conta de sua consciência da própria riqueza e também de suas inquietações sexuais. Acreditava que ele fosse um grande frequentador clandestino de bordéis e que vivesse com medo de ser descoberto ou de contrair alguma doença.

Estávamos tomando suco de laranja gelado e chá preto depois de nosso jogo (Indar já se preocupava com o peso), quando ele me disse que estava de partida. Ia embora, estudaria por três anos na Inglaterra, numa universidade famosa. Era típico de Indar e de sua família anunciar novidades importantes de maneira casual. A notícia me deprimiu um pouco. Indar podia fazer o que estava fazendo não apenas por ser rico (eu associava a ideia de estudar fora com uma grande riqueza), mas também por ter frequentado nosso colégio inglês até os dezoito anos. Eu abandonara o colégio aos dezesseis. Não porque não fosse inteligente ou não tivesse talento, mas porque ninguém em minha casa prosseguira com os estudos depois dos dezesseis anos.

Estávamos sentados nos degraus da quadra de squash, na sombra. Indar disse, com seu modo sereno: "Vamos acabar sendo varridos daqui, sabe. Para viver na África, você precisa ser forte. Não somos fortes. Nem sequer temos uma bandeira".

Ele dissera o indizível. Assim que falou, percebi que o muro em torno de sua propriedade era inútil. Duas gerações haviam construído o que eu via; lamentei o trabalho perdido. Assim que Indar falou, senti que podia entrar em seu cérebro e ver o que ele via — o faz de conta por trás da pompa, do portão e do vigia, que não seriam capazes de deter o perigo verdadeiro.

Apesar disso, não dei mostras de compreender aquilo de que ele falava. Agi como aqueles que me haviam entristecido ou irritado por se negarem a perceber que a mudança se aproximava de nossa parte do mundo. E quando Indar perguntou: "O que você vai fazer?", eu disse, como se não visse nenhum problema: "Vou ficar aqui. Vou trabalhar com minha família".

Era mentira. Era o oposto do que eu sentia. Mas senti-me sem desejo — assim que a pergunta foi feita — de reconhecer minha impotência. Instintivamente, assumi a atitude dos meus. Meu fatalismo, no entanto, era falso; eu me importava bastante com o mundo e não queria renunciar a nada. A única coisa que podia fazer era esconder-me da verdade. E essa descoberta a respeito de mim mesmo tornou muito perturbadora minha volta para casa pelas ruas abafadas da cidade.

O sol da tarde caía sobre o asfalto negro e mole e sobre as sebes de hibisco. Tudo era bastante ordinário. As massas ainda não representavam perigo, não havia o que temer nas ruas esburacadas, nas vielas cercadas de muros brancos. Mas, para mim, o lugar estava envenenado.

Meu quarto estava situado no andar de cima da casa de minha família. Ainda estava claro quando cheguei. Olhei para o cenário além de nossa propriedade, vi as árvores e plantas dos quintais e terrenos vizinhos. Minha tia chamava uma das filhas: alguns velhos recipientes de latão que haviam sido levados para o quintal para serem polidos precisavam ser guardados. Olhei para aquela mulher devotada, protegida atrás de seu muro, e vi como era insignificante a sua preocupação com os recipientes de latão. O muro caiado (mais fino do que o da fortificação na praia) a protegia muito pouco. Ela era terrivelmente vulnerável — sua pessoa, sua religião, seus costumes, seu modo de vida. Por muito tempo o quintal barulhento contivera toda a sua vida, fora todo o seu mundo. Como não dar aquilo tudo por garantido? Como alguém poderia deter-se para perguntar-se o que, na verdade, nos protegia?

Lembrei-me do olhar de desprezo e irritação que Indar me lançara. E a decisão que tomei naquele instante foi: eu tinha de libertar-me. Não era capaz de proteger ninguém; ninguém poderia proteger-me. Não podíamos proteger-nos; podíamos apenas, de diferentes maneiras, esconder-nos da verdade. Eu tinha de me desprender da nossa propriedade e do nosso grupo. Permanecer com meu grupo, fingir que bastava segui-lo, era ser levado para a destruição juntamente com ele. Somente sozinho eu poderia ser dono de meu destino. Uma onda da história — esquecida por nós, viva apenas em livros de europeus que eu ainda precisava ler — nos trouxera até ali. Havíamos vivido à nossa maneira, fizéramos o que tínhamos de fazer, adoráramos a Deus e observáramos seus mandamentos. Agora — para fazer eco às palavras de Indar — uma outra onda da história estava a caminho para varrer-nos.

Eu não podia mais submeter-me ao destino. Meu desejo não era o de ser bom, conforme nossa tradição, mas o de ter sucesso. Como? O que eu tinha a oferecer? Que talento, que habilidade, além do tino comercial africano de nossa família? Essa angústia começou a me devorar. E foi por isso que, quando Nazruddin fez sua oferta, de uma loja e um negócio num país distante, mas ainda pertencente à África, agarrei-me a ela.

Nazruddin era uma figura exótica em nossa comunidade. Era um homem da idade de meu pai, mas de aparência bem mais jovem e atitude muito mais cosmopolita. Jogava tênis, bebia vinho, falava francês, usava óculos escuros e ternos (com lapelas muito largas, cujas pontas se curvavam para baixo). Era conhecido entre nós (e um pouco ridicularizado pelas costas) por suas maneiras europeias, que não adquirira na Europa (jamais estivera lá), mas numa cidade do centro da África onde vivera e onde mantinha o seu negócio.

Muitos anos antes, seguindo a própria intuição, Nazruddin reduzira seus negócios no litoral e começara a mudar-se para o interior. As fronteiras coloniais da África davam um sabor internacional às suas operações. Mas Nazruddin não fazia mais do que seguir as velhas rotas comerciais árabes; e acabara no centro do continente, na curva do grande rio.

Aquele era o ponto mais avançado a que os árabes haviam chegado no século anterior. Lá eles haviam encontrado a Europa, que vinha da direção oposta. Para a Europa, era uma pequena exploração. Para os árabes da África Central, era o limite; a energia que empurrara os árabes para dentro da África morrera em sua fonte, e o poder deles era como a luz de uma estrela, que ainda viaja depois da extinção da estrela. O poder árabe sumira; na curva do rio crescera uma cidade europeia, e não árabe. E era daquela cidade que Nazruddin, reaparecendo entre nós de tempos em tempos, trazia suas maneiras e gostos exóticos e suas histórias de sucesso nos negócios.

Nazruddin era exótico, mas permanecia ligado a nossa comunidade porque precisava de maridos e esposas para sua prole. Eu sempre soube que ele me considerava um marido em potencial para uma das filhas; mas eu carregava essa noção comigo havia tanto tempo que ela já não me acabrunhava. Eu gostava de Nazruddin. Gostava de suas visitas, de sua conversa e mesmo de sua estranheza, quando ele se sentava em nossa sala de estar ou em nossa varanda e falava das curiosidades de seu mundo distante.

Ele era um homem de entusiasmos. Tinha prazer em tudo o que fazia. Gostava das casas que comprava (sempre barganhas), dos restaurantes que escolhia, dos pratos que pedia. Tudo transcorria bem para ele, e seus relatos de uma sorte infalível o teriam tornado intragável não fosse seu dom de descrever tudo tão bem. Ele despertava em mim o desejo de fazer o que ele fizera, de estar onde ele estivera. De certa forma, ele se tornou meu modelo.

Ele sabia ler a palma das mãos, além de tudo, e suas leituras eram valorizadas porque ele as realizava apenas quando era tomado pelo estado de ânimo certo. Lera minha mão quando eu tinha dez ou doze anos e previra coisas grandiosas. Portanto, eu respeitava seu julgamento. De vez em quando ele complementava aquela primeira sessão. Lembro-me de uma oportunidade em particular. Ele estava na cadeira de balanço, que se movia instavelmente entre a borda do tapete e o piso de concreto. Interrompeu o que dizia e pediu para ver minhas mãos. Apalpou as pontas de meus dedos, dobrou-os, olhou brevemente as palmas e depois as soltou. Pensou por um instante a respeito do que vira — era seu estilo, pensar a respeito do que havia visto em vez de olhar o tempo todo para a mão — e depois disse: "Você é o homem mais confiável que conheço". Aquilo não me agradou; pareceu-me que ele não me oferecia vida alguma. Eu disse: "Você consegue ler sua própria mão? Sabe o que o futuro lhe reserva?". Ele disse: "Don't I know, don't I know". O tom de sua voz soou diferente naquele momento, e vi que aquele homem para quem tudo corria à perfeição (de acordo com suas histórias) na verdade carregava a visão de problemas futuros. Pensei: "É assim que um homem deve se comportar", e me senti próximo dele depois disso, mais próximo que dos integrantes de minha própria família.

Então veio a queda que alguns profetizavam em silêncio para aquele homem bem-sucedido e falante. O país adotivo de Nazruddin tornou-se independente, de súbito, e as notícias daquele lugar, por semanas e depois meses, foram de guerras e mortes. Do modo como alguns falavam, era possível acreditar que se Nazruddin tivesse sido outro tipo de pessoa, se tivesse se gabado menos de seu sucesso, bebido menos vinho e se portado com maior propriedade, tudo teria sido diferente. Ouvimos dizer que ele fugira com a família para Uganda. Um relato dava conta de que eles haviam atravessado a mata durante dias na carroceria de um caminhão e que haviam aparecido, desesperados e sem nada, na cidade fronteiriça de Kisoro.

Ao menos ele estava a salvo. No momento propício veio para o litoral. Quem esperava por um homem arrasado decepcionou-se. Nazruddin se mostrava tão animado quanto antes, sempre de óculos escuros e vestindo seus ternos. O desastre parecia não tê-lo atingido.

Normalmente, quando Nazruddin nos visitava, um esforço era feito para acolhê-lo bem. A sala de estar recebia uma limpeza especial e os vasos de latão com cenas de caçada eram polidos. Daquela vez, porém, por causa da crença de que ele era um homem em dificuldades, e portanto novamente comum, alguém como nós, ninguém se empenhou. A sala de visitas estava em seu estado habitual de desordem, e nos sentamos na varanda diante do quintal.

Minha mãe trouxe chá, mas não o ofereceu da maneira normal, como sinal envergonhado da hospitalidade de pessoas simples; agiu como se representasse um rito final necessário. Ao depor a bandeja, parecia prestes a irromper em lágrimas. Meus genros se aproximaram com expressões preocupadas. Mas não ouvimos de Nazruddin — a despeito daquela história sobre a longa fuga na boleia de um caminhão — nenhuma história de desastre, apenas relatos de sucesso e sorte incessantes. Ele antevira o perigo; retirara-se meses antes que ele chegasse.

Nazruddin disse: "Não eram os africanos que me deixavam aflito. Eram os europeus e os outros. Logo antes da explosão, as pessoas enlouquecem. Tivemos uma alta extraordinária no mercado imobiliário. Todo mundo só falava em dinheiro. Um pedaço de mato que hoje não valia nada, amanhã era vendido por meio milhão de francos. Era como mágica, mas com dinheiro de verdade. Eu também me deixei levar e quase caí na armadilha.

"Numa manhã de domingo fui até o condomínio onde comprara alguns lotes. O tempo estava ruim. Quente e pesado. O céu estava escuro, mas não ia chover; ia ficar daquele jeito. Viam-se os relâmpagos à distância — em algum lugar da floresta estava chovendo. Pensei: 'Que lugar para viver!'. Dava para ouvir o rio — o condomínio não ficava muito longe das cataratas. Prestei atenção no rio, olhei para o céu e pensei: 'Isto não é uma propriedade. É só mato. Sempre foi mato'. Mal pude esperar pela manhã de segunda, depois daquilo. Pus tudo à venda. Mais barato que o preço de mercado, mas pedi para ser pago na Europa. E mandei a família para Uganda.

"Vocês conhecem Uganda? Um lindo país. Fresco, mil, mil e tantos metros de altitude, e as pessoas dizem que lembra a Escócia, por causa das colinas. Os britânicos deram ao lugar a melhor administração que se pudesse desejar. Muito simples e eficiente. Estradas maravilhosas. E há os bantos, que são bastante inteligentes."

Esse era Nazruddin. Pensávamos que estivesse acabado. Em vez disso, tentava animar-nos com o entusiasmo por seu novo país e nos convidava a contemplar sua sorte. A condescendência, aliás, vinha toda dele. Embora nunca dissesse nada abertamente, ele nos via como pessoas ameaçadas e fora até lá, naquele dia, para fazer-me uma proposta.

Ainda possuía investimentos em seu antigo país — uma loja, algumas salas. Considerara prudente manter a loja aberta enquanto transferia seus bens para fora do país, pois assim evitava que as pessoas se intrometessem demais em seus negócios. E era aquela loja que agora me oferecia, juntamente com as salas.

"Elas não valem nada, hoje. Mas tornarão a valer. Eu realmente deveria entregá-las a você de graça. Mas seria ruim para você e para mim. Você sempre tem de saber quando retirar-se. Um comerciante não é um matemático. Lembre-se disso. Nunca se deixe hipnotizar pela beleza dos números. Um comerciante é alguém que compra por dez e fica feliz por safar-se com doze. O outro tipo de homem compra por dez, vê o preço subir para dezoito e não faz nada. Está à espera de que chegue aos vinte. A beleza dos números. Quando o preço volta a dez, ele espera que suba novamente para dezoito. Quando cai a dois, espera que volte para dez. Sim, o preço volta. Mas ele gastou um quarto de sua vida. E só o que conseguiu com o dinheiro foi um pouco de diversão matemática."

Eu disse: "Essa loja... supondo que você a tenha comprado por dez, por quanto me venderia?".

"Por dois. Em dois ou três anos vai subir a seis. Na África, o comércio nunca morre; apenas se interrompe. Para mim seria perda de tempo ver esses dois crescerem até virarem seis. Posso conseguir mais com algodão em Uganda. Mas você triplicaria o seu capital. O que você tem de saber é o momento de cair fora."

Nazruddin vira confiabilidade em minha mão. Mas lera mal. Porque, quando aceitei sua oferta, estava, num sentido importante, rompendo laços de confiança com ele. Aceitei a proposta porque queria libertar-me. Mas libertar-me de minha família e de meu grupo também significava libertar-me do compromisso tácito com Nazruddin e sua filha.

Ela era uma garota adorável. Uma vez por ano, durante algumas semanas, vinha ao litoral visitar a irmã de seu pai. Sua educação era melhor do que a minha; falou-se mesmo na possibilidade de ela estudar contabilidade ou direito. Teria sido uma ótima garota para eu me casar, mas eu a admirava como teria admirado alguém de minha família. Nada teria sido mais fácil do que casar-me com a filha de Nazruddin. Nada, para mim, teria sido mais sufocante. E foi da sufocação e de todo o resto que escapei, ao deixar o litoral com meu Peugeot.

Traía a confiança de Nazruddin. E no entanto ele — um desfrutador da vida, um homem ávido por experiências — fora meu modelo; e foi para a cidade dele que dirigi. Tudo o que eu sabia da cidade na curva do rio vinha das histórias de Nazruddin. Detalhes ridículos podem influenciar-nos em momentos de tensão; e, perto do fim daquela viagem difícil, não saíam de minha cabeça as informações de Nazruddin sobre os restaurantes da cidade, as comidas europeias e o vinho. "Os vinhos são Saccone e Speed", ele dissera. Era uma observação de comerciante. Queria dizer que mesmo lá, no centro da África, o vinho chegara depois de passar pelos navios da nossa costa leste, e não levado pelas pessoas que viviam do outro lado. Mas, em minha imaginação, eu deixava que as palavras se traduzissem em puro deleite.

Eu jamais estivera num verdadeiro restaurante europeu e jamais provara vinho — proibido para nós — com prazer; além disso, sabia que a vida descrita por Nazruddin já não existia. Mas dirigi pela África pensando na cidade de Nazruddin como sendo um lugar onde a vida seria recriada para mim.

Quando cheguei, descobri que a cidade de onde Nazruddin trouxera outrora suas histórias fora destruída, que retornara ao mato que enchera seus olhos no momento em que ele decidira vender tudo. A despeito de mim mesmo, a despeito de tudo o que eu sabia dos eventos recentes, fiquei chocado, desiludido. Minha desconfiança inicial era insignificante diante do que eu estava sentindo.

Vinho! Era difícil conseguir mesmo a comida mais simples; e, se você quisesse verduras, tinha de tirá-las de uma lata velha — e cara — ou plantá-las por conta própria. Os africanos que haviam abandonado a cidade e voltado para suas aldeias estavam em situação melhor; pelo menos haviam voltado para a vida tradicional e eram mais ou menos autossuficientes. O resto de nós, na cidade, que necessitávamos de lojas e serviços — alguns belgas, alguns gregos e italianos, um punhado de indianos —, levávamos uma vida austera, de Robinson Crusoé. Tínhamos carros e morávamos em casas limpas. Eu comprara um apartamento no alto de um armazém vazio por quase nada. Mas se nos vestíssemos com peles e habitássemos cabanas de palha não teria sido muito inadequado. As lojas estavam vazias; a água era um problema; a eletricidade ia e vinha; frequentemente faltava combustível.

Certa vez ficamos sem querosene por algumas semanas. Duas balsas vazias de transporte de óleo haviam sido sequestradas rio abaixo, rebocadas como espólio para um ribeirão oculto e transformadas em moradias. As pessoas ali gostavam de limpar os quintais até que a terra vermelha aparecesse, para proteger-se das cobras; os tombadilhos de aço daquelas balsas ofereciam uma superfície ideal para se viver.

Naquelas manhãs sem querosene eu tinha de ferver minha água num braseiro de carvão de fabricação inglesa — parte do estoque de minha loja, destinado à venda para africanos. Levei o braseiro para o pé da escadaria externa, nos fundos da casa, ajoelhei-me e abanei. Ao meu redor, as pessoas faziam o mesmo; o lugar estava azul de fumaça.

E havia as ruínas. *Miscerique probat populos et foedera jungi.* Essas palavras latinas, cujo significado eu desconhecia, eram tudo o que restava de um monumento diante do portão das docas. Eu conhecia a frase de cor; dei-lhe minha própria pronúncia e ela se fixou em minha mente como um *jingle* desprovido de sentido. As palavras haviam sido gravadas no topo de um bloco de granito e o resto do granito agora estava nu. A escultura de bronze abaixo da frase fora arrancada; os fragmentos de bronze que permaneciam presos à pedra sugeriam que o escultor fizera folhas de bananeira ou galhos de palmeira no alto, para emoldurar sua composição. Disseram-me que o monumento fora erguido poucos anos antes, quase no fim do período colonial, para registrar os sessenta anos do serviço de vapores da capital para lá.

Portanto, tão logo fora erigido — sem dúvida com discursos sobre os sessenta anos seguintes de serviço —, o monumento aos vapores fora posto abaixo. Como todos os outros monumentos e estátuas. Pedestais haviam sido desfigurados, cercas protetoras derrubadas, refletores de luz quebrados e abandonados à ferrugem. Ruínas foram deixadas como ruínas; nenhum esforço foi empreendido para uma limpeza. Os nomes de todas as ruas principais haviam sido trocados. Placas grosseiras exibiam os novos nomes, com letras mal traçadas. Ninguém usava os novos nomes porque ninguém se importava muito com eles. O desejo fora apenas o de acabar com as coisas antigas, varrer a memória do invasor. Era perturbadora a profundidade dessa raiva africana, a vontade de destruir a qualquer preço.

Mais aflitivo do que tudo, no entanto, era o subúrbio arruinado próximo das corredeiras. Terra valorizada durante algum tempo e agora mato novamente, espaço comunitário, segundo a prática africana. As casas haviam sido queimadas uma a uma e pilhadas — antes ou depois — apenas naquelas coisas de que os nativos necessitavam — folhas de zinco, pedaços de cano, banheiras, pias e bacias (utensílios impermeáveis, que serviam para pôr mandioca de molho). Os grandes jardins e gramados haviam voltado a ser mato; as ruas tinham desaparecido; trepadeiras e parasitas recobriam paredes semidestruídas de alvenaria caiada ou de tijolos ocos de argila. Aqui e ali, em meio ao mato, ainda podiam ser vistas as carcaças de concreto do que outrora eram restaurantes (os vinhos Saccone e Speed) e boates. Uma boate tivera o nome de Napoli; a palavra, agora sem sentido algum, pintada sobre a parede de concreto, já estava quase apagada.

Sol e chuva e mato haviam feito o lugar parecer velho, como o sítio de uma civilização morta. As ruínas, espalhando-se por uma área tão grande, pareciam dar testemunho de uma catástrofe definitiva. Mas a civilização não estava morta. Era a civilização em que eu existia, a qual na verdade ainda almejava. E assim se produzia um sentimento incômodo: estar entre ruínas era como ter o sentido temporal desarranjado. Você se sentia como um fantasma, não do passado, mas do futuro. Era como se sua vida e sua ambição já tivessem sido vividas por você, que agora observava relíquias. Você se encontrava num lugar aonde o futuro já chegara e de onde já se retirara.

Com suas ruínas e privações, a cidade de Nazruddin era uma cidade-fantasma. E para mim, recém-chegado que era, não havia nenhuma vida social. Os expatriados não eram receptivos. Haviam sofrido bastante; ainda não sabiam o que estava por vir; sentiam-se muito nervosos. Os belgas, especialmente os mais jovens, estavam tomados de ressentimento e sentimento de injustiça. Os gregos, grandes homens de família, com a agressividade e a frustração de todo homem de família, mantinham-se restritos a seu círculo mais próximo. Havia três casas que eu visitava, fazendo um rodízio durante a semana na hora do almoço, que se tornara minha principal refeição. Eram casas de asiáticos e indianos.

Havia um casal da Índia que vivia num pequeno apartamento que cheirava a assa-fétida e era decorado com flores de papel e gravuras religiosas de cores brilhantes. Ele era um especialista das Nações Unidas que não desejara voltar para seu país e permanecera lá, fazendo pequenos trabalhos depois do término de seu contrato. Era um casal hospitaleiro, que fazia questão (creio que por razões religiosas) de oferecer hospitalidade a estrangeiros assustados ou extraviados. Os dois estragavam sua hospitalidade falando um pouco demais sobre ela. Sua comida era muito aguada e apimentada para mim, e eu não gostava da maneira como o homem comia. Ele se curvava sobre o prato, mantendo o nariz a dois ou três centímetros do alimento e fazendo ruídos com os lábios. Enquanto ele comia daquele jeito, sua mulher o abanava, jamais desviando os olhos daquilo que ele tinha no prato, abanando com a mão direita enquanto apoiava o queixo na esquerda. Ainda assim, eu aparecia duas vezes por semana, mais para ir a algum lugar do que pela comida.

O outro lugar que eu frequentava era uma casa simples, que lembrava um rancho e pertencia a um casal de velhos indianos cuja família partira durante os conflitos. O quintal era grande e poeirento, cheio de carros e caminhões abandonados, relíquias do negócio de transportes no tempo colonial. O casal de velhos não parecia saber onde estava. O mato africano batia às portas de sua casa; mas eles não falavam francês, nenhuma língua africana e, pelo modo como agiam, seria possível pensar que o rio no final da rua era o Ganges, com templos, sacerdotes e degraus onde banhar-se. Mas era tranquilizador estar com eles. Não queriam conversa e ficavam bastante satisfeitos se você não abrisse a boca, se comesse e fosse embora.

Shoba e Mahesh eram as pessoas de quem eu me sentia mais próximo, e logo os considerei amigos. Tinham uma loja no que deveria ter sido uma grande via comercial, em frente ao Hotel Van der Weyden. Como eu, eram imigrantes do leste e refugiados de sua própria comunidade. Eram um casal extraordinariamente bonito; causava surpresa, em nossa cidade, encontrar pessoas tão atentas para a roupa e a aparência. Mas eles tinham vivido tempo demais longe dos seus e já não sentiam curiosidade quanto a eles. Como tantas pessoas isoladas, haviam se fechado em si mesmos e não mostravam muito interesse pelo mundo exterior. E aquele belo casal tinha seus dias tensos. Shoba, a mulher, era vaidosa e neurótica. Mahesh, o lado mais simples, às vezes se angustiava por causa dela.

Essa era minha vida na cidade de Nazruddin. Eu quisera libertar-me e começar do zero. Mas há limite para tudo, e eu me sentia oprimido pelo vazio de minha rotina. Minha vida era desprovida de obrigações, e no entanto era mais limitada do que jamais fora; a solidão de minhas noites doía. Não pensei que tivesse os recursos para resistir. Meu consolo era ter perdido pouco além de tempo; sempre poderia partir — embora ainda não soubesse para onde. E então senti que não poderia partir. Tinha de ficar.

O que eu temia que acontecesse no litoral tornou-se realidade. Houve uma rebelião; e os árabes — gente quase tão africana quanto seus escravos — foram finalmente depostos.

Meus amigos Shoba e Mahesh me deram a notícia, depois de ouvi-la pelo rádio — eu ainda não adquirira o hábito dos expatriados de escutar o noticiário pela BBC. Tratamos aquelas notícias como um segredo, algo que deveria ser ocultado dos habitantes dali; foi uma ocasião em que ficamos contentes por não haver jornal local.

Os jornais da Europa e dos Estados Unidos chegaram a várias pessoas na cidade e circularam de mão em mão; foi extraordinário para mim que alguns dos jornais tivessem encontrado palavras simpáticas para a carnificina no litoral. Mas as pessoas são assim, quando se trata de lugares que não lhes interessam de verdade e onde elas não têm de viver. Alguns jornais falaram do término do feudalismo e do amanhecer de uma nova era. Mas o que aconteceu não era novo. Pessoas que se haviam tornado fracas foram destruídas fisicamente; era a lei mais antiga da terra.

Cartas acabaram por chegar — todas juntas — de minha família no litoral. Haviam sido escritas com precaução, mas a mensagem era clara. Não havia lugar para nós na costa; nossa vida lá chegara ao fim. A família estava se dispersando. Só os velhos ficariam em nossa propriedade familiar — pelo menos teriam agora uma vida mais tranquila. Os serviçais da família, um estorvo até o fim, recusavam-se a ir embora e insistiam em sua condição de escravos mesmo naqueles tempos de revolução. Estavam sendo divididos entre os membros da família. Um dos temas da carta era que eu teria de arcar com minha parcela.

Não pude escolher quem quisesse; aparentemente, alguém já havia me escolhido. Um dos rapazes das casas de serviçais queria distanciar-se tanto quanto possível do litoral e estava firme em seu desejo de ser mandado "para ficar com Salim". O rapaz disse que sempre tivera "um apreço especial por Salim" e fez tanto estardalhaço que finalmente decidiram enviá-lo para mim. Eu podia imaginar a cena. Podia imaginar os gritos, muxoxos, batidas de pé. Era assim que os serviçais se impunham em nossa casa; eles conseguiam ser piores que crianças. Meu pai, sem saber que outras pessoas já haviam falado do assunto em suas cartas, simplesmente anunciou que ele e minha mãe haviam decidido enviar alguém para cuidar de mim — o que queria dizer, é claro, que estava mandando um rapaz de quem eu cuidaria e a quem alimentaria.

Eu não tinha como recusar: o rapaz já estava a caminho. Esse rapaz que tinha "apreço especial" por mim era uma novidade. Uma razão mais plausível para sua escolha era o fato de eu ser apenas três ou quatro anos mais velho do que ele, solteiro e provavelmente mais afeito a tolerar seus deslizes. Ele sempre fora gazeteiro. Nós o enviáramos à madraçal — a casa de estudos muçulmana — quando pequeno, mas ele sempre escapava para algum lugar, apesar das surras que a mãe lhe aplicava. (E como ele berrava em seu quarto, e como sua mãe gritava — ambos exagerando o drama, tentando atrair o máximo de atenção possível do restante da casa!) Ele era o oposto do servo ideal. Com cama e mesa sempre garantidas, era mais um a perambular pela cidade, simpático e cercado de amigos, jamais disponível caso se quisesse contar com ele, sempre cheio de vontades, sempre se oferecendo para ajudar e não fazendo nem um quarto do prometido.

Ele apareceu no apartamento certa noite, num dos caminhões de Daulat, pouco depois de eu ter recebido as cartas que falavam de sua vinda. E meu coração se rendeu: ele parecia tão perturbado, tão cansado e amedrontado... O choque dos eventos no litoral ainda o tomava; e a viagem através da África não lhe agradara em nada.

A primeira metade da jornada, fizera pela estrada de ferro, numa velocidade média de dezesseis quilômetros por hora. Depois passara aos ônibus, e finalmente aos caminhões de Daulat. A despeito das guerras, das estradas ruins e dos veículos destrambelhados, Daulat, um homem de nossa comunidade, mantinha um serviço de transporte entre nossa cidade e a fronteira oriental. Os motoristas de Daulat ajudaram o garoto a passar pelos muitos oficiais. Mas o sujeito ladino e mestiço da costa ainda era suficientemente africano para sentir-se inquieto ao atravessar as tribos estranhas do interior. Não conseguia comer a comida deles e ficou em jejum por dias. Sem saber, fizera na contramão a viagem que alguns de seus ancestrais haviam feito um século ou mais antes.

Ele se atirou em meus braços, transformando o abraço muçulmano num agarramento infantil. Dei tapinhas em suas costas e ele interpretou aquilo como uma permissão para derrubar as paredes com seu choro. Imediatamente, entre gritos e soluços, começou a me contar sobre os assassinatos que vira no mercado, em casa.

Eu não conseguia absorver tudo o que ele dizia. Os vizinhos me preocupavam, e eu tentava baixar o volume de seus gritos, fazê-lo entender que aquele tipo de comportamento extravagante de escravo (e em parte era disso que se tratava) era admissível no litoral, mas não seria compreendido ali. Ele começara a falar, também, da selvageria dos *kafar*, os africanos, agindo como se meu apartamento fosse a propriedade da família e ele pudesse berrar o que lhe viesse à cabeça sobre as pessoas lá fora. Durante toda a cena, o amigável caminhoneiro africano de Daulat trazia bagagem pela escada externa — não muita coisa, mas em vários e incômodos volumes: alguns pacotes, um cesto de vime, algumas caixas de papelão.

Afastei-me do garoto, que ainda uivava — prestar atenção seria encorajá-lo —, e lidei com o carregador, acompanhando-o até a rua para dar-lhe uma gorjeta. A gritaria no apartamento morreu, como esperado; a solidão e a estranheza do apartamento estavam fazendo efeito; e, quando subi novamente, recusei-me a ouvir qualquer coisa antes de alimentar o garoto.

Ele ficou silencioso e assumiu uma postura correta. Enquanto eu preparava alguns feijões assados com queijo e torrada, extraiu de seus pacotes e caixas as coisas que minha família enviara. Gengibre, molhos e temperos de minha mãe. Duas fotografias de família de meu pai, além de um pôster em papel barato que mostrava um de nossos locais sagrados em Gujarat como se fosse um lugar moderno: o artista espalhara automóveis, motocicletas e bicicletas e mesmo trens pelos arredores. Era a maneira de meu pai dizer que, apesar de ser moderno, eu ainda retornaria à fé.

"Eu estava no mercado, Salim", disse o rapaz depois de comer. "No começo, pensei que fosse só uma briga perto da barraca de Mian. Eu não conseguia acreditar no que estava vendo. Eles agiam como se as facas não cortassem e as pessoas não fossem feitas de carne. Era inacreditável. No final parecia que uma matilha de cães tinha atacado um açougue. Vi pernas e braços arrancados e sangrando. Ali no chão. Os braços e as pernas ainda estavam lá no dia seguinte."

Tentei detê-lo. Não queria ouvir mais. Mas não era fácil fazê-lo calar. Ele continuou falando daqueles braços e pernas que pertenciam a pessoas que havíamos conhecido desde a infância. Era terrível o que ele vira. Mas eu também começava a perceber que ele estava tentando se emocionar para chorar mais um pouquinho, depois de já haver parado de sentir vontade de chorar. Senti que ficava inquieto ao perceber que de vez em quando se esquecia de tudo e pensava em outras coisas. Ele parecia querer se emocionar continuamente, e aquilo me incomodava.

Em alguns dias, no entanto, ele amoleceu. E nunca mais se falou nos eventos do litoral. Ele se adaptou mais facilmente do que eu esperava. Imaginei que ficaria deprimido e arredio; pensei que, depois de sua viagem infeliz, odiaria nossa cidade atrasada. Mas ele gostou dela; e gostou porque também gostaram dele, de uma forma inédita.

Na aparência, ele era muito diferente dos habitantes locais. Era mais alto, mais musculoso, mais solto e enérgico em seus movimentos. Era admirado. As mulheres locais, com sua habitual liberalidade, não faziam segredo de que o achavam desejável — chamando-o nas ruas, parando para observá-lo de maneira provocante, com olhos risonhos (e levemente irritados), que pareciam dizer: "Considere isto uma piada, e ria. Ou leve tudo a sério". Meu próprio modo de considerá-lo mudou. Ele deixou de ser um dos garotos da casa de serviçais. Passei a vê-lo como a gente dali; a meus olhos ele se tornou mais distinto e belo. Para as pessoas do lugar ele não era exatamente africano e não despertava inquietações tribais; tratava-se de uma figura exótica com ligações africanas, que eles queriam ter por perto. Ele desabrochou. Aprendeu rapidamente a língua local e até recebeu um novo nome.

Em casa o havíamos chamado de Ali ou — quando queríamos sugerir a natureza especialmente selvagem e inconfiável do "Ali" — "Ali-wa" ("Ali! Ali! Mas onde se meteu esse Ali-wa?"). Agora ele rejeitava aquele nome. Preferia ser chamado de Metty, que era o modo como as pessoas da cidade se referiam a ele. Era apenas o termo francês *métis*, alguém de raça misturada. Mas não era assim que eu usava a palavra. Para mim era apenas um nome: Metty.

Lá, como no litoral, Metty gostava de vaguear. Ficou com o quarto em frente à cozinha; era a primeira porta à direita de quem entrava pela escada externa. Era frequente eu ouvi-lo chegar tarde da noite. Era essa liberdade que ele viera buscar comigo. Mas o Metty que aproveitava aquela liberdade era diferente do garoto que chegara aos gritos e soluços, com os modos da casa de serviçais. Ele se livrara rapidamente daqueles modos e desenvolvera uma nova ideia de seu valor. Tornou-se útil na loja; e, no apartamento, seus hábitos de gazeteiro — que eu antes detestava — tornavam sua presença leve. Mas ele estava sempre lá, e na cidade era como alguém de minha família. Diminuiu minha solidão e tornou mais suportáveis os meses vazios — os meses de espera pelo reinício da atividade comercial. Que, devagar, começava a ganhar vida.

Caímos na rotina de café da manhã no apartamento, loja, almoços separados, loja, noites separadas. Homem e senhor algumas vezes se encontravam, como iguais com necessidades iguais, nos pequenos bares escuros que começavam a aparecer em nossa cidade, sinal de uma vida que tornava a despertar: pequenos barracões com telhados de ferro corrugado, sem forro, paredes de concreto pintadas de azul-escuro ou verde, pisos vermelhos de concreto.

Num desses lugares, certa noite, Metty selou nossa nova relação. Quando entrei, vi-o dançando fantasticamente — de compleição maravilhosa, com sua cintura fina e seus quadris estreitos. Ele parou assim que me viu — o instinto do serviçal. Mas em seguida se curvou e fingiu receber-me como se fosse o dono do lugar. Disse, com o sotaque francês que aprendera: "Não devo fazer nada indecente diante do *patron*". Mas foi precisamente o que tornou a fazer.

Assim, aprendeu a impor-se. Mas não havia tensão entre nós. E, cada vez mais, ele se tornou valioso. Passou a ser meu balconista. Era sempre muito bom com os clientes e conquistava a preferência deles para a loja e para mim. Como um exótico, um sujeito a quem tudo era permitido, era a única pessoa na cidade que ousava fazer piadas com Zabeth, a *marchande* que era também feiticeira.

Era assim entre nós, à medida que a cidade renascia, que os vapores voltavam a fazer o trajeto da capital até lá uma e depois duas vezes por semana, à medida que as pessoas voltavam das tribos para as *cités*, à medida que o comércio crescia e meu negócio, que permanecera no zero por tanto tempo, subia (para usar a escala de dez de Nazruddin) para o dois, com indícios ocasionais de quatro.

3

Zabeth, como mágica ou feiticeira, mantinha-se afastada dos homens. Mas nem sempre fora assim; Zabeth nem sempre fora uma feiticeira. Ela tinha um filho. Falava dele às vezes para mim, muito embora como parte de uma vida que havia deixado para trás. Aquele filho parecia tão distante que eu chegava a pensar que estivesse morto. Até que um dia ela o trouxe à loja.

Ele tinha quinze ou dezesseis anos e já era bem grande, mais alto e pesado que os homens de nossa região, cuja estatura média era de um metro e cinquenta. Sua pele era perfeitamente negra, desprovida das tonalidades acobreadas de sua mãe; seu rosto era mais comprido e firmemente modelado; e das palavras de Zabeth deduzi que o pai era originário de uma das tribos do sul.

O pai do rapaz era um mercador. Como mercador, viajara pelo país durante a paz miraculosa do período colonial, quando os homens, se quisessem, podiam prestar pouca atenção às fronteiras tribais. Foi assim que, durante suas viagens, ele e Zabeth se encontraram; foi desse mercador que Zabeth adquiriu suas habilidades comerciais. Com a independência, as fronteiras tribais se tornaram novamente importantes, e viajar deixou de ser seguro. O homem do sul retornou à sua terra, levando o filho que tivera com Zabeth. A um pai sempre era permitido reclamar seu filho; havia uma série de ditos populares que expressavam essa lei africana quase universal. E Ferdinand — era esse o nome do rapaz — passara os últimos anos longe da mãe. Frequentara a escola no sul, numa das cidades mineiras, e lá permanecera durante todos os conflitos que se seguiram à independência, especialmente a longa guerra de secessão.

Mas então, por algum motivo — talvez porque seu pai houvesse morrido, ou se casado novamente e desejasse ficar livre de Ferdinand, ou simplesmente porque Zabeth assim desejara —, Ferdinand fora mandado de volta para a mãe. Ele era um estrangeiro no lugar. Mas ninguém ali podia ser alguém sem tribo; e Ferdinand, novamente segundo os costumes, fora recebido na tribo de sua mãe.

Zabeth decidira mandar Ferdinand para o liceu de nossa cidade, que fora limpo e reaberto. Era um prédio sólido de dois andares e dois pátios, no estilo oficial-colonial, com amplas varandas em cima e embaixo. Mendigos haviam tomado o térreo, cozinhando em fogareiros de pedra nas varandas e jogando o lixo no pátio. Um lixo estranho, que não era formado por latas, papel, caixas e outros recipientes que se esperariam numa cidade, mas por um tipo mais fino de dejeto — conchas, ossos e cinzas, estopa queimada —, que fazia aquelas pilhas parecerem montes negros de terra peneirada.

Os gramados e jardins haviam sido arrasados, mas as buganvílias haviam crescido selvagens, sufocando as palmeiras, escorando-se nos muros do liceu e escalando os pilares quadrados do portão principal para enroscar-se no arco decorativo, onde, em letras metálicas, ainda se inscrevia o lema do colégio: *Semper Aliquid Novi*. Os mendigos, tímidos e meio famintos, mudaram-se assim que lhes foi pedido. Algumas portas, janelas e persianas foram repostas, o encanamento foi reparado, as paredes foram pintadas, o lixo foi retirado, o chão, asfaltado. E no prédio que eu considerava uma ruína, as faces brancas de professores começaram a aparecer.

Foi como um aluno do liceu que Ferdinand foi até a loja. Vestia a camisa e o short brancos do uniforme. Era uma roupa simples, mas que conferia distinção; e, ainda que a calça curta fosse um tanto absurda em alguém tão alto, o uniforme era importante para Ferdinand e Zabeth. Zabeth vivia uma vida puramente africana; para ela, somente a África era real. Para Ferdinand, porém, ela desejava algo mais. Eu não via contradição; parecia-me natural que alguém como Zabeth, com uma vida tão dura, quisesse algo melhor para o filho. Essa vida melhor estava além dos hábitos atemporais da vila e do rio. Estava na educação e no aprendizado de novas habilidades; e para Zabeth, assim como para muitos africanos de sua geração, escola era algo que apenas os estrangeiros podiam dar.

Ferdinand iria para o internato do liceu. Zabeth o levara até a loja naquela manhã para me apresentar o filho. Queria que eu o tomasse sob minha proteção e o mantivesse sob observação na cidade estranha. Se Zabeth me escolheu para essa tarefa, não foi apenas por eu ser um parceiro de negócios em quem ela confiava. Foi também porque eu era um estrangeiro, falante do inglês, alguém com quem Ferdinand poderia aprender boas maneiras e os hábitos do mundo exterior. Eu era alguém com quem Ferdinand poderia treinar.

O rapaz alto era quieto e respeitoso. Mas eu desconfiava que aquilo duraria apenas enquanto a mãe estivesse por perto. Havia certo distanciamento zombeteiro em seu olhar. Ele parecia caçoar da mãe que acabava de conhecer. Ela era uma mulher de tribo; e ele, no fim das contas, vivera numa cidade mineira no sul, onde devia ter visto estrangeiros com muito mais estilo do que eu. Eu não o imaginava respeitando minha loja como a mãe. A loja era um barracão de concreto, com mercadoria barata espalhada pelo chão (embora eu soubesse o lugar de cada coisa). Ninguém poderia considerá-la um lugar moderno; nem sequer tinha a pintura brilhante de algumas das lojas gregas.

Eu disse, tanto para benefício de Ferdinand como de Zabeth: "Ferdinand é um rapaz crescido, Beth. Ele pode cuidar de si próprio".

"Não, não, Mis' Salim. O Fer'nand vai vir aqui. Bate nele quando quiser."

Aquilo era bem improvável. Mas era apenas maneira de dizer. Sorri para Ferdinand e ele sorriu para mim, retraindo os cantos da boca. O sorriso me fez perceber a limpeza de sua boca e a qualidade simétrica do resto de suas feições. Em seu rosto percebi que podia encontrar a origem de certas máscaras africanas, nas quais os traços são simplificados e fortalecidos; e, com a memória daquelas máscaras, imaginei ter visto uma distinção especial em seu rosto. Surgiu-me a ideia de que eu observava Ferdinand com os olhos de um africano, e foi assim que sempre o observei. Foi o efeito que aquele rosto exerceu sobre mim que considerei, naquele momento e posteriormente, como sendo de grande poder.

O pedido de Zabeth não me agradara. Mas era preciso aceitá-lo. E quando balancei a cabeça lentamente, fazendo-os saber que Ferdinand teria um amigo em mim, Ferdinand começou a dobrar um joelho. Mas em seguida parou. A reverência ficou pela metade: ele fez de conta que algo lhe provocara coceira naquela perna e esfregou a parte de trás do joelho que dobrara. Contra o short branco, sua pele era negra e saudável, com um leve brilho.

Aquele dobrar de joelho era uma reverência tradicional. As crianças do mato o usavam para mostrar respeito por uma pessoa mais velha. Era como um reflexo, feito sem nenhuma cerimônia especial. Fora da cidade era possível ver as crianças abandonarem uma atividade para subitamente, como se uma cobra as tivesse assustado, correr para o adulto que acabavam de enxergar, ajoelhar-se, receber um tapinha distraído na cabeça e depois, como se nada tivesse acontecido, voltar para o que estavam fazendo. Era um costume que se alastrara vindo dos reinos da selva, no leste. Mas era um costume do mato. Não podia ser transferido para a cidade; e para alguém como Ferdinand, especialmente depois de sua estada na cidade mineira do sul, o gesto infantil de respeito teria parecido antiquado e subserviente.

Eu já ficara perturbado com seu rosto. Aí pensei: "Teremos problemas aqui".

O liceu não ficava distante da loja, uma caminhada tranquila, se o sol não estivesse muito quente ou se não estivesse chovendo — a chuva inundava as ruas num piscar de olhos. Ferdinand vinha visitar-me uma vez por semana. Vinha às três e meia da tarde na sexta-feira ou então na manhã de sábado. Sempre andava vestido como aluno do liceu, de branco; às vezes, apesar do calor, usava o paletó do colégio, que tinha o lema *Semper Aliquid Novi* aplicado no bolso do peito.

Trocávamos cumprimentos e, à maneira africana, podíamos tornar esse ritual demorado. Era difícil prosseguir, concluídos os cumprimentos. Ele não me contava novidades; obrigava-me a fazer perguntas. E quando eu perguntava — apenas para dizer alguma coisa — "Como foi na escola?" ou "O padre Huismans é seu professor", ele me dava respostas curtas e precisas, que me deixavam em busca de algo mais para inquirir.

O problema era que eu não tinha vontade — e, pior, logo me tornei incapaz — de conversar com ele como teria feito com outro africano. Eu sentia que com ele precisava fazer um esforço especial, e não sabia exatamente o que dizer. Ele era um menino do mato; quando chegassem as férias, voltaria para o vilarejo da mãe. Mas no liceu aprendia coisas sobre as quais eu nada sabia. Eu não podia falar sobre seus trabalhos escolares; nesse ponto, a vantagem era dele. E havia o seu rosto. Para mim, havia muita coisa por trás daquelas feições que eu era incapaz de decifrar. Eu sentia existir ali solidez e autocontrole; ele via através de mim — seu guardião e educador.

Sem nada que os sustentasse, nossos encontros poderiam ter acabado. Mas também havia Metty. Metty se dava bem com todo mundo. Ele não tinha os mesmos problemas que eu com Ferdinand; e foi por causa dele que Ferdinand logo passou a visitar primeiro a loja, depois o apartamento. Depois de uma conversa formal comigo em inglês ou francês, Ferdinand passava para o dialeto local com Metty. Era como se ele se transformasse, tagarelando em voz aguda, as risadas soando como parte de sua fala. E Metty conseguia acompanhá-lo; Metty absorvera muitas entonações da dicção local e maneirismos da linguagem.

Do ponto de vista de Ferdinand, Metty era melhor guia da cidade do que eu. Para aqueles dois jovens livres, os prazeres da cidade eram os esperados: bares, cerveja e mulheres.

A cerveja era parte da comida, ali; as crianças a bebiam; as pessoas começavam a tomá-la logo de manhã. Não tínhamos cervejaria local, e boa parte da carga trazida pelos vapores era a bebida fraca que as pessoas da cidade apreciavam. Em muitos pontos do rio, jangadas recebiam caixotes do vapor em movimento; e o vapor, de volta à capital, recolhia as embalagens vazias.

A atitude era igualmente natural em relação às mulheres. Pouco depois de minha chegada, meu amigo Mahesh disse que as mulheres se deitavam com os homens sempre que eles pediam. Um homem podia bater à porta de qualquer uma e dormir com ela. Mahesh me disse isso sem o menor sinal de excitação ou aprovação — estava amarrado a sua bela Shoba. Para Mahesh, aquele modo causal de lidar com o sexo era uma parte do caos e da corrupção que grassavam no lugar.

Foi o que passei a sentir, depois de algum entusiasmo inicial. Mas não podia condenar prazeres em que também tomava parte. Não podia repreender Metty ou Ferdinand por frequentarem lugares aos quais eu também ia. A repreensão, na verdade, tinha o efeito contrário. A despeito das mudanças pelas quais Metty passara, eu ainda o considerava um membro da família; e tinha de tomar cuidado para não feri-lo, nem a minha família. Em especial, tinha de tomar cuidado para não ser visto com mulheres africanas. E sentia orgulho de jamais ter dado motivo para escândalo.

Ferdinand e Metty podiam beber nos bares, sair com mulheres ou passar a noite na casa daquelas que conheciam. Era eu — como senhor de um homem e guardião do outro — que precisava me esconder.

O que Ferdinand poderia aprender comigo? Eu ouvira dizer no litoral — e os estrangeiros que encontrei na cidade falavam a mesma coisa — que os africanos não sabiam "viver". Isso significava que os africanos não sabiam gastar dinheiro nem manter uma casa. Muito bem! Minhas circunstâncias eram incomuns, mas o que veria Ferdinand ao olhar para o meu negócio?

Minha loja era uma bagunça. Eu tinha rolos de tecido e lona nas prateleiras, mas a maior parte do estoque ficava esparramada pelo chão. Eu me sentava a uma escrivaninha bem no meio do galpão de concreto, em frente à porta, com um pilar de concreto ao lado para dar-me a sensação de estar ancorado naquele mar de quinquilharias — grandes bacias esmaltadas de bordas azuis e brancas, ou então de borda azul e enfeites florais; pilhas de pratos brancos esmaltados, com folhas quadradas de papel pardo entre as peças; canecas esmaltadas e potes de ferro, braseiro de carvão e camas de ferro, baldes de zinco ou plástico e pneus de bicicleta, lanternas e lampiões a óleo de vidro verde, rosa ou amarelo.

Esse era o tipo de tralha com que eu comerciava. Eu lidava com ela respeitosamente, porque tirava dali meu sustento, os meios de passar do dois ao quatro. Mas era uma tralha antiquada, feita especialmente para lojas como a minha; e duvido que os trabalhadores que a fabricavam — na Europa, nos Estados Unidos e talvez no Japão — fizessem a mínima ideia de como aqueles produtos eram usados. As bacias menores, por exemplo, eram procuradas por serem boas para criar larvas em tecido molhado e terra úmida. As bacias maiores — uma compra importante: um aldeão não esperava comprar mais de duas ou três ao longo da vida — eram usadas para pôr de molho a mandioca e assim retirar seu veneno.

Esse era o ambiente em que eu trabalhava. E havia um ar semelhante de despojamento em minha casa. A belga solteira que vivera no apartamento antes de mim era uma espécie de artista. À atmosfera de *studio* que ela criara acrescentei uma genuína bagunça — que simplesmente não conseguia evitar. Metty tomara conta da cozinha e agora ela se encontrava em petição de miséria. Não creio que ele algum dia tenha limpado o fogão de querosene; com sua criação servil, era provável que considerasse isso trabalho feminino. Não fazia a menor diferença eu limpar o fogão. Metty não se constrangia: o fogão logo voltava a cheirar e ficar grudento com todo tipo de substância. Toda a cozinha cheirava, embora fosse usada quase só para fazer o café da manhã. Eu mal conseguia entrar lá. Mas Metty não se importava, ainda que seu quarto ficasse logo em frente.

Ganhava-se acesso ao corredor que levava à cozinha e ao quarto de Metty diretamente pela escada externa, posicionada nos fundos do prédio. Assim que se abria a porta de entrada, sentia-se um cheiro morno e estagnado de ferrugem, óleo e querosene, de roupa suja, tinta velha e piche. O lugar cheirava assim porque não era possível deixar uma janela aberta. A cidade, arrasada como estava, pululava de ladrões que pareciam capazes de se esgueirar por qualquer fresta. À direita ficava o quarto de Metty: um olhar bastava para constatar que ele o convertera num quartinho bem-arrumado de empregado, com seu catre, seus lençóis e seus pacotes, suas caixas de papelão, suas roupas penduradas em pregos e puxadores de janela. Pouco além no corredor, à esquerda, depois da cozinha, ficava a sala de estar.

Era uma sala ampla, que a belga pintara inteiramente de branco — teto, paredes, janelas e até mesmo as persianas. Naquela sala branca com piso de madeira havia um sofá estofado de tecido azul-escuro e grosso; para completar o ambiente de *studio* havia uma mesa de vime natural, do tamanho de uma mesa de pingue-pongue. Nela acumulei minha própria tralha — velhas revistas, livros de bolso, cartas, sapatos, raquetes, ferramentas, caixas de sapato e de camisa nas quais eu tentara arrumar pequenas coisas em diferentes momentos. Um canto da mesa eu deixava livre e perpetuamente coberto por uma toalha puída: era lá que Metty passava roupa, às vezes com o ferro elétrico (sempre ali na mesa), outras (quando faltava eletricidade) com a velha prancha de ferro, um item do estoque da loja.

Da parede branca no final da sala pendia um grande quadro a óleo de um cais europeu, pintado em vermelhos, amarelos e azuis. Era de estilo moderno, com pinceladas largas; a mulher belga o fizera e assinara. Dera ao quadro lugar de destaque na sala, mas não julgara que ele merecesse ser levado embora. No chão, encostadas às paredes, havia outras pinturas que eu herdara dela. Era como se ela tivesse perdido a fé em seu próprio lixo e, com a independência, tivesse ficado satisfeita com a partida.

Meu quarto estava localizado no final do corredor. Para mim, era um lugar de especial desolação, com seus grandes armários embutidos e sua enorme cama de espuma.

Quantas expectativas eu não cultivara naquela cama, assim como certamente fizera a mulher belga! Quantas expectativas, quanta certeza de minha própria liberdade; quantas decepções, quanta vergonha. Quantas mulheres africanas não haviam sido expulsas de lá em horas incômodas — antes de Metty chegar, ou antes de ele acordar! Muitas vezes, naquela cama, esperei que a manhã limpasse minha memória; e frequentemente, ao pensar na filha de Nazruddin e na fé daquele homem em minha confiabilidade, prometi ser bom. Com o tempo aquilo mudaria; a cama e o quarto teriam outras associações para mim. Mas, até lá, eu só sabia o que eu sabia.

A belga tentara acrescentar um toque europeu, caseiro e artístico — o toque de uma outra vida — àquela terra de chuva, calor e árvores frondosas sempre vistas, ainda que embaçadas, pelas janelas pintadas de branco. Ela devia ter-se em alto conceito; sob um julgamento objetivo, contudo, aquilo que ela tentara fazer não tinha muito valor. E eu sentia que Ferdinand, quando visse minha loja e meu apartamento, chegaria à mesma conclusão sobre mim. Seria difícil para ele ver uma grande diferença entre minha vida e a vida que ele conhecia. Esse raciocínio ocupava minhas cismas noturnas. Eu pensava sobre a natureza de minhas aspirações, as próprias bases de minha existência; e comecei a sentir que minha vida, em qualquer lugar — não importava o quão rica, bem-sucedida e elegante —, seria apenas uma versão daquela mesma vida.

Esses pensamentos eram capazes de levar-me a lugares aonde eu não queria ir. Era em parte o efeito de meu isolamento; eu sabia disso. Sabia ter mais em mim do que a rotina e o ambiente mostravam. Sabia que existia algo que me separava de Ferdinand e da vida agreste. Mas, por não ter como exibir minha diferença, meu verdadeiro ser no dia a dia, eu me ressentia da estupidez de exibir minhas coisas.

Mostrei minhas coisas a Ferdinand. Dei voltas ao cérebro tentando encontrar algo mais para mostrar. Ele se mantinha frio, como se já tivesse visto tudo aquilo. Era só o jeito dele, o tom morto de sua voz ao falar comigo. Mas aquilo me irritava.

Eu queria dizer-lhe: "Veja estas revistas. Ninguém me paga para lê-las. Eu as leio porque sou assim, porque me interesso pelas coisas, porque quero saber do mundo. Veja estas pinturas. A belga se esforçou bastante nelas. Queria fazer algo belo para enfeitar sua casa. Não pendurava os quadros lá como um talismã".

No fim eu disse tudo isso, ainda que não com essas palavras. Ferdinand não reagiu. As pinturas eram lixo — a mulher não sabia como preencher a tela e esperava safar-se com toscas pinceladas coloridas. Os livros e revistas eram lixo — especialmente as pornográficas, que me deprimiam e me envergonhavam, mas das quais não me desfazia porque às vezes precisava delas.

Ferdinand entendeu errado minha irritação.

Certo dia, ele disse: "Você não tem de me mostrar nada, Salim".

Ele deixara de me chamar de senhor, imitando Metty. Metty dera para me chamar de patrão e, na presença de terceiros, era capaz de fazê-lo de maneira irônica. Metty estava presente, naquele dia; mas quando Ferdinand disse que eu não precisava mostrar-lhe nada, não falava ironicamente. Ele jamais usava a ironia.

Eu estava lendo uma revista quando Ferdinand apareceu na loja, certa tarde. Cumprimentei-o e continuei lendo. Era uma revista de divulgação científica, um tipo de publicação em que eu estava viciado. Eu gostava de absorver aquelas migalhas de conhecimento e pensava com frequência, ao ler, que o campo científico de que me informava no momento era aquele ao qual deveria ter dedicado os dias e as noites, aumentando meu conhecimento geral, fazendo descobertas, fazendo alguma coisa de mim mesmo, empregando minhas faculdades. Era tão bom quanto a verdadeira vida de conhecimento.

Metty estava na alfândega, naquela tarde, liberando algumas mercadorias que haviam chegado na véspera pelo vapor — lá, era esse o ritmo das coisas. Ferdinand fez um pouco de hora. Eu me sentira rejeitado por sua frase sobre não lhe mostrar nada e não pretendia iniciar uma conversa. Finalmente ele se aproximou da mesa e perguntou: "O que você está lendo, Salim?".

Não pude me conter: o professor e o guardião despertaram em mim. Falei: "Você devia dar uma espiada nisto. Estão inventando um novo tipo de telefone. Ele trabalha por impulsos luminosos e não com a corrente elétrica".

Eu jamais acreditava de fato naquelas maravilhas sobre as quais lia. Não achava que fosse vê-las no curso de minha vida. Mas nisso estava o encanto de ler a respeito delas: você podia ler artigo após artigo sobre essas coisas cujo uso ainda não foi adotado.

Ferdinand disse: "Quem são eles?".

"Como assim?"

"Quem são eles, que estão trabalhando num telefone novo?"

Pensei: "Cá estamos nós, depois de alguns meses de liceu. Ele mal saiu do mato; conheço a mãe dele; trato-o como amigo; e ele já me vem com essas bobagens políticas". Não dei a resposta que achei que ele estava esperando. Não respondi: "Os homens brancos". Embora metade de mim desejasse fazê-lo, para pôr Ferdinand em seu lugar.

Em vez disso, respondi: "Os cientistas".

Ele se calou. Também me calei, e voltei deliberadamente à leitura. Foi o fim daquele pequeno episódio entre nós. Foi também o fim de minhas tentativas de ser um professor, de exibir-me e as minhas coisas para Ferdinand.

Pois pensei bastante a respeito de minha recusa em dizer "os homens brancos" quando Ferdinand me pediu para definir quem estava trabalhando no novo telefone. E vi que, em meu desejo de não satisfazer a suas ideias políticas, eu realmente dissera o que pretendia dizer. Eu não pensava em homens brancos. Eu não pensava, e não poderia pensar, em pessoas como aquelas que encontrava na cidade, pessoas que haviam ficado para trás depois da independência. Pensava realmente em cientistas, gente distante de nós em todos os sentidos.

Eles! Quando queríamos falar politicamente, quando queríamos atacar ou louvar politicamente, dizíamos "os americanos", "os europeus", "os homens brancos", "os belgas". Quando queríamos falar de criadores e inventores, nós todos, qualquer que fosse a nossa raça, dizíamos "eles". Separávamos aqueles homens de seus grupos e países, e dessa maneira os ligávamos a nós. "Eles estão fazendo carros que vão correr sobre a água." "Eles estão fazendo televisores do tamanho de caixas de fósforos." E esses "eles" de quem falávamos desse modo estavam muito longe, tão longe que era difícil vê-los como brancos. Esperávamos por suas bênçãos e depois as exibíamos — como eu exibira meus binóculos baratos e minha bela câmera para Ferdinand — como se fôssemos responsáveis por elas.

Eu mostrara minhas coisas a Ferdinand como se lhe franqueasse os segredos mais profundos de minha existência, a verdadeira natureza de minha vida sob a insipidez de meus dias e noites. De fato, eu e todos os outros como eu na cidade — asiáticos, belgas ou gregos — estávamos tão distantes "deles" quanto Ferdinand.

Foi o fim de meus esforços para ensinar Ferdinand. Decidi deixá-lo livre, como antes. Senti que por acolhê-lo na loja e no apartamento já cumpria minha promessa à mãe dele.

Chegaram os feriados escolares da estação chuvosa e Zabeth veio para a cidade fazer compras e recolher Ferdinand. Parecia satisfeita com os progressos do rapaz e ele aparentemente não se importava por trocar o liceu e os bares da cidade pelo vilarejo de Zabeth. E assim lá se foi Ferdinand para as férias. Pensei na viagem rio abaixo no vapor e nas jangadas. Pensei na chuva sobre o rio; nas mulheres de Zabeth remando no escuro até o vilarejo escondido; nas noites negras e nos dias vazios.

O céu raramente clareava, então. No máximo passava do cinza ou do cinza-escuro para um prateado brilhante. Relampeava e trovejava o tempo todo, às vezes muito longe, sobre a floresta, às vezes logo acima de nós. Da loja eu podia ver a chuva nos flamboaiãs da praça do mercado. Chuva como aquela matava o comércio dos camelôs; caía em torrentes sobre as bancas e fazia as pessoas se refugiarem sob as marquises das lojas ao redor da praça. Todo mundo olhava a chuva; bebia-se muita cerveja. As ruas alagadas se avermelhavam de lama; era sobre terra vermelha que o mato crescia.

Mas às vezes um dia de chuva terminava num crepúsculo glorioso. Eu gostava de olhar a paisagem do belvedere próximo às corredeiras. Outrora aquele lugar fora um pequeno parque bem equipado; tudo o que restava era um caminho de concreto e uma clareira enlameada na chuva. Redes de pescadores pendiam de troncos nus, enterrados entre as pedras na margem do rio (pedras como aquelas que, dentro da água, formavam as corredeiras). Numa ponta da clareira havia cabanas de sapé; o lugar voltara a ser uma vila de pescadores. Raios do sol que se punha atravessavam as camadas de nuvem acinzentada; a água passava do marrom ao ouro, ao vermelho e ao violeta. E sempre o ruído das corredeiras, inumeráveis cascatas de água se derramando sobre pedra. A escuridão chegava; e às vezes chegava a chuva também, e o som da chuva na água se somava ao som das corredeiras.

A todo momento, de além da curva do rio, vinham massas de jacinto-d'água, escuras ilhas flutuantes no rio negro, ondulando sobre as corredeiras, sempre vindo do sul. Era como se a chuva e o rio arrancassem mato do coração do continente e o levassem para o oceano, a incontáveis quilômetros dali. Mas os jacintos-d'água eram produto exclusivamente do rio. A alta flor lilás aparecera alguns anos antes e não havia nome para ela na língua local. As pessoas ainda a chamavam de "coisa nova" ou "coisa nova do rio", e a consideravam um outro inimigo. Suas raízes e folhas resistentes formavam espessas redes de vegetação que aderiam aos bancos do rio e interrompiam os cursos d'água. Ela crescia depressa, mais depressa do que os homens eram capazes de combatê-la com as ferramentas de que dispunham. Os canais para os vilarejos tinham de ser constantemente limpos. Dia e noite, o jacinto-d'água vinha do sul, reproduzindo-se ao viajar.

Eu decidira deixar Ferdinand em paz. Mas no período escolar seguinte percebi uma mudança em sua atitude para comigo. Ele estava menos distanciado e, quando ia à loja, mostrava-se menos ansioso por trocar-me por Metty. Imaginei que a mãe lhe tivesse passado um sermão. E também que, embora se mostrasse frio ao voltar para o vilarejo materno, ele acabara se chocando com a vida naquelas condições — como teria ele passado os dias?, imaginava eu — e deixara de considerar a cidade e a vida urbana como uma coisa dada.

A verdade era mais simples. Ferdinand começara a crescer e sentia-se meio à deriva. Tinha descendência tribal mestiça, e naquela parte do país era um estranho. Não pertencia propriamente a nenhum grupo e não tinha ninguém em quem espelhar-se. Não sabia o que esperavam dele. Queria descobrir, e precisava de mim como cobaia.

Eu o via, agora, ensaiando vários papéis, testando diferentes modos. Seu repertório era limitado. Por alguns dias, depois de Zabeth ter estado na cidade por causa de suas mercadorias, ele podia representar o filho de sua mãe, a *marchande*. Fingia ser meu parceiro comercial, um semelhante, e fazia perguntas sobre os preços e as vendas. Depois se tornava o jovem africano em trajetória ascendente, o aluno do liceu, moderno e avançado. Nesse papel, gostava de vestir o blazer com o emblema *Semper Aliquid Novi*; sem dúvida isso o ajudava a empregar os maneirismos que aprendera de alguns de seus professores europeus. Imitando um professor, era capaz de ficar de pé com as pernas cruzadas, apoiado na parede branca de meu apartamento, e assim tentar conduzir uma conversa inteira. Ou então, imitando outro professor, talvez andasse em torno da mesa de vime, erguendo isso ou aquilo, olhando a coisa e devolvendo-a a seu lugar — tudo enquanto falava.

Agora esforçava-se para falar comigo. Não do modo como falava com Metty; comigo, tentava um tipo especial de conversa séria. Enquanto antes ele esperara que eu lhe fizesse perguntas, agora era ele quem apresentava pequenas questões, pequenos temas de debate, como se quisesse iniciar uma discussão. Era parte do novo papel de estudante em que trabalhava, e estava ensaiando, usando-me quase como um professor de linguagem. Eu estava interessado. Comecei a fazer uma certa ideia dos temas abordados no liceu — e queria saber a respeito da questão.

Ele me disse um dia: "Salim, qual você acha que é o futuro da África?".

Não respondi nada; queria saber o que ele pensava. Imaginei se ele, apesar de sua ancestralidade mestiça e de suas viagens, tinha mesmo uma ideia da África; ou se a ideia de África lhe chegara, bem como a seus amigos da escola, por intermédio do atlas. Não seria Ferdinand ainda — como Metty, durante sua viagem vindo do litoral — o tipo de homem que, entre tribos estranhas, passa fome antes de provar as comidas exóticas? Teria Ferdinand uma ideia da África bem mais ampla que a de Zabeth, que se movia com segurança de sua vila até a cidade somente por ter certeza de que estava especialmente protegida?

Ferdinand só conseguia me dizer que o mundo fora da África estava afundando e que a África estava em ascensão. Quando perguntei de que modo o mundo exterior estava afundando, ele não pôde dizer. E, quando o fiz avançar até além do ponto em que podia repetir fragmentos daquilo que ouvira no liceu, descobri que as ideias da discussão escolar se haviam misturado e simplificado em sua mente. Ideias do passado confundiam-se com ideias do presente. Em seu blazer do liceu, Ferdinand se via como desenvolvido e importante, como nos dias coloniais. Ao mesmo tempo, imaginava-se o novo homem da África, e importante por essa razão. Com tal ideia perturbadora de sua própria importância, ele reduzira a África a si próprio; e o futuro da África não era nada mais do que o trabalho que ele viria a fazer mais tarde.

As conversas que Ferdinand ensaiava comigo nesse papel tinham um caráter fragmentário porque nem sempre ele vinha bem preparado. Levava a discussão até certo ponto e depois, sem o menor constrangimento, interrompia-a, como se tudo não passasse de um exercício de linguagem no qual poderia sair-se melhor na próxima vez. Em seguida, voltando aos velhos hábitos, trocava-me por Metty.

Embora eu estivesse aprendendo mais a respeito do que se passava no liceu (já de volta ao estilo colonial-esnobe) e na cabeça de Ferdinand, não tinha a impressão de estar me aproximando dele. Enquanto eu o considerara um mistério, distante e zombeteiro com seu rosto semelhante a uma máscara, Ferdinand fora uma pessoa sólida para mim. Depois percebi que suas afetações eram mais do que afetações, que sua personalidade se tornara fluida. Passei a sentir que não havia nada ali, e a ideia de um liceu cheio de Ferdinands me deixou nervoso.

E havia a ideia de sua importância. Ela me inquietava — não haveria segurança para ninguém no país. Ela também inquietava Metty. Quando você se afasta de chefes e políticos, encontra uma democracia rudimentar na África: todos são aldeões. Metty era assistente no armazém e um tipo de serviçal; Ferdinand era um estudante de liceu com um futuro pela frente; mas a amizade entre os dois era como uma amizade entre iguais. Essa amizade continuou. Mas Metty, como servo em nossa propriedade, vira colegas de brincadeira tornarem-se mestres; e deve ter sentido — apesar de sua nova noção de valor — que estava novamente ficando para trás.

Certo dia, eu estava no apartamento quando os ouvi chegar. Metty explicava sua relação comigo e com a loja, sua viagem do litoral até ali.

Metty disse: "Minha família conhecia a dele. Eles me chamavam de Billy. Eu estudava contabilidade. Não vou ficar aqui, sabe. Vou para o Canadá. Já tenho os papéis, só estou esperando a avaliação médica".

Billy! Bem, era parecido com Ali. Canadá — era onde um de meus cunhados se encontrava; numa carta que recebi logo depois de Metty ir morar comigo, a família expressara sua ansiedade a respeito da "avaliação médica" daquele cunhado. Certamente fora lá que Metty arranjara a tal história sobre o Canadá.

Fiz um barulho para alertá-los de que estava lá, e quando eles entraram na sala fiz de conta que não havia escutado nada.

Logo depois disso, numa tarde de chuva, Ferdinand foi ao armazém e de maneira abrupta, encharcado como estava, me disse: "Salim, você precisa bancar meus estudos na América".

Falava como um desesperado. A ideia explodira dentro dele; e ele claramente sentia que, se não agisse de imediato, talvez nunca viesse a agir. Enfrentara a chuva pesada e as ruas alagadas; suas roupas estavam empapadas. E me surpreendi com os modos abruptos e o desespero, e com a grandeza de seu pedido. Para mim, estudar fora era uma coisa cara e pouco frequente, uma coisa além das possibilidades de minha própria família.

Eu disse: "Por que eu deveria mandar você para a América? Por que deveria gastar dinheiro com você?".

Ele não sabia o que dizer. Depois do desespero e da caminhada na chuva, a coisa toda poderia não ser mais do que uma outra tentativa de conversa.

Seria apenas ingenuidade? Senti uma raiva crescer — a chuva, os relâmpagos e a escuridão incomum daquela tarde tinham algo a ver com isso.

Falei: "Por que você acha que eu teria alguma obrigação com você? O que você já fez por mim?".

Aquilo era verdade. A atitude dele, desde que começara a ensaiar seu novo papel, sugeria que eu devia alguma coisa a ele simplesmente porque me mostrara disposto a ajudar.

Ele ficou sem fala. Manteve-se imóvel na escuridão do armazém e me olhou sem ressentimento, como se já esperasse que eu fosse agir daquela maneira, como se tivesse previsto. Por um instante, sustentou meu olhar. Depois se virou para o outro lado e percebi que ia mudar de assunto.

Ele afastou a camisa molhada — com o monograma do liceu bordado no bolso — do corpo e disse: "Minha camisa está molhada". Quando eu não respondi, ele ajeitou novamente a camisa e disse: "Vim andando na chuva".

Novamente, não falei nada. Ele largou a camisa e observou a rua encharcada. Era seu modo de recuperar-se de uma iniciativa equivocada: suas tentativas de conversação podiam terminar com aquelas frases curtas, com observações irritantes sobre o que ele ou eu estávamos fazendo. Naquele momento, olhou a chuva e soltou frases aleatórias sobre o que estava vendo. Implorava para ser libertado.

Falei: "Metty está no estoque. Ele vai lhe dar uma toalha. Peça a ele um pouco de chá".

Mas esse não foi o final da história. Com Ferdinand, agora, as coisas raramente terminavam bem.

Duas vezes por semana eu almoçava com meus amigos Shoba e Mahesh no apartamento deles. O apartamento era muito enfeitado — como eles mesmos, seria o caso de dizer. Os dois formavam um belo casal, certamente eram as pessoas mais bonitas da cidade. Não tinham páreo ali e no entanto estavam sempre vestidos de maneira um tanto exagerada. Em seu apartamento, à beleza genuína de velhos tapetes persas e de Kashimir e de antigas peças de cobre, eles acrescentaram vários itens brilhantes, de gosto duvidoso — recipientes metálicos modernos e toscamente trabalhados de Moradabad, imagens de deuses hindus com movimentos mecânicos, arandelas polidas de três focos. Havia também uma grande escultura de vidro de uma mulher nua. Aquele era um toque artístico, uma espécie de lembrete da beleza feminina, da beleza de Shoba — sendo a beleza pessoal o tema obsessivo daquele casal, como o dinheiro para as pessoas ricas.

Certo dia, Mahesh disse no almoço: "O que acontece com aquele seu garoto? Ele está ficando *malin* como os outros".

"Metty?"

"Ele veio me ver outro dia. Fez de conta que me conhecia havia muito tempo. Estava se exibindo para o garoto africano que estava com ele. Disse que ele seria um novo cliente para mim, que o menino africano era o filho de Zabeth e um bom amigo seu."

"Não sei nada sobre 'bom amigo'. O que ele queria?"

"Metty fugiu quando comecei a ficar bravo e deixou o rapaz comigo. Ele disse que queria uma câmera, mas acho que não queria nada. Só falar."

"Espero que ele tenha pagado."

"Eu não tinha câmeras para vender. É um mau negócio, Salim. Comissões e mais comissões. No fim, você mal consegue reaver o investimento."

As câmeras eram uma das ideias de Mahesh que haviam dado errado. Ele era assim mesmo, sempre em busca de uma grande oportunidade comercial e cheio de pequenas ideias que logo abandonava. Ele havia pensado que o turismo estava prestes a recomeçar, com nossa cidade servindo de base para as excursões aos parques de vida selvagem a leste. Mas o turismo existia apenas nos pôsteres impressos na Europa para o governo da capital. Os parques haviam retornado à natureza — mas não da maneira certa. As estradas e pousadas, sempre rudimentares, se haviam perdido; os turistas (estrangeiros que poderiam se interessar por equipamento fotográfico com desconto) não haviam aparecido. Mahesh tivera de enviar suas câmeras para o leste, empregando os correios privados, que ainda eram mantidos por pessoas como nós, para o transporte (legal ou não) de mercadorias para qualquer destino.

Mahesh disse: "O garoto falou que você vai mandá-lo estudar nos Estados Unidos ou no Canadá".

"O que eu vou mandá-lo estudar?"

"Administração. Assim ele poderá cuidar dos negócios de sua mãe e expandi-los."

"Expandi-los! Comprando uma caixa de lâminas de barbear e vendendo-as uma a uma aos pescadores."

"Eu sabia que ele queria apenas comprometer você diante dos amigos."

Mágica rudimentar: se você diz uma coisa sobre um homem para os amigos dele, mais cedo ou mais tarde ele agirá como você disse.

Respondi: "Ferdinand é um africano".

Quando voltei a encontrar Ferdinand, disse-lhe: "Meu amigo Mahesh me falou que você vai estudar administração nos Estados Unidos. Você já contou isso a sua mãe?".

Ele não entendia ironias. Aquela versão da história pegou-o desprevenido e ele não conseguiu dizer nada.

"Ferdinand, você não pode sair por aí contando mentiras. O que você quer dizer com administração?"

"Contabilidade, datilografia, taquigrafia. Coisas que você faz."

"Eu não sei taquigrafar. E isso não é administração. Isso você aprende num curso de secretariado. Não precisa ir para os Estados Unidos nem para a Europa para aprender. Pode fazer isso aqui mesmo. Tenho certeza de que há lugares na capital. E quando o momento chegar, você vai descobrir que deseja mais do que isso."

Ele não gostou do que eu disse. Seus olhos começaram a brilhar de raiva e humilhação. Mas não fiquei para ver. Era com Metty, e não comigo, que ele tinha de acertar contas, se é que havia contas a acertar.

Ele me pegara na saída para o Clube Helênico, onde eu ia jogar squash. Tênis, short, raquete, toalha em volta do pescoço — como nos velhos tempos no litoral. Saí da sala e me posicionei no corredor, para deixá-lo sair e trancar a porta. Mas ele ficou na sala, sem dúvida à espera de Metty.

Fui para a escadaria. Era um dos dias sem eletricidade. A fumaça dos braseiros de carvão e outros fogos abertos subia azul por entre árvores ornamentais importadas — acácia, fruta-pão, frangipani, flamboaiã — e dava um toque de vilarejo agreste a uma área residencial onde, segundo eu havia escutado, antigamente nem africanos nem asiáticos tinham permissão para viver. Eu conhecia as árvores do litoral. Suponho que lá também tivessem sido importadas. Mas eu as associava ao litoral e a um outro tipo de vida. As mesmas árvores ali me pareciam artificiais — assim como a cidade toda. Eram familiares, mas me lembravam de onde eu estava.

Nada mais ouvi sobre os estudos de Ferdinand no exterior, e logo ele abandonou também a pose de estudante inteligente do liceu. Começou a explorar uma novidade. Já não o via apoiar-se na parede com as pernas cruzadas, nada de caminhar em volta da mesa de vime, levantar coisas e jogá-las de volta, nada mais de conversas sérias.

Ele agora aparecia com as feições compostas, a expressão severa e fechada. Mantinha a cabeça alta e movia-se devagar. Quando se acomodava na poltrona na sala de estar, deslizava tão para baixo que às vezes suas costas ficavam no assento. Mostrava-se lânguido e entediado. Olhava sem ver; estava disposto a ouvir, mas não se podia obrigá-lo a falar — essa era a impressão que ele tentava transmitir. Eu não sabia o que fazer com aquele novo Ferdinand, e foi só a partir de certas coisas ditas por Metty que entendi o que ele pretendia.

Durante o período escolar, alguns garotos das tribos guerreiras do leste tinham entrado no liceu. Eles eram imensamente altos; segundo Metty me contou, atônito, tinham o costume de ser carregados em liteiras por seus escravos, que eram de uma raça mais baixa e robusta. A Europa sempre admirara aqueles homens altos da floresta. Havia muito tempo eu via artigos sobre eles nas revistas — aqueles africanos que não se ocupavam com agricultura nem com comércio e que olhavam os outros africanos de cima para baixo — quase tanto quanto os europeus. A admiração europeia ainda existia; matérias e fotografias continuavam a aparecer nas revistas, a despeito das mudanças ocorridas na África. De fato, agora havia africanos que sentiam como os europeus e viam no povo guerreiro o tipo mais elevado de nativo.

No liceu, ainda tão colonial a despeito de tudo, os novos rapazes causaram comoção. Ferdinand, cujos pais eram mercadores, decidira experimentar o papel de guerreiro indolente da floresta. Não podia vadiar no liceu e fingir que estava acostumado a ser servido por escravos. Pensou, no entanto, que poderia treinar comigo.

Mas eu sabia outras coisas sobre o reino da floresta. Sabia que os escravos estavam em revolta e que eram massacrados para submeter-se. A África era grande. A mata sufocava o som da morte, e os rios e lagos barrentos levavam o sangue embora.

Metty disse: "Temos de ir para lá, *patron*. Ouvi dizer que é o último lugar bom da África. *Y a encore bien, bien des blancs côté-qui-là*. Tem muito branco lá ainda. Ouvi dizer que Bujumbura é como uma Paris em miniatura".

Se eu acreditasse que Metty entendia um quarto de todas as coisas que dizia — se acreditasse, por exemplo, que ele realmente ansiava pela companhia dos brancos em Bujumbura ou que ele sabia onde ficava o Canadá —, teria me preocupado com ele. Mas eu o conhecia bem; sabia quando sua tagarelice era apenas tagarelice. E, no entanto, que conversa! Os brancos haviam sido expulsos de nossa cidade e seus monumentos, destruídos. Mas havia vários brancos lá em cima, numa outra cidade, além de guerreiros e escravos. E isso era glamouroso para os meninos guerreiros, glamouroso para Metty e para Ferdinand.

Comecei a entender quão simples e descomplicado era o mundo para mim. Para pessoas como eu e Mahesh, para os gregos e italianos deseducados de nossa cidade, o mundo era realmente um lugar muito simples. Tínhamos condições de compreendê-lo e, se os obstáculos em nosso caminho não fossem excessivos, podíamos dominá-lo. Não importava que estivéssemos muito distantes de nossa civilização, distantes daqueles que criavam as coisas e as faziam funcionar. Não importava que não pudéssemos fabricar as coisas que gostávamos de usar e que, como indivíduos, não dispuséssemos nem sequer das habilidades técnicas de povos primitivos. Na verdade, quanto menos educados fôssemos, mais em paz estaríamos com nós mesmos, mais facilmente seríamos levados por nossa civilização ou civilizações.

Para Ferdinand não havia essa possibilidade. Ele jamais conseguia ser simples. Quanto mais se esforçava, mais confuso ficava. Sua mente não estava vazia, como eu de início acreditara. Ela estava atulhada de todo tipo de lixo.

Com a chegada dos meninos guerreiros, muita vantagem começou a ser contada no liceu. Senti que Ferdinand — ou alguém — começara a contar vantagem sobre mim. Ou sobre as coisas que obtivera de mim. Realmente começara a propagar-se o boato, naquele período escolar, de que eu me interessava pela educação e o bem-estar dos jovens africanos.

Rapazes, nem todos eles do liceu, surgiam no armazém, às vezes com livros nas mãos, às vezes com paletós obviamente emprestados com o brasão *Semper Aliquid Novi*. Queriam dinheiro. Diziam que eram pobres e queriam dinheiro para prosseguir seus estudos. Alguns desses pedintes eram ousados, vinham diretamente a mim e faziam suas demandas. Os tímidos faziam hora até não haver mais ninguém no armazém. Poucos se davam ao trabalho de inventar histórias, e quando inventavam, elas eram como a de Ferdinand: um pai morto ou distante, uma mãe numa vila, um garoto desprotegido e cheio de ambição.

Espantei-me com toda aquela estupidez, depois fiquei irritado e, por fim, inquieto. Nenhuma daquelas pessoas parecia importar-se com as recusas, ou com serem expulsas da loja por Metty; algumas até voltavam. Era como se não ligassem para a minha reação, como se alguém lá fora tivesse me conferido um "caráter" especial, de modo que não interessava o que eu pensasse de mim mesmo. Era isso o que inquietava. A ingenuidade, a inocência que não era inocente — acreditei que pudessem ser rastreadas até Ferdinand, até sua interpretação de nosso relacionamento e sua ideia de como eu poderia ser usado.

Eu dissera a Mahesh, de passagem e simplificando as coisas para um homem preconceituoso: "Ferdinand é um africano". Ferdinand talvez tivesse feito a mesma coisa comigo entre seus amigos, menosprezando nosso relacionamento. E agora eu sentia que com suas mentiras e exageros, com o caráter que ele me havia conferido, uma teia se formava a meu redor. Eu me tornara uma presa.

Talvez fosse assim com todos aqueles que não eram do país. Os últimos acontecimentos haviam demonstrado nossa vulnerabilidade. Havia uma certa paz, agora; mas todos nós — asiáticos, gregos e outros europeus — continuávamos sendo presas, tocaiadas de diferentes maneiras. Alguns homens deveriam ser temidos e espreitados com cautela; era preciso ser servil com outros; e outros ainda eram abordados, como eu. Estava na história da terra: lá, homens sempre haviam sido presas. Você não alimenta rancor para com sua presa. Você monta uma armadilha para ela. A armadilha falha dez vezes; mas é sempre a mesma armadilha que você prepara.

Pouco depois de eu chegar, Mahesh me falara dos africanos locais. "Jamais esqueça, Salim, que eles são *malins*." Ele usara a palavra francesa porque as palavras inglesas que poderia ter usado — "perversos", "ardilosos", "mal-intencionados" — não eram precisas. As pessoas ali eram *malins* assim como um cão caçando um lagarto é *malin*, ou um gato caçando um pássaro. As pessoas eram *malins* porque viviam com a ideia de que os homens são presas.

Eles não eram pessoas corpulentas. Eram bem pequenos e de compleição leve. No entanto, como para compensar essa fraqueza naquela imensidão de rios e florestas, gostavam de ferir com as mãos. Não usavam os punhos. Usavam a mão espalmada e gostavam de empurrar, estapear. Mais de uma vez, à noite, do lado de fora de um bar ou boate, vi o que parecia ser uma escaramuça de bêbados, uma briguinha de tapas, transformar-se num assassinato metódico, como se a primeira ferida, o primeiro filete de sangue, fizesse da vítima algo menos do que um homem e levasse o agressor a finalizar o ato de destruição.

Eu estava desprotegido. Não tinha família, bandeira ou fetiche. Seria isso que Ferdinand dissera aos amigos? Senti que chegara o momento de esclarecer as coisas com Ferdinand e dar-lhe outra ideia de quem eu era.

Logo apareceu o que considerei uma boa oportunidade. Um jovem bem vestido entrou no armazém certa manhã tendo nas mãos o que parecia ser um livro-caixa. Era um dos tímidos. Ficou por ali, esperando que os fregueses saíssem, e quando se dirigiu a mim percebi que o livro-caixa era menos cuidado do que parecia. A lombada estava enegrecida e gasta pelo uso. Também vi que a camisa do rapaz, obviamente a melhor que ele possuía, não estava limpa como eu supusera. Era a camisa boa que ele usava em uma ocasião especial, depois pendurava num prego até que surgisse outra ocasião especial. O interior do colarinho estava sujo e amarelado.

Ele disse: "Mis' Salim".

Peguei a pasta de suas mãos e ele desviou o olhar, franzindo as sobrancelhas.

A pasta pertencia ao liceu e era velha. Era uma coisa do fim do período colonial: uma lista de subscrição para um ginásio que o liceu tivera a intenção de construir. No verso da capa havia o símbolo do liceu, com as armas e o lema. Em seguida vinha o ofício do diretor, na rígida e angulosa caligrafia europeia que alguns dos africanos haviam aprendido. O primeiro a contribuir fora o governador da província, que assinara majestosamente, ocupando uma página inteira. Virei as páginas, estudei as assinaturas confiantes de funcionários e comerciantes. Era tudo bem recente, mas parecia pertencer a um outro século.

Vi, com interesse especial, a assinatura de um homem de nossa comunidade sobre quem Nazruddin falara bastante. Aquele homem tinha ideias antiquadas sobre dinheiro e segurança; aplicara sua fortuna na construção de um palácio, que tivera de abandonar depois da independência. Os mercenários que restauraram a autoridade do governo central haviam se aquartelado lá e o palácio tornara-se um posto militar. Ele contribuíra com uma soma enorme. Vi a assinatura de Nazruddin e fiquei surpreso: havia me esquecido de que ele poderia estar ali, entre aqueles nomes mortos do tempo colonial.

O ginásio não fora construído. Todas aquelas demonstrações de lealdade, fé no futuro e orgulho cívico não haviam dado em nada. Mas a lista sobrevivera. E agora, identificado seu poder de atrair dinheiro, ela fora roubada. A data fora alterada de modo grosseiro; e o nome do padre Huismans fora escrito sobre a assinatura do antigo diretor.

Eu disse ao homem diante de mim: "Vou guardar este livro. Vou devolvê-lo às pessoas a quem ele pertence. Quem lhe deu o livro? Ferdinand?".

Ele parecia indefeso. O suor escorria de sua testa franzida e caía sobre seus olhos, fazendo-o piscar. Ele disse: "Mis' Salim".

"Você já fez o seu trabalho. Já me deu o livro. Agora vá embora."

E ele obedeceu.

Ferdinand veio à tarde. Eu sabia que ele viria — ia querer olhar-me nos olhos e descobrir o que acontecera com seu livro. Ele disse: "Salim?". Não dei atenção. Deixei-o de pé. Mas ele não teve de ficar ali por muito tempo.

Metty estava no estoque, e Metty devia ter ouvido sua voz. Metty gritou lá de dentro: "Ohou!". Ferdinand respondeu e entrou. Ele e Metty começaram a conversar em patoá. Enervei-me ao ouvir aquele som agudo, satisfeito e ondulante. Peguei o livro-caixa da gaveta de minha escrivaninha e fui até o estoque.

Com sua pequena janela gradeada, a peça estava na penumbra. Metty estava no alto de uma escada, conferindo mercadorias nas estantes que cobriam uma das paredes. Ferdinand estava encostado numa outra parede, bem embaixo da janela. Era difícil ver seu rosto.

Fiquei parado na porta. Fiz um gesto com o livro na direção de Ferdinand e disse: "Você vai se meter em encrenca".

Ele disse: "Que encrenca?".

Ele usou sua entonação neutra e mortiça. Não queria ser sarcástico; realmente queria saber do que eu estava falando. Mas eu não conseguia ver direito o rosto dele. Vi o branco de seus olhos e talvez os cantos de sua boca formando um sorriso. Aquela face, que recordava máscaras assustadoras! E então pensei: "É mesmo, que encrenca?".

Falar em encrenca era fingir que existiam leis e regulamentos que se aplicavam a todos. Ali não havia nada. Outrora existira ordem, mas aquela ordem possuía suas próprias crueldades e injustiças — por isso a cidade fora destruída. Vivíamos nos destroços. Em vez de regulamentos, agora havia apenas funcionários que sempre podiam provar que você estava errado enquanto não pagasse. A única coisa que eu podia dizer a Ferdinand era: "Não me prejudique, rapaz, pois posso fazer pior".

Comecei a ver seu rosto com maior clareza.

Eu disse: "Você vai devolver este livro ao padre Huismans. Se não fizer isso, eu mesmo levarei o livro. E vou tomar providências para que ele mande você definitivamente para casa".

Seu rosto estava sem expressão, como se ele tivesse sofrido uma agressão. Nisso reparei em Metty, na escada. Ele estava tenso, nervoso; seus olhos o traíam. E vi que havia cometido um engano, direcionando toda a minha ira contra Ferdinand.

Os olhos de Ferdinand estavam brilhantes, com os brancos claramente visíveis, de tal modo que, naquele momento terrível, ele parecia um comediante num filme antigo. Ele deu a impressão de inclinar-se para a frente, quase a ponto de perder o equilíbrio. Ferdinand respirou fundo. Seus olhos não desgrudavam de meu rosto. Estava fulo de raiva; o sentimento de ultraje o deixara louco. Seus braços pendiam retos ao lado de seu corpo, de modo que pareciam mais longos do que o normal. Suas mãos estavam contraídas, sem chegar a fechar-se. Sua boca estava aberta. O que eu pensara ser um sorriso, não tinha nada de sorriso. Se a luz fosse melhor, teria percebido isso desde o começo.

Ele dava medo. Um pensamento me ocorreu: "É assim que ele vai ficar quando vir o sangue de sua vítima, quando assistir à morte de seu inimigo". Somando-se àquele pensamento, veio outro: "Essa é a raiva que destruiu a cidade".

Eu poderia ter insistido, transformando aquela raiva exaltada em lágrimas. Mas não forcei. Achei que já havia dado a ambos uma nova ideia do tipo de homem que eu era e deixei-os no depósito para que se acalmassem. Depois de algum tempo, ouvi os dois conversando, mas sem elevar a voz.

Às quatro da tarde, horário de fechamento, gritei chamando por Metty. Ele, feliz pela oportunidade de aparecer e entregar-se a alguma atividade, disse "*Patron*" e franziu o cenho para demonstrar como levava a sério a tarefa de fechar a loja.

Ferdinand se aproximou, bastante calmo, com passos leves. Ele disse: "Salim?". Falei: "Vou devolver o livro". Fiquei olhando enquanto ele se afastava pela rua de terra vermelha, alto, triste e lento debaixo dos flamboaiãs pelados, por entre as barracas simples do mercado de sua cidade.

4

O padre Huismans não estava quando fui ao liceu com o livro. Encontrei um jovem belga na recepção e ele me disse que o padre gostava de tirar alguns dias de folga de vez em quando. “Aonde ele foi?” “Ele vai para o mato. Visita as aldeias”, disse o jovem — professor ou secretário — com irritação. E ficou ainda mais irritado quando lhe dei o livro com as contribuições para o ginásio.

“Eles vêm e imploram para ser admitidos no liceu”, disse.

"Assim que você os aceita, começam a roubar. Carregariam a escola inteira, se você deixasse. Eles vêm e imploram para você cuidar dos filhos deles. Mas na rua o empurram, para mostrar que não dão a mínima para você." Ele não parecia bem. Estava pálido, tinha olheiras e suava ao falar. Disse: "Sinto muito. Seria melhor você falar com o padre Huismans. Entenda, as coisas são difíceis para mim. Tenho vivido à base de ovos e pão de mel".

Achei que ele tinha sido posto numa dieta especial. Depois compreendi que tentava me dizer que estava passando fome.

"Este ano padre Huismans teve a ideia de dar comida africana aos garotos", disse o moço. "Pareceu uma boa ideia. Há uma cozinheira na capital que faz pratos maravilhosos com camarões e mariscos. Mas aqui o cardápio era lagarta com espinafre em molho de tomate. Ou o que parecia ser molho de tomate. No primeiro dia. Claro, era apenas para os meninos, mas olhar para aquilo me revirou o estômago. Não consegui nem sequer permanecer no refeitório e vê-los mastigar. Agora não consigo comer nada que saia da cozinha. Não tenho fogão em meu quarto, e no Van der Weyden há um cheiro de esgoto saindo do pátio. Estou de partida. Preciso ir embora. Para Huismans está tudo bem. Ele é padre. Mas eu não sou padre. Ele se enfia no mato. Eu não quero ir para o mato."

Não havia nada que eu pudesse fazer para ajudá-lo. A comida era um problema para todos. Minhas próprias soluções não eram das melhores; naquele dia eu havia almoçado com o casal de indianos, em meio ao cheiro de goma-arábica e encerados.

Cerca de uma semana depois, ao retornar ao liceu, fiquei sabendo que dois dias após nosso encontro o jovem belga partira num vapor. Foi o padre Huismans quem me deu a notícia;

e padre Huismans, moreno e saudável depois de sua própria viagem, não parecia abatido com a perda de um professor. Disse que estava feliz por ter o livro de contribuições de volta. Aquilo era parte da história da cidade; os próprios garotos que haviam roubado o livro reconheceriam isso um dia.

O padre Huismans estava na faixa dos quarenta anos. Não se vestia como um padre, mas mesmo de calça e camisa normais tinha um ar diferenciado. Exibia aquelas feições "inacabadas" que eu notara que alguns europeus — mas nunca árabes, persas ou indianos — tinham. Nessas feições existe algo de infantil no desenho dos lábios e na projeção da testa. Talvez pessoas desse tipo tenham sido bebês prematuros; dão a impressão de ter passado muito cedo por uma grande perturbação. Alguns são tão frágeis quanto aparentam; outros são muito resistentes. O padre Huismans era resistente. Dava uma impressão de incompletude, fragilidade e resistência.

Ele estivera no rio, visitando aldeias que conhecia, e trouxera consigo duas peças — uma máscara e um velho entalhe em madeira. Queria falar daqueles achados, e não do professor que partira ou do livro de contribuições.

O entalhe era extraordinário. Tinha um metro e meio de altura e representava uma figura humana muito magra, apenas cabeça, tronco e membros, absolutamente básica, esculpida num pedaço de madeira que não teria mais do que uns vinte centímetros de diâmetro. Eu sabia alguma coisa sobre entalhes — eles estavam entre os bens que comerciávamos no litoral; empregávamos um par de famílias de uma tribo que tinha essa habilidade. O padre Huismans, no entanto, não se ateve a essa informação quando a ofereci a ele. Em vez disso, falou do que enxergava no entalhe que encontrara. Para mim era uma peça exagerada e tosca, uma brincadeira de entalhador (os artesãos que empregávamos faziam coisas como aquela de vez em quando). Mas o padre Huismans sabia do que se tratava e, para ele, a peça estava cheia de significado e imaginação.

Ouvi o que ele dizia e no final ele falou, com um sorriso: "*Semper aliquid novi*". Utilizara o lema do liceu para fazer uma piada. As palavras eram antigas, disse ele, tinham dois mil anos e se referiam à África. Um antigo escritor romano dissera que da África vinha "sempre algo novo", *semper aliquid novi*. E quando o assunto eram máscaras e entalhes, as palavras ainda eram literalmente verdadeiras. Todo entalhe, toda máscara, atendia a uma finalidade religiosa específica e só podiam ser produzidos uma única vez. Cópias eram cópias; não tinham poder mágico algum. O padre Huismans não estava interessado nelas. Buscava o elemento religioso em cada peça; sem ele, as coisas eram mortas e desprovidas de beleza.

Era estranho que um padre cristão tivesse tanta consideração pelas crenças africanas, às quais não prestávamos a menor atenção no litoral. Contudo, embora o padre Huismans soubesse tanto a respeito da religião africana e se empenhasse para coletar suas peças, jamais senti que se importasse com os africanos de outra maneira; ele parecia indiferente à situação do país. Eu invejava aquela indiferença; e pensei, depois de deixá-lo naquele dia, que a África dele, de matas e rios, era diferente da minha. Sua África era um lugar maravilhoso, cheio de coisas novas.

Ele era um padre, metade de um homem. Vivia de acordo com votos que eu não seria capaz de fazer; e eu me aproximara dele com o respeito que pessoas de minha origem sentiam por religiosos. No entanto, comecei a pensar nele como sendo algo mais — como sendo um homem puro. Sua presença em nossa cidade me confortava. Suas atitudes, seus interesses, seu conhecimento acrescentavam algo ao lugar, tornavam-no menos vazio. Não me incomodava que ele fosse autocentrado, que se mostrasse indiferente ao colapso de um de seus professores ou que mal parecesse notar minha presença enquanto falava. Para mim, aquilo era parte de sua natureza religiosa. Passei a procurá-lo e a tentar compreender seus interesses. Ele sempre estava disposto a falar (e sempre levemente distante), a mostrar seus achados. Foi algumas vezes à loja e encomendou coisas para o liceu. Mas a timidez — que não era realmente timidez — jamais o deixava. Nunca me senti à vontade com ele. O padre Huismans se mantinha um homem à parte.

Ele me explicou o segundo lema da cidade — as palavras latinas entalhadas no monumento arruinado próximo ao portão das docas: *Miscerique probat populos et foedera jungi*. "Ele aprova a mistura dos povos e seus laços de união": era isso que as palavras significavam, e mais uma vez elas eram antigas, do tempo de Roma. Estavam num poema sobre a fundação de Roma. O primeiro herói romano, viajando à Itália para fundar sua cidade, aporta na costa da África. A rainha local se apaixona por ele, e parece que a viagem vai ser interrompida. Mas então os deuses vigilantes intervêm; e um deles diz que o grande deus romano poderia não aprovar uma colônia na África, a mistura de povos, laços de união entre africanos e romanos. Era assim que as palavras apareciam no antigo poema latino. No lema, contudo, três palavras haviam sido alteradas para inverter o sentido. Ali, na frase entalhada em granito fora dos portões das docas, uma colônia africana não suscitava dúvidas: o grande deus romano aprovava a mistura de povos e as relações com a África. *Miscerique probat populos et foedera jungi.*

Fiquei abismado. Torcer versos de dois mil anos para celebrar seis décadas de serviço fluvial! Roma era Roma. O que era este lugar? Entalhar aquelas palavras num monumento ao lado do rio africano era certamente pedir que a cidade fosse destruída. Não haveria ali nem uma pequena ansiedade, como no poema original? E, tão logo o monumento fora construído, fora posto abaixo, deixando para trás fragmentos de bronze e palavras falsas, motivo de falatório para as pessoas que agora usavam o espaço aberto como mercado e dormitório, com seus bodes, suas aves engaioladas e seus macacos acorrentados (comida, assim como os bodes e as aves), durante os dias que antecediam a partida de um vapor.

Mas achei bom não ter falado nada, pois para o padre Huismans aquelas palavras não continham vaidade. Eram palavras que o ajudavam a ver-se na África. Ele não se via apenas num lugar agreste; via-se como parte de um imenso fluxo histórico. Ele era da Europa; tomava as palavras latinas como referências a si próprio. Não importava que os europeus em nossa cidade fossem incultos, ou que houvesse tanta diferença entre aquilo que ele defendia em sua vida e aquilo que os subúrbios arruinados junto às corredeiras representavam. Ele possuía sua própria ideia da Europa, sua própria ideia de civilização. Era isso que se interpunha entre nós. Nada desse gênero existia entre mim e as pessoas que eu encontrava no Clube Helênico. E, curiosamente, o padre Huismans dava menos ênfase a seu europeísmo e à sua singularidade em relação aos africanos do que aquelas outras pessoas. Ele era mais seguro, em todos os sentidos.

Ele não se mostrava ressentido, como alguns de seus compatriotas, por causa do que ocorrera à cidade europeia. Não se mostrava ofendido com os insultos dirigidos contra os monumentos e estátuas. Não porque estivesse mais disposto a perdoar, ou tivesse uma compreensão melhor do que fora feito aos africanos. Para ele a destruição da cidade europeia, a cidade que seus compatriotas haviam construído, era apenas um atraso temporário. Tais coisas ocorriam quando algo grande e novo estava sendo elaborado, quando o curso da história estava sendo alterado.

Sempre haveria uma povoação naquela curva do rio, ele disse. Era um ponto natural de encontro. As tribos podiam ser outras, o poder podia trocar de mãos, mas os homens sempre voltariam para aquele lugar para encontrar-se e comerciar. A cidade árabe teria sido um pouquinho mais substancial que a povoação africana, e não muito mais avançada tecnologicamente. Os árabes, tão fundo no interior do continente, teriam recorrido aos produtos da floresta para construir; a vida em sua cidade não teria sido muito mais do que um tipo de vida na floresta. Os árabes haviam simplesmente preparado o caminho para a poderosa civilização europeia.

Para tudo o que se relacionava com a civilização europeia, com a exploração do rio, o padre Huismans exibia uma reverência que teria surpreendido as pessoas na cidade que o consideravam um amante da África e, portanto, segundo pensavam, um homem que rejeitava o passado colonial. Aquele passado fora amargo, mas o padre Huismans parecia fazer pouco da amargura; via adiante dela. Do estaleiro próximo à alfândega, negligenciado fazia um bom tempo e cheio de entulho e ferrugem, ele coletara peças de velhos vapores e partes de máquinas inutilizadas da década de 1890 e as depositara — como relíquias de uma civilização anterior — no pátio do liceu. Mostrava-se especialmente satisfeito com uma peça que exibia, numa placa oval de aço, o nome dos fabricantes, da cidade de Seraing, na Bélgica.

De acontecimentos simples nas margens daquele grande rio barrento, da mistura de povos, grandes coisas surgiriam um dia. Estávamos apenas no começo. Para o padre

Huismans, relíquias coloniais eram tão preciosas quanto as coisas da África. Ele via a verdadeira África como moribunda. Por isso era tão necessário, enquanto aquela África ainda vivia, entender, coletar e preservar suas coisas.

O que ele coletara da África moribunda estava no arsenal do liceu, onde os rifles antiquados do corpo de cadetes da escola costumavam ser guardados, nos velhos tempos. O espaço era amplo como o de uma sala de aula — e visto de fora era exatamente isso o que ele parecia. Mas não havia janelas, apenas duas portas altas em dois lados; e a única luz vinha de uma lâmpada descoberta que pendia de um longo fio.

Quando o padre Huismans abriu a porta daquela sala pela primeira vez para mim, senti o odor tépido de grama, terra e gordura envelhecida, tive uma impressão confusa de máscaras arranjadas em fileiras ou prateleiras e pensei: "Este é o mundo de Zabeth. Este é o mundo para o qual ela volta depois de deixar minha loja". Mas o mundo de Zabeth estava vivo, e aquele estava morto. Esse era o efeito das máscaras jazendo nas prateleiras, olhando não para o céu e a floresta, mas para o fundo de uma estante. Eram máscaras que haviam sido depostas, em mais de um sentido, e perdido seu poder.

Contudo, essa impressão durou um minuto apenas. Porque naquele quarto escuro e quente, com o cheiro das máscaras cada vez mais intenso, meu próprio sentimento de espanto cresceu, minha percepção do que estava ao nosso redor, lá fora. Era como estar no rio à noite. O mato estava cheio de espíritos; no mato flutuavam as presenças protetoras dos ancestrais de um homem; e naquele quarto todos os espíritos daquelas máscaras mortas, os poderes que elas invocavam, o temor religioso de pessoas simples, tudo isso parecia estar concentrado.

As máscaras e os entalhes pareciam antigos. Poderiam ter qualquer idade, cem, mil anos. Mas estavam datados. O padre Huismans os datara. Eram todos bastante recentes. Pensei: "Isto é apenas de 1940. O ano em que eu nasci". Ou então: "Isto é de 1963. Foi quando eu vim para cá. Quando foi feito, eu provavelmente estava almoçando com Shoba e Mahesh".

Tão antigos, tão novos. E com a ideia estupenda que fazia de sua civilização, com sua ideia estupenda do futuro, o padre Huismans via-se a si mesmo como a culminância daquilo tudo — a testemunha final e bem-aventurada.

5

A maioria de nós conhecia apenas o rio, as estradas esburacadas e o que havia às suas margens. Além ficava o desconhecido, que poderia nos surpreender. Raramente visitávamos lugares situados fora dos caminhos estabelecidos. Na verdade, raramente viajávamos. Era como se, depois de chegar até aquele ponto, não quiséssemos nos mover muito. Ficávamos com o que conhecíamos — apartamento, loja, clube, bar, a ribanceira do rio ao anoitecer. Às vezes fazíamos uma excursão de fim de semana à ilha dos hipopótamos, acima das corredeiras. Mas não havia pessoas lá, apenas hipopótamos — sete deles, quando fui pela primeira vez; três, mais tarde.

Conhecíamos as aldeias escondidas sobretudo pelo que víamos dos aldeões quando eles vinham para a cidade. Eles pareciam exaustos e esfarrapados depois de anos de isolamento e necessidades, e felizes de poder mover-se livremente mais uma vez. Da loja eu costumava vê-los vadiar entre as barracas da praça de mercado olhando as pilhas de roupas e tecidos, depois visitando os tabuleiros de comida: porções de tanajura frita (cara e vendida às colheradas) dispostas sobre tiras de jornal; lagartas peludas, alaranjadas e de olhos protuberantes, contorcendo-se em bacias esmaltadas; larvas gordas e brancas, mantidas tenras e úmidas em saquinhos de terra, cada um deles contendo cinco ou seis bichos — essas larvas, de corpo túrgido e gosto neutro, eram uma fonte polivalente de gordura, sendo doces quando comidas com doces e condimentadas quando comidas com coisas condimentadas. Eram todas comidas da floresta, mas as aldeias já não dispunham delas (as larvas nasciam na polpa de uma palmeira); e ninguém desejava afundar demais na floresta.

Mais e mais aldeões que chegavam como visitantes permaneciam acampados na cidade. À noite cozinhava-se nas ruas e praças. Nas calçadas, sob as marquises das lojas, paredes simbólicas eram erguidas para demarcar espaços de dormir — cercas de papelão erguidas com o apoio de um par de pedras ou tijolos, ou pedaços de barbante amarrados a varetas enfiadas em montinhos de pedras (como as cordas num ringue de boxe em miniatura).

De abandonada, a cidade passou a dar a impressão de estar apinhada. Nada parecia capaz de deter o movimento das pessoas que vinham das aldeias. Então, da vastidão desconhecida para além da cidade, chegou o rumor de uma guerra.

E era uma guerra antiga, aquela da qual ainda nos recuperávamos, a guerra semitribal que explodira com a independência e que destruíra e esvaziara a cidade. Havíamos pensado que estivesse morta e enterrada, todas as paixões apaziguadas. Não havia indícios do contrário. Mesmo os africanos locais já falavam daquele tempo como de um tempo de loucura. E loucura era exatamente a palavra. De Mahesh e Shoba eu ouvira histórias pavorosas daquela época, de assassinatos gratuitos cometidos ao longo de meses a fio por soldados, rebeldes e mercenários, de pessoas agrilhoadas de maneiras nauseantes e obrigadas a cantar certas músicas enquanto eram espancadas até a morte nas ruas. Nenhuma das pessoas que chegavam das aldeias parecia pronta para aquele tipo de horror. No entanto, tudo estava recomeçando.

Na independência, as pessoas de nossa região enlouqueceram de raiva e medo — toda a raiva acumulada do período colonial e todo tipo de pavor tribal ressuscitado. As pessoas de nossa região haviam sido muito maltratadas, não somente pelos europeus e pelos árabes como também por outros africanos; e na independência haviam recusado a autoridade do novo governo na capital. Era uma rebelião instintiva, sem líderes ou manifestos. Se o movimento tivesse sido mais razoável, menos nutrido pela pura rejeição, as pessoas de nossa região poderiam ter visto que a cidade na curva do rio era deles, a capital de qualquer Estado que eles desejassem erguer. Mas haviam sentido ódio pela cidade por causa dos invasores que dali haviam comandado; e preferiram destruí-la em vez de tomá-la.

Destruída a cidade, lamentaram. Quiseram voltar a vê-la como um lugar vivo. E, ao notar que esse desejo se tornava realidade, voltaram a temer por ela.

Eram como pessoas que não conheciam a própria mente. Haviam sofrido demais; haviam trazido sofrimento demais para si próprias. Pareciam muito fracas e desorientadas quando vinham de suas aldeias e vagueavam pela cidade. Pareciam pessoas necessitadas do alimento e da paz que a cidade oferecia. Mas eram pessoas como aquelas que, ao retornar a suas aldeias, desejavam arrasar novamente a cidade. Quanta raiva! Como o fogo que se mantém aceso sob a terra e consome invisível as raízes das árvores que já destruiu, para irromper depois em terra devastada, onde quase não tem do que alimentar-se, ali, no meio da escassez e dos escombros, o desejo de destruir chamejou de novo.

E a guerra, que todos julgáramos morta, voltou a nos cercar a todos. Ouvimos falar de emboscadas em estradas próximas, de aldeias atacadas, de chefes e oficiais assassinados.

Foi nessa época que Mahesh disse algo que guardei na memória. Não era o tipo de coisa que eu esperasse dele — tão cuidadoso com a aparência e as roupas, tão mimado e obcecado por sua adorável mulher.

Mahesh me disse: "O que fazer? Você vive aqui e ainda pergunta isso? Faça o que todos fazemos. Siga em frente".

O exército estava em nossa cidade. Os soldados eram originários de uma tribo guerreira que servira aos árabes como caçadora de escravos na região e que mais tarde, apesar de um ou dois motins sangrentos, servira ao governo colonial nas forças armadas. O padrão de policiamento era antigo.

Contudo, já não havia demanda para escravos e na África pós-colonial qualquer um podia conseguir armas; toda tribo podia ser uma tribo guerreira. Por isso o exército era discreto. Às vezes havia caminhões com soldados nas ruas — mas os soldados nunca exibiam as armas. Às vezes havia um ir e vir cerimonial nos alojamentos — o palácio construído pelo homem importante de nossa comunidade, que agora tinha roupa feminina lavada pendendo das varandas superiores e térreas (quanto aos uniformes, um grego mantinha um contrato para sua lavagem). O exército raramente era mais provocador do que isso. Não podia se dar ao luxo de ir além. Estava entre inimigos tradicionais, suas antigas presas; e, embora os soldados fossem pagos regularmente e vivessem bem, não tinham muito equipamento. Tínhamos um novo presidente, um homem do exército. Aquele era seu jeito de policiar o país e controlar um exército complicado.

Mantinha-se um certo equilíbrio na cidade. E um exército bem pago e tranquilo era bom para o comércio. Os soldados gastavam. Compravam móveis e adoravam tapetes — gosto herdado dos árabes. Agora, no entanto, o equilíbrio estava ameaçado. Havia uma guerra de verdade por lutar; e ninguém poderia dizer se aqueles homens, empunhando novamente armas modernas e autorizados a matar, não retomariam os hábitos de seus ancestrais escravistas, dividindo-se em grupos de desordeiros como haviam feito na época da independência, quando a autoridade entrara em colapso.

Não, nessa guerra eu permaneceria neutro. Temia os dois lados. Não queria ver o exército desgovernado. E, embora sentisse simpatia pelas pessoas de nossa região, não queria ver a cidade destruída outra vez. Não queria que ninguém ganhasse; queria que o velho equilíbrio fosse preservado.

Certa noite, tive a premonição de que a guerra estava próxima. Acordei e ouvi o barulho distante de um caminhão. Poderia ter sido um caminhão qualquer; um dos veículos de Daulat, no fim de uma de suas sacrificadas viagens do leste até ali. Mas pensei: "Esse é o barulho da guerra".

Aquele som mecânico e regular me fez pensar em armas; e aí pensei nas pessoas famintas e desorientadas das aldeias contra as quais as armas seriam usadas, pensei em pessoas cujos trapos já eram da cor das cinzas. Foi apenas um momento de vigília ansiosa; logo voltei a dormir.

Quando Metty trouxe o café de manhã, comentou: "Os soldados estão em retirada. Chegaram a uma ponte. E naquela ponte as armas deles começaram a entortar".

"Metty!"

"É verdade, *patron.*"

Aquilo era ruim. Se o exército de fato estava em retirada, era muito ruim. Eu não queria que aquilo acontecesse. Mas, mesmo que não fosse verdade, ainda assim seria ruim. Metty ouvira os rumores locais; e o que ele dissera sobre as armas tortas significava que os rebeldes, os homens em farrapos, haviam sido convencidos de que as balas não poderiam feri-los, de que os espíritos da floresta e do rio estavam do lado deles. Aquilo queria dizer que a qualquer momento, assim que a palavra de ordem correta fosse lançada, uma rebelião poderia eclodir na cidade.

Aquilo era ruim, e não havia nada que eu pudesse fazer. Não havia meio de proteger o estoque da loja. E que outras coisas de valor eu possuía? Dois ou três quilos de ouro que acumulara em pequenas transações; meus documentos — a certidão de nascimento e o passaporte britânico; a câmera que mostrara a Ferdinand, mas com a qual não queria tentar ninguém agora. Pus essas coisas numa caixa de madeira. Também pus lá dentro o pôster do lugar sagrado que meu pai me enviara por intermédio de Metty e fiz com que Metty também escondesse ali seu dinheiro e seu passaporte. Metty voltara a ser o servo familiar, ansioso, por uma questão de prestígio, e mesmo num momento como aquele, para agir como eu. Precisei impedi-lo de esconder na caixa um amontoado de bugigangas. Cavamos um buraco no jardim, ao pé da escada externa — foi fácil, não havia pedras na terra vermelha —, e enterramos a caixa ali.

Era bem cedo. Nosso quintal parecia tão desolado, tão comum sob a luz do sol e invadido pelo cheiro das galinhas do vizinho, tão comum sob a poeira vermelha, as folhas mortas e a sombra matinal das árvores que eu conhecia desde meu tempo no litoral, que pensei: "Isto é uma bobagem". Pouco mais tarde pensei: "Cometi um engano. Metty sabe que tudo que eu tenho de valor está naquela caixa. Estou nas mãos dele".

Abrimos a loja; eu estava seguindo em frente. Fizemos algumas vendas na primeira hora. Mas depois a praça do mercado começou a esvaziar e a cidade ficou silenciosa. O sol estava brilhante e quente; eu observava as sombras das árvores, das barracas da praça e dos prédios ao redor, que se retraíam.

Em certos momentos eu julgava poder ouvir o barulho das corredeiras. Era o barulho eterno na curva do rio, mas num dia normal não era possível escutá-lo dali. Agora ele parecia ir e vir com o vento. Ao meio-dia, quando fechamos a loja para almoçar e percorri as ruas com o carro, só o rio, brilhando na luz direta, parecia vivo. Mas não havia barcos; apenas os jacintos-d'água vindo do sul, flutuando para o oeste, em pequenas massas, com as flores lilases de caule espesso como mastros.

Naquele dia almocei com o velho casal de asiáticos — eles haviam mantido um serviço de transportes até a independência, quando os negócios pararam e o resto da família partiu. Nada mudara ali desde o dia em que acertei com eles de almoçarmos juntos duas vezes por semana. Eles quase não recebiam notícias, e ainda conversávamos muito pouco. A vista da varanda daquela casa rústica ainda abrangia motores abandonados de carro, relíquias do antigo empreendimento apodrecendo no jardim. Aquela vista teria me incomodado se o negócio fosse meu. Mas os velhos não pareciam se importar, ou mesmo saber, que haviam perdido muito. Pareciam satisfeitos com apenas viver suas vidas. Haviam feito tudo o que sua religião e os costumes de família exigiam; e sentiam — como a gente mais velha da minha própria família — que suas existências tinham sido boas e completas.

No litoral eu costumava me afligir pelas pessoas de nossa comunidade que agiam daquela maneira, indiferentes ao mundo ao redor. Eu queria chacoalhá-las e alertá-las do perigo. Mas agora era tranquilizador estar ao lado daqueles velhos serenos; e teria sido bom, num dia como aquele, não precisar deixar a casa, poder ser criança novamente e, protegido pela sabedoria dos idosos, acreditar que o que eles viam era verdadeiro.

Quem precisava de fé ou filosofia nos períodos bons? Todos são capazes de lidar com a prosperidade. É para os maus momentos que precisamos estar preparados. E na África ninguém estava tão bem preparado quanto os africanos. Os africanos haviam invocado aquela guerra; eles sofreriam imensamente, mais do que quaisquer outros; mas sabiam se virar. Até os mais destituídos possuíam suas aldeias e tribos, que eram absolutamente deles. Podiam correr de volta para seus mundos secretos e perder-se lá, como haviam feito antes. Ainda que coisas terríveis lhes acontecessem, morreriam com o conforto de saber que seus ancestrais os observavam, satisfeitos.

Mas isso não valia para Ferdinand. Com sua origem mestiça, era quase tão estrangeiro na cidade quanto eu. Ferdinand apareceu em meu apartamento à tarde e estava perturbado, próximo da histeria, possuído pelo terror africano que outros africanos lhe inspiravam.

As aulas haviam sido suspensas no liceu; pensou-se na segurança dos alunos e professores. Ferdinand chegara à conclusão de que o liceu não era seguro; achava que seria um dos primeiros lugares a ser atacado caso houvesse uma rebelião na cidade. Ele havia se despido de todos os personagens, de todas as poses. O blazer, que vestira com orgulho como um jovem da nova África, agora descartava como perigoso, algo que o destacava da massa. Usava calças cáqui, não o short branco da escola. Falava de modo frenético sobre voltar para o sul, para o povo de seu pai. Mas aquilo era impossível, e ele sabia disso. Tampouco seria viável mandá-lo rio abaixo para a aldeia da mãe.

Aquele rapaz, quase um homem, soluçou: "Eu não queria vir para cá. Não conheço ninguém aqui. Foi minha mãe quem quis que eu viesse. Eu não queria vir para a cidade nem para o liceu. Por que ela me mandou para o liceu?".

Foi um alívio para nós — Metty e eu — ter alguém a quem confortar. Resolvemos que Ferdinand dormiria no quarto de Metty e improvisamos uma cama para ele. Aquela atenção acalmou Ferdinand. Comemos cedo, quando ainda estava claro. Ferdinand ficou em silêncio. Só mais tarde, já em nossos quartos separados, ele e Metty conversaram.

Ouvi Metty dizer: "Eles chegaram a uma ponte. Todos os caminhões quebraram, e as armas começaram a entortar".

A voz de Metty estava aguda e excitada. Não era a voz que ele usara para me transmitir as notícias pela manhã. Agora ele falava como os africanos locais, de quem havia escutado a história.

Na manhã seguinte a praça de mercado em frente à loja não mostrava sinais de vida. A cidade permanecia vazia. Os mendigos e desabrigados das ruas pareciam ter se escondido.

Quando fui ao apartamento de Shoba e Mahesh para o almoço, notei que seus melhores tapetes haviam sumido, assim como as peças mais finas de prataria e louça, bem como a figura de cristal da mulher nua. Shoba parecia tensa, sobretudo seus olhos, e Mahesh dava a impressão de estar mais preocupado com ela do que com todo o resto. O humor de Shoba sempre determinava a atmosfera do almoço, e naquele dia ela parecia determinada a nos punir pela bela refeição que preparara. Comemos por algum tempo em silêncio, Shoba de olhos baixos, Mahesh a vigiá-la.

Shoba disse: "Eu deveria estar em casa, esta semana. Meu pai está doente. Eu lhe contei, Salim? Era para eu estar com ele, que além disso está fazendo aniversário".

Os olhos de Mahesh não a deixavam. Estragando o efeito da frase que me parecera tão sábia, ele disse: "Vamos seguir em frente, tudo vai dar certo. O novo presidente não é tolo. Ele não vai ficar em casa como o último, sem fazer nada".

Ela disse: "Seguir em frente, seguir em frente. É só o que temos feito. Foi assim que passei a minha vida. Foi assim que vivi neste lugar, no meio dos africanos. Isto é vida, Salim?".

Ela olhava para o próprio prato, não para mim. Eu nada falei.

Shoba disse: "Desperdicei minha vida, Salim. Você não faz ideia de o quanto eu a desperdicei. Você não faz ideia de como vivo apavorada, aqui. Você não faz ideia de como fiquei apavorada quando me contaram sobre você, quando disseram que um estranho havia chegado à cidade. Preciso ter medo de todos". Seus olhos tremiam. Ela parou de comer e tocou as bochechas com a ponta dos dedos, como se sentisse dor. "Venho de uma família rica, você sabe disso. Minha família tinha planos para mim. Mas aí encontrei Mahesh. Ele era dono de uma oficina de motocicletas. Algo terrível aconteceu. Dormi com ele assim que nos conhecemos. Você conhece o nosso povo e os nossos hábitos bem o suficiente para saber que fiz algo imperdoável. Mas foi terrível num outro sentido também. Eu não queria conhecer mais ninguém depois daquilo. Foi a minha maldição. Por que você não está comendo, Salim? Coma, coma. Precisamos seguir em frente."

Os lábios de Mahesh se fecharam nervosamente, ele parecia abobalhado. Ao mesmo tempo seus olhos brilharam com o elogio contido naquelas palavras de reclamação. Ele e Shoba estavam juntos havia quase dez anos.

"Minha família espancou Mahesh horrivelmente. Mas aquilo só me tornou mais determinada. Meus irmãos ameaçaram jogar ácido em mim. Eles estavam falando sério. Também ameaçaram matar Mahesh. Foi por isso que viemos para cá. Todos os dias eu temia que meus irmãos aparecessem. E ainda é assim. Eu espero por eles. Você sabe que, em famílias como as nossas, certas coisas não são brincadeira. E então, Salim, enquanto estávamos aqui, aconteceu algo pior. Mahesh disse certo dia que eu era idiota de ficar à espreita, esperando a chegada de meus irmãos. Ele disse: 'Seus irmãos não se dariam ao trabalho de vir até aqui. Eles mandariam alguém'."

Mahesh disse: "Falei de brincadeira".

"Não, não foi brincadeira. É verdade. Qualquer um poderia vir para cá — eles poderiam mandar qualquer um.

Não precisa ser um asiático. Pode ser um belga, um grego, qualquer europeu. Pode ser um africano. Como vou saber?"

Tudo isso ela falou no almoço, e Mahesh não a interrompeu. Ele parecia já ter enfrentado situações como aquela. Mais tarde eu o levei ao centro da cidade — ele disse que não queria ir no próprio carro. Seu nervosismo desapareceu assim que deixamos Shoba. Ele não parecia constrangido pelo que ela dissera a respeito de sua vida juntos e não fez nenhum comentário.

Ele disse, enquanto guiávamos pelas ruas avermelhadas: "Shoba exagera. As coisas não são tão ruins quanto ela pensa. O novo homem não é bobo. O vapor chegou hoje com homens brancos. Você não sabia? Passe em frente ao Van der Weyden e você vai ver alguns deles. O novo homem pode ser filho de uma arrumadeira. Mas ele vai segurar as pontas. Vai usar esta história para pôr muita gente no devido lugar. Passe pelo Van der Weyden. Vai ter uma ideia de como eram as coisas depois da independência".

Mahesh estava certo. O vapor chegara; pude vê-lo enquanto passávamos em frente às docas. Ele não havia apitado, e eu não o procurara antes. Com seu deque baixo e seu casco plano, quase ficava escondido pelos galpões da alfândega, exceto pela cabine de comando na popa. Quando estacionei na loja de Mahesh, diante do Van der Weyden, vi um grupo de veículos militares, alguns caminhões civis e táxis que haviam sido requisitados.

Mahesh disse: "É bom que os africanos tenham memória curta. Dê uma espiada nas pessoas que vieram salvá-los do suicídio".

O Van der Weyden era um prédio moderno de concreto, com quatro andares e linhas retas, parte do *boom* que antecedera a independência. Apesar de tudo o que acontecera, ele ainda alimentava a pretensão de ser um hotel moderno. Tinha várias portas de vidro no térreo; o *lobby* ostentava um mosaico no piso; havia elevadores (nada confiáveis agora); um balcão de atendentes com o anúncio de uma companhia aérea de antes da independência e um aviso permanente de *Hôtel Complet* ("Não há vagas") — que não dizia a verdade já fazia alguns anos.

Eu havia esperado uma multidão no *lobby*, barulho e desordem. Encontrei o lugar parecendo mais vazio que o habitual, quase sem nenhum ruído. Mas o hotel tinha hóspedes; sobre o chão de mosaico estavam vinte ou trinta malas com etiquetas idênticas que diziam *Hazel's Travels*. Os elevadores não funcionavam, e um único atendente — um velhote que usava o uniforme dos tempos coloniais: short cáqui, camisa de manga curta e um avental grande, branco e áspero por cima de tudo — se encarregava de transportar as malas pela escadaria do mezanino ao lado do elevador. Ele trabalhava sob a supervisão direta de um africano barrigudo (de algum lugar rio abaixo) que em geral permanecia atrás do balcão limpando os dentes com um palito e sendo rude com todo mundo. No momento, contudo, o africano estava em pé ao lado das malas e tentava parecer ocupado e sério.

Alguns dos novos hóspedes do hotel estavam no bar do pátio, onde havia algumas palmeiras e trepadeiras em vasos de concreto. O chão do terraço, naquele ponto, se inclinava em direção a um ralo central, do qual sempre emanava um cheiro de esgoto, especialmente depois da chuva. Em meio àquele cheiro — que não estava particularmente forte naquele dia: o tempo estava quente e seco, e um triângulo de luz ofuscava numa parede —, os homens brancos se sentavam, comendo sanduíches do Van der Weyden e bebendo *lager*.

Eles usavam roupas civis, mas teriam chamado a atenção em qualquer lugar. O grupo típico do bar teria reunido alguns tipos flácidos e idades mais misturadas. Aqueles homens estavam todos em ótima forma física e mesmo os poucos com alguns cabelos grisalhos não teriam mais do que quarenta anos; poderiam ter passado por jogadores de um time esportivo. Sentavam-se em dois grupos. Um era mais rude na aparência, barulhento, com alguns de seus integrantes vestidos de maneira chamativa; dois ou três rapazes muito jovens fingiam estar bêbados e faziam palhaçadas. Os homens do outro grupo eram mais graves, mais bem barbeados, mais educados e conscientes de sua aparência. Seria possível pensar que os dois grupos haviam se encontrado acidentalmente no bar, antes de perceber que todos usavam o mesmo tipo de bota marrom e pesada.

No Van der Weyden, os atendentes não costumavam ser muito ativos. Os mais velhos, de cara amarrotada e expressão azeda, sentavam-se em banquinhos e esperavam receber gorjetas, usando shorts e aventais enormes como se fossem uniformes de pensionista (ou então absolutamente imóveis e com os braços escondidos sob os aventais, como clientes numa barbearia); os mais jovens, crias da independência, usavam suas próprias roupas e tagarelavam atrás do balcão como se fossem eles os clientes. Agora, no entanto, todos estavam alertas e agitados.

Pedi um café, e nunca uma xícara de café me chegara às mãos com tanta rapidez no Van der Weyden. Era um homenzinho minúsculo que me atendia. Pensei, não pela primeira vez, que na época colonial os atendentes eram escolhidos pela baixa estatura e pela facilidade com que poderiam ser subjugados. Essa era a razão pela qual aquela parte do continente proporcionara tantos escravos nos velhos tempos: povos escravos são fisicamente desavantajados, em tudo homens pela metade, exceto na capacidade de engendrar descendentes.

O café veio logo, mas o recipiente de aço inoxidável que o homenzinho me trouxe tinha somente uma porção miserável de leite com aparência de azedo. Ergui o recipiente. O homenzinho percebeu o que se passava antes que eu pudesse chamar sua atenção e pareceu tão aterrorizado que larguei a leiteira e tomei puro o horrendo café.

Os homens do bar estavam lá para cumprir uma tarefa. Eles — ou seus companheiros — provavelmente já haviam começado. Sabiam que eram figuras dramáticas. Sabiam que eu viera conferir sua aparência e que os atendentes estavam apavorados. Até aquela manhã, os empregados do hotel costumavam contar uns para os outros histórias sobre a invencibilidade de seus povos na floresta; eram homens que, durante uma rebelião na cidade, teriam feito coisas horríveis com as mãos pequeninas. Agora, num instante, haviam se tornado abjetos. Num certo sentido, era bom; em outro sentido, lamentável. Era assim que aquele lugar afetava você; você nunca sabia o que pensar ou sentir. Medo ou vergonha — aparentemente, essas eram as únicas alternativas.

Voltei à loja. Era um modo de seguir em frente e também um modo de passar o tempo. Os flamboaiãs exibiam sua nova folhagem, tenra e de um verde delicado. A luz mudara; sombras se projetavam sobre as ruas vermelhas. Em outro dia qualquer, nessa mesma época, eu teria começado a pensar num bom chá no apartamento, numa partida de squash no Clube Helênico e em tomar refrescos depois do jogo no barzinho rústico do lugar, sentado diante de uma mesa metálica enquanto o sol se punha.

Quando Metty chegou, pouco antes das quatro, a hora do fechamento, ele disse: "Os brancos chegaram hoje de manhã. Alguns foram para o alojamento e outros para a hidro". Ele se referia à hidroelétrica, alguns quilômetros rio acima. "A primeira coisa que fizeram no alojamento foi atirar no coronel Yenyi. Foi o que o presidente pediu que eles fizessem. Ele não brinca, esse novo presidente. O coronel Yenyi estava correndo para recebê-los. Eles nem o deixaram falar. Atiraram na frente das mulheres e de todo mundo. E o sargento Iyanda — aquele que comprou o tecido de cortina com estampado de maçãs —, eles também o mataram, ao lado de alguns soldados".

Lembrei-me de Iyanda em seu uniforme engomadíssimo, de rosto largo e olhinhos sorridentes e maliciosos. Lembrei-me de como ele acariciara o tecido com as grandes maçãs, de como exibira orgulhoso um maço de notas para pagar — uma ninharia, na verdade. Tecido de cortina! A notícia de sua execução agradaria aos locais. Não que ele fosse perverso; mas pertencia à odiada tribo dos caçadores de escravos, como o resto do exército e seu coronel.

O presidente levara o terror à nossa cidade e à nossa região. Mas, ao também aterrorizar o exército, dava um recado às pessoas dali. A notícia das execuções se espalharia rápido e muita gente se sentiria confusa e aflita. Deveriam sentir — como eu — que pela primeira vez desde a independência havia um cérebro na capital, que o vale-tudo da independência terminara.

Pude notar a mudança em Metty. Ele trouxera notícias sangrentas. No entanto parecia mais calmo que de manhã; e fez Ferdinand se acalmar. No fim da tarde começamos a ouvir armas. Aquele som nos teria causado pânico horas antes. Agora ficávamos quase aliviados — o som era distante e bem mais baixo que o de trovão, ao qual estávamos acostumados. Os cães, entretanto, se assustaram com o ruído estranho e iniciaram uma sinfonia de latidos que ia e vinha, às vezes abafando o som dos tiros. Fim de sol, árvores, fumaça de cozimento: era tudo o que conseguíamos avistar do alto de nossa escadaria.

Nenhuma luz se acendeu ao anoitecer. Não havia eletricidade. Ou o equipamento falhara de novo, ou fora deliberadamente desligado, ou então a estação fora tomada pelos rebeldes. Mas não era ruim não ter luzes naquele momento; significava que, ao menos, não haveria revolta durante a noite. As pessoas não gostavam do escuro, e havia quem só conseguisse dormir com as luzes acesas em seus quartos e cabanas. Nenhum de nós — Metty, Ferdinand ou eu — acreditava que a estação de força houvesse sido tomada pelos rebeldes. Tínhamos fé nos homens brancos do presidente. A situação, tão confusa para nós de manhã, tornara-se subitamente simples.

Fiquei na sala de estar e li velhas revistas com um lampião a óleo. No quarto, Metty e Ferdinand falavam. Não usavam suas vozes diurnas nem as que teriam usado sob a luz elétrica. Soavam antigos, lentos e contemplativos; falavam como anciãos. Quando passei pelo corredor, vi, pela porta aberta, Metty sentado em sua cama de calça e túnica e Ferdinand, com as mesmas roupas, deitado em seu colchão no chão, um pé erguido e apoiado na parede. Sob aquela luz, parecia o interior de uma cabana; a fala mansa e lenta, cheia de pausas e silêncios, combinava com a atitude deles. Pela primeira vez em muitos dias estavam relaxados e sentiam-se tão distantes do perigo que começaram a falar de ameaças, guerra e exércitos.

Metty disse ter visto os homens brancos de manhã.

Ferdinand retrucou: "Havia muitos soldados brancos no sul. Era uma guerra de verdade".

"Você precisava vê-los hoje de manhã. Eles correram para o alojamento apontando as armas para todo mundo. Nunca vi soldados como aqueles antes."

Ferdinand disse: "Vi soldados pela primeira vez bem novo. Foi logo depois de os europeus partirem. Foi na aldeia da minha mãe, antes de eu ser mandado para meu pai. Os soldados foram até a aldeia. Não tinham oficiais e começaram a agir mal".

"Eles tinham armas?"

"Claro que sim. Estavam procurando brancos para matar. Disseram que estávamos escondendo brancos. Mas acho que só queriam fazer bagunça. Aí minha mãe falou com eles e eles foram embora. Só levaram algumas mulheres."

"O que ela disse a eles?"

"Não sei. Mas eles ficaram com medo. Minha mãe tem poderes."

Metty disse: "É como o homem que tínhamos lá no litoral. Ele veio de algum lugar perto daqui. Foi o homem que fez seu povo matar os árabes. Começou no mercado. Eu estava lá. Você precisava ver, Ferdinand. Pernas e braços espalhados pela rua".

"Por que ele matou os árabes?"

"Ele disse que estava obedecendo ao deus dos africanos."

Metty jamais me contara aquilo. Talvez não houvesse considerado importante; talvez tivesse ficado com medo. O fato é que se lembrava.

Eles permaneceram em silêncio por alguns instantes — tive a sensação de que Ferdinand estava refletindo sobre o que acabara de ouvir. Quando tornaram a falar, o assunto já era outro.

O tiroteio prosseguiu. Mas não se aproximou. Era o som das armas dos brancos do presidente, a promessa de ordem e continuidade; um som estranhamente confortador, como o da chuva durante a noite. Tudo o que significasse ameaça na imensidão desconhecida lá de fora estava sendo contido. Depois de toda a angústia, era um alívio sentar no apartamento iluminado a lampião e observar as sombras que a luz elétrica jamais causava; e ouvir Ferdinand e Metty conversarem naquela voz relaxada de homens velhos, no quarto que haviam transformado numa pequena caverna. De certa forma, era como ser transportado para as aldeias escondidas da floresta, para a proteção e o sigilo das cabanas à noite — todo o exterior alijado, mantido além de alguma linha protetora mágica. Então pensei, como quando almoçava com o velho casal, como seria agradável se aquilo fosse verdade. Se acordássemos de manhã e descobríssemos que o mundo se reduzira ao que conhecíamos e sabíamos ser seguro.

De manhã chegou o avião de guerra. Tão logo você o ouvia, mesmo antes de sair e poder vê-lo, ele estava sobrevoando baixo acima de você, roncando em tal volume que você mal se sentia dono de seu corpo; chegava-se quase a desmaiar. Um jato voando baixo, tão baixo que é possível ver claramente sua parte inferior triangular e prateada, é uma arma mortífera. Mas depois ele se distanciou; logo já não se podia distingui-lo no céu embranquecido pelo calor do dia que apenas começara. Ele deu mais algumas voltas sobre a cidade, aquele único avião, como um pássaro mau que não quer partir. Depois voou sobre a mata. Por fim se ergueu e, instantes depois, os mísseis que havia liberado explodiram na floresta. Foi como o trovão a que estávamos acostumados.

Durante a semana o avião voltou algumas vezes, aquele único avião, voando baixo sobre a cidade e a mata, liberando seus mísseis aleatoriamente. Mas a guerra acabara no primeiro dia, embora levasse um mês para que o exército começasse a voltar do mato e dois meses para que o Van der Weyden perdesse os seus novos hóspedes.

No começo, antes da chegada dos brancos, eu me considerara neutro. Não desejava que nenhum dos lados ganhasse, nem o exército nem os rebeldes. No fim, os dois lados perderam.

Muitos soldados — da famosa tribo guerreira — foram mortos. Mais tarde, outros tantos perderam as armas, os uniformes ultraengomados e os alojamentos em cuja decoração haviam gasto tanto dinheiro. O exército foi reorganizado pelo presidente, na distante capital; em nossa cidade o exército se tornou mais misturado, com soldados de diversas tribos e diferentes regiões. Os homens da tribo guerreira foram devolvidos à cidade sem nenhuma proteção. Houve cenas horríveis no alojamento; as mulheres choravam como se estivessem na floresta, erguendo seus ventres e deixando-os despencar pesadamente. Uma tribo famosa, agora indefesa no meio de suas presas tradicionais: foi como se uma velha lei da floresta, ditada pela própria Natureza, houvesse sido revogada.

Quanto aos rebeldes esfaimados de nossa região, eles logo começaram a voltar para a cidade ainda mais destituídos e abjetos, com os trapos enegrecidos pendurados nos corpos magros, homens que umas poucas semanas antes acreditavam ter encontrado um fetiche suficientemente poderoso para entortar as armas de seus inimigos e transformar as balas em água. Havia amargura em seus rostos cansados, e durante algum tempo eles se mantiveram retraídos, pareciam um pouco enlouquecidos. Mas precisavam da cidade que haviam tentado destruir; como disse Mahesh, tinham sido salvos do suicídio. Aceitaram a nova inteligência que governava o país de longe e voltaram a seus velhos hábitos de obediência.

Pela primeira vez desde minha chegada, houve sinais de vida no Van der Weyden. Os vapores trouxeram não apenas suprimentos para os homens brancos do presidente, como também mulheres carnudas e fantasticamente vestidas dos povos que viviam rio abaixo, ao lado das quais as mulheres de nossa região, condutoras de canoas e transportadoras de fardos, pareciam meninos ossudos.

Finalmente tivemos autorização para ir até a barragem e a estação hidroelétrica perto das quais houvera luta. As instalações estavam intactas; mas perdêramos uma das novas boates. Ela fora aberta por um dos refugiados do território português ao sul (um homem que fugira do alistamento) e era muito bem situada, numa colina da qual se avistava o rio. Era um lugar ao qual começávamos a nos acostumar. Das árvores pendiam pequenas lâmpadas coloridas; nós nos sentávamos diante de mesas metálicas, bebíamos vinho branco português e olhávamos a garganta do rio e a barragem iluminada; era um luxo para nós, que nos sentíamos classudos. O lugar fora tomado e pilhado por rebeldes. O prédio principal era básico e bastante ordinário — paredes de blocos de concreto em torno de uma pista de dança descoberta e um bar fechado ao lado. As paredes ainda estavam de pé (ainda que houvessem tentado incendiar o concreto: havia marcas de fogo em vários lugares); todos os acessórios haviam sido destruídos. A ira dos rebeldes parecia ser dirigida contra metal, contra máquinas, contra arames, contra tudo o que não fosse da floresta e da África.

Havia sinais daquela ira em outros lugares. Depois da guerra anterior, uma agência das Nações Unidas havia restaurado a estação de força e a passarela no topo da barragem. Uma placa de metal numa pequena pirâmide de pedra, a alguma distância da própria pirâmide, recordava esse fato. A placa fora desfigurada, atingida por alguma ferramenta de metal pesado, letras individuais arrancadas. No começo da passarela, velhos postes europeus de iluminação forjados em ferro haviam sido instalados para decoração — velhos postes na sede de um novo poder. Uma bela ideia; mas também eles haviam sido alvo de vandalismo e houvera nova tentativa de arrancar as letras — o nome do fabricante parisiense do século XIX.

Aquela raiva causou uma forte impressão — a raiva de homens simples atacando o metal com as mãos nuas. E, no entanto, passadas somente umas poucas semanas, com tanta gente das aldeias faminta e mendigando pela cidade, tudo parecia distante, difícil de acreditar.

Foi durante um desses primeiros dias de paz que o padre Huismans partiu numa de suas excursões e foi morto. Sua morte poderia ter permanecido um mistério; ele poderia ter sido facilmente enterrado em algum lugar da floresta. Mas as pessoas que o assassinaram queriam divulgar o feito. O corpo foi posto numa canoa, que desceu o grande rio até ficar preso num emaranhado de jacintos-d'água. O corpo do padre fora mutilado; a cabeça havia sido arrancada e espetada numa vara. O padre Huismans teve um enterro rápido, com um mínimo de cerimônia.

Foi terrível. Aquela morte fez a vida dele parecer um desperdício. Uma enorme parte de seu conhecimento foi enterrada com ele, e, para mim, o que era mais do que conhecimento — suas atitudes, o encanto pela África, a sensibilidade diante das crenças da floresta. Um pedaço do mundo se perdeu com ele.

Eu o admirava por sua pureza, mas fui obrigado a perguntar-me se afinal ela fora de alguma valia. Uma morte como aquela nos faz questionar tudo. Mas somos homens; independentemente das mortes ao nosso redor continuamos a ser carne, sangue e espírito, e não podemos nos manter por muito tempo nesse estado de questionamento. Quando superei aquilo, senti — algo de que nunca chegara de fato a duvidar, como um amante da vida — que ele havia gasto seu tempo melhor do que a maioria de nós. A ideia que o padre Huismans tinha de sua civilização fizera com que vivesse seu tipo peculiar de vida consagrada. Ela o levara a buscar, inquirir; encontrar riqueza humana onde o resto de nós via mato ou vazio. Mas sua ideia de civilização era também uma espécie de vaidade. Ela o fizera ler demais naquela mistura de povos às margens de nosso rio; ele pagara por isso.

Pouco se disse a respeito de como ele morreu. Mas o corpo havia descido o rio numa canoa, e muitos deviam tê-lo visto. A notícia se espalhou no liceu. Em nossa cidade o padre Huismans tinha a reputação — ainda que a maioria das pessoas só falasse vagamente dele — de ser um amante da África; alguns dos rapazes do liceu ficaram constrangidos e envergonhados. Alguns foram agressivos. Ferdinand — que se recuperara dos dias de pavor e de seu desejo de voltar à aldeia de sua mãe — foi um deles. Não fiquei surpreso.

Ferdinand disse: "Museu é coisa de europeu. Aqui, significa ir contra o deus dos africanos. Temos máscaras em nossas casas e sabemos para que servem. Não precisamos ir ao museu de Huismans".

"O deus dos africanos" — eram as palavras de Metty, que as ouvira do líder da revolta contra os árabes no litoral. Eu as escutara pela primeira vez naquela noite de tiroteio na hidroelétrica. Ao surgirem naquele momento, pareciam ter liberado certas coisas em Ferdinand. Aqueles dias no apartamento haviam sido de crise para ele, que desde então começara a acomodar-se num novo personagem. Que lhe caía melhor, ou fazia mais sentido. Ele já não se esforçava para ser uma espécie particular de africano; era apenas africano, ele mesmo, pronto a aceitar todos os lados de seu caráter.

Aquilo não o acalmou. Ele abandonou a polidez; tornou-se agressivo e perverso, encobrindo um nervosismo secreto. Começou a evitar o apartamento e a loja. Eu esperava aquilo; era seu modo de demonstrar, depois do grande pânico da rebelião, que podia se virar sem mim. Mas então Metty me trouxe uma carta de Ferdinand, e ela me emocionou. Era uma carta de uma linha, escrita em letras enormes numa folha de papel pautado arrancada de um caderno de lições e enviada sem envelope, apenas muito bem dobrada. "Salim! Você me acolheu naquela hora e me tratou como um membro de sua própria família. F."

Foi sua carta de agradecimento. Eu lhe oferecera abrigo sob meu teto e para ele, como africano, aquela hospitalidade era extraordinária e tinha de ser reconhecida. Mas ele não desejava parecer bajulador ou fraco, e tudo na carta era deliberadamente rude — a ausência de envelope, o papel rasgado numa ponta, a caligrafia descuidada e ampla, nem uma palavra direta de agradecimento, "Salim!" em vez de "Caro Salim", o "F." em vez de "Ferdinand".

Achei aquilo engraçado e tocante, ainda que houvesse algo irônico na história toda. A ação que ensejara aquela delicadeza de Ferdinand era o gesto simples de um homem do litoral cuja família vivera próxima, muito próxima, de seus serviçais, outrora seus escravos, descendentes de pessoas arrancadas daquela parte da África. Ferdinand teria se sentido ultrajado se soubesse. Ainda assim, a carta e seu novo personagem desenvolto mostravam o quanto, como homem, ele havia crescido. Era aquilo o que sua mãe, Zabeth, tivera em mente ao trazê-lo à loja pedindo-me que cuidasse dele.

O que Ferdinand dissera sobre as coleções de padre Huismans outras pessoas começaram a dizer. Enquanto vivera, coletando as coisas da África, o padre Huismans fora visto como um amigo da terra. Mas então isso mudou. A coleção passou a ser considerada uma afronta à religião africana e ninguém mais no liceu cuidava dela. Talvez não houvesse lá ninguém com o conhecimento e o olhar necessários.

Às vezes a coleção era mostrada a visitantes. As esculturas de madeira permaneceram como eram; mas no arsenal abafado as máscaras começaram a se deteriorar, e o cheiro ficou desagradável. As próprias máscaras, desfazendo-se nas prateleiras, pareceram perder o poder religioso que o padre Huismans me ensinara a ver nelas; sem ele, eram apenas objetos extravagantes.

Na longa paz que agora se instalara na cidade, começamos a receber visitantes de uma dúzia de países, professores, estudantes, ajudantes disto e daquilo, pessoas que agiam como descobridores da África, felizes com tudo o que encontravam e que olhavam com uma dose considerável de condescendência para estrangeiros como nós, que já vivíamos no lugar. A coleção começou a ser pilhada. Quem seria mais africano que o jovem norte-americano que apareceu entre nós, mais disposto a vestir os trajes locais e a dançar as danças da África? Subitamente, ele partiu num vapor; mais tarde se descobriu que a maior parte da coleção do arsenal fora encaixotada e enviada com o resto dos pertences do padre para os Estados Unidos, sem dúvida para formar o núcleo de uma galeria de arte primitiva que ele sempre sonhara iniciar. Os produtos mais ricos da floresta.

SEGUNDA PARTE

O NOVO DOMÍNIO

6

Quem observa uma coluna de formigas em marcha vê que algumas se desorientam ou se extraviam. A coluna não tem tempo para elas; prossegue. Às vezes as desorientadas morrem. Mesmo isso não afeta a coluna. Há uma certa agitação em torno do cadáver, que acaba por ser carregado — e então parece leve. A grande faina nunca se interrompe, bem como aquela aparente sociabilidade, aquele rito de encontros e saudações que as formigas, viajando em direções contrárias, ao sair do ninho ou retornar para ele, nunca deixam de exercitar.

Foi assim depois da morte do padre Huismans. Nos velhos tempos sua morte teria causado raiva, pessoas teriam desejado encontrar os assassinos. Mas agora, nós que restávamos — estrangeiros, que não eram nem colonos nem visitantes, apenas gente que não tinha lugar melhor aonde ir — baixávamos a cabeça e prosseguíamos com nossos negócios.

A única lição de sua morte foi que tínhamos de cuidar-nos e lembrar-nos de onde estávamos. Estranhamente, ao baixar a cabeça e prosseguir no trabalho, ajudamos a realizar a profecia que ele fizera para nossa cidade. Ele havia dito que a cidade sofreria contratempos, mas que eles seriam temporários. Depois de cada contratempo, a civilização da Europa se fortaleceria ainda mais na curva do rio; a cidade sempre se reergueria e cresceria um pouco mais a cada vez. Na paz que agora tínhamos a cidade não se mostrava apenas restabelecida; ela prosperava. A rebelião e a morte do padre Huismans logo foram esquecidas.

Não possuíamos a visão ampla do padre Huismans. Alguns de nós tinham suas próprias ideias claras sobre os africanos e seu futuro. Mas ocorreu a mim que de fato compartilhávamos da crença do padre Huismans no futuro. A menos que acreditássemos que mudanças estavam a caminho em nossa parte da África, não teríamos sido capazes de fazer o que era preciso. Não teria havido razão. E, apesar das aparências, também agíamos conosco como ele agia consigo mesmo. Ele se via como parte de um grande processo histórico; teria considerado sua própria morte desimportante, dificilmente uma perturbação. Também sentíamos assim, ainda que de um ponto de vista diverso.

Éramos homens simples, com civilizações próprias, mas sem outras pátrias. Sempre que nos era permitido, fazíamos as coisas complicadas que tínhamos de fazer, como as formigas. Desfrutávamos do consolo ocasional de recompensas, mas fosse o tempo bom ou ruim, vivíamos conscientes de que éramos descartáveis, de que nosso trabalho a qualquer momento poderia ser anulado, de que nós mesmos poderíamos ser esmagados; outros nos substituiriam. Essa era a parte dolorosa para nós: que outros viriam no melhor momento. Ainda assim, éramos como as formigas; prosseguíamos.

Pessoas em nossa posição passam logo da depressão ao otimismo, e voltam. Estávamos agora num período de expansão. Sentíamos a nova inteligência governante — e a nova energia — emanar da capital; havia muito cobre circulando; e essas duas coisas — ordem e dinheiro — bastavam para nos dar confiança. Um pouquinho disso nos sustentava por um longo tempo. A confiança liberava nossa energia; e energia, mais que agilidade ou capital vultoso, era o que tínhamos.

Deu-se início a todo tipo de projeto. Vários departamentos governamentais renasceram; e a cidade finalmente se tornou um lugar capaz de funcionar. Já tínhamos o serviço de vapores; agora o campo de aviação era recomissionado e ampliado para receber aeronaves da capital (e também soldados). As *cités* inflaram, e novas foram construídas, embora nada fosse capaz de competir com o movimento das pessoas que deixavam seus vilarejos; jamais perdemos os mendigos e desocupados em nossas ruas e praças centrais. Agora, no entanto, havia ônibus e muito mais táxis. Começamos até a receber um novo sistema de telefonia, um exagero para nossas necessidades, mas o Grande Homem na capital o desejava para nós.

O crescimento da população podia ser mensurado pelo crescimento dos montes de lixo nas *cités*. Eles não queimavam o lixo em latões, como nós; apenas o jogavam sobre as ruas esburacadas — aquele lixo peneirado e cinzento da África. Ainda que fossem constantemente desfeitos pela chuva, os montes de lixo cresciam mês a mês, transformando-se em pequenas colinas sólidas, literalmente tão altas quanto as casas de concreto semelhantes a caixotes das *cités*.

Ninguém queria retirar aquele lixo. Mas os táxis cheiravam a desinfetante; os agentes de nosso departamento sanitário eram rigorosos em relação aos táxis. E pela seguinte razão: nos tempos coloniais, os veículos públicos tinham de ser desinfetados uma vez por ano pelo departamento. Era a lei. Os desinfetadores tinham direito a uma remuneração. Aquele costume fora preservado. Muita gente queria trabalhar como desinfetador; e agora táxis e caminhões não eram desinfetados apenas uma vez por ano, mas toda vez que eram utilizados. A remuneração tinha de ser paga a cada vez; e os desinfetadores, em seus jipes oficiais, brincavam de esconde-esconde com os táxis e os caminhões entre as colinas de lixo. As estradas de terra vermelha de nossa cidade, negligenciadas por anos, em pouco tempo ficaram cheias de ondulações com o novo tráfego. E as perseguições para desinfecção eram um curioso movimento em câmera lenta no qual os veículos de caçadores e caçados subiam e desciam pelas ondulações como lanchas num mar agitado.

Todas as pessoas que executavam serviços mediante pagamento imediato, como os agentes da saúde pública, eram enérgicas ou assim podiam parecer: o pessoal da alfândega, os policiais, mesmo os soldados. A administração, ainda que inoperante, tinha mais empregados; havia gente a quem podíamos recorrer. Era possível conseguir que as coisas fossem feitas, desde que se soubesse a quem recorrer.

E a cidade na curva do rio voltou a ser o que o padre Huismans disse que ela sempre fora, muito antes de os povos do oceano Índico e da Europa chegarem lá. Ela se tornou o centro de comércio da região, que era vasta. *Marchands* vinham agora de muito longe, fazendo jornadas bem mais difíceis que a de Zabeth; algumas duravam uma semana. Os vapores não iam além de nossa cidade; acima das corredeiras só havia canoas (algumas com motor de popa) e umas poucas lanchas. Nossa cidade virou depósito de mercadorias e eu conquistei várias representações (reassumindo inclusive algumas que já haviam sido de Nazruddin) para itens que até então eu mais ou menos vendera no varejo.

As representações davam dinheiro. Quanto mais simples o produto, mais simples e lucrativo o negócio. Era uma negociação diferente da do varejo. Baterias elétricas, por exemplo: eu comprava e vendia grandes quantidades delas antes mesmo de elas chegarem. Não precisava tocar nelas, nem mesmo vê-las. Era como fazer transações apenas com palavras, com ideias no papel; era uma forma de jogo — até que um dia você era notificado de que as baterias haviam chegado, ia ao armazém da alfândega e confirmava sua existência, o fato de que trabalhadores realmente haviam construído aquilo. Coisas úteis, necessárias: elas teriam sido aceitas numa caixa simples de papelão; mas as pessoas que as fabricavam haviam se dado ao trabalho de criar bonitos rótulos, com *slogans* tentadores. Comércio, mercadorias! Que mistério! Não sabíamos fazer as coisas que negociávamos; mal sabíamos como funcionavam. O poder do dinheiro as trouxera até ali, no meio do mato, e lidávamos com elas de maneira tão descuidada!

Vendedores da capital, europeus na maioria, preferiam agora voar em vez de gastar sete dias no vapor para vir e cinco para voltar. Passaram a hospedar-se no Van der Weyden e acrescentaram um pouco de variedade à nossa vida social. Ao Clube Helênico, aos bares, davam aquele toque de Europa e de cidade grande — aquela atmosfera na qual, por suas histórias, eu havia imaginado que Nazruddin vivera.

Mahesh, com sua loja bem em frente ao Van der Weyden, viu as idas e vindas e sua excitação o fez embarcar numa série de pequenos empreendimentos. Isso era estranho em Mahesh. Ele estava sempre à procura da grande oportunidade, mas podia gastar semanas em projetos bem corriqueiros.

Certa vez ele adquiriu uma máquina para confeccionar letreiros, juntamente com uma pilha de placas de plástico duríssimo nas quais as inscrições deveriam ser feitas. A ideia era oferecer placas com nomes para a cidade. Ele praticou em casa; Shoba disse que o barulho era terrível. Mahesh, em seu apartamento e em sua loja, exibia as placas como se fosse ele, e não a máquina, que fazia as bonitas letras. A modernidade e a precisão — e, acima de tudo, a aparência "manufaturada" das placas — realmente o animavam, e ele estava certo de que todos concordariam com ele.

Comprara o equipamento de um vendedor que se hospedara no Van der Weyden. E era típico do jeito casual de Mahesh de lidar com os negócios que ele só conseguisse pensar em cruzar novamente a rua até o Van der Weyden quando se tratasse de conseguir clientes para suas placas — revertendo o caminho do vendedor que lhe passara o equipamento. Ele apostara todas as fichas no Van der Weyden.

Refaria os números dos quartos, todos os letreiros de *Hommes* e *Dames*, e ainda providenciaria placas descritivas para quase todas as portas do térreo. Sozinho, o Van der Weyden o manteria ocupado por semanas e daria o retorno da compra da máquina. Mas os donos do Van der Weyden (um casal italiano de meia-idade que se mantinha na retaguarda, oculto por trás de seus porteiros africanos) não quiseram brincar. E poucos de nós sentimos a necessidade de ter nossos nomes gravados em triângulos de madeira em nossas mesas. E assim a ideia foi abandonada e a ferramenta, esquecida.

Ao arquitetar um novo plano, Mahesh gostava de ser misterioso. Quando quis importar do Japão uma máquina que fazia pazinhas de madeira para tomar sorvete, por exemplo, não anunciou de imediato o plano. Primeiro me ofereceu uma pazinha de amostra, embrulhada em papel, que o vendedor lhe havia dado. Olhei para a pazinha em forma de sapato. O que dizer? Ele me pediu para cheirar a pazinha e prová-la; enquanto eu fazia isso, Mahesh me olhava de maneira a fazer crer que uma surpresa me aguardava. Não houve surpresa: ele apenas queria demonstrar — algo em que de fato eu nunca havia parado para pensar — que pazinhas de sorvete não deveriam ter cheiro ou gosto.

Ele queria saber se existia uma madeira local parecida com aquela excelente madeira japonesa. Importar a madeira do Japão com a máquina seria complicado demais e tornaria as pazinhas mais caras que o sorvete. Assim, por algumas semanas, pensamos e falamos sobre madeira. A ideia me interessou; mergulhei no assunto e passei a olhar para as árvores de maneira diferente. Fazíamos sessões de prova, cheirando e degustando tipos diversos de madeira, inclusive algumas variedades que Daulat, o homem dos caminhões, recolhia para nós em suas viagens pelo leste. Mas depois me ocorreu que era importante descobrir — antes da chegada da máquina de fazer pazinhas — se as pessoas locais, com seus gostos peculiares, estavam interessadas em provar sorvete. Talvez houvesse um bom motivo para a ideia do sorvete jamais ter ocorrido a ninguém; tínhamos italianos na cidade, afinal de contas. E como o sorvete seria feito? Onde estavam o leite e os ovos?

Mahesh disse: "Precisa de ovos para fazer sorvete?".

Eu disse: "Não sei, só estava perguntando".

Não era o sorvete que atraía Mahesh. Era a ideia daquela máquina simples, ou, antes, a ideia de ser o único homem na cidade a possuir tal máquina. Quando Shoba o conheceu, ele era um mecânico de motocicletas; sentira-se tão lisonjeado com a devoção dela que não se esforçara para ser uma pessoa mais refinada. Continuou sendo o homem que amava maquininhas e brinquedos eletrônicos, e via neles formas mágicas de ganhar a vida.

No litoral conheci vários homens daquele tipo, homens de nossa comunidade; creio que eles existam em todo lugar onde não se fabriquem máquinas. Esses homens são bons com as mãos e talentosos à sua maneira. Ficam maravilhados com as máquinas que importam. Isso é parte de sua inteligência; mas logo começam a se comportar como se não fossem apenas donos das máquinas, mas também das patentes; gostariam de ser os únicos homens do mundo com tais instrumentos mágicos. Mahesh procurava a maravilha importada que seria só dele, a coisa simples que lhe proporcionaria um atalho para o dinheiro e o poder. Nesse ponto, Mahesh estava apenas um ou dois passos adiante dos *marchands* que vinham à cidade comprar utensílios modernos para levar para suas vilas.

Eu costumava me perguntar de que forma alguém como Mahesh sobrevivera a tudo o que ocorrera na cidade. Sem dúvida existia ali certa sabedoria silenciosa ou perspicácia. Mas também comecei a suspeitar de que ele havia sobrevivido por ser despreocupado, sem grandes dúvidas ou ansiedades e, apesar da conversa sobre partir para um país melhor (corriqueira entre nós), sem maiores ambições. Ele casava com o lugar; teria achado difícil viver em qualquer outra parte.

Shoba era sua vida. Ela lhe dizia — ou lhe mostrava com sua devoção — que ele era admirável; creio que ele via a si mesmo do modo como ela o via. Fora daquele relacionamento, ele aceitava as coisas do jeito que elas vinham. E então, da maneira mais casual, sem se preocupar em fazer segredo e sem dissimulação, ele se envolveu em "transações" que me deixaram aterrorizado quando eu soube. Mahesh parecia incapaz de resistir a qualquer coisa que pudesse ser descrita como uma oportunidade de negócios. A maioria dessas ofertas lhe foi feita pelo exército.

Eu não estava muito contente com nosso novo exército. Preferia os homens da tribo guerreira, mesmo com toda a sua rudeza. Compreendia seu orgulho tribal e — sempre levando esse orgulho em conta — via neles homens direitos. Os oficiais do novo exército eram de matéria diversa. Não respondiam a um código guerreiro; a código nenhum. Cada um a seu modo, eram todos como Ferdinand, e muitas vezes tão jovens quanto ele. Tinham a mesma agressividade, ainda que não a graciosidade subjacente de Ferdinand.

Vestiam seus uniformes como Ferdinand vestira, outrora, seu paletó de liceu: viam-se como os novos homens da África e os homens da nova África. Faziam tal fanfarra com a bandeira nacional e o retrato do presidente — ambos sempre juntos agora — que, no começo, pensei que aqueles novos oficiais representavam um novo e construtivo tipo de orgulho. Mas eles eram mais simples que isso. A bandeira e o retrato do presidente eram apenas como seus fetiches, as fontes de sua autoridade. Eles não viam, aqueles jovens, que havia coisas a construir no país. Para eles tudo já estava pronto. Bastava pegar. Acreditavam que, por serem o que eram, haviam conquistado o direito de pegar; quanto mais alto o oficial, maior a falta de escrúpulos — se é que a palavra conservava algum sentido.

Com suas armas e seus jipes, esses homens contrabandeavam marfim e roubavam ouro. Marfim, ouro — acrescente escravos à conta e seria como retornar à África mais antiga. E aqueles homens teriam negociado escravos, se ainda existisse um mercado. Era para os negociantes da cidade que o exército se voltava quando desejava lavar seu ouro ou, especialmente, o marfim que havia pilhado. Governos e oficiais de todo o continente estavam envolvidos nesse comércio de marfim que eles mesmos haviam declarado ilegal. Isso tornava o contrabando fácil; mas eu temia me envolver, pois um governo que quebra as próprias leis pode quebrar você com igual facilidade. O sócio de hoje pode ser o carcereiro — ou pior — de amanhã.

Mahesh, contudo, não se importava. Como uma criança, ou assim me parecia, aceitava todos os doces envenenados que lhe ofereciam. Ocorre que ele não era uma criança; sabia que os doces tinham veneno.

Ele disse: "Sim, claro, eles vão querer passar você para trás. E, se fizerem isso, você paga. Só isso. Inclua isso em suas contas. Pagar. Acho que você não entende, Salim. E de fato não é simples de entender. Não é que não exista certo e errado por aqui. É que não existe certo".

Duas vezes, milagrosamente compreendendo que determinados telefonemas sem sentido eram pedidos de socorro, tirei coisas do apartamento de Mahesh.

Na primeira, certa tarde, depois de uma conversa inconsequente sobre um par de tênis que eu encomendara, fui até o apartamento dele e buzinei. Ele não desceu. Abriu uma janela da sala de estar e gritou para a rua: "Estou mandando o menino com os tênis para você. Só um instantinho, Salim!". Ainda à janela, ele se voltou e gritou em patoá para alguém lá dentro: "*Phonse! Aoutchikong pour Mis'Salim!*". *Aoutchikong* vinha de *coutchouc*, borracha em francês, e era o termo em patoá para sapatos de jogar tênis. Sob os olhos de várias testemunhas, Ildephonse, o menino, desceu com um pacote grosseiro, embrulhado em jornal. Joguei o pacote no banco de trás e parti sem demora. Mais tarde, ao examiná-lo, encontrei uma boa quantia de dinheiro em notas estrangeiras; enterrei o pacote no esconderijo em meu quintal assim que anoiteceu. Ajudar Mahesh dessa maneira, contudo, servia apenas para encorajá-lo. Na vez seguinte tive de comprar marfim. Comprar marfim! Em que era vivíamos? Para que as pessoas queriam marfim, se não fosse para transformá-lo — sem delicadeza, aliás — em cigarreiras, estatuetas e outras bugigangas?

Aquelas transações rendiam dinheiro a Mahesh, e ele retribuiu minha ajuda fazendo certo acréscimo a minhas reservas de ouro. Ele dissera que não existia o certo. Era difícil adaptar-me àquilo; ele conseguia esplendidamente. Mahesh era frio e casual, nunca afobado. Eu tinha de admirá-lo por isso, ainda que sua despreocupação o colocasse em situações bastante ridículas.

Certo dia ele me contou, com o tom misterioso, ultrainocente que adotava antes de mencionar algum negócio: "Você lê os jornais estrangeiros, Salim. Tem dado uma espiada no mercado de cobre? Como ele está?". O cobre estava em alta. Todos sabíamos disso; o cobre se encontrava na base de nosso pequeno *boom* econômico. Ele disse: "É aquela guerra que os norte-americanos estão lutando. Ouvi dizer que usaram mais cobre nos últimos dois anos do que o mundo todo nos últimos dois séculos". Tudo isso era conversa fiada, o tipo de coisa que se ouvia no saguão do Van der Weyden. Mahesh, do outro lado da rua, absorvia muito dessa conversa; sem ela, teria ainda menos noção do que ocorria no resto do mundo.

Do cobre ele passou a outros metais, e falamos por algum tempo, muito ignorantemente, sobre as possibilidades do latão e do chumbo. Aí ele disse: "E o urânio... o que você me diz? Qual é a cotação no momento?".

Respondi: "Não creio que exista uma".

Ele me olhou daquele jeito inocente. "Mas deve ser alta, não? Tem um cara querendo vender um pedaço."

"Urânio é vendido em pedaços? Parece com quê?"

"Ainda não vi. Mas o cara quer vender por um milhão de dólares."

Assim éramos nós. Um dia famintos, abrindo latas enferrujadas, cozinhando em braseiros sobre buracos no chão; no dia seguinte falando de um milhão de dólares como se fosse normal.

Mahesh disse: "Expliquei ao general que o urânio só poderia ser vendido a uma potência estrangeira, e ele me disse para seguir em frente. Você conhece o velho Mancini. Ele é cônsul de vários países — um belo negócio, sempre achei. Me encontrei com ele. Fui bem franco, mas ele não mostrou interesse. Na verdade, Mancini enlouqueceu. Correu até a porta, fechou-a, ficou encostado a ela enquanto me dizia para ir embora. Seu rosto estava vermelhíssimo. Todos têm medo do Grande Homem na capital. O que eu devo dizer ao general, Salim? Ele também está com medo. Disse que roubou a mercadoria de um lugar ultrassecreto. Eu não gostaria de virar inimigo do general. Não quero que ele pense que não me esforcei. O que devo dizer a ele? Sério, sério".

"Você disse que ele está com medo."

"Apavorado."

"Então diga a ele que vocês estão sendo vigiados e que ele não deve voltar a visitá-lo."

Consultei minhas revistas científicas e fascículos de enciclopédia infantil (tinha começado a adorá-los) a respeito do urânio. Urânio é uma daquelas coisas sobre as quais todo o mundo já ouviu falar, mas de que não se sabe nada. Como o petróleo. Eu costumava pensar, de leituras e conversas sobre reservas de petróleo, que elas corriam como rios no subsolo. Foram meus fascículos que me esclareceram que as reservas eram de pedra e até mesmo de mármore, com o petróleo encravado em pequenas bolsas. Foi de maneira semelhante, creio eu, que o general, quando ouviu falar do imenso valor do urânio, pensou que era um metal supervalioso, uma espécie de pepita de ouro. Mancini, o cônsul, deve ter pensado o mesmo. Minhas leituras me ensinaram que toneladas e toneladas de minério deviam ser processadas e reduzidas — mas reduzidas até formar barras bem pesadas.

O general, ao oferecer um "pedaço", devia ter se enganado. Por alguma razão, no entanto — talvez Mahesh tivesse lhe dito que estava sendo vigiado —, ele nunca voltou a incomodar. E pouco depois foi transferido de nossa cidade. Era esse o método do novo presidente: dar poder e autoridade a seus homens, mas nunca permitir que se firmassem em algum lugar como reis. Isso nos poupava muitos problemas.

Mahesh continuou tão tranquilo quanto antes. A única pessoa a levar um susto fora Mancini, o cônsul.

Assim éramos naquele tempo. Sentíamos haver tesouros ao nosso redor, prontos para ser encontrados. A floresta nos fazia pensar assim. Nos períodos ociosos, fôramos indiferentes a ela; na época da rebelião, ela nos deprimira. Mas agora a floresta nos deixava excitados — a terra virgem, com todas as suas promessas. Esquecíamos que outros haviam estado lá antes de nós e experimentado os mesmos sentimentos.

Tomei parte no *boom*. À minha maneira modesta, não deixava de ser enérgico. Mas também era inquieto. É fácil acostumar-se à paz. É como sentir-se bem — você dá tudo por garantido e se esquece de como o bem-estar parecia importante durante a doença. Com a paz e a explosão dos negócios, pela primeira vez passei a achar a cidade trivial.

O apartamento, a loja, o mercado fora da loja, o Clube Helênico, os bares, a vida do rio, as canoas, os jacintos-d'água — tudo era tão conhecido. Especialmente em tardes quentes — aquela luz forte, as sombras escuras, a sensação de quietude — tudo parecia desprovido de promessa humana.

Não me via passando o resto de meus dias na curva do rio, como Mahesh e os outros. Em minha mente eu me separava deles. Ainda me via como alguém de passagem. Mas qual seria o bom destino? Não era capaz de dizer. Nunca havia pensado construtivamente sobre o assunto. Esperava que algo me iluminasse, me levasse ao bom lugar e à "vida" que ainda esperava por mim.

De tempos em tempos, cartas de meu pai, no litoral, lembravam-me de seu desejo de me ver bem encaminhado na vida — casado com a filha de Nazruddin: isso era quase uma obrigação de família. Mas eu estava menos preparado do que nunca para aquilo, embora de vez em quando me confortasse pensar que, lá fora, toda uma vida esperava por mim, todos os relacionamentos que ligam um homem à terra e lhe dão a sensação de ter um lugar. Mas eu sabia que, no fundo, não era assim. Sabia que para nós o mundo já não era tão seguro.

E mais uma vez os acontecimentos foram ao encontro de minhas ansiedades. Houve problemas em Uganda, onde Nazruddin possuía uma tecelagem de algodão. Até então, Uganda fora o país seguro e bem governado com que Nazruddin procurara nos tentar — o país que recebia refugiados dos vizinhos. Agora, lá mesmo, um rei era derrubado e forçado a fugir; Daulat trouxe notícias de mais um exército descontrolado. Nazruddin, eu sabia, estava convencido de que, depois de tanta sorte, as coisas um dia acabariam mal para ele; e eu achei que esse dia finalmente havia chegado. Mas estava errado; Nazruddin ainda tinha sorte. A confusão em Uganda não durou; só o rei sofreu. A vida voltou ao normal. Mas comecei a temer por Nazruddin e sua família, e a ideia de casar com a filha dele deixou de ser a ideia de um dever familiar. Tornou-se, muito mais, uma responsabilidade opressiva, que empurrei para o fundo da mente como algo que confrontaria só quando fosse absolutamente necessário.

Assim, no meio do *boom*, sofri angústias e tornei-me quase tão insatisfeito quanto estivera no começo. Não apenas pelas pressões externas, pela solidão ou por meu temperamento. O próprio lugar influía, a forma como se alterara com a paz. Ninguém era culpado. Simplesmente acontecera. Durante a rebelião, eu tivera a percepção mais aguda da beleza do rio e da floresta e prometera a mim mesmo que assim que a paz viesse eu me exporia a ela, possuiria aquela beleza. Quando a paz veio, eu havia parado de olhar a meu redor; e não fiz nada do prometido. Depois senti que a mágica e o mistério do lugar haviam se esgotado.

Nos dias de medo, senti que havíamos estado em contato, por intermédio dos africanos, com os espíritos do rio e da floresta; e que tudo estava cheio de tensão. Mas todos os espíritos pareceram então abandonar o lugar, assim como, depois da morte do padre Huismans, os espíritos haviam parecido ter abandonado aquelas máscaras. Os africanos haviam nos inquietado demais naquele tempo; ninguém nos parecera confiável. Outrora havíamos sido os intrusos, os homens comuns; eles, os inspirados. Agora os espíritos os haviam deixado; eles eram comuns, esquálidos, pobres. Sem esforço tínhamos nos transformado, de maneira concreta, nos senhores, com as habilidades e os talentos de que eles precisavam. E, no entanto, éramos muito simples. Na terra agora novamente trivial havíamos construído vidas triviais para nós — nos bordéis e bares, nos clubes noturnos. Ah, era muito insatisfatório. Mas o que mais poderíamos fazer? Só fazíamos o que era possível. Empregávamos o lema de Mahesh: seguíamos em frente.

Mahesh fez mais que isso. Acertou uma tacada. Continuou a consultar catálogos, a preencher cupons, a pedir mais informações; e por fim encontrou o pacote que estivera procurando, a coisa que poderia importar inteira e usar como um atalho para os negócios e o dinheiro. Conseguiu a franquia do Bigburger para nossa cidade.

Não era o que eu esperava. Ele tinha uma lojinha esquisita de ferragens, material elétrico, câmeras, binóculos, coisinhas. Hambúrgueres — Bigburgers — não pareciam ser seu estilo. Nem mesmo era garantido que a cidade ficaria interessada nos tais Bigburgers. Mas ele não tinha dúvidas.

Declarou: "Fizeram uma pesquisa de mercado e resolveram investir pesado na África. Abriram um escritório regional num dos centros franceses da costa oeste. O cara veio até aqui no outro dia para tirar medidas. Eles não mandam só o molho, Salim. Mandam a loja inteira".

E assim foi. As caixas que vieram pelo vapor dois meses mais tarde continham a loja inteira: fornos, máquinas de milk-shake, cafeteira, pratos e canecas, mesas e cadeiras, o balcão sob medida, banquetas, o painel com o símbolo do Bigburger. E junto com as coisas sérias vieram os brinquedos: galheteiros Bigburger, vidros de ketchup Bigburger, cardápios Bigburger e seus suportes, e as adoráveis propagandas — "Bigburger — The Big One — The Bigwonderful One" —, com fotos de diferentes tipos de hambúrguer.

Achei que as fotos dos Bigburgers lembravam macios lábios brancos de pão sobre línguas negras e deformadas de carne. Mahesh não gostou quando eu lhe disse isso, e decidi jamais tornar a falar algo desrespeitoso sobre um Bigburger. Mahesh fizera muitas piadas sobre o projeto; mas assim que as coisas chegaram ele ficou extremamente sério — ele se tornara o Bigburger.

A loja de Mahesh era, estruturalmente, muito simples. O caixote de concreto padrão em nossa cidade. Num piscar de olhos o empreiteiro italiano retirou prateleiras, trocou toda a fiação e o encanamento e pôs de pé uma lanchonete luzidia que parecia ter sido importada dos Estados Unidos. O negócio todo pré-fabricado funcionou; e era ótimo ir ao Bigburger, deixar os fedores da rua, a poeira e o lixo, adentrar um ambiente moderno, com propaganda e tudo o mais. Mahesh, no fim das contas, se arranjou.

Aquele encanto tomou conta de Shoba também. Tornou-a enérgica e fez emergir parte do talento de sua família para os negócios. Ela organizou o lugar, que logo funcionava à perfeição. Entregas de carne foram acertadas com nosso novo supermercado (a carne vinha da África do Sul, assim como os ovos agora), e ela fez acertos com um italiano para receber os pães. Shoba treinou os atendentes e estabeleceu seus turnos.

Ildephonse, o empregado doméstico, foi tirado do apartamento. Recebeu um chapéu de cozinheiro do Bigburger, um paletó amarelo do Bigburger e um lugar atrás do balcão. Foi ideia de Mahesh dar a Ildephonse um broche para o paletó, com seu nome e seu cargo — "Manager", em inglês, para dar mais efeito. Mahesh fazia pequenas coisas de vez em quando que, apesar de sua despreocupação, mostravam que ele sabia instintivamente como agir em nossa cidade. Disse que chamara Ildephonse de gerente para evitar o ressentimento africano contra o lugar novo e enfeitado, e também para atrair clientes. Fazia questão de deixar Ildephonse encarregado do lugar por algumas horas, todos os dias.

No entanto, era estranho observar Ildephonse. Ele amava seu uniforme do Bigburger e o novo emprego. Ninguém era mais rápido, amigável e ansioso para agradar que ele, quando Shoba e Mahesh estavam por perto. Eles confiavam em Ildephonse; gabavam-se dessa confiança na presença dele. No entanto, assim que viravam as costas, ele passava a ser uma pessoa diferente. Ele se esvaziava. Não se tornava rude, apenas ausente. Notei essa alteração nos empregados africanos de outros estabelecimentos também. Ela fazia você pensar que, enquanto trabalhavam em seus diversos cenários chamativos, apenas representavam para os seus empregadores; que o trabalho em si era insignificante para eles; e que eles tinham o dom — quando deixados sós, sem ninguém para quem interpretar — de separar-se em espírito de seu entorno, seu trabalho, seu uniforme.

O Bigburger foi um sucesso. O Van der Weyden, do outro lado da rua, satisfazia-se em ganhar dinheiro com suas camas e quartos. O serviço e a cozinha de lá obrigavam as pessoas a sair para procurar comida, e o Bigburger estava no lugar certo para capturar aqueles refugiados gastronômicos. O Bigburger também atraía muitos oficiais e soldados do exército — eles gostavam da decoração e da modernidade. E assim Mahesh, de proprietário de uma lojinha sem identidade, transformou-se no centro do movimento em nossa cidade.

Tudo isso aconteceu muito rápido, em menos de um ano. Tudo acontecia rápido agora. Era como se as pessoas sentissem que precisavam compensar os anos perdidos, como se todos sentissem que o tempo era breve, que o lugar podia fechar a qualquer momento de novo.

Mahesh me disse um dia: "Noimon me ofereceu dois milhões. Mas você conhece Noimon. Quando ele oferece dois, pode ter certeza que vale quatro".

Noimon era um de nossos grandes gregos. A nova loja de móveis — que fazia um dinheirão — era apenas um de seus investimentos. Os dois milhões que oferecera eram em francos locais, cotados a trinta e seis por dólar.

Mahesh disse: "Creio que seu negócio deve estar valendo bastante. Nazruddin o ofereceu a mim, você sabe. Naquela época pediu cento e cinquenta mil. Quanto você acha que vale agora?".

Esse tipo de conversa se ouvia agora em todo lugar. Todos somavam quanto haviam ganhado com o *boom*, quanto valiam. As pessoas aprenderam a falar com tranquilidade de grandes somas.

Houvera um *boom* anterior, no fim do período colonial,

e o subúrbio arruinado perto das corredeiras era o vestígio dele. Nazruddin contara uma história sobre aquilo. Ele havia estado lá certa manhã; decidira que o lugar era mato em vez de boa propriedade e resolvera vender. Sorte dele, na época; mas agora o subúrbio decaído estava sendo reabilitado. Aquela incorporação ou reincorporação se tornou o aspecto mais importante de nosso *boom*. E causou um grande aumento no preço das propriedades da cidade.

O mato próximo às corredeiras estava sendo cortado. As ruínas, que pareciam permanentes, foram derrubadas, tratores passaram por cima delas. Novas avenidas foram construídas. Tudo era feito do Grande Homem. O governo ocupara todo aquele espaço, tornara-o domínio estatal. O Grande Homem começou a construir ali o que parecia ser uma pequena cidade. Tudo acontecia muito rápido. Choviam moedas de cobre, aumentando os preços na cidade. O ruído grave dos tratores, que fazia tremer a terra, competia com o barulho das corredeiras. Todo vapor trazia construtores e empreiteiros europeus, assim como todo avião. Era raro encontrar quartos vagos no Van der Weyden.

Tudo o que o presidente fazia tinha uma razão de ser. Como governante de um território potencialmente hostil, criava um espaço onde ele e sua bandeira eram supremos. Como africano, construía uma nova cidade no lugar de um antigo subúrbio rico europeu — e sua construção tinha a pretensão de ser mais imponente. Na cidade, o único prédio com "design" moderno era o Van der Weyden; para nós, os prédios maiores do Domínio eram espantosos — respiradouros de concreto, enormes blocos vazados de concreto, vidro fumê. Os prédios menores — casas e bangalôs — ficavam mais próximos do que conhecíamos. Mas mesmo eles eram grandes e, com aparelhos de ar-condicionado projetando-se por todos os lados, como blocos de construção que houvessem sido deslocados, pareciam extravagantes.

Ninguém sabia ao certo que uso seria dado ao Domínio, mesmo depois que algumas casas foram decoradas. Ouviam-se histórias sobre uma grande fazenda-modelo ou colégio agrícola; sobre um centro de conferências que serviria ao continente; sobre casas de veraneio para cidadãos leais. Do próprio presidente não se ouvia nada. Olhávamos e especulávamos enquanto os prédios subiam. E aí começamos a compreender que aquilo que o presidente tentava fazer era tão magnífico a seus próprios olhos que mesmo ele não gostaria de proclamá-lo. Estava criando a África moderna. Estava criando um milagre que espantaria o resto do mundo. Estava contornando a África real, a África difícil das aldeias e do mato, e criando algo que seria páreo para qualquer coisa existente em outros países.

Fotografias daquele Domínio do Estado — e de outros como aquele em outros pontos no país — começaram a aparecer nas revistas sobre a África publicadas na Europa como subsídio de governos como o nosso. Nas fotografias, a mensagem do Domínio era simples. Sob o comando de nosso novo presidente, o milagre ocorrera: os africanos haviam se tornado homens modernos que construíam em concreto e vidro e se sentavam em cadeiras estofadas cobertas com veludo de imitação. Era um curioso cumprimento da profecia do padre Huismans sobre a retração da África africana e o sucesso do enxerto europeu.

Visitantes eram encorajados a vir das *cités* e favelas, assim como das vilas próximas. Aos sábados havia ônibus e caminhões do exército para levar as pessoas até lá, e soldados que faziam o papel de guias, conduzindo as pessoas por trilhas sinalizadas com flechas, mostravam àqueles que pouco tempo antes haviam querido destruir a cidade o que o presidente tinha feito pela África. Que prédios de segunda categoria, uma vez que você se acostumava com eles! Que móveis vulgares! Noimon estava fazendo uma fortuna com sua loja de decoração. Ao redor, a vida nas canoas, nos canais fluviais e nas aldeias prosseguia; nos bares da cidade, os construtores estrangeiros e os artesãos bebiam e faziam piadas sobre o país. Era doloroso e triste.

O presidente desejara nos mostrar uma nova África. E eu via a África de um modo como nunca havia visto antes, os defeitos e as humilhações que até aquele momento considerara fatos da vida. E então me enchi de ternura pelo Grande Homem, pelos aldeões esfarrapados que andavam pelo Domínio, pelos soldados que lhes mostravam as atrações acanhadas — até que algum soldado bancasse o espertalhão comigo ou algum oficial da alfândega se fizesse de difícil, e então eu voltava aos antigos sentimentos, às atitudes mais fáceis dos estrangeiros nos bares. A velha África, que parecia tudo absorver, era simples; aquele lugar deixava você tenso. Como era delicado abrir caminho em meio à estupidez, à agressividade, ao orgulho e à mágoa!

Mas para que seria usado o Domínio? Os prédios davam orgulho, ou assim deveria ser; satisfaziam alguma necessidade pessoal do presidente. Seria aquela toda a sua serventia? Haviam consumido milhões. A fazenda não se materializou. Chineses e taiwaneses não apareceram para cultivar a terra da nova fazenda-modelo africana. Os seis tratores que algum governo estrangeiro doara permaneciam alinhados ao relento e enferrujavam, enquanto o mato subia ao redor. A grande piscina perto do prédio que se dizia ser destinado a conferências tinha rachaduras e ficava vazia, com uma rede sobre ela. O Domínio fora construído depressa, e sob o sol e a chuva a deterioração também era rápida. Depois da primeira estação chuvosa, muitas das árvores jovens plantadas ao lado da avenida principal morreram, com as raízes inundadas e apodrecidas.

Mas para o presidente na capital, o Domínio permanecia vivo. Estátuas foram erguidas, bem como símbolos iluminados. As visitas dominicais prosseguiram; fotografias continuaram a aparecer nas revistas subsidiadas cujo tema era a África. Até que, por fim, se encontrou um uso para os prédios.

O Domínio tornou-se uma cidade universitária e um centro de pesquisa. O salão de conferências foi convertido em escola técnica para as pessoas da região, e outros prédios foram convertidos em dormitórios e escritórios. Palestrantes e professores logo começaram a vir da capital e de outros países; uma vida paralela se desenvolveu lá, e pouco se sabia dela na cidade. E foi para aquela escola técnica — erguida onde antes estivera o subúrbio europeu que, em minha chegada, sugerira as ruínas de uma civilização morta — que enviaram Ferdinand com uma bolsa do governo quando ele terminou o liceu.

O Domínio ficava a alguns quilômetros da cidade. Havia uma linha de ônibus, mas irregular. Se antes eu não me encontrava muito com Ferdinand, passei a vê-lo menos ainda. Metty perdeu um amigo. A transferência de Ferdinand finalmente tornou clara a diferença entre os dois homens, e creio que Metty sofreu.

Meus próprios sentimentos eram mais complicados. Previa um futuro de desordem para o país. Ninguém estaria seguro lá; nenhum cidadão deveria ser invejado. No entanto, eu não conseguia evitar a ideia de que Ferdinand tinha muita sorte, de que o caminho fora muito facilitado para ele. Você arrancava um menino do mato e o ensinava a ler e escrever; você arrancava o mato e construía uma escola politécnica; você mandava o menino para lá. Parecia bem fácil, se você chegava tarde e encontrava prontas aquelas coisas que outros povos e países haviam demorado tanto a desenvolver — escrita, imprensa, universidades, livros, conhecimento. O restante de nós precisava receber as coisas gradualmente. Pensei em minha família, em Nazruddin, em mim mesmo — sedimentos centenários depositados em nossas mentes e corações obstruíam nosso caminho. Ferdinand, começando do nada, se tornara livre com um passo e estava prestes a nos deixar para trás.

O Domínio, com seu luxo de segunda classe, era um engodo. Nem o presidente que lhe dera vida nem os estrangeiros que haviam ganhado uma fortuna com sua construção tinham fé no que estavam criando. Mas teria havido mais fé anteriormente? *Miscerique probat populos et foedera jungi*: o padre Huismans explicara a arrogância do lema. Acreditara na verdade contida ali. Mas quantos construtores da antiga cidade teriam concordado com ele? Ainda assim, aquele embuste prévio ajudara a fazer os homens do país; e outros homens seriam feitos pelo novo embuste. Ferdinand levou a sério a escola politécnica; ela o encaminharia para um estágio administrativo e talvez para uma posição de autoridade. Para ele o Domínio era bom, e tinha de ser. Ele se sentia tão glamouroso na politécnica quanto se sentira no liceu.

Era absurdo ter inveja de Ferdinand, que no fim das contas ainda voltava para sua casa na selva. Mas eu não sentia inveja dele apenas por perceber que ele logo me superaria em conhecimento e visitaria regiões às quais eu nunca teria acesso.

Invejava sobretudo aquela ideia que ele sempre tivera de sua importância, de seu glamour. Vivíamos no mesmo pedaço de terra; olhávamos a mesma paisagem. Para ele o mundo era novo e, mais que isso, estava em constante renovação. Para mim o mundo era estéril, vazio de possibilidades.

Comecei a detestar fisicamente o lugar. Meu apartamento continuava a ser o que sempre fora. Eu não havia modificado nada, por sempre achar que, de um momento para outro, teria de considerar tudo aquilo perdido — o quarto com as janelas pintadas de branco e a grande cama com o colchão de espuma, as estantes grosseiras com minhas roupas e sapatos malcheirosos, a cozinha com seu fedor de querosene, fritura, ferrugem, sujeira e baratas, a sala vazia e branca. Tudo sempre ali, nunca realmente meu, apenas me fazendo lembrar do correr do tempo.

Eu detestava as árvores ornamentais importadas, as árvores de minha infância, tão estranhas ali, com a poeira vermelha das ruas que se transformava em lama na chuva, o céu encoberto que significava apenas mormaço, o céu aberto que significava um sol impiedoso, a chuva que raramente refrescava e que trazia uma umidade desagradável, o rio marrom com as flores lilases em suas tramas verdes flutuantes, viajando noite e dia.

Ferdinand avançara alguns quilômetros. E eu, até recentemente seu guardião, sentia-me abandonado e cheio de inveja.

Metty também se comportava como um homem tomado pelas preocupações. A liberdade tinha o seu preço. Outrora ele tivera a segurança dos escravos. Naquela terra passara a pensar em si mesmo como um homem que precisava medir-se com outros homens. Até então, aquilo só lhe dera prazer. Mas de repente pareceu trazer-lhe alguma amargura também. Ele parecia manter-se afastado dos amigos.

Amigos não faltavam a Metty, e gente de todo tipo ia à loja e ao apartamento perguntando por ele. Às vezes mandavam emissários para procurá-lo. Um desses eu passei a conhecer. Ela parecia um menino magro, o tipo de garota que você veria conduzindo as canoas no rio, encarada por sua própria gente apenas como uma trabalhadora, um par de mãos. Serviço pesado e má alimentação pareciam tê-la esvaziado de atributos sexuais e apagado sua feminilidade, deixando-a quase careca.

Costumava procurar Metty na loja, esperando do lado de fora. Às vezes ele falava com ela; outras, tratava-a mal. Às vezes agia como se quisesse expulsá-la, abaixando-se para apanhar uma pedra imaginária, como fazem as pessoas quando desejam assustar um cachorro vadio. Ninguém identifica um escravo e lida melhor com ele do que outro escravo. Aquela menina pertencia aos mais humildes entre os humildes; sua posição, não importava em que morada africana estivesse, seria próxima à de um escravo.

Metty conseguiu afastá-la da loja. Mas certa tarde, quando eu me dirigia ao apartamento depois de fechar o negócio, vi-a na calçada, de pé entre os tufos empoeirados de mato que se erguiam perto da entrada lateral para nosso quintal. Uma túnica suja e acinzentada, com mangas e gola largas, pendia de seus ombros ossudos e revelava que estava nua por baixo. Seu cabelo era tão ralo que a cabeça parecia raspada. As feições miúdas se moldavam numa careta pensativa, que não era de fato uma careta pensativa, mas apenas um meio de indicar que não estava olhando para mim.

Ela continuava lá quando, depois de preparar um chá e me trocar, tornei a sair. Eu ia ao Clube Helênico para jogar squash. Era minha regra: sejam quais forem as circunstâncias, não importa o desânimo, jamais desista do exercício diário. Mais tarde fui de carro até o dique, até a boate portuguesa instalada sobre a colina, que voltara a funcionar e servia certo peixe frito — tenho certeza de que a receita era melhor em Portugal. Era cedo demais para haver banda e fregueses da cidade, mas o dique estava iluminado e as luzes coloridas nas árvores foram acesas para mim.

A menina continuava na calçada quando voltei ao apartamento. Dessa vez, falou comigo. Disse: "*Metty-ki là?*".

Ela só falava algumas palavras do patoá local, mas entendia quando se dirigiam a ela; perguntei o que desejava, e então ela respondeu: "*Popo malade. Dis-li Metty*".

Popo era bebê. Metty tinha um bebê em algum lugar da cidade, e o bebê estava doente. Metty tinha toda uma vida lá fora, separada de sua vida comigo no apartamento, separada de atividades como me servir café pela manhã, separada do trabalho na loja.

Fiquei chocado. Senti-me traído. Se morássemos em nossa propriedade no litoral, ele viveria sua vida, mas não existiriam segredos. Eu teria conhecido a mulher dele; teria sabido do nascimento do bebê. Eu perdera Metty para aquela parte da África. Ele chegara ao lugar que até certo ponto era sua casa, e eu o havia perdido. Fiquei desolado. Eu começara a odiar o lugar, a odiar o apartamento; mas agora sentia a vida que construíra para mim naquele apartamento como algo bom que se perdera.

Como a menina do lado de fora, como tantas outras pessoas, esperei por Metty. E então, muito tarde, quando ele chegou, comecei imediatamente a falar.

"Oh, Metty, por que você não me contou? Por que fez isso comigo?" Então utilizei o nome que lhe dávamos no litoral. "Ali, Ali-wa! Vivemos juntos. Recebi você sob meu teto e o tratei como um membro de minha própria família. E agora você me faz isso."

Como o serviçal dos velhos tempos, como um cumpridor de seu dever, ele tentou ajustar seu humor ao meu e dar a impressão de que sofria comigo.

"Vou deixá-la, *patron*. Ela é um animal."

"Como você pode deixá-la? Você fez a coisa. Não há como voltar atrás. Você tem um filho lá fora. Oh, Ali, o que você fez? Não acha horrível ter uma criancinha africana correndo em algum quintal por aí, com seu *toto* balançando entre as pernas? Você não se envergonha, um rapaz como você?"

"É horrível, Salim." Ele se aproximou e pôs a mão em meu ombro. "Estou muito envergonhado. Ela é apenas uma mulher africana. Vou deixá-la."

"Como você pode deixá-la? Essa é sua vida agora. Você não sabia que seria assim? Nós o mandamos à escola, fizemos os mulás lhe darem aulas. E agora você faz isso."

Eu estava representando. Mas há momentos em que representamos nossos sentimentos verdadeiros, momentos em que não somos capazes de lidar com as emoções e é mais fácil interpretar. Metty também representava, sendo leal, relembrando o passado, outros lugares, coisas que eu mal podia suportar naquela noite. Quando eu disse, representando: "Por que você não me disse, Metty?", ele correspondeu. Ele disse: "Como eu poderia contar, Salim? Eu sabia que você ficaria assim".

Como ele sabia?

Eu disse: "Sabe, Metty, no seu primeiro dia de escola eu o acompanhei. Você chorou o caminho todo. Você começou a chorar assim que saímos de casa".

Ele gostou de ser lembrado disso, de uma história tão distante. Perguntou, quase sorrindo: "Eu chorei muito? Fiz muito escândalo?".

"Ali, você derrubou as paredes com seus gritos. Você usava seu chapeuzinho branco e desceu desesperado a viela ao lado da casa de Gokool. Eu não sabia aonde você tinha ido, só ouvia seus gritos. Não aguentei aquilo. Achei que estavam lhe fazendo coisas horríveis e implorei para que você não fosse mais à escola. Mas depois o problema foi trazê-lo de volta para casa. Você esqueceu tudo isso, e por que deveria lembrar-se? Tenho observado você desde que chegou aqui. Você tem agido como se estivesse sozinho."

"Oh, Salim! Não diga isso. Sempre respeitei você."

Era verdade. Mas ele tinha voltado para casa; ele encontrara sua nova vida. Por mais que desejasse, não poderia retroceder. Desfizera-se do passado. Sua mão sobre meu ombro — o que significava aquilo agora?

Pensei: "Nada é permanente. Tudo muda. Não vou herdar uma casa, e nenhuma casa que eu venha a construir passará a meus filhos. Aquele modo de vida se foi. Perdi minha primeira juventude, e aquilo que venho buscando desde que deixei o lar não veio. Só tenho esperado. Vou esperar pelo resto da vida. Quando vim para cá, este apartamento ainda tinha a marca da senhora belga. Não era minha casa; era como um acampamento. Aquele acampamento era meu agora. Mas acaba de mudar novamente".

Mais tarde, acordei na solidão de meu quarto, no mundo inamistoso. Senti toda a melancolia das crianças que se encontram num lugar estranho. Pela janela pintada de branco vi as árvores lá fora — não suas sombras, mas a sugestão de suas formas. Eu tinha saudade de casa, sentia-me assim havia meses. Mas não havia um lar para onde pudesse retornar. Ele estava apenas em minha mente. Era algo perdido. Nisso, eu era como os africanos esfarrapados que se mostravam tão abjetos na cidade que abastecíamos.

7

Ao descobrir os caminhos da dor, a maturidade que ela traz, não me surpreendi com o fato de que Metty e eu nos sentíssemos tão próximos no exato momento em que compreendíamos que seria necessário seguir caminhos separados. O que nos dera a ilusão de proximidade naquela noite fora o pesar pelo passado, a tristeza pelo fato de que o mundo não se detém.

Nossa vida juntos não mudou. Ele continuava em seu quarto no apartamento, continuava a me trazer café pela manhã.

Mas agora ficava subentendido que ele tinha outra vida lá fora. Ele ficou diferente. Perdeu o brilho e a alegria do serviçal que sabe que cuidarão dele, que alguém tomará as decisões. Também perdeu o que acompanhava aquele brilho — a indiferença ao que acabava de acontecer, a habilidade de esquecer, a prontidão para aceitar um novo dia. Metty pareceu ter se tornado um pouco amargo por dentro. Responsabilidades eram uma novidade para ele. E com elas deve ter descoberto ainda a solidão, a despeito de seus amigos e de sua nova vida familiar.

Eu também, ao me livrar de velhos hábitos, descobrira a solidão e a melancolia que está na base da religião. A religião transforma essa melancolia em medo e esperança encorajadores. Mas eu rejeitara os caminhos e confortos da religião; não poderia retornar a eles com facilidade. Essa melancolia em relação ao mundo era algo com que eu teria de lidar sozinho. Às vezes ela era aguda; outras vezes, desaparecia.

E bem quando eu digerira aquela tristeza causada por Metty e pelo passado, alguém desse passado apareceu. Entrou na loja um dia, guiado por Metty, que me chamava excitado: "Salim! Salim!".

Era Indar, o homem que despertara meu pânico no litoral, aquele que me confrontara — depois daquele jogo de squash na quadra de sua casa enorme — com os medos que eu nutria a respeito do futuro e que me fizera sair de sua casa com premonições de um desastre. Fora ele quem fizera nascer em mim a ideia de fugir. Indar fora para a Inglaterra, para sua universidade; eu me refugiara ali.

Então senti, ao ver Metty guiá-lo loja adentro, que ele me apanhara desprotegido novamente, sentado à mesa, com produtos espalhados pelo chão como sempre tinham estado, com as estantes repletas de tecido barato, encerados, baterias e cadernos escolares.

Ele disse: "Ouvi dizer anos atrás, em Londres, que você estava aqui. Tentei imaginar o que estaria fazendo". Sua expressão era fria, um meio-termo entre a irritação e o sarcasmo, e parecia dizer que conhecia a resposta e que não se surpreendia nem um pouco com ela.

Tudo acontecera rápido demais. Quando Metty entrou correndo, gritando "Salim! Salim! Adivinhe quem está aqui", imediatamente imaginei que seria alguém que nós dois conhecêramos nos velhos tempos. Pensei que seria Nazruddin, ou alguém de sua família — um genro ou sobrinho. E então eu disse para mim mesmo: "Não posso lidar com isso. A vida aqui não é mais como antes. Não posso aceitar essa responsabilidade. Não pretendo dirigir uma enfermaria".

Esperando, então, alguém que fosse fazer um pedido em nome da família, da comunidade ou da religião, e preparando um semblante e uma atitude para aquela pessoa, desmoronei ao ver Metty conduzindo Indar, Metty explodindo de alegria, sem nenhum fingimento agora, mas encantado naquele momento por recriar algo dos velhos tempos, por ser o sujeito em contato com grandes famílias. E eu, de homem cheio de queixas, que derramaria sua melancolia em conselhos ásperos sobre o recém-chegado que talvez já se sentisse arrasado — "Não há espaço para você aqui. Não há espaço para os destituídos. Ache outro lugar" —, tive de me transformar na pessoa oposta. Tive de me transformar num homem bem-sucedido ou, mais que isso, num homem cuja lojinha apagada escondia um negócio maior, capaz de fazer milhões. Tive de me transformar no homem que planejara tudo, que chegara à cidade destruída na curva do rio por antever um futuro rico.

Com Indar não poderia ser diferente. Ele sempre me fizera sentir muito atrasado. Sua família, ainda que nova no litoral, nos ultrapassara a todos; e mesmo seu início modesto — o avô que trabalhara numa ferrovia antes de tornar-se um agiota de praça de mercado — ficara (pela maneira como as pessoas falavam dele) um pouco sagrado, parte de uma história maravilhosa. Eles investiam com ousadia e sabiam gastar dinheiro; seu modo de vida era muito mais refinado que o nosso; e eles tinham aquela paixão incomum por jogos e exercício físico. Sempre os considerei pessoas "modernas", com um estilo bastante diferente do nosso. Você se acostuma a diferenças como aquela; elas começam até a parecer naturais.

Quando jogamos squash naquela tarde distante e Indar me disse que partiria para uma universidade na Inglaterra, eu não sentira ressentimento ou inveja pelo que ele estava prestes a fazer. Viver fora, frequentar a universidade — aquilo era parte de seu meio, era o que se deveria esperar. Minha infelicidade era a infelicidade de um homem que se sente deixado para trás, despreparado para o que está por vir. E meu ressentimento em relação a ele tinha a ver com a insegurança que ele me fizera sentir. Ele dissera: "Seremos varridos daqui, você sabe". As palavras eram verdadeiras; eu sabia que eram. Mas peguei antipatia por ele por havê-las dito — ele falara como alguém que previu tudo e tomou suas providências.

Oito anos haviam se passado desde aquele dia. O que ele dissera que aconteceria, acontecera. Sua família perdera muito; eles perderam a casa; eles (que acrescentaram o nome da cidade litorânea ao nome de sua família) haviam se dispersado, como os meus. No entanto, ao vê-lo entrar na loja, parecia que a distância entre nós permanecera a mesma.

O toque londrino estava em suas roupas — na calça, na camisa listrada de algodão, no corte do cabelo, nos sapatos (cor de vinho, de sola fina mas resistentes, de bico bastante estreito). Quanto a mim, bem, eu estava em minha loja, com a rua de terra vermelha e a praça do mercado do lado de fora. Eu esperara por muito tempo, suportara muita coisa, havia mudado; mas para ele eu continuava o mesmo.

Até ali eu permanecera sentado. Quando me levantei, senti uma fisgada de medo. Ocorreu-me que ele reaparecera apenas para trazer más notícias. E só o que encontrei para dizer foi: "O que o traz ao fim do mundo?".

Ele retrucou: "Eu não diria isso. Você está no lugar onde as coisas acontecem".

"'Onde as coisas acontecem'?"

"Sim, coisas grandes. Caso contrário eu não estaria aqui."

Aquilo foi um alívio. Ao menos ele não estava me dando novas ordens de partida — e sem me dizer aonde ir.

Metty, enquanto isso, não deixara de sorrir para Indar e balançar a cabeça dizendo "Indar! Indar!". Foi ele que lembrou nossos deveres como anfitriões. Ele perguntou: "Você gostaria de um café, Indar?", como se estivéssemos no litoral, na loja de família, e ele só tivesse de descer a rua até o bar de Noor para voltar com uma bandeja pesada de metal com pequenas xícaras metálicas cheias de café doce e forte. Não havia café daquele tipo ali; só Nescafé, feito na Costa do Marfim e servido em grandes xícaras de louça. Não era o mesmo tipo de bebida — não se podia conversar diante dela, suspirando a cada gole do líquido quente e doce.

Indar disse: "Seria muito bom, Ali".

Eu disse: "Aqui o nome dele é Metty. Significa 'mestiço'".

"Você deixa que o chamem assim, Ali?"

"Africanos, Indar. *Kafar*. Você sabe para que eles servem."

Eu disse: "Não acredite nele. Ele adora o nome. Faz sucesso entre as garotas. Ali é um chefe de família agora. Nós o perdemos".

Dirigindo-se à despensa para ferver a água para o Nescafé, Metty disse: "Salim, Salim. Não me deixe em má situação".

Indar disse: "Nós o perdemos já faz muito tempo. Você tem notícias de Nazruddin? Eu o vi em Uganda algumas semanas atrás".

"Como vão as coisas por lá?"

"Começam a se estabilizar. Por quanto tempo, isso é outro assunto. Nenhum bendito jornal falou a favor do rei. Você sabia disso? Quando se trata da África, ou as pessoas não querem saber ou têm seus princípios. Ninguém liga a mínima para as pessoas que vivem no lugar."

"Mas você tem viajado bastante."

"É meu negócio. Como vão as coisas para você?"

"Desde a revolta, vão muito bem. O lugar está agitado. A prosperidade é fantástica. Em alguns pontos o metro quadrado de terreno vale duzentos francos."

Indar não pareceu impressionado — mas a loja não era de fato um lugar impressionante. Senti que estava me afobando um pouco e fazendo o contrário do que pretendia com Indar. Tentando mostrar que suas suposições sobre mim estavam erradas, eu na verdade interpretava o papel em que ele me via. Eu falava no mesmo tom de alguns comerciantes da cidade e até dizia as mesmas coisas.

Eu disse, testando outro tipo de linguagem: "Este é um negócio especializado. Um mercado sofisticado seria mais simples em certo sentido. Mas aqui você não pode seguir suas preferências pessoais. Você precisa saber exatamente o que é necessário. E, claro, há as representações comerciais. É lá que está o dinheiro grosso".

Indar retrucou: "Claro, claro. As representações. Para você é como nos velhos tempos, Salim".

Deixei passar aquilo. Mas decidi tornar toda a conversa mais modesta. "O problema é que não sei quanto tempo isto vai durar", eu disse.

"Vai durar enquanto seu presidente assim desejar. E ninguém é capaz de adivinhar o quanto vai durar. Ele é um homem estranho. Parece não estar fazendo nada e, de repente, age como um cirurgião. E extirpa alguma coisa de que não gosta."

"Foi assim que ele apaziguou o velho exército. Foi terrível, Indar. Ele enviou uma mensagem para o coronel Yenyi dizendo que ficasse no alojamento para receber o comandante dos mercenários. O coronel esperou na escadaria de entrada com seu uniforme completo e, quando eles chegaram, ele foi em direção ao portão. Eles o mataram ali mesmo. E todos ao redor."

"Mas isso salvou sua pele. Aliás, trago algo para você. Fui ver seus pais antes de vir para cá."

"Você esteve em casa?" E no entanto eu temia ouvir as notícias que trazia.

Ele disse: "Ah, estive lá algumas vezes desde que tudo aconteceu. Não está tão ruim. Você se lembra de nossa casa? Eles a pintaram com as cores do partido. É uma espécie de sede do partido agora. Sua mãe me deu um vidro de chutney de coco. Não é só para você. É para você e Ali. Ela deixou isso bem claro". Voltando-se para Metty, que retornava com o bule de água quente, as xícaras, a lata de Nescafé e o leite condensado, ele disse: "Ma lhe mandou chutney de coco, Ali".

Metty disse: "Chutney, chutney de coco. A comida aqui é *horrível*, Indar".

Sentamos os três ao redor da escrivaninha, misturando água, café e leite condensado.

Indar disse: "Eu não queria voltar. Não na primeira vez. Achava que meu coração não ia aguentar. Mas o avião é uma coisa maravilhosa. Você ainda está num lugar quando chega ao outro. O avião é mais rápido que o coração. Você chega rápido e parte rápido. Não tem muito tempo para lamentações. E tem outra coisa sobre o avião. Você pode voltar quantas vezes quiser ao mesmo lugar. Acontece algo estranho se você volta com frequência. Você para de lastimar o passado. Vê que o passado só está na sua cabeça, que ele não existe na realidade. Você pisoteia o passado, você o esmaga. No começo é como pisar um jardim. No final você está caminhando sobre o chão. É assim que temos de aprender a viver agora. O passado está aqui". Ele tocou seu coração. "Ele não está aqui." E apontou para a rua poeirenta.

Senti que ele já havia dito aquelas palavras, ou que as havia repassado na mente. Pensei: "Ele luta para manter seu estilo. Provavelmente sofreu mais do que o resto de nós".

Sentamos, nós três, tomando Nescafé. Achei belo aquele momento.

No entanto, até ali a conversa havia sido unilateral. Ele sabia tudo sobre mim; eu nada sabia sobre a vida recente dele. Ao chegar à cidade, eu notara que, para a maioria das pessoas, conversar significava responder questões sobre elas mesmas; era raro elas perguntarem a seu respeito; estavam isoladas havia muito tempo. Não queria que Indar pensasse aquilo de mim. E realmente desejava ter notícias. Por isso, um tanto desajeitado, comecei a perguntar.

Ele disse que estivera na cidade por dois dias e ficaria alguns meses mais. Viera de vapor? "Você está louco. Ficar trancado com africanos ribeirinhos durante sete dias? Vim de avião", disse ele.

Metty disse: "Eu não iria a lugar nenhum pelo vapor. Dizem que é horrível. E é pior ainda na balsa, com as latrinas, as pessoas cozinhando e comendo em qualquer lugar. É horrível, horrível, me disseram".

Perguntei a Indar onde ele estava hospedado — ocorrera-me que deveria oferecer-lhe hospitalidade. Estava ele registrado no Van der Weyden?

Essa era a pergunta que ele estava esperando. Ele disse numa voz suave e despretensiosa: "Estou no Domínio do Estado. Tenho uma casa lá. Sou convidado do governo".

E então Metty agiu com mais afabilidade que eu. Metty deu um tapa na mesa e exclamou: "Indar!".

"O Grande Homem convidou você?", eu disse.

Ele começou a redimensionar o que falara. "Não exatamente. Tenho meu próprio projeto. Vou trabalhar na politécnica por um semestre. Você a conhece?"

"Conheço alguém que está lá. Um aluno."

Indar agiu como se eu o houvesse interrompido; como se — embora eu morasse no lugar, ao passo que ele acabava de chegar — eu houvesse cometido uma invasão e não tivesse o direito de conhecer um aluno da politécnica.

Eu disse: "A mãe dele é uma *marchande*, uma de minhas clientes".

Aquilo era melhor. Ele disse: "Você precisa aparecer e fazer contato com algumas das pessoas de lá. Talvez não goste do que está acontecendo. Mas não deve fazer de conta que não existe. Você não deve cometer de novo esse engano".

Eu quis dizer: "Eu vivo aqui. Passei por muitas coisas nos últimos seis anos". Mas não falei nada. Aceitei a vaidade dele. Indar tinha uma ideia própria do tipo de homem que eu era — e de fato me havia surpreendido em minha loja, em meu negócio ancestral. Ele tinha uma ideia própria de quem era e daquilo que havia feito, da distância que criara entre ele e o restante de nós.

Sua vaidade não me irritou. Percebi que me deleitava com ela da mesma maneira que, anos antes, no litoral, ainda criança, eu me deleitara com as histórias de Nazruddin sobre sua sorte e as maravilhas da vida naquele lugar, na cidade colonial. Eu não dera um tapa na mesa, como Metty, mas estava impressionado com Indar. E era um alívio deixar de lado as insatisfações que ele me fazia sentir, esquecer a sensação de ser apanhado desprevenido, e exibir uma admiração autêntica pelo que ele fizera de si próprio — por suas roupas londrinas, pelos privilégios de que falava, pelas viagens, a casa no Domínio, a posição na politécnica.

Demonstrar admiração, não dar mostras de competição ou resistência, significava colocá-lo à vontade. À medida que conversávamos diante do Nescafé, à medida que Metty proferia suas exclamações e expressava, à sua maneira servil, a admiração que seu senhor também sentia, a suscetibilidade de Indar se atenuava. Ele se tornou gentil, cheio de agrados, preocupado. No fim da manhã senti que conquistara um amigo de minha própria espécie. E eu precisava muito de um amigo assim.

Longe de me tornar seu guia e anfitrião, passei eu a ser guiado. Não era assim tão absurdo. Eu tinha pouco para mostrar a ele. Todos os lugares-chave da cidade que eu conhecia podiam ser visitados em algumas horas, pelo que pude perceber ao passear com ele mais tarde, naquele dia.

Havia o rio, com o passeio esburacado próximo às docas. Havia as próprias docas; os sítios de reparo com seus galpões abertos de ferro corrugado, cheios de peças enferrujadas de maquinaria; rio abaixo ficava a catedral arruinada, pitorescamente invadida pelo mato e parecendo antiga, como um prédio europeu — mas você só podia olhar da estrada, porque o mato era muito fechado e o lugar era famoso por suas cobras. Havia as praças deterioradas, com seus pedestais desfigurados e sem estátua; os prédios oficiais do tempo colonial em avenidas adornadas com palmeiras; o liceu, com as máscaras estragadas no arsenal (mas aquilo aborreceu Indar); o Van der Weyden e o Bigburger de Mahesh — locais que pouco diziam a alguém que viera da Europa.

Havia as *cités* e os acampamentos de andarilhos (alguns dos quais eu visitava pela primeira vez), com suas montanhas de dejetos, ruas onduladas e poeirentas, e pilhas de pneus espalhadas no chão. Para mim, as montanhas de lixo e os pneus eram características das *cités* e favelas. As crianças dali, como aranhas, davam saltos magníficos daqueles pneus, correndo sobre eles, tomando impulso e então revirando bem alto no ar. Mas já era quase meio-dia. Não havia crianças dando cambalhotas quando passamos de carro; e percebi (depois de um monumento vazio e dos pedestais sem estátuas) que eu estava mostrando a Indar, literalmente, um monte de lixo. Naquele momento, dei o passeio por encerrado. As corredeiras e a vila de pescadores haviam sido incorporadas ao Domínio — aquilo ele já vira.

À medida que nos aproximávamos do Domínio — as terras que levavam até lá, outrora vazias, agora se enchiam dos casebres de recém-chegados das aldeias: casebres que, na companhia de Indar, eu parecia observar pela primeira vez: o chão vermelho entre eles marcado por filetes de um líquido imundo, negro ou esverdeado, e pés de milho ou mandioca plantados em todo espaço livre —, à medida que nos aproximávamos, Indar falou: "Há quanto tempo você disse que está morando aqui?".

"Seis anos."

"E você já me mostrou tudo?"

O que eu não lhe mostrara? Uns poucos interiores de lojas, casas e apartamentos, o Clube Helênico — e os bares. Mas eu não lhe mostraria os bares. E, de fato, observando o lugar com os olhos dele, espantei-me com o pouco que constituía minha vida. E mesmo aquilo eu deixara de ver. A despeito de tudo, eu pensara na cidade como sendo uma cidade real; agora eu a via como um aglomerado de casebres. Achava que resistia ao lugar, quando na verdade estivera cego — como as pessoas que conhecia, das quais, no fundo, julgara me diferente.

Não gostei quando Indar sugeriu que eu vivia da mesma maneira que nossa comunidade nos velhos tempos, sem prestar atenção ao que se passava. Mas ele não estava assim tão errado. Ele falava do Domínio; para nós, na cidade, o Domínio permanecera apenas uma fonte de contratos. Sabíamos pouco da vida ali e não tivéramos interesse em descobrir mais. Víamos o Domínio como parte do desperdício e da tolice que grassavam no país. Mais importante que isso, como parte da política do presidente; e não queríamos nos envolver naquilo.

Tínhamos consciência dos novos estrangeiros na periferia da cidade. Eles não eram como os engenheiros e vendedores e artesãos que conhecíamos, e ficávamos um pouco nervosos perto deles. Os moradores do Domínio eram como turistas, mas não gastavam — tudo de que precisavam encontravam lá mesmo. Eles não tinham interesse em nós; e nós, considerando-os gente protegida, os deixávamos de lado como gente separada da vida do lugar, não muito reais, não tão reais quanto nós.

Sem saber, e imaginando o tempo todo que ao manter a cabeça baixa demonstrávamos sabedoria e protegíamos nossos interesses, nos tornamos como os africanos que o presidente governava. Éramos pessoas submetidas ao peso do poder presidencial. O Domínio fora criado pelo presidente; por razões que só ele conhecia, estrangeiros haviam sido convidados a ocupá-lo. Para nós isso bastava; não nos competia fazer perguntas ou investigar de perto.

Às vezes, depois de uma aparição de Ferdinand para ver a mãe durante uma viagem de compras, eu o conduzia de volta ao alojamento no Domínio. O que via nessas ocasiões era tudo o que eu sabia, até Indar se tornar meu guia.

Foi como Indar dissera. Ele tinha uma casa no Domínio e era um convidado do governo. A casa era acarpetada e seguia o estilo "loja de decoração" — doze cadeiras de jantar entalhadas à mão, cadeiras estofadas de duas cores em veludo cotelê sintético na sala de estar, lustres, mesas, aparelhos de ar-condicionado em cada cômodo. Esses aparelhos eram necessários. As casas do Domínio, privadas de sombra naquele terreno aplainado, eram como enormes caixas de concreto, com telhados que não protegiam nada, de modo que em qualquer momento de um dia quente uma ou duas paredes recebiam o sol em cheio. Com a casa vinha também um garoto; no uniforme de serviço do Domínio — shorts brancos, camisa branca e uma jaqueta de serviço branca (em vez do avental da colônia). Esse era o estilo do

Domínio para pessoas na posição de Indar. O estilo era o do presidente. Ele escolhera o uniforme para os garotos.

No estranho mundo do Domínio, Indar parecia gozar de boa consideração. Parte dela se devia ao "projeto" ao qual ele pertencia. Ele não conseguia explicar exatamente qual era o projeto que o mandava em excursões pela África — ou talvez eu fosse ingênuo demais para entender. Mas várias pessoas no Domínio pareciam pertencer a projetos igualmente misteriosos; e elas não encaravam Indar como um homem de nossa comunidade ou como um refugiado do litoral, mas como um deles. Tudo isso era um pouco fantástico para mim.

Esses eram os novos estrangeiros cuja chegada vínhamos observando havia algum tempo na cidade. Nós os víramos experimentar roupas africanas; observáramos sua alegria, tão diferente de nossa conhecida cautela; tudo o que encontravam os deixava felizes. E os havíamos considerado parasitas meio perigosos, que serviam a algum desígnio oculto do presidente. Eram gente que despertava cuidados.

Mas então, ao estar com eles no Domínio, que era em todos os sentidos a morada deles, e ao ser admitido tão facilmente em seu cotidiano, em seu mundo de bangalôs, de ar-condicionado e tranquilidade domingueira, ao ouvir em suas conversas educadas os nomes de cidades famosas, me coloquei do lado oposto e passei a ver o quão fechados, mesquinhos e estagnados nós, da cidade, teríamos parecido a eles. Comecei a ter alguma ideia da animação social da vida no Domínio, de relacionamentos novos, mais abertos, menos preocupados com inimigos e perigos, de pessoas mais prontas a se divertir e entreter, à procura do valor humano em seu vizinho. No Domínio eles tinham sua própria maneira de falar sobre as pessoas e os acontecimentos. Estavam em contato com o mundo. Estar com eles era ter um sentimento de aventura.

Pensei em minha própria vida e na de Metty; em Shoba e Mahesh, com sua privacidade abafada; nos gregos e italianos — especialmente nos gregos —, ensimesmados e nervosos com inquietações familiares e o medo da África e dos africanos. Raramente havia alguma novidade nesse mundo. Assim, viajar aqueles poucos quilômetros entre a cidade e o Domínio era sempre fazer algum ajuste, adotar uma nova atitude, quase visitar um novo país a cada vez. Eu me envergonhava de mim mesmo pelos novos julgamentos que me pegava fazendo a respeito dos amigos Shoba e Mahesh, que tanto haviam feito por mim durante aqueles anos e com os quais eu me sentira tão seguro. Mas eu não conseguia evitar aqueles pensamentos. Eu pendia para o outro lado, para a vida no Domínio como eu a via na companhia de Indar.

Eu tinha consciência, no Domínio, de pertencer a um mundo diferente. Quando encontrava alguém com Indar, percebia que não tinha muito a dizer. Havia momentos em que eu pensava que o estivesse desapontando. Mas isso não parecia passar pela cabeça dele. Ele me apresentou como um amigo de sua família no litoral, um membro de sua comunidade. Ele não queria apenas me fazer testemunhar seu sucesso com as pessoas do Domínio; dava a entender que queria que eu o compartilhasse. Era sua maneira de recompensar minha admiração, e percebi nele uma delicadeza que jamais notara quando vivíamos no litoral. Suas maneiras eram uma forma de consideração; e não importava quão pequena fosse a ocasião: suas maneiras não falhavam. Eram, num certo sentido, os modos de um empresário. Mas também seu velho estilo de família; era como se ele houvesse necessitado um pouco de segurança e admiração para fazer aquilo aflorar novamente. Na artificialidade do Domínio ele encontrara seu ambiente perfeito.

Na cidade não tínhamos como oferecer a Indar a atenção e o entretenimento de que ele desfrutava no Domínio; mas podíamos apreciar aquilo de que ele desfrutava lá. Com nosso cinismo, criado por anos de insegurança, como encarávamos os homens? Julgávamos o vendedor no Van der Weyden pelas empresas que ele representava, por sua habilidade em nos oferecer concessões. Conhecendo tais homens, tendo acesso aos serviços que ofereciam e sendo lisonjeados por eles — pela ideia de que não éramos clientes comuns que pagavam sem desconto e tinham de esperar na fila —, pensávamos ter dominado o mundo; e víamos aqueles vendedores e representantes como homens de poder que tinham de ser cortejados. Julgávamos os comerciantes por suas jogadas, pelos contratos que faziam, pelas empreitadas que escolhiam.

Era o mesmo com os africanos. Nós os julgávamos por sua habilidade, como soldados, oficiais da alfândega ou policiais, em nos prestar serviços; e era assim também que eles se julgavam. Você encontrava os poderosos no Bigburger de Mahesh. Desfrutando de nosso *boom*, já não tão de segunda classe quanto antes, eles usavam tanto ouro quanto possível — óculos com armações douradas, anéis, conjuntos de caneta e lapiseira de ouro, relógios de ouro com pulseiras pesadas. Zombávamos da vulgaridade e do atavismo daquela paixão africana. Ouro: de que forma ele era capaz de alterar o homem, que não passava de um africano? Mas nós também queríamos ouro; e regularmente pagávamos tributo aos africanos que o usavam.

Nossas ideias sobre os homens eram simples; a África era um lugar onde tínhamos de sobreviver. Mas no Domínio era diferente. Lá eles podiam zombar do comércio e do ouro, porque na atmosfera mágica do Domínio, entre avenidas e casas novas, uma outra África fora criada. No Domínio, os africanos — os jovens da politécnica — eram românticos. Nem sempre estavam presentes às festas e reuniões; mas toda a vida do Domínio se erigia ao redor deles. Na cidade, a palavra "africano" podia ser usada como ofensa; no Domínio, ela era mais importante. Um africano, lá, era um homem novo que todos se ocupavam em construir, um homem prestes a receber uma herança — o homem importante que anos antes, no liceu, Ferdinand imaginara ser.

Na cidade, quando frequentavam o liceu, Ferdinand e seus amigos — ao menos seus amigos, com certeza — ainda mantinham os hábitos dos aldeões. Quando estavam livres, fora do liceu e sem a companhia de alguém como eu, eles se misturavam à vida africana da cidade. Ferdinand e Metty — ou Ferdinand e um garoto africano qualquer — podiam se tornar amigos porque tinham muito em comum. Mas no Domínio não havia como confundir Ferdinand e seus amigos com os empregados de uniforme branco.

Ferdinand e os amigos tinham uma ideia clara de quem eram e daquilo que se esperava deles. Eram jovens com bolsas de estudo do governo; logo seriam estagiários na capital, servindo ao presidente. O Domínio era criação do presidente; e no Domínio eles estavam na presença de estrangeiros que tinham a nova África em alta conta. Mesmo eu, no Domínio, comecei a compartilhar um pouco do romantismo daquela ideia.

Assim estrangeiros e africanos agiam e reagiam uns aos outros, e todos se enredaram numa ideia de glória e renovação. Em todo lugar a foto do presidente nos observava. Na cidade, em nossas lojas e nos prédios governamentais, lá estava a foto do presidente, do soberano — ela tinha de estar lá. No Domínio, a glória do presidente se transmitia a todos os seus novos africanos.

E eles eram inteligentes, aqueles jovens. Eu me lembrava deles como pequenos trapaceiros, pertinazes mas tolos, dotados somente de uma astúcia de aldeão; eu havia imaginado que estudar, para eles, significava apenas decorar. Como outras pessoas na cidade, eu pensava que os cursos regulares haviam sido modificados ou simplificados para os africanos. Era possível; eles se concentravam em certos cursos — relações internacionais, ciência política, antropologia. Mas aqueles rapazes tinham mentes aguçadas e se expressavam maravilhosamente — em francês, não em patoá. Eles haviam se desenvolvido rápido. Poucos anos antes, Ferdinand fora incapaz de lidar com a ideia da África. Mas não mais. As revistas de assuntos africanos — inclusive as enganosas, subsidiadas na Europa — e os jornais — ainda que censurados — haviam espalhado ideias novas, conhecimento, atitudes.

Indar me convidou certa noite para um de seus seminários, num auditório no grande prédio da politécnica. O seminário não era parte de nenhum curso. Era um extra, descrito na porta como um exercício de conversação em inglês. Mas deviam esperar mais de Indar. A maioria das carteiras estava tomada. Ferdinand estava lá, num pequeno grupo de amigos.

As paredes cor de biscoito do auditório eram desnudas, exceto por uma foto do presidente — não em uniforme militar, mas com uma touca de chefe tribal em pele de leopardo, uma túnica de mangas curtas e uma gravata de bolinhas. Indar, sentado sob a foto, começou a falar, com facilidade, sobre outras partes da África que havia visitado, e os jovens ficaram fascinados. A inocência e a avidez deles eram algo espantoso. Apesar das guerras e dos golpes de que ouviam falar, a África ainda era, para eles, o novo continente, e eles agiam como se Indar sentisse como eles — quase como se fosse um deles. Os exercícios de linguagem se transformaram numa discussão sobre a África, e pude sentir os temas da politécnica, temas de seminário, emergirem. Alguns eram pura dinamite; mas Indar era muito hábil, sempre calmo, jamais surpreendido. Era como um filósofo; tentava fazer com que os rapazes examinassem as palavras que empregavam.

Falaram um pouco sobre o golpe em Uganda e sobre as disputas religiosas e tribais de lá. Então passaram a falar de maneira mais geral sobre a religião na África.

Houve alguma movimentação no grupo em torno de Ferdinand. E ele — não sem notar minha presença — se levantou e perguntou: "Poderia o honrado visitante dizer se acha que os africanos foram descaracterizados pelo cristianismo?".

Indar fez o mesmo que antes. Reformulou a questão. Ele disse: "Suponho que sua pergunta real seja se a África pode ser bem servida por uma religião que não é africana. O islamismo é uma religião africana? Você acha que os africanos foram descaracterizados por ele?".

Ferdinand não respondeu. Era como nos velhos tempos — ele não havia refletido para além de um certo ponto.

Indar disse: "Bem, você poderia dizer que o islamismo se tornou uma religião africana. Ele está no continente há um longo tempo. E é possível dizer o mesmo sobre os cristãos coptas. Não sei — talvez você possa argumentar que essas pessoas foram tão descaracterizadas por essas religiões que perderam contato com a África. Você diria isso? Ou diria que eles são um tipo especial de africanos?".

Ferdinand disse: “O honrado visitante sabe muito bem a que tipo de cristianismo me refiro. Está tentando desvirtuar o assunto. Está consciente do desprestígio da religião africana e sabe muito bem que essa é uma questão direta sobre a relevância ou irrelevância da religião africana. O visitante é um cavalheiro que viajou bastante e tem simpatia pela África. Pode nos aconselhar. É por isso que perguntamos”.

As tampas de algumas carteiras foram batidas em sinal de aprovação.

Indar disse: “Para responder a essa pergunta vocês devem permitir que eu lhes faça uma antes. Vocês são estudantes. Não são aldeões, não podem fazer de conta que são. Vocês logo estarão servindo a seu presidente em diferentes cargos. São homens do mundo moderno. Vocês precisam da religião africana? Ou estão apenas sendo sentimentais a respeito do assunto? Vocês têm medo de perdê-la? Ou sentem que precisam se apegar a ela apenas porque é de vocês?”.

O olhar de Ferdinand endureceu. Ele bateu a tampa de sua carteira e se levantou. “Você está levantando uma pergunta complexa.”

“Complexa”, entre aqueles estudantes, era evidentemente uma palavra de desaprovação.

Indar disse: “Não se esqueça de que não fui eu quem levantou a questão. Foi você, e eu apenas pedi esclarecimentos”.

Isso restaurou a ordem e pôs um fim ao barulho com as carteiras. Ferdinand voltou a ser amigável e assim permaneceu até terminar o seminário. Ele se dirigiu a Indar no final, quando os rapazes em uniforme de atendente entraram com carrinhos cromados e começaram a servir café e biscoitos (elementos do estilo que o presidente estabelecera para o Domínio).

Eu disse a Ferdinand: “Você desancou meu amigo”.

Ele retrucou: "Não teria agido assim se soubesse que ele é seu amigo".

"E você, o que pensa da religião africana?", indagou Indar.

Ferdinand disse: "Não sei. Daí a pergunta. Não é um tema fácil para mim".

Mais tarde, quando Indar e eu deixamos o prédio da politécnica em direção à casa dele, Indar disse: "Ele impressiona bastante. É o filho de sua *marchande*? Isso explica tudo. Ele tem aquela pequena formação extra".

Na área asfaltada diante da politécnica a bandeira estava iluminada. Finos postes de luz erguiam braços fluorescentes nos dois lados da avenida principal; a avenida também era iluminada por holofotes no nível do chão, como numa pista de aeroporto. Algumas lâmpadas estavam quebradas, e a grama crescia ao redor dos encaixes.

Eu disse: "A mãe dele também é uma feiticeira".

"Todo cuidado é pouco", disse Indar. "Hoje eles foram duros, mas nem chegaram a fazer a pergunta mais difícil. Você sabe qual é? Se os africanos são camponeses. É uma pergunta tola, mas grandes batalhas têm origem nela. Não importa o que você diga, acaba se metendo em encrenca. Por isso minha pesquisa é necessária. A menos que você os faça pensar e lhes forneça ideias reais, em vez de apenas política e princípios, esses rapazes manterão o mundo em revolta pelos próximos cinquenta anos."

Pensei sobre o quão longe nós dois havíamos ido. Tínhamos até mesmo aprendido a levar a mágica africana a sério. Não fora assim no litoral. Mas, enquanto conversávamos naquela noite sobre o seminário, comecei a pensar se Indar e eu não estaríamos enganados, se não estaríamos permitindo que a África do nosso discurso se tornasse diferente demais da África que conhecíamos. Ferdinand não queria perder contato com os espíritos; ele tinha medo de ficar por conta própria. Era esse o substrato de sua pergunta. Todos compreendíamos sua inquietação; mas era como se, no seminário, todos se sentissem envergonhados, ou temerosos, de referir-se diretamente a ela. A discussão fora cheia de palavras de outra natureza, sobre religião e história. Era assim no Domínio; a África era um lugar especial.

Refleti também sobre Indar. Como ele chegara àquelas novas atitudes? Desde os tempos no litoral eu o vira como alguém que odiava a África. Ele perdera muita coisa; eu não acreditava que houvesse perdoado. No entanto, florescia no Domínio; era o ambiente dele.

Eu era menos "complexo". Pertencia à cidade. E deixar o Domínio e dirigir de volta para o centro, ver os casebres, centenas de metros cobertas de casebres, ver as montanhas de lixo, sentir a presença do rio e da floresta ao redor (mais do que cenário agora), ver os grupos de esfarrapados fora dos bares e os mendigos cozinhando nas calçadas — fazer esse caminho era retornar à África que eu conhecia. Era descer da exaltação do Domínio e lidar de novo com a realidade. Será que Indar acreditava na África teórica? Será que alguém no Domínio acreditava? A verdade não era aquilo com que convivíamos na cidade — a conversa dos vendedores no Van der Weyden e nos bares, as fotografias do presidente nos prédios do governo e em nossas lojas, os alojamentos militares no palácio adaptado do homem de nossa comunidade?

Indar disse: "Alguém acredita em algo? Isso importa realmente?".

Havia um ritual que eu precisava realizar toda vez que uma mercadoria difícil tinha de ser liberada na alfândega. Eu preenchia o formulário, dobrava-o, punha em seu interior uma nota de quinhentos francos e o entregava ao oficial encarregado. Ele — assim que conseguia se livrar de seus subordinados (que sabiam muito bem por que haviam recebido a ordem de deixar a sala) — conferia então as notas somente com os olhos. O dinheiro era embolsado; as anotações no formulário eram conferidas com cuidado exagerado; e logo ele diria: "*C'est bien, Mis' Salim. Vous êtes em ordre*". Nem ele nem eu faríamos referência ao dinheiro. Conversaríamos apenas sobre os detalhes do formulário que, corretamente preenchido e corretamente aprovado, permaneceria como prova de nossa correção geral. No entanto, o que estivera no centro da transação ficaria no silêncio e não deixaria vestígios para a posteridade.

Assim, em minhas conversas com Indar sobre a África — o propósito de sua pesquisa, o Domínio, suas ansiedades sobre as doutrinas importadas, o perigo, para a África, de sua própria novidade, ideias primárias sendo agarradas por mentes jovens e tão viscosas quanto fita aderente —, sentia que entre nós havia uma certa desonestidade subjacente, ou talvez apenas uma omissão, uma lacuna ao redor da qual ambos tinham de mover-se com cuidado. Aquela omissão era o nosso passado, a vida esmagada de nossa comunidade. Indar se referira àquilo em nossa primeira manhã na loja. Dissera que havia aprendido a pisar sobre o passado. No começo fora como pisotear um jardim; depois passara a ser como caminhar sobre o chão.

Eu mesmo me tornei confuso. O Domínio era um embuste. Mas ao mesmo tempo era real, pois estava cheio de homens sérios (e umas poucas mulheres). Existiria uma verdade fora dos homens? Os homens não faziam a verdade para si mesmos? Tudo o que o homem fazia se tornava real. E assim eu me movia entre o Domínio e a cidade.

Era sempre reconfortante voltar à cidade que eu conhecia, abandonar a África de palavras e ideias que existia no Domínio (e da qual, com frequência, os africanos estavam fisicamente ausentes). Mas o Domínio, a glória e as distrações sociais da vida de lá sempre me chamavam de volta.

8

Indar disse: "Vamos a uma festa depois do jantar. Yvette foi quem organizou. Você conhece Yvette? O marido dela, Raymond, é um sujeito discreto, mas comanda tudo aqui. O presidente, ou o Grande Homem, como você diz, mandou Raymond para cá para ficar de olho em tudo. Ele é o homem branco do Grande Homem. Em todos os lugares há alguém como ele. Raymond é historiador. Dizem que o presidente lê tudo o que ele escreve. É o que dizem, pelo menos. Raymond sabe mais sobre o país do que qualquer outra pessoa no mundo".

Eu nunca ouvira falar de Raymond. O presidente eu havia visto apenas em fotografias — primeiro em uniforme militar, depois usando gravata e uma elegante veste de mangas curtas, e por fim com um gorro de pele de leopardo e um bastão entalhado que eram emblemas de sua autoridade — e jamais me havia ocorrido que ele pudesse ser um leitor. O que Indar dissera tornou o presidente mais próximo. Ao mesmo tempo deixou claro o quanto eu e pessoas como eu estávamos longe do centro de poder. Considerando essa distância, vi como éramos pequenos e vulneráveis; e não pareceu totalmente real que, vestido como estava, eu fosse caminhar pelo Domínio mais tarde e encontrar pessoas em contato direto com os grandes. Era estranho, mas eu já não me sentia oprimido pelo país, pela floresta, pelas águas e pelos povos distantes — eu me sentia acima de tudo, a observar do novo ângulo dos poderosos.

Pela conversa de Indar, eu imaginara que Raymond e Yvette seriam pessoas de meia-idade. Mas a mulher — em calças negras de algum material brilhante — que veio nos receber, logo depois que o garoto de jaqueta branca nos deixou entrar, era jovem e, com vinte e tantos anos, era quase da minha própria idade. Essa foi a primeira surpresa. A segunda foi que ela estava descalça e tinha belos pés, brancos e bem cuidados. Olhei os pés antes de avaliar as feições e a blusa de seda negra, com bordados em torno da gola baixa — uma peça cara, que não seria possível encontrar em nossa cidade.

Indar disse: "Esta senhora adorável é nossa anfitriã. Seu nome é Yvette".

Ele se inclinou e pareceu abraçá-la. Era uma pequena pantomima. Ela se curvou para trás para receber o abraço, mas seus rostos mal se tocaram, os dorsos ficaram distantes e apenas as pontas dos dedos dele tocaram as costas da blusa de seda.

Era uma casa do Domínio, como a de Indar. Mas toda a mobília estofada fora retirada da sala de estar e substituída por almofadas e tapetes africanos. Dois ou três abajures haviam sido dispostos no chão, de modo que partes do cômodo ficavam na escuridão.

Yvette disse, referindo-se à mobília: "O presidente tem uma ideia exagerada das necessidades dos europeus. Atulhei toda aquela coisa de veludo num dos quartos".

Lembrando o que Indar me dissera, ignorei a ironia na voz dela e senti que ela falava no tom dos privilegiados — aqueles que estavam próximos do presidente.

Algumas pessoas já estavam lá. Indar seguiu Yvette casa adentro, e eu segui Indar.

Indar disse: "Como vai Raymond?".

Yvette retrucou: "Ele está trabalhando. Vai aparecer mais tarde".

Sentamo-nos os três perto de uma estante. Indar se acomodou numa almofada, tranquilo. Eu me concentrei na música. Como frequentemente acontecia quando eu estava com Indar no Domínio, me preparei para somente olhar e ouvir. Tudo aquilo era novo para mim. Eu jamais estivera numa festa do Domínio como aquela. E a própria atmosfera naquela sala era algo que eu jamais vivenciara.

Dois ou três casais dançavam; vislumbrei pernas femininas. Tive a visão, em especial, de uma garota num vestido, sentada numa cadeira de jantar de espaldar reto (parte do conjunto de doze cadeiras que vinha com a casa). Estudei seus joelhos, pernas, tornozelos, sapatos. Não eram pernas particularmente bem torneadas, mas causaram efeito sobre mim. Durante toda a minha vida adulta eu procurara alívio nos bares da cidade. Só conhecia mulheres que precisavam ser pagas. Nada sabia sobre o outro lado da vida amorosa, aquele dos gestos espontâneos, e começara a imaginá-lo alheio, indisponível para mim. Até ali eu havia experimentado apenas satisfações de bordel, que não eram satisfações reais. Senti que elas me haviam afastado mais e mais da verdadeira vida dos sentidos e temi que me houvessem incapacitado para tal vida.

Jamais estivera num lugar em que homens e mulheres dançavam para mútuo deleite, pelo prazer da companhia um do outro. Uma expectativa trepidante emanava daquelas pernas grossas, das pernas da garota de vestido verde. O vestido era novo, de barra solta, sem vincos, ainda sugerindo a existência do tecido ao ser medido e comprado. Mais tarde eu a vi dançar, observei o movimento de suas pernas, seus sapatos; e uma tal ternura se liberou em meu interior que senti ter recuperado uma parte perdida de mim. Nunca soube como era o rosto da garota, e foi fácil preservar essa ignorância na penumbra daquela sala. Eu queria submergir na ternura; não queria que nada estragasse o clima.

E ele se tornou mais doce. A música que tocava acabou e, naquela iluminação maravilhosa, em que círculos de luz difusa eram projetados pelas lâmpadas desde o chão até o teto, as pessoas pararam de dançar. O que se seguiu foi direto ao meu coração — guitarras tristes, versos, uma canção, uma garota norte-americana cantando "Barbara Allen".

Aquela voz! Ela não precisava de música; ela mal precisava de versos. Ela criava, sozinha, uma linha melódica e todo um mundo de sentimento. É isso que pessoas de nossa origem procuram na música e no canto — sentimento. É isso que nos faz gritar "Uau! Bravo!", e atirar ouro e notas aos pés de um cantor. Ao ouvir aquela voz, senti que meu âmago despertava, a parte de mim que conhecia perdas, saudade, tristeza e que desejava amor. Naquela voz havia a promessa de florescimento para todos os que ouvissem.

Perguntei a Indar: "Quem é a cantora?".

Ele disse: "Joan Baez. Ela é muito famosa nos Estados Unidos".

"E uma milionária", disse Yvette.

Eu estava começando a reconhecer a ironia dela. Com muito pouco ela parecera dizer mais — apesar de estar tocando o disco em sua casa. Ela sorria para mim. Talvez sorrisse do que havia dito, ou porque eu era um amigo de Indar, ou por acreditar que sorrir lhe caía bem.

Sua perna esquerda estava levantada; a direita, dobrada no joelho, jazia sobre a almofada em que ela se sentava, de modo que o calcanhar quase tocava o tornozelo esquerdo. Lindos pés, de brancura maravilhosa contra o negro das calças. Sua pose provocativa, seu sorriso — aquilo se tornou parte da atmosfera da música, algo grande demais para ser contemplado.

Indar disse: "Salim vem de uma de nossas antigas famílias do litoral. A história deles é interessante".

A mão de Yvette descansava, branca, sobre a sua perna direita.

Indar disse: "Deixe-me mostrar-lhe uma coisa".

Ele se inclinou sobre minhas pernas em direção à estante de livros. Pegou um livro, abriu-o e me indicou o trecho que eu deveria ler. Coloquei o livro no chão, para aproveitar a luz do abajur, e vi, numa lista de nomes, os de Yvette e Raymond, a quem o autor agradecia como "os mais generosos anfitriões" nalgum momento recente na capital.

Yvette continuou a sorrir. Mas não havia embaraço ou desejo de desdenhar do que fora dito. Nada de ironia agora. Seu nome no livro lhe agradava.

Devolvi o livro a Indar, desviei o olhar de meus dois interlocutores e retornei à voz da cantora. Nem todas as canções eram como "Barbara Allen". Algumas eram modernas, sobre guerra, injustiça, opressão e destruição nuclear. Mas no meio sempre voltavam as melodias mais doces e antigas. Eu esperava por elas, porém, no fim, a voz unia os dois tipos de canção — donzelas, amantes e tristes mortes dos tempos passados com as pessoas de hoje que eram oprimidas e estavam prestes a ser assassinadas.

Era faz de conta, disso eu nunca duvidara. Não era possível ouvir doces canções sobre injustiça a menos que você esperasse justiça e a recebesse em boa parte do tempo. Não dava para cantar músicas sobre o fim do mundo a menos que — como as outras pessoas na sala, tão belas com aquelas coisas simples: tapetes africanos no chão, tapeçarias africanas nas paredes, lanças e máscaras — você sentisse que o mundo prosseguia em sua marcha e você estava a salvo nele. Como era fácil, naquele ambiente, supor essas coisas!

Lá fora era difícil, e Mahesh teria zombado. Ele dissera: "Não é que não exista certo e errado aqui. Não existe o certo". Mas Mahesh parecia muito longe. A aridez daquela vida, que também fora a minha! Era melhor fingir, como naquele momento eu conseguia fingir. Era melhor tomar parte no companheirismo daquele fingimento, sentir que naquela sala todos convivíamos galante e bravamente com a injustiça e a morte iminente e nos consolávamos com amor. Antes mesmo de a música acabar, senti que havia encontrado o tipo de vida que desejava; não queria voltar a ser comum nunca mais. Sentia que, por um golpe de sorte, eu esbarrara no equivalente do que, anos antes, Nazruddin encontrara naquele mesmo lugar.

Era tarde quando Raymond entrou. Sob a insistência de Indar, eu até mesmo dançara com Yvette e sentira sua pele sob a seda da blusa; e, quando vi Raymond, meus pensamentos — pulando, naquele estágio da noite, de possibilidade em possibilidade — se concentraram apenas na diferença de idade entre eles. Deveria haver trinta anos entre Yvette e o marido; Raymond era um homem de cinquenta e tantos anos.

Mas senti as possibilidades murcharem, eu as vi se transmudarem em sonhos, ao perceber a preocupação no rosto de Yvette — ou melhor, em seus olhos, pois o sorriso permanecia, um artifício de sua expressão —, ao notar a segurança nos modos de Raymond, ao relembrar o emprego e a posição do marido, ao absorver a distinção de sua aparência. Era a distinção da inteligência e do trabalhador intelectual. Ele parecia ter acabado de tirar os óculos, e seus olhos gentis estavam atraentemente cansados. Ele usava uma jaqueta de safári de mangas longas. Ocorreu-me que o estilo — mangas longas em vez de curtas — devia ter sido sugerido por Yvette.

Depois daquele olhar preocupado para o marido, Yvette relaxou de novo com seu sorriso fixo. Indar se levantou e foi apanhar uma cadeira de jantar da parede oposta. Raymond fez sinal para que continuássemos onde estávamos; ele rejeitou a possibilidade de sentar ao lado de Yvette e, quando Indar retornou com a cadeira de jantar, acomodou-se nela.

Yvette disse, sem se mover: "Você gostaria de uma bebida, Raymond?".

Ele disse: "Adoraria, Evie. Preciso voltar ao meu quarto num minuto".

A presença de Raymond na sala fora notada. Um rapaz e uma garota começaram a se aproximar de nosso grupo. Mais um ou dois vieram. Houve saudações.

Indar disse: "Espero que não tenhamos incomodado você".

"Foi um belo fundo musical. Se eu pareço perturbado é porque agora mesmo, no quarto, estava ficando deprimido. Comecei a imaginar, como faço com frequência, se a verdade alguma vez é alcançada. A ideia não é nova, mas há momentos em que ela se torna especialmente dolorosa. Sinto que tudo que se faz é desperdício."

Indar disse: "Você está falando bobagem, Raymond. É claro que leva tempo para alguém como você ser reconhecido, mas acaba acontecendo. Você não está trabalhando numa área muito popular".

Yvette disse: "Diga isso a ele por mim, por favor".

Um dos homens que haviam se aproximado falou: "Novas descobertas nos fazem reconsiderar constantemente nossas ideias sobre o passado. A verdade sempre está lá. É possível alcançá-la. O que é preciso é fazer o trabalho, isso é tudo".

Raymond disse: "Tempo, o descobridor da verdade. Já ouvi falar disso. É a ideia clássica, a ideia religiosa. Mas há momentos em que você começa a duvidar. Será que conhecemos de fato a história do Império Romano? Será que sabemos o que aconteceu durante a conquista da Gália? Eu estava sentado em meu quarto, pensando, triste, sobre todas as coisas que ficaram sem registro. Você acha que algum dia vamos saber a verdade sobre o que aconteceu na África nos últimos cem ou mesmo cinquenta anos? Todas as guerras, todas as rebeliões, todos os líderes, todas as derrotas?".

Houve silêncio. Olhamos Raymond, que introduzira esse elemento de discussão em nossa noite. Contudo, a atmosfera era apenas uma extensão da atmosfera propiciada pela canção de Joan Baez. E por um instante, mas sem a ajuda da música, contemplamos a tristeza do continente.

"Você leu o artigo de Muller?", perguntou Indar.

"Sobre a rebelião bapende? Ele me mandou uma cópia. Ouvi que fez muito sucesso", retrucou Raymond.

O rapaz com a garota disse: "Parece que vão convidá-lo para lecionar um semestre no Texas".

Indar disse: "Acho que é um monte de besteiras. Todo tipo de clichê exibido como se fosse novidade. Com os azande foi rebelião tribal. Os bapende — isso foi só opressão econômica, comércio de borracha. É preciso colocá-los junto com os budja e os babwa. E para isso basta menosprezar a questão religiosa. Que é o que torna a revolta bapende tão maravilhosa. É esse tipo de raciocínio que emerge quando você vem à África para ganhar reconhecimento rápido na academia".

Raymond disse: "Ele veio me visitar. Respondi a todas as perguntas dele e mostrei minhas anotações".

O rapaz disse: "Muller é uma espécie de garoto-prodígio, eu acho".

Raymond disse: "Eu gostei dele".

Yvette disse: "Ele veio almoçar. Assim que Raymond deixou a mesa, ele esqueceu os bapende e me perguntou: 'Você quer sair comigo?'. Assim, do nada, no instante em que Raymond virou as costas".

Raymond sorriu.

Indar disse: "Eu estava dizendo a Salim, Raymond, que você é o único autor que o presidente lê".

"Não creio que ele tenha muito tempo para leituras hoje em dia", respondeu Raymond.

O rapaz, com sua garota bem próxima dele agora, disse: "Como você o conheceu?".

"É uma história ao mesmo tempo triste e extraordinária", disse Raymond. "Mas acho que não temos tempo para ela agora." Ele olhou para Yvette.

Ela disse: "Acho que ninguém está com pressa".

"Foi muito tempo atrás", começou Raymond. "Nos tempos coloniais. Eu dava aula num colégio da capital e fazia meu trabalho de historiador. Mas naquele tempo, obviamente, era impensável publicar. Havia censura, que as pessoas fingiam não existir, a despeito do celebrado decreto de 1922. Além disso, a África não era um tema digno naquela época. Mas nunca fiz segredo de meus sentimentos e de minhas convicções, que acabaram se espalhando por aí. Certo dia, no colégio, disseram que uma velha africana tinha ido lá para me visitar. Um dos criados africanos trouxe a mensagem e não parecia muito impressionado com a visitante.

"Pedi que ele a trouxesse a mim. Ela era de meia-idade, e não velha. Trabalhava como arrumadeira num grande hotel da capital e viera me falar de seu filho. Ela pertencia a uma das tribos menores, de pessoas sem influência nenhuma, e creio que não tinha ninguém próximo a quem recorrer. O garoto havia deixado a escola. Ingressara em alguma espécie de clube político fazendo quebra-galhos. E depois desistira disso também. Naquele momento, não estava fazendo absolutamente nada, só andando pela casa. Ele não saía para ver ninguém. Tinha dores de cabeça, mas não estava doente. Achei que ela me pediria para conseguir um emprego para o menino. Mas não. Tudo o que ela queria era que eu visse o garoto e falasse com ele.

"Ela me impressionou bastante. É verdade, a dignidade daquela arrumadeira de hotel era notável. Outra mulher teria pensado que seu filho estava enfeitiçado e tomaria as medidas adequadas. Ela, à sua maneira simples, percebeu que a doença do filho fora causada pela educação que ele havia recebido. Por isso ela veio a mim, o professor da escola.

"Pedi a ela que mandasse o menino até mim. Ele não gostou de a mãe ter falado a respeito dele comigo, mas veio assim mesmo. Era arisco como um gatinho. O que o tornava incomum — eu diria até extraordinário — era a fonte de seu desespero. Não se tratava apenas de pobreza e falta de oportunidades. Ia muito mais fundo. De fato, olhar o mundo à maneira dele causava dor de cabeça até mesmo em você. Ele não conseguia admitir um mundo onde sua mãe, uma mulher pobre da África, aguentara tanta humilhação. Nada seria capaz de desfazer aquele mal. Nada poderia dar-lhe um mundo melhor.

"Eu disse a ele: 'Escutei você, e sei que um dia esse desespero vai passar e você vai querer agir. Nesse dia, você não deve se envolver na política do jeito como ela existe hoje. Esses clubes e associações são saraus, sociedades de debate em que os africanos fazem pose de europeus e se fingem de evoluídos. Eles vão consumir sua paixão e destruir seus dons. O que eu vou dizer agora vai soar estranho, vindo de mim. Você deve se alistar na Força de Defesa. Não vai atingir os postos mais altos, mas vai ganhar habilidades reais. Vai aprender sobre armas e transportes, e também sobre os homens. Quando entender o que mantém a Força de Defesa em pé, terá entendido o que mantém em pé o país inteiro. Você poderia me perguntar: 'Mas para mim não seria melhor me tornar um advogado e ser chamado de *maître*?'. Pois eu digo que não. É melhor para você ser um recruta e chamar o sargento de *senhor*. Este não é um conselho que eu daria a qualquer outra pessoa, mas a você, sim."

Raymond nos mantivera atentos. Quando ele parou de falar, deixamos que o silêncio prosseguisse, enquanto o observávamos sentado na cadeira de jantar com sua jaqueta de safári, distinto, o cabelo penteado para trás, os olhos cansados, um dândi à sua maneira.

Já em tom de conversação, como se comentasse sua própria história, Raymond por fim disse, quebrando o silêncio: "Ele é um homem realmente notável. Não creio que lhe tenhamos dado todo o crédito por aquilo que fez. Achamos que as coisas são assim mesmo. Mas ele disciplinou o exército e trouxe paz a esta terra de muitas tribos. Mais uma vez se tornou possível cruzar o país de ponta a ponta — algo que o poder colonial acreditava ser o único capaz de fazer. O mais notável foi que tudo se fez sem coerção, com o consentimento do povo. Você não vê policiais na rua. Você não vê armas nem exército".

Indar, sentado ao lado de Yvette, que ainda sorria, pareceu prestes a mudar a posição de suas pernas antes de dizer alguma coisa. Mas Raymond levantou a mão, e Indar não disse nada.

"E existe a liberdade", disse Raymond. "Há essas fabulosas boas-vindas dadas a todo tipo de ideia de todo tipo de sistema. Não creio" — prosseguiu ele, dirigindo-se diretamente a Indar, como se compensando o fato de tê-lo mantido em silêncio — "que alguém tenha nem sequer sugerido a você que é preciso dizer certas coisas e proibido dizer outras tantas."

"Tivemos um caminho fácil aqui", disse Indar.

"Não acho que teria ocorrido a ele tentar censurá-lo. Ele sente que todas as ideias podem servir à causa. Pode-se dizer que, com ele, instalou-se uma fome de ideias. Ele usa todas a seu próprio jeito."

Yvette disse: "Gostaria que ele trocasse os uniformes dos garotos. Poderia adotar o bom e velho estilo colonial de shorts e avental. Ou calças compridas de paletó. Mas não esse carnaval de calças curtas e paletó".

Todos rimos, até mesmo Raymond, como se felizes de abandonar a solenidade. E a ousadia de Yvette também deu prova da liberdade de que Raymond estivera falando.

Raymond disse: "Yvette não para de falar do uniforme dos garotos. Mas o que está aí é o treinamento no exército e o trabalho da mãe no hotel. A mãe usou um uniforme colonial de arrumadeira durante toda a vida. Os garotos no Domínio têm de usar o deles. E não se trata de um uniforme colonial — essa é justamente a questão. Na verdade, todos os que usam um uniforme hoje em dia precisam entender isso. Todos os que usam um uniforme precisam sentir que têm um contato pessoal com o presidente. Tente tirar esses uniformes dos garotos. Você não vai conseguir. Yvette tentou. Eles querem usar o uniforme, não importa o quão ridículo pareça a seus olhos. Isso é o mais espantoso nesse homem da África — essa facilidade, esse conhecimento daquilo que as pessoas desejam, e por quê.

"Atualmente temos todas essas fotografias dele em roupas africanas. Confesso que fiquei perturbado quando elas começaram a aparecer assim, por todo lado. Toquei no assunto com ele certo dia, na capital. Ele me esmagou com sua resposta penetrante. Disse: 'Há cinco anos, Raymond, eu teria concordado com você. Há cinco anos, nossa gente africana, com esse humor cruel que tem, teria rido, e o ridículo teria destruído nosso país, com suas amarras ainda frágeis. Mas as coisas mudaram. As pessoas agora têm paz.

Elas querem algo mais. Então, elas não mais veem a foto de um soldado. Veem a foto de um africano. E não é uma foto minha, Raymond. É uma foto de todos os africanos'."

Isso coincidia de tal modo com meu sentimento que eu disse: "É! Ninguém na cidade gostava de pendurar a velha fotografia. Mas é diferente ver as fotos novas, especialmente no Domínio".

Raymond permitiu essa interrupção. Sua mão direita se erguia, no entanto, para que ele pudesse continuar. E ele prosseguiu.

"Pensei em confirmar aquilo. Na semana passada, para dizer a verdade. Encontrei um de nossos estudantes na entrada do prédio central. Só para provocar, fiz uma observação sobre a quantidade de fotos do presidente. O rapaz me interrompeu bruscamente. Então perguntei o que ele sentia ao ver aquelas fotos. Vocês vão se surpreender com o que ele respondeu, aquele rapazote, que se mantinha tão ereto quanto um cadete militar. 'É uma foto do presidente. Mas aqui no Domínio, como aluno da politécnica, também a considero uma foto de mim mesmo.' Palavras idênticas! Mas essa é uma qualidade dos grandes líderes — eles intuem as necessidades de seu povo antes de essas necessidades serem formuladas. É preciso um africano para governar a África — os poderes coloniais jamais compreenderam isso. Não importa o quanto estudemos o continente, ou a profundidade de nossa simpatia, continuaremos sendo estrangeiros."

O rapaz, agora sentado num tapete com sua namorada, perguntou: "Você sabe o que representa a serpente no cetro do presidente? É verdade que existe um fetiche na barriga da figura humana no cetro?".

Raymond disse: "Não sei nada sobre isso. É um cetro. Um cetro de comandante. É como uma mitra ou clava. Não devemos cometer o erro de procurar por mistérios africanos em todo lugar".

O tom crítico foi um pouco rascante. Mas Raymond pareceu não notar.

"Há pouco tempo tive a oportunidade de ler todos os discursos do presidente. Dariam um livro e tanto! Não o conjunto inteiro, que lida inevitavelmente com questões passageiras. Mas uma seleção. Os pensamentos essenciais."

"Você está trabalhando nisso? Ele lhe pediu?", perguntou Indar.

Raymond ergueu uma das mãos e encolheu um ombro, para indicar que era uma possibilidade, mas que não podia falar sobre algo que ainda era confidencial.

"O que é interessante nesses discursos, quando lidos em sequência, é seu desenvolvimento. Dá para perceber com clareza o que chamei de fome de ideias. No começo as ideias são simples. Unidade, passado colonial, a necessidade de paz. Então elas se tornam extraordinariamente complexas e maravilhosas — sobre a África, o governo, o mundo moderno. Um livro assim, bem preparado, poderia vir a ser o manual de uma verdadeira revolução no continente. A todo momento é possível identificar aquele toque de angústia juvenil que me impressionou muito tempo atrás. A todo momento se sente que aquela ferida talvez nunca possa ser curada. A todo momento há aquele tom, para quem sabe ouvir, do jovem ferido pelas humilhações infligidas à mãe, a arrumadeira de hotel. Ele se manteve fiel àquilo. Não creio que muita gente saiba que no começo deste ano ele e toda sua equipe fizeram uma peregrinação à vila daquela mulher africana. Isso já foi feito antes? Algum governante já tentou santificar a mata africana? Esse ato de piedade traz lágrimas aos olhos. Vocês podem imaginar a humilhação de uma arrumadeira africana no tempo colonial? Nenhuma religiosidade é capaz de compensar isso. Mas religiosidade é tudo o que temos a oferecer."

"Podemos também esquecer", disse Indar. "Podemos tripudiar sobre o passado."

Raymond disse: "É isso que a maioria dos líderes africanos faz. Eles querem erguer arranha-céus no mato. Esse homem quer erguer um templo".

Os alto-falantes haviam estado tocando música sem palavras. "Barbara Allen" começou de novo, e o canto distraía. Raymond se levantou. O rapaz sentado no tapete foi diminuir o volume. Raymond fez sinal para que ele não se incomodasse, mas a música baixou.

Raymond disse: "Gostaria de ficar com vocês. Infelizmente, preciso voltar ao trabalho. Caso contrário eu poderia perder algo. O mais difícil na narrativa em prosa é ligar uma coisa à outra. A ligação pode ser uma única sentença, ou até uma palavra. Ela resume o que veio antes e prepara o que vem a seguir. Enquanto conversava com vocês me ocorreu a possível solução de um problema que começava a se tornar intratável. Preciso fazer um lembrete. Caso contrário, sou capaz de esquecer".

Ele começou a se retirar. Mas então parou e disse: "Acho que não é possível entender plenamente a dificuldade de escrever sobre coisas que nunca foram tratadas antes. O ensaio acadêmico eventual sobre um tema qualquer, a rebelião bapende, por exemplo, tem seu formato próprio. A narrativa ampla é uma outra coisa. É por isso que comecei a considerar Theodor Mommsen o gigante de toda a historiografia moderna. Tudo o que hoje dizemos sobre a República romana é uma continuação de Mommsen. Os problemas, os temas, a própria narrativa, em especial daqueles anos extraordinariamente conturbados da República tardia — pode-se dizer que aquele gênio alemão descobriu tudo isso. Claro, Theodor Mommsen tinha o conforto de saber que seu tema era importante. Aqueles que trabalham em nosso campo particular não têm essa certeza. Não temos ideia do valor que a posteridade vai dar aos eventos que tentamos registrar. Não sabemos para onde o continente vai. Só nos resta seguir em frente".

Ele parou abruptamente, virou-se e saiu da sala, deixando-nos em silêncio, olhando o vão por onde ele desaparecera, e só aos poucos voltamos nossa atenção para Yvette, sua representante naquele cômodo, que sorria e acolhia nosso olhar.

Depois de alguns instantes, Indar dirigiu-se a mim. "Você conhece o trabalho de Raymond?", perguntou ele.

Ele sabia a resposta. Mas, para dar uma deixa, eu disse: "Não, não conheço o trabalho dele".

Indar disse: "Essa é a tragédia do lugar. Os grandes homens da África não são conhecidos".

Era como um discurso formal de agradecimento. E Indar escolhera bem as palavras. Ele nos tornara, a todos, homens e mulheres da África; e, como não éramos africanos, aquilo nos proporcionava uma ideia especial de nós mesmos que, no tocante a mim, logo foi amplificada pela voz de Joan Baez, audível mais uma vez, relembrando-nos suavemente, depois das tensões que Raymond despejara sobre nós, de nossa coragem e nossas aflições comuns.

Indar foi abraçado por Yvette quando saímos. E eu fui abraçado, como o amigo. Foi delicioso para mim, no clímax da noite, me encostar àquele corpo macio, naquela hora avançada, e sentir a seda da blusa e a carne debaixo dela.

Havia lua no céu — ela estivera escondida antes. Era uma lua pequena e distante. O céu estava cheio de nuvens carregadas, e o luar ia e vinha. Tudo estava muito quieto. Podíamos ouvir as corredeiras, distantes cerca de um quilômetro. As corredeiras ao luar! Eu disse a Indar: "Vamos até o rio". Ele concordou.

Na vastidão aplainada do Domínio, os novos prédios pareciam pequenos e a terra, imensa. O Domínio parecia uma ínfima clareira na floresta, na amplidão da mata e do rio — o mundo poderia não ser nada além deles. O luar distorcia as distâncias. E a escuridão, quando veio, pareceu despencar sobre nossas cabeças.

"Qual sua opinião sobre as coisas que Raymond disse?", perguntei a Indar.

"Raymond sabe contar uma história. Mas muito do que ele diz é verdade. O que ele diz sobre o presidente e as ideias é verdade. O presidente emprega todas elas e de um modo ou de outro faz com que funcionem em conjunto. Ele é o grande chefe africano e também o homem do povo. É o modernizador e também o africano que descobriu o espírito da terra. Ele é conservador, revolucionário, tudo. Vai retornar aos velhos costumes, mas também avançar e transformar o país numa potência mundial por volta do ano 2000. Não sei se ele faz isso acidentalmente ou porque alguém o aconselhou. Mas a mistura funciona, porque ele continua mudando, ao contrário dos outros sujeitos. Ele é o soldado que decidiu se tornar um chefe antiquado, e é o chefe cuja mãe era arrumadeira de hotel. Isso faz com que ele seja tudo, e ele representa tudo. Não há uma pessoa no país que não tenha ouvido sobre aquela mãe arrumadeira."

Eu disse: "Eles me pegaram com aquela peregrinação

ao vilarejo da mãe. Quando li no jornal que havia sido uma peregrinação sigilosa, pensei que fosse verdade".

"Ele ergue esses templos no mato, honrando a mãe. E ao mesmo tempo constrói a África moderna. Raymond diz que ele não faz arranha-céus. Bem, isso é verdade. Ele prefere estes Domínios caríssimos."

"Nazruddin tinha algumas terras aqui nos velhos tempos."

"E ele as vendeu a preço de banana. É isso que você vai me contar? É uma história africana."

"Não, Nazruddin vendeu muito bem. Foi no auge do *boom* imobiliário, antes da independência. Ele veio até aqui numa manhã de domingo e pensou: 'Isto é apenas mato'. Depois vendeu."

"Pode virar mato novamente."

O som das corredeiras aumentara. Havíamos deixado os novos prédios do Domínio para trás e nos aproximávamos das cabanas dos pescadores, silenciosas ao luar. Os magros cachorros da vila, pálidos sob aquela luz, com suas sombras negras sob eles, afastavam-se preguiçosamente de nós. As varas e redes dos pescadores jaziam escuras contra o brilho intermitente da água do rio. Então chegamos ao antigo belvedere, agora reformado, com novas amuradas; à nossa volta, encobrindo tudo o mais, havia o som da água sobre as pedras. Moitas de jacintos-d'água se precipitavam. Os jacintos eram brancos ao luar; as moitas não mais que tramas escuras esboçadas em negro. Quando a lua desaparecia não se via nada; o mundo, então, era somente aquele ruído ancestral de queda-d'água.

Eu disse: "Nunca lhe falei o motivo de eu ter vindo para cá. Não foi apenas para me afastar do litoral ou cuidar daquela loja. Nazruddin costumava contar histórias maravilhosas do tempo que passou aqui. Foi por causa delas que eu vim.

Pensei que seria capaz de viver minha própria vida e que, no devido momento, encontraria o mesmo que Nazruddin. Mas então fiquei encalhado. Não sei o que teria feito se você não tivesse vindo. Se você não estivesse aqui, eu jamais teria sabido daquilo que acontece neste lugar, bem embaixo do meu nariz".

"É tudo diferente daquilo que imaginávamos. Para pessoas como nós, é tudo muito sedutor. A Europa na África, na África pós-colonial. Mas isto não é nem a Europa nem a África. E é bem diferente visto de dentro, isso eu posso garantir."

"As pessoas não têm convicção? Elas não acreditam naquilo que dizem e que fazem?"

"Ninguém é tão primitivo assim. Acreditamos e não acreditamos. Acreditamos porque assim tudo se torna mais simples e faz mais sentido. Não acreditamos... bem, por causa disto." E Indar apontou para a vila de pescadores, para o mato e o rio enluarado.

Depois de alguns instantes, ele disse: "Raymond está meio encrencado. Ele precisa continuar fingindo que é guia e conselheiro, para impedir a si mesmo de perceber que em breve vai apenas receber ordens. Na verdade, para não receber ordens ele já começou a antecipá-las. Vai enlouquecer se for obrigado a reconhecer que essa é a situação dele. Ah, ele tem um belo emprego agora. Mas está a perigo. Ele foi afastado da capital. O Grande Homem resolveu seguir seu próprio caminho e não precisa mais de Raymond. Todos sabem disso, mas Raymond acha que não. É horrível para um homem da idade dele ter de lidar com isso".

O que Indar disse, contudo, não me fez pensar em Raymond. Pensei em Yvette, subitamente aproximada pela história dos apuros de seu marido. Relembrei as imagens que tinha dela naquela noite, assisti a todo o filme de novo, por assim dizer, reconstruindo e reinterpretando o que eu vira, recriando aquela mulher, fixando-a na pose que me enfeitiçara, seus pés brancos juntos, uma perna levantada, a outra em repouso e dobrada, retraçando suas feições, seu sorriso, emprestando ao quadro a atmosfera das canções de Joan Baez e o que elas haviam liberado em mim, acrescentando a tudo o toque extra do luar, das corredeiras, dos jacintos brancos daquele grande rio da África.

9

Foi naquela noite no rio, depois de falar de Raymond, que Indar começou a me contar a respeito dele próprio. A noite que me encantara o deixara nervoso e deprimido; ele havia se tornado irritável tão logo deixáramos a casa de Yvette.

Mais cedo, naquela mesma noite, enquanto andávamos até a casa para a festa, ele falara de Raymond como de uma estrela, alguém próximo ao poder, o homem branco do Grande Homem. Depois, nas corredeiras, falou de Raymond de maneira bem diferente. Como meu guia, Indar estivera ansioso para que eu compreendesse de verdade a natureza da vida no Domínio e sua própria posição lá. Assim que me dei conta do glamour de seu mundo, ele passou a agir como um guia que perdeu a fé naquilo que vinha mostrando. Ou como um homem que, tendo encontrado um novo crente, se sentira livre para abandonar um pouco de sua fé.

O luar que me relaxava aprofundou a depressão de Indar, e nesse estado de ânimo ele começou a falar. A atmosfera da noite não permaneceu nele; no dia seguinte ele já se recompusera, voltando a ser o homem de sempre. Mas estava mais pronto a manifestar sua depressão; e aquilo que esboçou naquela noite, ele retomou e expandiu noutras ocasiões, quando o momento era propício ou quando ele caía naquele estado.

"Precisamos aprender a tripudiar sobre o passado, Salim. Foi o que eu lhe disse quando nos encontramos. Ele não deve ser motivo para lágrimas, simplesmente porque não é real para você e para mim. Talvez haja algum lugar no mundo — países mortos, ou seguros e que se mantêm ocultos — onde os homens possam festejar o passado e pensar em legar seus móveis e sua louça a seus herdeiros. Talvez os homens possam fazer isso na Suíça ou no Canadá. Em alguma região francesa cheia de simplórios e castelos, numa cidade-palácio meio arruinada da Índia, ou numa cidade-fantasma colonial num país sem futuro da América do Sul. Em todos os outros lugares, porém, os homens estão em movimento, o mundo está em movimento, e o passado só pode causar dor.

"Não é fácil dar as costas ao passado. Não é algo que se consiga num passe de mágica. É preciso se armar para isso, ou a dor vai tocaiar você e destruí-lo. É por isso que eu me apego à imagem do jardim que é pisado até se tornar terra nua — é uma coisinha de nada, mas ajuda. Essa percepção sobre o passado me ocorreu no final de meu terceiro ano na Inglaterra. Estranhamente, foi nas margens de um outro rio. Você me disse que eu o encaminhei aqui ao tipo de vida de que você sempre achou que precisava. Foi algo assim, também, que senti nas margens daquele rio em Londres. Tomei uma decisão a meu respeito, então. E foi como resultado indireto daquela decisão que acabei voltando para a África. Mesmo que, ao partir pela primeira vez, minha intenção fosse não voltar jamais.

"Eu estava muito infeliz ao partir. Você se lembra disso. Tentei deprimi-lo — na verdade, tentei magoar você —, mas apenas porque eu mesmo estava afundado na depressão. A ideia de que o trabalho de duas gerações estava sendo arruinado era dolorosa demais. A ideia de perder a casa construída pelo meu avô, a ideia dos riscos que ele e meu pai haviam assumido para erguer um negócio do nada, a coragem, as noites de insônia — tudo isso doía demais. Em outro país, aqueles esforços e aquele talento nos teriam transformado em milionários, aristocratas, ao menos em gente segura por algumas gerações. Mas, lá, estava tudo se transformando em fumaça. Minha raiva não era apenas contra os africanos. Era também contra nossa comunidade e nossa civilização, que nos deu energia, mas nos demais sentidos nos deixou à mercê dos outros. Como se revoltar contra algo assim?

"Pensei que, indo para a Inglaterra, eu deixaria tudo isso para trás. Não tinha nenhum plano além desse. A palavra 'universidade' me ofuscava, e eu era inocente o bastante para crer que, depois dos estudos, uma vida maravilhosa estaria à minha espera. Naquela idade, três anos parecem um longo tempo — você acha que tudo pode acontecer. Mas eu não havia percebido em que medida nossa civilização também fora a nossa prisão. Tampouco entendia até que ponto éramos produtos do lugar onde crescemos, da África e da vida simples no litoral, e como havíamos nos tornado incapazes de entender o mundo exterior. Não temos meios de compreender nem sequer uma fração do pensamento, da ciência, da filosofia e do direito que foram necessários para construir o mundo lá fora. Simplesmente o aceitamos. Crescemos pagando tributo a ele, e isso é o máximo que a maioria de nós pode fazer. Do vasto mundo, sentimos apenas que ele está lá, para os sortudos entre nós explorarem e, ainda assim, apenas nas margens. Nunca nos ocorre que poderíamos contribuir com algo. E por isso perdemos tudo.

"Quando chegamos a um lugar como o aeroporto de Londres, tudo o que nos preocupa é não parecer tolos. Ele é mais bonito e complexo que qualquer coisa com que pudéssemos sonhar, mas só nos preocupamos em mostrar que podemos nos virar e não estamos paralisados de admiração. Podemos até fingir que esperávamos mais. Essa é a natureza da nossa estupidez e da nossa incompetência. E foi assim que gastei meu tempo na universidade inglesa, não me mostrando embasbacado, sempre levemente desapontado, não entendendo nada, aceitando tudo, não chegando a lugar nenhum. Vi e compreendi tão pouco que mesmo no final do curso só conseguia distinguir os prédios por seu tamanho, e mal me dava conta da mudança das estações. No entanto, eu era um rapaz inteligente e conseguia me arranjar nas provas.

"Nos velhos tempos, depois de três anos assim, com um diploma rabiscado, eu teria voltado para casa e me devotado a fazer dinheiro, usando as pequenas habilidades que adquirira pela metade, o meio conhecimento dos livros de outros homens. Mas eu não podia fazer isso. Eu tinha de continuar onde estava e tratar de conseguir um trabalho. Eu não adquirira uma profissão, veja bem; nada em casa me encaminhara nesse sentido.

"Por algum tempo os rapazes de meu ano na universidade haviam falado de empregos e entrevistas. Os mais precoces falavam até dos custos das entrevistas que eram pagos por algumas empresas. No alojamento, os escaninhos desses rapazes ficavam cheios de envelopes marrons do Comitê de Encaminhamento da Universidade. Os menos dotados eram naturalmente os que atiravam em mais direções. Eles podiam ser qualquer coisa e, em seus escaninhos, os envelopes marrons se acumulavam como folhas de outono. Minha atitude em relação a esses garotos aventureiros era de certa zombaria. Eu tinha de arranjar um emprego, mas nunca pensei em mim mesmo como alguém que precisasse se submeter à loteria dos envelopes. Não sei por quê, mas era assim; até que, quase no fim de meu prazo, percebi com vergonha e confusão que também teria de passar por aquilo. Marquei uma hora com o Comitê e, quando o dia chegou, vesti um terno escuro e lá fui eu.

"Soube, assim que cheguei, que aquela empreitada não daria em nada. O Comitê existia para encaixar garotos ingleses em empregos ingleses; não para me ajudar. Dei-me conta disso assim que vi o olhar da menina na recepção. Mas ela foi gentil, assim como o homem de terno lá dentro. Ele ficou intrigado com minha origem africana e, depois de um bate-papo sobre a África, ele disse: 'E o que esta grande organização pode fazer por você?'. Eu quis responder: 'Será que você não poderia me enviar alguns envelopes marrons?'. Mas o que acabei dizendo foi: 'Eu esperava que o senhor me dissesse'. Ele pareceu achar graça. Anotou meus dados, em nome das formalidades. E então tentou dar andamento à conversa, terno-escuro sênior fala com terno-escuro júnior, de homem para homem.

"Ele tinha pouco a me dizer. Eu tinha menos ainda a dizer a ele. Eu mal tivera olhos para o mundo. Eu não sabia como ele funcionava ou o que eu poderia fazer nele. Depois de três anos de indiferença como estudante, me sentia desorientado com minha ignorância; e naquele escritoriozinho cheio de pacíficos fichários comecei a pensar no mundo como um lugar de horrores. Meu entrevistador de terno escuro ficou impaciente. Ele disse: 'Deus do céu, homem! Você precisa me dar uma dica. Você deve ter alguma ideia do tipo de trabalho que se vê fazendo'.

"É claro que ele estava certo. Mas aquele 'Deus do céu, homem!' me pareceu afetado, algo que ele poderia ter copiado de alguém mais velho no passado e agora atirava sobre mim como se eu fosse inferior. Fiquei bravo. Ocorreu-me a ideia de que deveria pô-lo em seu lugar com um olhar hostil e dizer: 'O emprego que eu quero é o seu. E quero o seu emprego porque você gosta demais dele'. Mas não pronunciei essas palavras; não falei absolutamente nada; só lhe dirigi o olhar hostil. E nossa entrevista acabou de maneira inconclusiva.

"Do lado de fora, fiquei mais calmo. Fui ao café que frequentava de manhã. Como consolo, comprei também um pedaço de bolo de chocolate. Mas então, para minha surpresa, percebi que não estava me consolando; eu estava celebrando. Percebi que estava positivamente feliz por estar no café no meio da manhã, bebendo café e comendo bolo, enquanto meu torturador se atrapalhava com envelopes em seu escritório. Era apenas uma fuga, e não podia durar muito. Mas me lembro daquela meia hora como sendo de felicidade pura.

"Depois daquilo não esperei mais nada do Comitê de Encaminhamento. Mas o homem, afinal de contas, era justo; uma burocracia é uma burocracia; e alguns envelopes marrons chegaram ao meu escaninho, fora de temporada, não como parte da movimentação de outono, abarrotando a escrivaninha do porteiro, mas como as últimas folhas mortas do ano, arrancadas pelas ventanias de janeiro. Uma companhia de petróleo e duas ou três grandes empresas com conexões na Ásia e na África. Com a leitura de cada descrição de emprego senti um aperto no que chamaria de minha alma. Senti que estava me tornando falso para mim mesmo, que interpretava para mim mesmo, que tentava me convencer de minha adequação àquilo que estava sendo descrito. E creio que é aí que a vida acaba para a maioria das pessoas, que se engessam nas atitudes que adotaram para se adequar aos empregos e caminhos que outros apontaram para elas.

"Não consegui nenhum daqueles empregos. De novo percebi que divertia involuntariamente meus entrevistadores. Numa ocasião eu disse: 'Não sei nada de seu negócio, mas posso me esforçar'. Por algum motivo a casa caiu nesse ponto — era uma mesa formada por três homens. Eles riram, o mais velho deles encabeçando as gargalhadas e enxugando lágrimas dos olhos no final; depois fui dispensado. A cada rejeição vinha uma sensação de alívio; mas com cada rejeição eu me tornava mais nervoso quanto ao futuro.

"Uma vez por mês eu almoçava com uma mulher que dava palestras. Ela estava próxima dos trinta anos, não era feia e se mostrava muito gentil comigo. Era incomum por estar em paz consigo mesma. Por isso eu gostava dela. Ela foi a responsável por eu ter feito a coisa absurda que vou contar agora.

"Essa mulher pensava que pessoas como eu ficavam à deriva por pertencer a dois mundos. Ela estava certa, claro. Mas naquela época eu não pensava assim — eu achava que conseguia ver tudo claramente — e tinha certeza de que ela havia tirado aquela ideia de algum rapaz de Bombay ou cercanias que tentava se fazer de interessante. Aquela mulher, no entanto, também acreditava que minha educação e origem me tornavam extraordinário, e a ideia de ser extraordinário eu não era capaz de combater.

"Um homem extraordinário, um homem de dois mundos, precisava de um trabalho extraordinário. E ela sugeriu que eu me tornasse um diplomata. Foi isso que decidi fazer, e o país que decidi servir — já que um diplomata precisa ter um país — foi a Índia. Era absurdo; eu sabia que era absurdo, mesmo enquanto agia; ainda assim, escrevi uma carta ao Alto Comissariado indiano. Recebi uma resposta e a oportunidade de uma audiência.

"Fui até Londres de trem. Eu não conhecia Londres muito bem e não gostava daquilo que conhecia; apreciei tudo ainda menos naquela manhã. Praed Street com suas livrarias pornográficas que não vendiam pornografia real; Edgware Road, onde as lojas e os restaurantes pareciam trocar de dono constantemente; as lojas e multidões de Oxford Street e Regent Street. A amplitude de Trafalgar Square levantou meu ânimo, mas me lembrou de que estava quase no fim de minha jornada. E fui ficando muito envergonhado de minha missão.

"O ônibus desceu a Strand e me deixou na curva da Aldwych. Cruzei a rua até o prédio que me fora indicado como sendo India House. Como eu podia não ter visto, com todos aqueles motivos indianos na parede externa? Nesse ponto minha vergonha era aguda. Eu vestia meu terno escuro e minha gravata da universidade e penetrava num prédio londrino, num prédio inglês, que fingia ser da Índia — uma Índia muito diferente do país de que meu avô falava.

"Pela primeira vez em minha vida me enchi de ira colonial. E não era apenas uma ira voltada contra Londres e a Inglaterra, mas também contra as pessoas que se deixavam prender numa fantasia estrangeira. Minha ira não arrefeceu quando entrei. Lá estavam de novo os motivos orientais. Os mensageiros uniformizados eram ingleses de meia-idade; evidentemente haviam sido contratados pela antiga administração, se podemos falar assim, e agora esperavam a aposentadoria sob a nova. Eu jamais me sentira tão envolvido com a terra dos meus e de seus ancestrais, e tão distante dela. Senti naquele prédio que perdera uma parte importante da ideia que fazia de mim mesmo. Senti que me haviam conferido a compreensão mais cruel de minha posição no mundo. E odiei aquilo.

"Um funcionário de baixo escalão me havia escrito. O recepcionista chamou um dos mensageiros idosos, e ele me acompanhou, sem grande cerimônia e com muito ofegar asmático, até uma sala que continha várias mesas. Numa delas estava o homem que me aguardava. A mesa estava vazia; o próprio homem parecia ter a mente relaxada e vazia. Ele tinha pequenos olhos sorridentes, maneiras superiores e não sabia por que eu me encontrava ali.

"A despeito do paletó e da gravata, ele não era o que eu esperava. Ele não era o tipo de homem que me faria vestir um terno escuro. Pensei que ele pertencia a outro tipo de escritório, outro tipo de prédio, outro tipo de cidade. Seu nome era o de sua casta mercante, e para mim era fácil imaginá-lo num *dhoti*, recostado numa grande almofada em alguma loja de tecidos de uma viela de bazares, descalço, massageando os pés, se livrando da pele morta. Ele era o tipo de homem que diria: 'Tecido para camisas? O senhor quer tecido para camisas?' e, quase sem afastar as costas da almofada, atiraria um rolo de tecido sobre o lençol estendido no chão de sua loja.

"Não foi tecido de camisa que ele atirou sobre a mesa, mas minha carta, a carta que ele mesmo escrevera e que pediu para ver. Entendeu que eu procurava um emprego e seus olhinhos brilharam, divertidos. Senti-me miserável em meu terno. Ele disse: 'Seria melhor que fosse o senhor Verma'. O mensageiro inglês, respirando pesadamente, parecendo sufocar a cada movimento, levou-me até uma outra sala. E ali me abandonou.

"O senhor Verma usava óculos com armação feita de chifre. Ocupava um escritório menos apinhado de gente e tinha várias pastas e folhas de papel em sua mesa. Nas paredes havia fotografias dos tempos britânicos, de prédios indianos e paisagens indianas. O senhor Verma parecia mais preocupado que o primeiro homem. Tinha um cargo mais alto e provavelmente adotara o nome Verma para ocultar sua casta de origem. Minha carta o confundiu; mas ele também se sentiu desconfortável com meu terno escuro e minha gravata de universitário, e tentou, meio contrafeito, me entrevistar. O telefone tocou várias vezes, e nossa conversa não progrediu. A certa altura, depois de falar ao telefone, o senhor Verma me deixou. Passou um certo tempo e, quando ele voltou, trazendo alguns papéis, pareceu surpreso de me encontrar. Disse então que eu deveria passar por outro escritório, num outro andar; e, me dando atenção real pela primeira vez, explicou como chegar lá.

"A porta em que bati finalmente era a de uma pequena antessala, com um homenzinho sentado em frente a uma máquina de escrever antiquada, dotada de um enorme cilindro. Ele me olhou com algo próximo do terror — efeito do terno escuro e da gravata, minhas vestes de homem-de-dois-mundos — e só se acalmou ao ler minha carta. Pediu que eu esperasse, mas não havia cadeira. Fiquei de pé.

"Uma campainha tocou, e o secretário-datilógrafo deu um pulo. Depois desse pulo, ele pareceu aterrissar nas pontas dos pés; rapidamente ergueu e abaixou os ombros, numa espécie de contração que o fez parecer menor do que já era; e com estranhos saltinhos nas pontas dos pés, como num trote, ele alcançou as grandes portas de madeira que nos separavam da sala seguinte. Ele bateu e abriu; e com seu trote corcunda, sua contração preparada, desapareceu lá dentro.

"Meu desejo pela vida diplomática já havia desaparecido nesse ponto. Observei as grandes fotografias emolduradas de Gandhi e Nehru e fiquei admirado de que, apesar de tanta esqualidez, aquelas pessoas houvessem conseguido se impor como homens. Era estranho, num prédio no coração de Londres, ver aqueles grandes homens daquela nova maneira, a partir de dentro, por assim dizer. Até então, de fora, sem saber mais sobre eles do que havia lido em jornais e revistas, eu os admirara. Eles me pertenciam; eles me enobreciam e me davam um lugar no mundo. Então senti o contrário. Naquela sala, as fotos daqueles grandes homens me fizeram sentir que estava no fundo de um poço. Sentia que naquele prédio a masculinidade completa só era permitida àqueles homens e negada aos demais. Todos haviam transferido sua masculinidade, ou uma parte dela, para aqueles líderes. Todos, com a disposição para isso, haviam se diminuído de modo a melhor exaltar aqueles guias. Esses pensamentos me afligiram e surpreenderam. Eles eram mais que heréticos. Destruíram o que restava de minha fé na maneira como o mundo é ordenado. Comecei a me sentir banido e solitário.

"Quando o secretário retornou à sala, notei que ainda caminhava na ponta dos pés, contraído, encurvado. Percebi que aquilo que parecera artificial, aquele abaulamento dos ombros quando ele pulou de sua cadeira e trotou através da porta, era natural. O homem era corcunda. Isso foi um choque. Retrocedi confusamente às minhas primeiras impressões do homem e estava nesse estado de confusão quando ele me conduziu até o escritório interno, onde um negro gordo de terno negro, um de nossos indianos negros, sentava-se diante de uma mesa negra, abrindo envelopes com uma faca.

"Suas bochechas brilhantes eram fofas de gordura e os lábios formavam um biquinho desagradável. Sentei numa cadeira a alguma distância da mesa dele. Ele não me olhou e não disse nada. Também não falei; deixei que abrisse as cartas. Ele não havia feito nem uma hora sequer de exercícios durante toda a vida, esse homem devoto do sul. Recendia a templo e casta, e tive certeza de que sob aquele terno ele usava todo tipo de amuleto.

"Por fim, mas ainda sem erguer os olhos, ele disse: 'Então?'.

"Eu disse: 'Eu lhes escrevi uma carta sobre entrar para o serviço diplomático. Recebi uma resposta de Aggarwal e vim vê-lo'.

"Abrindo as cartas ele disse: 'O *senhor* Aggarwal'.

"Fiquei feliz de encontrar algo pelo que pudéssemos lutar.

"'Aggarwal não parecia saber muita coisa. Ele me encaminhou a Verma.'

"Ele quase me dirigiu um olhar. Mas não chegou a tanto. Falou: 'O senhor Verma'.

"'Verma também parecia não saber muita coisa. Ele ficou um longo tempo com alguém chamado Divedi.'

"'O senhor Divedi.'

"Desisti. Ele podia me vencer. Então disse, num tom cansado: 'Ele finalmente me encaminhou a você'.

"'Em sua carta você diz que é da África. Como pode entrar para o serviço diplomático? Como poderíamos aceitar alguém com a lealdade dividida?'

"Pensei: 'Como você ousa me passar sermão sobre história e lealdades, escravo? Pagamos amargamente por pessoas como você. A quem você um dia foi fiel, além de si mesmo, sua família e sua casta?'.

"Ele disse: 'Vocês têm vivido à larga na África. Agora que as coisas se complicaram um pouco vocês querem voltar correndo. Mas vocês têm de se acertar com os nativos'.

"Foi isso que ele disse. Não preciso mencionar que, no fundo, estava se referindo à sua própria virtude e à sua boa sorte. Para ele, a pureza de casta, o casamento arranjado, a dieta certa, os serviços dos intocáveis. Para os demais, a impureza. Todos os demais estavam mergulhados na sujeira e tinham de pagar o preço. Era como a mensagem das fotos de Gandhi e Nehru na antessala.

"Ele disse: 'Há exames para se tornar um cidadão da Índia. Eles podem ser feitos em algumas universidades daqui. O senhor Verma deveria ter dito isso a você. Ele não deveria tê-lo mandado aqui'.

"Ele apertou uma campainha sobre a mesa. A porta se abriu, e o secretário corcunda deixou entrar um homem alto e magro, com olhos brilhantes de ansiedade e que realmente andava contraído. O novo homem trazia uma grande pasta com zíper e usava um longo lenço verde ao redor do pescoço, embora fizesse calor. Sem nenhuma referência a mim, voltado apenas para o homem negro, ele abriu seu portfólio e começou a retirar desenhos. Segurava-os um a um contra o peito, sorrindo nervosamente com a boca aberta para o homem negro a cada movimento e depois baixava os olhos até a obra que estava mostrando, de modo que, com a cabeça inclinada sobre os desenhos, e com o encolhimento que já lhe era característico, ele parecia um homem em penitência, confessando um pecado depois do outro. O homem negro não olhou para o artista, apenas para os desenhos. Eles mostravam templos e mulheres sorridentes que colhiam chá — talvez para uma exposição sobre a nova Índia.

"Eu fora dispensado. O secretário corcunda, tenso diante da enorme velharia que era sua máquina de escrever, tinha as mãos, ossudas como caranguejos, postadas sobre as teclas, mas nada para datilografar. Ele me deu um último olhar de terror. Dessa vez, contudo, pensei ver em seu olhar também uma indagação: 'Agora você me entende?'.

"Descendo as escadarias, cercado por motivos da Índia imperial, vi o senhor Verma, mais uma vez fora de sua mesa e carregando mais papéis. Ele me esquecera. Mas do homem de casta mercante, desocupado no escritório inferior, por certo ainda se lembrava. Recebi seu sorriso zombeteiro e saí para o ar livre de Londres pela porta giratória.

"Meu curso-relâmpago em diplomacia durara pouco mais de uma hora. Passava do meio-dia, tarde demais para o café e o bolo confortadores, como uma placa numa lanchonete me alertou. Decidi andar. Estava com muita raiva. Segui a curva da Aldwych até o fim, cruzei a Strand e desci para o rio.

"Enquanto andava, me ocorreu a ideia: 'Está na hora de voltar para casa'. Mas não era em nossa cidade que eu pensava, ou em nossa faixa de litoral africano. Vi uma estrada campestre margeada por árvores altas. Vi campos, gado, uma vila sob as árvores. Não sei de que livro ou quadro havia tirado aquilo, ou por que um lugar como aquele deveria me parecer seguro. Mas foi essa a imagem que me veio, e brinquei com ela. As manhãs, o orvalho, as flores frescas, a sombra das árvores no meio do dia, as lareiras à noite. Senti que conhecera aquela vida, que ela me aguardava novamente em algum lugar. Uma fantasia, é claro.

"Despertei para meu entorno. Estava andando no passeio ao lado do rio, e andava sem ver. Na parede do passeio há postes verdes de iluminação. Eu estivera observando os golfinhos que os enfeitavam, um a um, poste a poste. Estava longe de onde começara e por um momento deixei os golfinhos para estudar os suportes de metal dos bancos de descanso. Esses suportes, constatei com espanto, tinham a forma de camelos. Camelos e suas corcovas! Cidade estranha — o romantismo da Índia naquele prédio, e o romantismo do deserto ali. Parei, retrocedi mentalmente, por assim dizer, e então percebi a beleza em meio à qual estivera andando — a beleza do rio e do céu, as cores suaves das nuvens, a beleza da luz sobre a água, a beleza dos prédios, o cuidado com que tudo fora arranjado.

"Na África, no litoral, eu prestara atenção somente a uma cor da natureza — a cor do mar. Todo o resto era mato, verde e vivo, ou marrom e morto. Na Inglaterra, até ali, eu caminhara com os olhos baixos e não vira nada. Uma cidade, até mesmo Londres, era apenas uma série de ruas e nomes de rua, e uma rua era uma sequência de lojas. Passei a ver diferente. E entendi que Londres não era apenas um lugar que ali estava, como se diz das montanhas, mas algo que fora feito por homens, que haviam prestado atenção a detalhes tão pequenos quanto aqueles camelos.

"Comecei a entender, ao mesmo tempo, que minha angústia por ser um homem à deriva era falsa, que para mim aquele sonho de retorno à casa e de segurança nada mais era que um sonho de isolamento, anacrônico, estúpido e muito pobre. Eu só pertencia a mim. Não submeteria minha masculinidade a ninguém. Para alguém como eu, havia apenas uma civilização e um lugar — Londres, ou uma cidade parecida. Qualquer outro tipo de vida seria faz de conta. Voltar para casa — para quê? Para me esconder? Para me curvar aos nossos grandes homens? Para pessoas em nossa situação, pessoas escravizadas, essa é a maior armadilha. Não temos nada. Nos consolamos com a ideia dos grandes homens de nossa tribo, os Gandhi e os Nehru, e então nos castramos. 'Aqui está, tome minha masculinidade e faça uso dela por mim. Tome minha masculinidade e seja você um homem maior, em meu nome.' Isso não! Eu mesmo quero ser um homem.

"Em certos momentos, em certas civilizações, grandes líderes são capazes de trazer à tona a virilidade de seus seguidores. É diferente com escravos. Não culpe os líderes. Tudo é parte do horror geral da situação. Por isso é melhor se afastar, se lhe for possível. E eu podia. Você talvez diga — e eu sei que pensou isso, Salim — que virei as costas para minha comunidade e me vendi. Eu respondo: 'Me vendi a que e de onde? O que você tem a me oferecer? Qual é sua própria contribuição? Você pode devolver a minha virilidade?'. Seja como for, decidi assim naquela manhã, ao lado do rio londrino, entre os golfinhos e os camelos, trabalho de alguns artistas mortos que contribuíam para a beleza de sua cidade.

"Isso foi há cinco anos. Penso com frequência no que teria acontecido se houvesse tomado aquela decisão. Suponho que teria afundado. Creio que teria encontrado algum buraco e tentado me esconder, sobreviver. Afinal de contas, nos criamos de acordo com a ideia que temos de nossas possibilidades. Eu teria me escondido em meu buraco e me deixado aleijar por meu sentimentalismo, fazendo o que tivesse de fazer, e fazendo bem, mas sempre voltado para o muro das lamentações. Jamais teria visto o mundo com toda a riqueza que ele tem. Você não teria me visto aqui na África, fazendo o que faço. Eu não teria desejado me engajar nisso, e ninguém teria desejado me engajar. Eu teria dito: 'Acabou para mim, então por que devo me permitir ser útil para alguém? Os norte-americanos querem conquistar o mundo. A luta é deles, não minha'. Isso teria sido estúpido. É estúpido dizer *os* norte-americanos. Eles não são uma tribo, como você poderia pensar vendo de fora. São todos indivíduos lutando para abrir caminho, se esforçando tanto quanto eu ou você para não afundar.

"Nada foi fácil depois que saí da universidade. Ainda precisava arranjar um emprego e só tinha certeza daquilo que não queria. Eu não queria trocar uma prisão por outra. Pessoas como eu têm de criar seu próprio emprego. Ele não vai chegar num envelope marrom. O emprego está lá, à espera. Mas não existe para você ou qualquer outro até que você o descubra, e você o descobre porque ele é seu, e de ninguém mais.

"Eu tinha feito um pouco de teatro na universidade — começou com uma ponta num filme que alguém rodara sobre um rapaz e uma garota caminhando num parque. Juntei-me aos remanescentes daquele grupo em Londres e arranjei alguns papéis. Nada de importante. Londres está cheia de pequenos grupos teatrais. Eles escrevem suas próprias peças e conseguem financiamento de empresas e prefeituras de bairro aqui e ali. Vários deles vivem do seguro-

-desemprego. Às vezes eu atuava como inglês, mas com frequência escreviam papéis para mim. Como ator, me tornei o tipo de pessoa que não queria ser na vida real. Fui um médico indiano visitando uma mãe de classe operária à beira da morte; fui um outro médico indiano acusado de estupro; fui um condutor de ônibus com quem ninguém queria trabalhar. E assim por diante. Certa vez, interpretei Romeu. Em outra ocasião pensaram em reescrever *O mercador de Veneza* como *O banqueiro Malindi*, para que eu pudesse interpretar Shylock. Mas ficou muito complicado.

"Era uma vida boêmia, bastante atraente no início. Depois se tornou deprimente. Alguns a abandonaram e arrumaram empregos. Ficara claro que desde o início eles tinham sólidos contatos. Isso era sempre um desapontamento, e houve momentos, naquele período, em que me senti perdido e tive de lutar bastante para preservar aquele ânimo que encontrara na margem do rio. Entre toda aquela boa gente, eu era o único verdadeiro pária. E eu não queria ser um pária. Não quero parecer ressentido com aquelas pessoas. Elas fizeram o possível para abrir espaço para mim, e isso é mais que qualquer estrangeiro pode dizer a nosso respeito. É uma diferença de civilização.

"Certo domingo, fui convidado a almoçar na casa do amigo de um amigo. Nem o almoço e nem a casa tinham nada de boêmio, e descobri que havia sido convidado para entreter um dos outros convivas. Ele era um norte-americano que se interessava pela África. Falava da África de maneira incomum, como se ela fosse uma criança doente, e ele, o pai. Mais tarde me tornei mais próximo desse homem, mas no almoço ele me irritou e fui bastante rude com ele. Jamais havia encontrado uma pessoa daquele tipo. Ele tinha muito dinheiro para gastar na África e queria desesperadamente fazer a coisa certa. Suponho que a ideia de todo aquele dinheiro ser desperdiçado tenha me deixado infeliz. Mas ele também tinha as mais simplórias ideias sobre a regeneração do continente e as grandes potências.

"Disse a ele que a África não seria salva ou ganha pela divulgação dos poemas de Yevtushenko ou de discursos sobre a estupidez do muro de Berlim. Ele não pareceu muito surpreso. Queria ouvir mais, e percebi que eu fora convidado àquele almoço para dizer aquilo que estava dizendo. Foi quando comecei a entender que tudo aquilo que eu achava que me tornava impotente no mundo também me conferia algum valor e que eu tinha interesse para o norte-americano precisamente por ser quem era, um homem sem vínculos.

"Foi assim que começou. Foi assim que tomei conhecimento de todas as instituições que usam a riqueza excedente do mundo ocidental para protegê-lo. As ideias que apresentei agressivamente naquele almoço, e com mais calma e proficuidade depois, eram bastante simples. Mas só poderiam ter vindo de alguém como eu, alguém da África, mas sem serventia nenhuma para o tipo de liberdade que chegara à África.

"Minha ideia era a seguinte. Tudo havia conspirado para empurrar a África negra a vários tipos de tirania. Como resultado, a África estava cheia de refugiados, intelectuais de primeira geração. Os governos ocidentais não queriam saber, e as velhas figuras africanas não estavam em posição de compreender — ainda lutavam guerras ancestrais. Se a África tinha um futuro, ele estava nas mãos daqueles refugiados. Minha sugestão era retirá-los dos países onde não podiam trabalhar e enviá-los, ainda que por um breve período, a partes do continente onde poderiam. Um intercâmbio continental, para dar esperança aos próprios homens, boas notícias à África sobre ela mesma, e um começo à verdadeira revolução africana.

"A ideia funcionou maravilhosamente. Todas as semanas recebíamos pedidos de uma universidade ou outra, que gostaria de ter alguma movimentação intelectual sem se envolver na política local. É claro que atraímos os habituais franco-atiradores, pretos e brancos, e nos metemos em problemas com os antiamericanistas profissionais. Mas a ideia é boa. Nem sinto que precise defendê-la. Se ela está propiciando algum bem no momento é outra história. Talvez não tenhamos tempo para isso. Você viu os garotos do Domínio. Viu como eles são inteligentes. Mas eles só querem empregos. Farão qualquer coisa por um, e talvez tudo acabe nisso. Há momentos em que sinto que a África vai simplesmente agir à sua própria moda — homens famintos são homens famintos. Aí fico muito deprimido.

"Trabalhar para um projeto como esse é viver num ambiente artificial — ninguém precisa me dizer isso. Mas todo mundo vive em ambientes artificiais. A própria civilização é um deles. E este ambiente artificial é todo meu. Dentro dele eu tenho valor assim como sou. Não preciso inventar nada. Eu me exploro — mas não permito que ninguém me explore. E se tudo acabar, se os chefes amanhã decidirem que não estamos chegando a lugar nenhum, já aprendi que há outras maneiras em que posso explorar-me.

"Sou um homem de sorte. Carrego o mundo dentro de mim. Veja, Salim, neste mundo os mendigos são os únicos que podem escolher. Todos os demais já têm seu lugar previamente escolhido. Eu posso escolher. O mundo é um lugar rico. Tudo depende daquilo que você escolhe. Você pode ser sentimental e abraçar a ideia de sua própria derrota. Pode ser um diplomata indiano e estar sempre do lado perdedor. É como ter um banco. É estúpido abrir um banco no Quênia ou no Sudão. Foi mais ou menos isso que minha família fez no litoral. O que dizem os bancos sobre esses lugares em seus relatórios anuais? Que grande parte das pessoas está 'fora do setor monetário'? Você nunca será um Rotschild nesses lugares. Os Rotschild são o que são porque escolheram a Europa no momento certo. Outros judeus igualmente talentosos, que prestaram seus serviços ao império otomano, ao Egito, à Turquia ou qualquer coisa do tipo, não se deram tão bem. Ninguém conhece seus nomes. E é isso que temos feito por séculos. Temos nos apegado à derrota e esquecido que somos homens como quaisquer outros. Temos escolhido o lado errado. Estou cansado de ficar do lado derrotado. Não quero passar em branco. Sei exatamente quem sou e qual meu lugar no mundo. Mas agora quero vencer e vencer e vencer."

10

Indar começara sua história no final daquela noite na casa de Raymond e Yvette. Fez acréscimos a ela em diferentes momentos, mais tarde. Ele começara sua história na primeira vez em que vi Yvette, e, sempre que a encontrava depois, ela estava junto com ele. Eu tinha dificuldade com ambas as personalidades: não conseguia entendê-las.

Eu tinha uma imagem própria de Yvette, e essa imagem nunca variou. Mas a pessoa que eu via, em diversos momentos do dia, em diversos tipos de luz e clima, em circunstâncias tão diferentes daquelas em que primeiro a vira, era sempre nova, sempre surpreendente. E temia olhar seu rosto — estava ficando obcecado por ela.

Indar também começou a mudar para mim. Sua personalidade tinha uma qualidade fluida. À medida que completava as lacunas de sua história, ele se tornava, a meus olhos, muito diferente do homem que se apresentara em minha loja semanas antes. Em suas roupas, naquela ocasião, eu vira Londres e privilégios. Percebi que ele lutava para manter seu estilo, mas não achei que aquele estilo fosse algo que ele criara para si próprio. Eu o vira mais como um homem tocado pelo glamour do grande mundo; e pensara que, se tivesse oportunidade de pertencer a esse mundo, eu também teria sido tocado por esse glamour. Naqueles primeiros dias quisera muitas vezes dizer-lhe: "Ajude-me a sair deste lugar. Mostre-me como ficar como você".

Depois já não era assim. Já não conseguia invejar seu estilo ou charme. Considerava que esse era seu único trunfo. Comecei a ter sentimentos protetores em relação a ele. Senti que desde aquela noite na casa de Yvette — a noite que me fizera sentir bem e o deprimira — havíamos trocado de papel. Eu já não o considerava meu guia; ele era o homem que precisava ser conduzido pela mão.

Esse talvez fosse o segredo do sucesso social de Indar, que eu havia invejado. Meu desejo — que deve ter sido o desejo das pessoas de Londres sobre as quais ele me falara, aquelas que haviam aberto espaço para ele — era afastar a depressão e a agressividade que sufocavam a ternura que eu sabia estar lá. Eu me sentia protetor em relação a ele e seu charme, seus exageros, suas ilusões. Eu queria impedir que tudo aquilo se transformasse numa ferida. Ficava triste de pensar que em breve ele teria de partir, prosseguir com suas palestras em algum outro lugar. Foi isso que, com base em suas histórias, julguei que ele fosse — um palestrante, tão incerto de seu futuro nesse papel quanto estivera em papéis anteriores.

Os únicos amigos a quem eu o apresentara na cidade foram Shoba e Mahesh. Eram as únicas pessoas com quem julguei que ele poderia ter algo em comum. Mas não funcionou. Havia desconfiança de ambos os lados. Aquelas três pessoas eram parecidas em vários sentidos — renegados, preocupados com a beleza pessoal, crentes de que essa beleza era a forma mais acessível de dignidade. Cada um via o outro como versão de si mesmo; era como se eles — Shoba e Mahesh de um lado; Indar do outro — farejassem a falsidade alheia.

Certo dia, num almoço no apartamento do casal — um ótimo almoço: eles haviam se esforçado bastante: a prataria fora polida, as cortinas haviam sido fechadas para eliminar a claridade exterior, o lustre de três pontas iluminando a tapeçaria persa na parede —, Shoba perguntou a Indar: "O que você faz dá algum dinheiro?". Indar respondeu: "Eu me viro". Do lado de fora, contudo, sob o sol e em meio à poeira vermelha, ele se enfureceu. Enquanto voltávamos para o Domínio, casa dele, ele disse: "Seus amigos não sabem quem sou ou o que fiz. Nem sequer sabem onde estive". Ele não se referia a suas viagens; queria dizer que eles não compreendiam o tipo de batalha que ele lutara. "Diga a eles que meu valor é o valor que deposito em mim mesmo. Não há razão para que eu não pudesse ganhar cinquenta mil dólares por ano, ou até cem mil."

Esse era o ânimo dele quando seu período no Domínio terminou. Ficava cada vez mais facilmente deprimido e irritado. Mas para mim, mesmo durante aqueles dias velozes, o Domínio permaneceu um lugar de possibilidades. Eu queria repetir aquela noite que tivera — a atmosfera das canções de Joan Baez, os abajures e os tapetes africanos no chão, uma mulher inquietante em calças negras, uma caminhada até as corredeiras sob a lua e as nuvens arrastadas pelo vento. Tudo isso começou a parecer uma fantasia, que mantive em segredo de Indar. E, sempre que encontrava Yvette, na crua luz elétrica ou na luz comum do dia, me sentia mais confundido por ela — tão diferente daquilo que eu recordava.

Os dias se passaram; o semestre da politécnica terminou. Indar disse adeus abruptamente certa tarde, como alguém que não deseja fazer muito barulho a respeito de uma despedida; não quis que eu o acompanhasse na partida. E senti que o Domínio e sua vida haviam se fechado em definitivo para mim.

Também Ferdinand estava partindo. Ele iria para a capital assumir seu estágio administrativo. E foi de Ferdinand que me despedi no vapor no final do semestre. Os jacintos do rio, flutuando: nos dias da rebelião eles haviam falado de sangue; em tardes pesadas de calor e ofuscamento, haviam falado de experiência sem sabor; brancos, ao luar, haviam composto a atmosfera de uma noite particular. Então, lilases contra o verde brilhante, falavam de um fim, de pessoas que partiam.

O vapor chegara na tarde anterior, rebocando sua balsa. Não trouxera Zabeth e sua canoa. Ferdinand não quisera que ela estivesse lá. Eu dissera a Zabeth que isso era apenas porque Ferdinand estava numa idade em que desejava parecer independente. O que era verdade até certo ponto. A viagem para a capital era importante para Ferdinand; e porque era importante, ele queria desmerecê-la.

Ele sempre se vira como alguém importante. Mas aquilo

era parte da nova atitude indiferente em relação a si mesmo que ele desenvolvera. Da canoa até uma cabine de primeira classe no vapor, de uma vila na floresta à politécnica e a um estágio administrativo — ele saltara séculos. Seu caminho nem sempre fora fácil; durante a rebelião ele desejara fugir e se esconder. Mas desde então aprendera a aceitar todas as suas próprias facetas e todas as facetas do país; ele nada rejeitava. Sabia apenas de seu país e daquilo que ele oferecia; e tudo o que seu país oferecia ele desejava colher como lhe sendo devido. Era algo como arrogância; mas era também uma forma de relaxamento e aceitação. Em qualquer ambiente ele se sentia em casa; aceitava qualquer situação; ele era ele mesmo em qualquer lugar.

Foi isso que demonstrou na manhã em que o peguei no Domínio e o levei até o cais. A mudança do Domínio para as favelas que ficavam logo ao lado — com suas plantações de milho espalhadas, seus córregos imundos e seus montes de lixo peneirado — me enervou mais que a ele. Eu teria preferido, estando com ele e pensando sobre seu orgulho, ignorá-las; ele falou a respeito, não criticamente, mas como parte de sua cidade. No Domínio, despedindo-se das pessoas que conhecia, comportara-se como um estagiário administrativo; comigo no carro fora como um velho amigo; e então, no portão das docas, ele se tornara um integrante razoavelmente feliz e paciente da multidão africana, imersa na agitação do mercado.

Miscerique probat populos et foedera jungi. Havia muito tempo eu deixara de refletir sobre a vaidade daquelas palavras. O monumento passara a ser apenas parte do cenário de mercado nos dias do vapor. Começamos a abrir caminho através da multidão, acompanhados por um velho, mais fraco que qualquer um de nós, que se encarregara da bagagem de Ferdinand.

Bacias de vermes e lagartas; cestos de aves amarradas, gritando quando erguidas por uma asa pelo vendedor ou comprador em potencial; bodes de olhar mortiço pisando o chão desnudo, ruminando lixo e até papel; macacos jovens de pelo úmido, miseráveis, acorrentados em suas cinturas estreitas e mordiscando nozes, cascas de banana e de manga, mas sem satisfação, como se soubessem que também seriam comidos em breve.

Passageiros nervosos do mato, passageiros da balsa que iam de uma vila para a outra e se despediam de seus familiares ou amigos; os vendedores usuais com seus lugares marcados (dois ou três bem ao pé do monumento), com caixotes como assento, fogareiros de pedra, potes e frigideiras, pacotes, bebês; vagabundos, aleijados, escroques. E funcionários públicos.

Havia muito mais funcionários públicos naquele tempo, e a maioria se tornava ativa naquela área nos dias de vapor. Nem todos tinham uniforme policial ou do exército, e nem todos eram homens. Em nome de sua mãe morta, a arrumadeira de hotel, "a mulher da África", como ele a chamava em seus discursos, o presidente decidira honrar tantas mulheres quanto possível; e ele assim fizera tornando-as empregadas do governo, nem sempre com tarefas bem definidas.

Eu, Ferdinand e o carregador formávamos um grupo destacado (Ferdinand bem mais alto que os homens da região), e fomos parados meia dúzia de vezes por pessoas que queriam ver nossos documentos. Numa delas fomos parados por uma mulher que usava um longo vestido de algodão em estilo africano. Ela era tão pequena quanto suas irmãs que impulsionavam canoas em riachos de aldeia, traziam e levavam; sua cabeça era igualmente calva e tinha a mesma aparência raspada; mas o rosto era cheio. Ela falou rudemente conosco. Virou e revirou os bilhetes de Ferdinand (um da passagem, outro para a alimentação), examinando-os. E franziu o cenho.

A face de Ferdinand não registrou nada. Quando ela devolveu os bilhetes, ele disse: "Obrigado, *citoyenne*". Ele falou sem ironia; o cenho franzido da mulher se transformou num sorriso. E esse parecia ter sido o objetivo daquilo. A mulher queria que a respeitassem e a chamassem de *citoyenne*. *Monsieur*, *madame* e *boy* haviam sido oficialmente banidos; o presidente decretara que todos seríamos *citoyens* e *citoyennes*. Ele usava as duas palavras juntas em seus discursos, repetidamente, como frases musicais.

Avançamos pela multidão que esperava — as pessoas abriam caminho para nós simplesmente porque nos movíamos — até os portões das docas. E lá nosso carregador, como se soubesse o que aconteceria, soltou seu fardo, pediu um monte de francos, concordou logo em receber menos e desapareceu. Os portões, por motivo nenhum, estavam fechados. Os soldados nos encaravam e depois desviavam o olhar, recusando-se a entrar no falatório que eu e Ferdinand tentávamos iniciar. Por mais de meia hora ficamos ali de pé, no meio da aglomeração, apertados contra o portão sob o sol inclemente, sentindo os cheiros de suor e comida defumada. E então, sem motivo aparente, um dos soldados abriu o portão e nos deixou entrar, apenas nós dois e ninguém mais que viesse atrás, como se, apesar da passagem de Ferdinand e de minha própria credencial para as docas, ele nos fizesse um grande favor.

O vapor ainda apontava para as corredeiras. A superestrutura branca, com as cabines de primeira classe visíveis acima do telhado da alfândega, ficava na popa do barco. No deque de metal, pouco mais de um metro acima da água, uma fileira de estruturas de ferro como barracas seguia até a proa arredondada. As barracas de ferro eram para os passageiros mais pobres. E para os mais humildes de todos havia a balsa — pilhas de gaiolas num casco raso, gaiolas de metal trançado ou com grades, tortas e carcomidas, com sua organização interna oculta e perdida na sombra, apesar do sol e do brilho do rio.

As cabines de primeira classe ainda sugeriam luxo. As paredes de ferro eram brancas; os deques alcatroados haviam sido esfregados e encerados. As portas estavam abertas; havia cortinas. Havia grumetes e até um camareiro.

Eu disse a Ferdinand: "Pensei que as pessoas lá embaixo fossem lhe pedir um certificado de mérito cívico. Nos velhos tempos era preciso ter um desses para que o deixassem subir aqui".

Ele não riu, como alguém mais velho talvez fizesse. Não conhecia o passado colonial. Suas memórias do mundo exterior começavam no dia misterioso em que soldados amotinados, estranhos todos, apareceram na aldeia de sua mãe procurando homens brancos para matar e Zabeth os afugentara, tendo eles levado apenas algumas mulheres da aldeia.

Para Ferdinand, o passado colonial desaparecera. O vapor sempre fora africano, e a primeira classe do barco era aquilo que ele via. Africanos vestidos de maneira respeitável, os mais velhos de terno, figuras evoluídas de uma geração anterior; algumas mulheres com suas famílias, todos arrumados para a viagem; uma ou duas senhoras idosas dessas famílias, ainda próximas dos hábitos da floresta, já sentadas no chão de suas cabines e preparando o almoço, quebrando as carcaças negras de peixes e macacos defumados em pratos esmaltados com padrões coloridos, dos quais escapavam odores fortes e salgados.

Maneiras rústicas, maneiras da floresta, num cenário que não era a floresta. Mas foi assim que todos nós, em nossas terras ancestrais, começamos — o tapete de preces na areia e, mais tarde, no chão de mármore da mesquita; os rituais e tabus dos nômades que, transferidos para o palácio de um sultão ou marajá, se tornaram tradições de uma aristocracia.

Apesar de tudo, eu teria considerado aquela viagem árdua, especialmente se, como Ferdinand, tivesse de dividir a cabine com mais alguém, um membro da multidão lá de fora que ainda não havia sido admitido pelo portão. Mas o vapor não era para mim ou — a despeito dos emblemas coloniais bordados nos lençóis e travesseiros puídos e muito lavados do catre de Ferdinand — para as pessoas que nos velhos tempos haviam necessitado de certificados de mérito civil, por boas razões. O vapor agora servia àqueles que o usavam, e para esses ele era imponente. As pessoas no deque de Ferdinand sabiam que não eram passageiros da balsa.

Da traseira do deque, olhando para além dos botes salva-vidas, podíamos ver as pessoas que embarcavam na balsa com seus pacotes e latas. Acima do telhado da alfândega, a cidade aparecia principalmente como árvores e mato — a cidade que, uma vez dentro dela, era cheia de ruas, espaços abertos, sol e prédios. Poucos prédios se mostravam entre as árvores, e nenhum se erguia acima delas. Da altura do deque da primeira classe era possível perceber — pelo tipo da vegetação, pela mudança das árvores ornamentais importadas para o mato indiferenciado — como a cidade terminava rápido e como era estreita a faixa de ribanceira que ela ocupava. Ao olhar para o outro lado do rio lamacento, para a linha baixa do mato e o vazio da margem oposta, podia-se fingir que a cidade não existia. E então a balsa naquela margem era um milagre, e as cabines da primeira classe, um luxo impossível.

Em cada uma das extremidades do deque havia algo ainda mais impressionante — uma *cabine de luxe*. Era isso o que diziam as placas antigas e respingadas de tinta pregadas sobre as portas. O que continham aquelas duas cabines? Ferdinand disse: "Vamos dar uma espiada?". Entramos na posterior. Era muito escura e quente; as janelas estavam seladas e tinham cortinas pesadas. O banheiro, escaldante; duas poltronas bastante maltratadas, uma delas com um braço faltando — mas ainda assim poltronas; uma mesa com duas cadeiras bambas; arandelas sem lâmpadas; cortinas rasgadas que separavam os leitos do restante da cabine; e um ar-condicionado. Quem, na multidão lá fora, teria uma ideia tão ridícula de suas necessidades? Quem precisaria daquela privacidade, daqueles confortos mesquinhos?

Da dianteira do deque veio um som de confusão. Um homem reclamava alto, e em inglês.

Ferdinand disse: "Acho que é a voz de seu amigo".

Era Indar. Ele carregava um pacote incomum, suava e estava irado. Com seus braços estendidos na horizontal — como um garfo ou uma empilhadeira —, ele erguia uma caixa de papelão rasa mas muito grande, aberta no topo e que ele tinha evidentes dificuldades para sustentar. A caixa era pesada. Estava cheia de doces e garrafas grandes, dez ou doze delas. E, depois de toda a caminhada desde o portão da doca até os degraus do vapor, Indar parecia estar no fim de suas forças e à beira das lágrimas.

Inclinando-se para trás ele cambaleou para dentro da *cabine de luxe*, e eu o vi largar — ou quase jogar — a caixa sobre a cama. Começou então a fazer uma pequena dança de agonia física, pisando forte pela cabine e flexionando violentamente os braços, como se para afastar a dor dos músculos inchados.

Ele estava exagerando, mas tinha uma plateia. Não eu, que ele vira, mas a quem ainda não tinha ânimo para se dirigir. Yvette estava atrás dele. Ela carregava a maleta de

Indar. Ele gritou para ela, com a segurança que o inglês lhe dava naquele lugar: "A mala, aquele vagabundo está trazendo a mala?". Ela mesma parecia suada e cansada, mas falou de modo tranquilizador: "Sim, sim". E então um homem com uma camisa florida, que eu tomara por um passageiro, apareceu com a bagagem.

Eu vira Indar e Yvette juntos muitas vezes, mas nunca naquelas circunstâncias domésticas. Num instante de estranhamento tive a impressão de que viajariam juntos. Mas então Yvette, endireitando-se e lembrando de sorrir, perguntou para mim: "Você também está se despedindo de alguém?". E entendi que minha ansiedade era uma tolice.

Indar apertava seus bíceps. O que quer que ele houvesse planejado para aquele momento com Yvette havia sido destruído pela dor causada pelo caixote.

Ele disse: "Não há carregadores. Não havia uma porcaria de carregador".

Eu disse: "Pensei que você iria de avião".

"Esperamos por horas no aeroporto ontem. O avião ia chegar a qualquer momento. Então, à meia-noite, eles nos deram uma cerveja e disseram que o avião estava fora de serviço. E isso foi tudo. Ele não estava atrasado. Havia sido tirado de serviço. O Grande Homem o queria. E ninguém sabe quando ele vai devolver. Depois veio a compra da passagem no vapor — você já fez isso? Há todo tipo de regulamento sobre quando podem e não podem vender. O responsável quase nunca está lá. A maldita porta está sempre fechada. E a cada cinco passos alguém quer ver os seus documentos. Ferdinand, me explique isso. Quando o homem estava calculando a tarifa, com todos os adicionais de luxo, ele fez a soma umas vinte vezes na calculadora. A mesma soma, vinte vezes. Por quê? Será que ele achou que a máquina ia mudar de opinião? Isso levou meia hora. E depois, graças a Deus, Yvette me lembrou da comida. E da água. Tivemos de ir fazer compras. Seis garrafas de água de Vichy para cinco dias. Era tudo que eles tinham — vim à África para beber água de Vichy. Um dólar e vinte e cinco centavos norte-americanos a garrafa. Seis garrafas de vinho tinto português, aquela coisa ácida que vocês têm por aqui. Se soubesse que teria de carregar tudo isso naquela caixa eu teria desistido."

Ele também trouxera cinco latas de sardinha, uma para cada dia da viagem, suponho; duas latas de leite em pó; uma lata de Nescafé, um queijo holandês, alguns biscoitos e pães de mel belgas.

Ele disse: "Os pães de mel foram ideia de Yvette. Ela diz que são bem nutritivos".

Ela disse: "Eles aguentam o calor".

Eu disse: "Havia um homem no liceu que se sustentava à base de pão de mel".

Ferdinand disse: "É por isso que defumamos quase tudo. Se você não quebrar a crosta, a coisa dura bastante".

"Mas a comida neste lugar é assustadora", disse Indar. "Tudo nas lojas é importado e caro. E no mercado, além das lagartas e outras coisas que as pessoas compram, só o que se consegue são dois talos disto e duas espigas daquilo. Tem gente chegando o tempo todo. Como eles se viram? Todo esse mato, toda essa chuva. Poderia haver fome nesta cidade."

A cabine tinha mais gente, agora. Um homem atarracado e descalço viera apresentar-se como o grumete da *cabine de luxe* e depois dele se apresentou o camareiro com uma toalha sobre o ombro e uma toalha de mesa dobrada nas mãos. O camareiro se livrou do grumete e abriu a toalha sobre a mesa — uma adorável peça antiga, mas lavada sem dó. Depois se dirigiu a Yvette.

"Vejo que o cavalheiro trouxe água e comida próprias. Mas não há necessidade, madame. Ainda seguimos as velhas regras. Nossa água é purificada. Eu mesmo já trabalhei em transatlânticos e visitei países ao redor do mundo. Agora que estou velho trabalho neste vapor africano. Mas estou acostumado aos brancos e conheço seus hábitos. O cavalheiro nada tem a temer, madame. Cuidaremos bem dele. Providenciarei para que a comida dele seja preparada separadamente e a servirei eu mesmo em sua cabine."

Ele era um homem magro e envelhecido, de origem mestiça. Sua mãe ou seu pai deviam ter sido mulatos. Conscientemente empregara as palavras proibidas, *monsieur*, *madame*. Ele dispôs uma toalha de mesa. Depois esperou pela gorjeta. Indar lhe deu duzentos francos.

Ferdinand disse: "Você deu demais. Ele os chamou de *monsieur* e *madame* e você deu gorjeta. No que lhe diz respeito, agora vocês estão quites. Ele não fará mais nada por você".

E Ferdinand parecia estar certo. Quando descemos até o bar, o camareiro lá estava, encostado ao balcão, bebendo cerveja. Ele ignorou os quatro e nada fez por nós quando pedimos cerveja e o *barman* disse: "*Terminé*". Se o camareiro não estivesse bebendo e se um outro homem com três mulheres bem vestidas não estivesse se servindo numa mesa, teria parecido convincente. O bar — com uma foto emoldurada do presidente com sua roupa de chefe, segurando o cetro com o fetiche — estava desabastecido; as prateleiras marrons se encontravam vazias.

Eu disse ao *barman*: "*Citoyen*". Ferdinand disse: "*Citoyen*". Houve uma negociação, e uma cerveja apareceu dos fundos.

Indar disse: "Você terá de ser meu guia, Ferdinand. Terá de negociar por mim".

Passava do meio-dia e fazia muito calor. O bar estava inundado pela luz refletida do rio, com veios dourados a dançar. A cerveja, fraca como era, nos apaziguou. Indar esqueceu suas dores; começou uma discussão com Ferdinand sobre a fazenda no Domínio, que os chineses ou taiwaneses haviam abandonado depois que ela definhara. Meu próprio nervosismo amainou. Meu ânimo estava oscilante — eu deixaria o vapor com Yvette.

A luz era aquela do comecinho da tarde — tudo cintilava, a luminosidade estava à toda, mas com a sugestão de que com o tempo se consumiria. O rio brilhava, a água barrenta se fazia branca e dourada. Havia canoas com motor de popa por toda parte, como sempre nos dias do vapor. As canoas tinham os nomes extravagantes de seus "estabelecimentos" pintados em letras grandes nas laterais. Às vezes, quando uma canoa cruzava uma faixa de luz, a silhueta dos ocupantes se destacava contra o brilho; parecia então que eles estavam abaixados, cabeças e ombros somente, lembrando figuras cômicas numa tira de quadrinhos em meio a uma viagem absurda.

Um homem entrou no bar com sapatos de plataforma com solas de cinco centímetros de altura. Devia ser da capital; aquele modelo de sapato ainda não chegara até nós. Ele era também um funcionário público, que viera verificar nossas passagens e passes. Pouco depois de ele haver saído, o pânico pareceu tomar conta do *barman*, do camareiro e de alguns dos homens que bebiam nas mesas. Foi esse pânico que finalmente distinguiu a tripulação e os funcionários, nenhum deles uniformizado, das outras pessoas que haviam entrado para negociar sua cerveja. Ele significava apenas que o vapor estava prestes a partir.

Indar pôs a mão sobre a perna de Yvette. Quando ela se voltou para Indar, ele disse gentilmente: "Vou ver o que consigo descobrir sobre o livro de Raymond. Mas você conhece a gente da capital. Se eles não respondem às suas cartas é porque não querem responder. Não vão dizer nem sim nem não, só vão ficar em silêncio. Mas vou ver".

O abraço que eles deram logo antes de sairmos não foi mais que formal. Ferdinand se manteve frio. Nada de aperto de mão, nada de despedidas. Ele disse simplesmente "Salim". A Yvette ele acenou com a cabeça, em vez de fazer uma mesura.

Ficamos na doca e olhamos. Depois de algumas manobras, o vapor se afastou do atracadouro. A balsa foi presa a ele; e o vapor e a balsa começaram uma volta lenta e larga no rio, revelando na popa da balsa fatias de uma vida atrasada e enjaulada, uma mistura de cozinha e cercado para animais.

Uma partida pode parecer uma deserção, um julgamento proferido sobre as pessoas e o lugar que ficam para trás. Desde o dia anterior eu estivera me acostumando a isso, quando pensara ter me despedido de Indar. Apesar de toda a minha preocupação com ele, achava que ele — assim como Ferdinand — fosse o homem de sorte, o homem que se encaminhava para experiências maiores e me deixava à mercê de minha vidinha, num lugar novamente insignificante.

Mas não foi isso que pensei ao permanecer ao lado de Yvette na doca aberta, depois daquela segunda despedida fortuita, olhando o vapor e a balsa se endireitarem no rio lamacento, contra o vazio da margem oposta, pálida sob o calor e parecendo fazer parte do céu branco. O lugar onde tudo continuava, no fim das contas, era aquele onde estávamos, na cidade na ribanceira do rio. Indar era o homem que fora mandado embora. Era dele a difícil viagem.

11

Já passava das duas, horário em que, em dias ensolarados, doía ficar a céu aberto. Nenhum de nós almoçara — só havíamos nos estufado com aquela cerveja —, e Yvette não rejeitou a ideia de um lanche num lugar fresco.

O asfalto das docas derretia sob os pés. Sólidas sombras negras se concentravam nas margens dos prédios, que ali eram coloniais e imponentes — paredes ocres, persianas verdes, janelas altas e gradeadas, tetos de metal corrugado pintado de verde. Uma lousa arranhada atrás do escritório fechado do vapor ainda mostrava o horário da saída do barco. Mas os funcionários haviam partido, assim como a multidão fora dos portões. O mercado em volta das paredes de granito do monumento destruído estava sendo desmontado. As folhas pequenas dos flamboaiãs não faziam sombra; o sol batia em cheio. O chão, alto em torno de tufos de grama e raspado até a terra em outros pontos, estava cheio de lixo e excrementos, com manchas úmidas que, cobertas de poeira fina na parte inferior, pareciam se enrolar sobre elas mesmas, descascando o solo.

Não fomos ao Bigburger de Mahesh. Queria evitar complicações — Shoba não havia aprovado a ligação de Yvette com Indar. Em vez disso, fomos ao Tivoli. Não era longe, e eu esperava que o garoto de Mahesh, Ildephonse, não nos delatasse. De todo modo, era improvável; era a hora do dia em que Ildephonse normalmente tinha folga.

O Tivoli era um lugar novo ou seminovo, fruto de nosso *boom* comercial ainda não terminado, e seus proprietários eram uma família que administrara um restaurante na capital antes da independência. Então, depois de alguns anos na Europa, eles haviam retornado para tentar novamente. Era um grande investimento para eles — haviam escapado sem nada —, e achei uma aposta arriscada. Mas eu nada sabia sobre os europeus e seus hábitos em relação a restaurantes. E o Tivoli se destinava a nossos europeus. Era uma casa de família e servia aos homens que haviam sido contratados para trabalhar em diversos projetos de curto prazo em nossa região — o Domínio, o aeroporto, o sistema de abastecimento de água, a hidrelétrica. A atmosfera era europeia; os africanos se mantinham distantes. Não havia funcionários públicos com relógios de ouro e conjuntos dourados de caneta e lapiseira, como no estabelecimento de Mahesh. No Tivoli era possível viver sem tensão.

Mas não era possível esquecer onde se estava. A fotografia do presidente tinha quase um metro de altura. Os retratos oficiais do presidente em vestimenta tribal se tornavam cada vez maiores, a qualidade da impressão melhorava (dizia-se que haviam sido feitas na Europa). E, uma vez que você sabia qual o significado da pele de leopardo e dos entalhes no cetro, você era atingido pela foto; era impossível evitar. Todos nos tornáramos sua gente; mesmo no Tivoli nos recordavam que dependíamos dele de várias maneiras.

Em geral os moleques — ou cidadãos garçons — eram amigáveis, receptivos e ágeis. Mas o almoço meio que já acabara, e o filho alto e gordo da família que ficava atrás do balcão próximo da máquina de café, supervisionando o atendimento, provavelmente fora tirar sua *siesta*. Nenhum outro membro da família estava presente; e os garçons se arrastavam preguiçosos, como alienígenas em seus paletós azuis. Eles não foram rudes; apenas se mantiveram abstraídos, como atores que esqueceram suas falas.

O ar-condicionado foi bem-vindo, contudo, bem como a ausência de sol e o ar seco depois da umidade lá de fora. Yvette pareceu menos incomodada; a energia retornava a ela. Conseguimos chamar a atenção de um garçom. Ele nos trouxe uma jarra de vinho tinto português refrigerado e depois deixado à temperatura ambiente. Trouxe também dois pratos de madeira com salmão escocês defumado e torradas. Tudo era importado; tudo era caro; na verdade, salmão defumado com torradas era o prato mais barato do Tivoli.

Eu disse a Yvette: “Indar é um pouco teatral. As coisas foram realmente tão ruins assim?”.

"Elas foram ainda piores. Ele nem conseguiu trocar os cheques de viagem."

Suas costas estavam voltadas para a parede. Ela fez um pequeno gesto de interrupção com a palma da mão — como Raymond — contra a borda da mesa e inclinou de leve a cabeça para a direita.

A duas mesas distante de nós, uma família de cinco pessoas terminava o almoço e conversava em voz alta. Pessoas normais, o tipo de família que eu estava acostumado a encontrar no Tivoli. Mas Yvette pareceu desaprová-los e, mais que isso, pareceu ser acometida de um pequeno acesso de raiva.

Ela disse: "Você não consegue decifrá-los. Eu consigo".

Aquela expressão de raiva, no entanto, ainda lembrava um sorriso; e os olhos oblíquos, meio cerrados sobre a xícara de café que ela segurava na altura da boca, mostravam bastante reserva. O que a irritara naquela família? A região de que ela julgava que eles vinham? O emprego do homem, sua linguagem, a conversa alta, os modos? O que ela teria dito sobre as pessoas em nossos clubes noturnos?

Perguntei: "Você já conhecia Indar?".

"Eu o conheci aqui." Ela abaixou a xícara. Seus olhos oblíquos a observaram e então, como se houvesse decidido algo, ela me olhou. "Você vive a sua vida. Um estranho aparece. Ele é um incômodo. Você não precisa dele. Mas o incômodo pode se tornar um hábito."

Minha experiência com mulheres fora de minha família era peculiar, limitada. Eu nunca tivera a oportunidade de lidar com uma mulher como aquela, não tinha nenhum conhecimento daquele tipo de linguagem, daquele tipo de irritação e crenças. Então, naquilo que ela dissera, vi uma espécie de honestidade, uma ousadia que, para um homem com minhas raízes, era um pouco assustadora e por isso mesmo enfeitiçante.

Eu não queria que tivéssemos Indar em comum, como ela e Indar pareciam ter tido Raymond em comum. Eu disse: "Não tenho como lhe dizer o quanto gostei de estar na sua casa naquela noite. Jamais esqueci a blusa que você estava usando. Desde então quis vê-la de novo naquela blusa. Seda negra, lindo corte e bordados".

Nenhum assunto teria sido melhor. Ela disse: "Não houve oportunidade, mas pode ter certeza de que a blusa ainda está lá".

"Não achei que fosse indiana. O corte e os detalhes eram europeus."

"É de Copenhague. Margit Brandt. Raymond foi até lá para uma conferência."

Na porta do Tivoli, antes de retornarmos ao calor e à luz, durante o momento de pausa que, nos trópicos, é como aquela breve hesitação antes de sair na chuva, ela me disse, como se só então lhe houvesse ocorrido: "Você gostaria de almoçar em casa amanhã? Receberemos um dos palestrantes, e Raymond vem achando essas ocasiões cada vez mais desgastantes".

O vapor devia estar uns vinte e cinco quilômetros rio abaixo. Atravessava o mato, já deixara para trás o primeiro assentamento. Lá, embora a cidade fosse tão próxima, eles estariam esperando pelo barco desde de manhãzinha, mantendo uma atmosfera de feira até ele passar. Moleques teriam mergulhado de canoas e nadado até o vapor e a balsa, tentando chamar a atenção dos passageiros. Canoas de vendedores, vindo da margem com suas cargas de abacaxis, cadeiras toscas e banquinhos (móveis descartáveis para a viagem, uma especialidade da região) teriam sido amarrados em grupos às amuradas do barco; eles seriam levados — estavam sendo, naquele momento — vários quilômetros rio abaixo, e os vendedores remariam de volta por horas, depois daquela breve animação, em meio ao final da tarde, ao crepúsculo, à noite, em silêncio.

Yvette havia cancelado o almoço. Mas não me avisara. O empregado de paletó branco me conduziu a uma sala que obviamente não aguardava visitas e não tinha nada da sala de que eu me recordava. Os tapetes africanos estavam no chão, mas algumas das cadeiras estofadas retiradas naquela noite (e, como Yvette dissera, guardadas num quarto) estavam de volta — veludo cotelê sintético na tonalidade "bronze envelhecido" que estava em toda parte no Domínio.

Os prédios do Domínio haviam decaído rapidamente, e as rachaduras que os lampiões haviam escondido eram visíveis à luz do meio-dia. O gesso nas paredes trincara em vários pontos, e num deles as trincas acompanhavam o padrão dos tijolos ocos de barro por ele cobertos. Janelas e portas, desprovidas de batentes, eram como buracos irregulares abertos na alvenaria. O teto, feito de algum tipo de placa de papelão comprimido, se abaulava aqui e ali. Um dos dois aparelhos de ar-condicionado da sala havia manchado a parede com um vazamento; eles não estavam ligados. As janelas estavam abertas; sem a proteção de cumeeiras ou de árvores, plantada no solo plano, a sala era inundada pela luminosidade e não proporcionava a sensação de aconchego. Que fantasias eu criara em torno daquela sala, em torno da música que saía do aparelho de som — lá estava ele, junto à parede e ao lado da estante de livros, com sua capa de um material sintético escuro empoeirada sob a luz ofuscante!

Ver a sala daquela maneira, como Yvette a habitava diariamente, e acrescentar a isso meu novo conhecimento da posição de Raymond no país era pegá-la desprevenida e ter uma ideia de seu cotidiano ordinário de dona de casa, das tensões e insatisfações de sua vida no Domínio, que até então me parecera tão glamourosa. Era temer o envolvimento com ela e com a vida que ela levava; e era também ser surpreendido e sentir alívio pelo desvanecimento de minhas fantasias. Mas o alívio e o medo duraram apenas até ela entrar. A surpresa então foi, como sempre, para mim, ela mesma.

Ela se mostrou mais divertida do que consternada. Havia esquecido — mas sabia que tinha alguma coisa sobre aquele almoço que precisava lembrar. Houvera muitas mudanças de plano para aquele almoço, que agora acontecia nas dependências da politécnica. Ela se retirou para nos preparar alguns ovos sul-africanos mexidos. O empregado entrou para tirar certos objetos da mesa oval, escura e muito polida, e arrumar a mesa. "Você vive a sua vida. Um estranho aparece. Ele é um incômodo."

Na prateleira mais alta da estante de livros, vi o volume que Indar me mostrara naquela noite e no qual havia uma menção a Indar e Yvette como anfitriões generosos na capital — uma menção que importava a Yvette. A luz brilhante e a sala alterada pareciam transformá-lo num livro diferente. A cor desbotara das contracapas. Um dos que apanhei tinha a assinatura de Raymond e a data, 1937 — um sinal de posse, mas talvez também, naquela época, uma declaração de intenções, uma maneira de Raymond expressar fé em seu próprio futuro. O livro parecia bastante gasto agora, com páginas amareladas nas bordas, as letras vermelhas na lombada quase apagadas — um objeto morto, uma relíquia. Um outro livro, mais novo, trazia a assinatura de Yvette com seu nome de solteira — a caligrafia continental muito elegante, com um Y floreado, e transmitindo algo muito semelhante à assinatura de Raymond vinte anos antes.

Eu disse a Yvette, enquanto comíamos os ovos mexidos: "Gostaria de ler algo escrito por Raymond. Indar disse que ele sabe mais sobre o país do que qualquer outra pessoa viva. Ele publicou algum livro?".

"Ele está trabalhando num livro, já faz alguns anos. O governo ia publicá-lo, mas parece que há dificuldades agora."

"Então não há livros."

"Ele escreveu uma tese que foi publicada. Mas não posso recomendá-la. Eu não aguentei lê-la. Quando disse isso a Raymond, ele respondeu que mal tinha aguentado escrevê-la. Existem alguns artigos em diferentes jornais. Ele não teve tempo para escrever muitos. Todo o tempo ele gastou nessa grande obra a respeito do país."

"É verdade que o presidente leu capítulos desse livro?"

"Era o que se dizia."

Ela não me contou, entretanto, quais dificuldades haviam surgido. Tudo o que consegui saber foi que Raymond pusera temporariamente de lado sua história para editar uma coletânea dos discursos do presidente. Nosso almoço começou a ficar triste. Compreendendo a posição atual de Yvette no Domínio, sabendo que as histórias que eu ouvira sobre Raymond teriam sido ouvidas por outras pessoas também, comecei a sentir que a casa devia ser uma prisão para ela. E aquela noite em que ela dera uma festa e vestira sua blusa Margit Brandt começou a parecer uma aberração.

Enquanto me preparava para partir, eu disse: "Você precisa visitar o Clube Helênico comigo uma tarde dessas. Venha amanhã. As pessoas de lá vivem aqui há bastante tempo. Já viram de tudo. A última coisa de que querem falar é da situação do país".

Ela concordou. Mas então disse: "Você não pode esquecê-las".

Não tinha ideia do que ela estava falando. Ela deixou a sala, atravessando a mesma porta que Raymond usara depois de fazer seu discurso de despedida naquela noite; ao voltar, trazia várias revistas, *Cahiers* disto e daquilo, algumas impressas pela gráfica do governo na capital. Eram revistas com artigos de Raymond. Já o tínhamos, portanto, em comum; era um começo.

A grama grosseira dos jardins e descampados daquela parte do Domínio estava alta; quase encobria os *spots* de iluminação alojados em estruturas de alumínio semelhantes a cogumelos e dispostos nas avenidas asfaltadas. Algumas lâmpadas tinham sido quebradas havia bastante tempo; não parecia existir ninguém encarregado de substituí-las. Do outro lado do Domínio, a terra da fazenda-modelo fora coberta pelo mato; tudo o que restava do projeto era o portal chinês, que os taiwaneses e chineses agora ausentes haviam construído, e seis tratores enferrujando alinhados. Mas a área em que os visitantes caminhavam aos sábados, seguindo uma rota fixa — vigiada pela Guarda Jovem e não mais pelo exército —, estava preservada. Novas estátuas ainda eram acrescentadas de tempos em tempos a essa via pública. A mais recente, no final da avenida principal, era uma grande escultura em pedra, de aparência inacabada, representando uma mãe e um filho.

As velhas palavras de Nazruddin vieram a minha lembrança. "Isto não é nada. É apenas mato." Minha inquietação, contudo, não foi como a de Nazruddin. Ela nada tinha a ver com meus negócios. Vi os terrenos baldios do

Domínio e os desocupados saídos das aldeias acampando do lado de fora; pensei em Yvette e sua vida no Domínio. Aquilo não era a Europa na África, como me parecera enquanto Indar estivera lá. Apenas vida no mato. Meu temor era falhar com ela, ficar sem nada, assim como temia pelas consequências de um sucesso.

Aquela inquietação desapareceu na tarde seguinte, quando ela foi até meu apartamento. Ela estivera lá com Indar; naquele ambiente, ela mantinha, a meus olhos, boa parte de seu antigo glamour. Ela vira a mesa de pingue-pongue com minha tralha doméstica e com o canto desocupado para Metty passar roupa. Vira as pinturas de portos europeus que a senhora belga me havia legado juntamente com a sala de estar branca.

Foi contra essa parede branca que, depois de alguma conversa a respeito das pinturas e do Clube Helênico, ambos de pé, ela me mostrou seu perfil, virando-se quando me aproximei, sem me rejeitar ou encorajar, parecendo apenas cansada, aceitando um novo incômodo. Aquele momento — segundo interpretei — foi a chave para tudo que se seguiu. O desafio daquele momento foi o que sempre senti depois; e o desafio ao qual jamais deixei de responder.

Até então minhas fantasias eram fantasias de bordel, de conquista e degradação, com a mulher no papel de vítima voluntária, uma cúmplice em sua própria degradação. Era tudo o que eu conhecia. Era tudo o que eu havia aprendido nos bordéis e clubes noturnos da cidade. Para mim, não fora difícil abandonar aqueles lugares com a chegada de Indar. Eu começara a achar enervantes aquelas ocasiões de vício. Por algum tempo, com efeito, embora ainda me excitasse ver aquelas mulheres em grupos num bar ou num salão de bordel, eu evitara o sexo com mulheres pagas e me restringira a satisfações secundárias. Aquele tipo de familiaridade com tantas mulheres despertara em mim algo semelhante ao desprezo pelo que elas ofereciam. Ao mesmo tempo, como tantos homens que se servem exclusivamente de prostíbulos, eu passara a me sentir fraco, em séria desvantagem. Minha obsessão por Yvette me apanhara de surpresa; e a aventura com ela (sem preço e voluntária), que começou naquela sala branca, era nova para mim.

Minhas fantasias de bordel, como as chamei, me fizeram atravessar rápido algumas preliminares desajeitadas. Mas no quarto, com aquela cama enorme de colchão de espuma — finalmente servindo ao propósito que a senhora belga certamente lhe dera —, as fantasias se transformaram, e o egoísmo inerente a elas foi deixado de lado.

As mulheres são metade do mundo; eu acreditava ter chegado ao ponto em que nada na nudez de uma mulher me surpreenderia. Mas naquele momento senti como se estivesse partindo do zero e visse uma mulher pela primeira vez. Fiquei espantado com o fato de que, obcecado por Yvette como eu estava, houvesse tomado tanta coisa por certa. O corpo sobre a cama foi para mim como a revelação da forma de uma mulher. Surpreendeu-me que as roupas, mesmo as peças tropicais aparentemente reveladoras que Yvette usava, houvessem escondido tanto e desfeito o corpo, por assim dizer, em partes, sem jamais sugerir o esplendor do todo.

Escrever sobre aquela ocasião ao estilo de minhas revistas pornográficas seria mais do que falso. Seria como tentar tirar fotos de mim mesmo, ser o *voyeur* de minhas próprias ações, reconverter a ocasião na fantasia de bordel que, no quarto, ela deixara de ser.

Eu estava arrebatado, mas alerta. Não queria me perder no egoísmo e na autoabsorção, na cegueira daquela fantasia.

O desejo que me veio — consumindo a ansiedade de me frustrar — foi o desejo de conquistar a dona daquele corpo, aquele corpo que, por desejar ser o conquistador daquela que o possuía, eu via como perfeito e queria observar incessantemente, até mesmo durante o ato, me mantendo em posições que me permitiam fazer isso, evitando esmagar o corpo com o meu, evitando destruir a visão e o toque. Toda a minha mente e a minha energia se devotaram ao novo objetivo de conquistar aquela figura. Toda a minha satisfação tinha a ver com aquilo; e o próprio ato sexual se tornou uma extraordinária novidade, um novo tipo de contentamento, continuamente renovado.

Com que frequência antes, em momentos assim, de suposto triunfo, o tédio se abatera sobre mim! Mas como um meio de conquista, mais do que um triunfo em si mesmo, o ato passou a exigir uma atenção constante, um contínuo olhar para fora de mim mesmo. Aquilo não era ternura, embora uma grande necessidade de ternura fosse expressa. Tornou-se um ato físico brutal, quase uma faina; e, à medida que se desenrolava, foi tomado de brutalidade deliberada. O que me surpreendeu. Mas a verdade é que eu estava completamente surpreso por meu novo ser, tão distante do homem de bordel que eu julgara ser, com seus impulsos que conduziam à fraqueza, quanto o ato em si estava distante da submissão nos prostíbulos, que era tudo o que até então eu conhecera.

Yvette disse: "Isto não me acontece há anos". Aquela declaração, caso fosse verdade, teria sido recompensa suficiente; meu próprio clímax não era importante para mim. Se o que ela disse era verdade! Mas eu não tinha como averiguar sua sinceridade. Ela era a experiente, eu, o iniciante.

E houve ainda uma outra surpresa. Nenhuma fadiga ou entorpecimento tomou conta de mim no final. Ao contrário.

Naquele quarto com as janelas pintadas de branco, um branco que então brilhava com a luz do fim da tarde, naquele quarto abafado, no final de nossos dias pesados e quentes, suando como eu estava — escorregadio de suor —, eu me sentia cheio de energia. Poderia ter saído para jogar squash no Clube Helênico. Sentia-me refrescado, revitalizado; minha pele parecia ter sido trocada. Estava inundado pelo encanto do que me ocorrera. E, a cada minuto tomando consciência da profundidade de minha satisfação, comecei a perceber como era imensa minha privação anterior. Foi como descobrir uma enorme e insaciável fome em mim mesmo.

Yvette, nua, molhada, livre de constrangimento, com o cabelo escorrido mas já dona de si própria, sem rubor e com olhar calmo, sentou com as pernas cruzadas na beira da cama e telefonou. Ela falou em patoá. Era com seu empregado doméstico; ela chegaria em breve, que ele dissesse a Raymond. Ela se vestiu e arrumou a cama. Aquele cuidado doméstico me lembrou — já dolorosamente — de atenções semelhantes que ela dispensava alhures.

No instante de deixar o quarto, ela parou e me beijou rápido na parte da frente das calças. E então acabou — o corredor, a horrível cozinha de Metty, a sacada, a luz amarelada da tarde, as árvores dos quintais, a poeira no ar, a fumaça das cozinhas, o mundo ativo e o som dos passos de Yvette descendo pela escada externa. Aquele gesto, o beijo em minhas calças, que em outro lugar eu teria ignorado, julgando ser cortesia de bordel, o agrado de uma prostituta bem paga, me levou então à tristeza e à dúvida. O que aquilo significava? Seria verdade?

Pensei em ir ao Clube Helênico para gastar a energia armazenada e suar um pouco mais. Mas não fui. Andei pelo apartamento, deixando o tempo passar. A luz começou a esmaecer, e a quietude tomou conta de mim. Senti-me abençoado e refeito; quis ficar a sós por algum tempo com aquela sensação.

Mais tarde, ao pensar em jantar, dirigi até o clube noturno próximo ao dique. Ele estava mais movimentado do que nunca naquela época, graças ao *boom* comercial e aos expatriados. Mas a construção não fora melhorada e ainda tinha uma aparência temporária, a aparência de um lugar que poderia ser abandonado sem muita perda — apenas quatro paredes de tijolo, mais ou menos isso, em torno de uma clareira na mata.

Sentei do lado de fora, numa das mesas dispostas sob as árvores da ribanceira, e olhei o dique iluminado; e até que alguém me notou, e acendeu as lâmpadas coloridas presas às árvores, permaneci na escuridão, sentindo minha nova pele. Carros chegavam e estacionavam. Ouviam-se os sotaques franceses da Europa e da África. Mulheres africanas, em pares e trios, vinham da cidade em táxis. Lentas, eretas, usando turbante e falando alto, arrastavam seus chinelos no chão nu. Era o outro lado daquela cena com a família de expatriados que havia ofendido Yvette no Tivoli. A mim tudo parecia distante — o clube, a cidade, os mendigos, os expatriados, "a situação do país", tudo se tornara pano de fundo.

A cidade, quando voltei, abrigava sua própria vida noturna. Havia então, nas ruas principais cada vez mais apinhadas, uma atmosfera de cidadezinha, com grupos instáveis formando-se e desfazendo-se em torno das barracas de bebida nas regiões de favela, os fogareiros nas calçadas, as barricadas em torno dos pontos em que gente dormia, os loucos e bêbados em farrapos, prontos a rosnar como cães, arrastando sua comida para lugares escuros e engolindo-a longe do olhar dos outros. As vitrines de algumas lojas —

especialmente as de roupas, com suas caras peças importadas — tinham luzes fortes, prevenção contra roubo.

Na praça próxima a meu apartamento, uma mulher uivava — um autêntico uivo africano. Ela estava sendo arrastada pelo chão por dois homens, cada um deles torcendo um braço. Ninguém na praça fazia nada. Os homens pertenciam à Guarda Jovem. Eles recebiam um pequeno salário do Grande Homem e tinham alguns jipes do governo. Mas, como os funcionários das docas, tinham de procurar coisas com que se ocupar. Aquela era uma de suas novas "Patrulhas Morais". Na verdade, tratava-se do oposto do que o nome dizia. A garota devia ter sido apanhada em algum bar; provavelmente os desafiara ou se recusara a pagar.

No apartamento, vi que a luz de Metty estava acesa. Eu disse: "Metty?". Ele respondeu através da porta: "*Patron*". Deixara de me chamar de Salim; pouco nos encontrávamos fora da loja já fazia algum tempo. Tive a impressão de ouvir tristeza em sua voz; e seguindo até o meu quarto, considerando a minha própria sorte, pensei: "Pobre Metty. Como tudo acabará para ele? Tão amigável, e no entanto sempre sem amigos. Ele deveria ter ficado no litoral. Ele tinha seu lugar lá. Ele tinha pessoas como ele. Aqui, está perdido".

Yvette ligou para a loja no dia seguinte. Era nossa primeira conversa por telefone, mas ela não disse meu nome ou o dela. Perguntou: "Você estará no apartamento na hora do almoço?". Era raro eu almoçar em casa durante a semana, mas disse: "Sim". Ela disse: "Vejo você lá". E isso foi tudo.

Ela não permitira nenhuma pausa ou silêncio, não dera tempo para surpresas. E de fato, esperando por ela na sala de estar branca logo depois do meio-dia, de pé ao lado da mesa de pingue-pongue, folheando uma revista, não me senti surpreso. Senti que a ocasião — apesar de toda a excepcionalidade, da estranheza da hora, do brilho assassino da luz — era apenas a continuação de algo com que eu vivia fazia muito tempo.

Ouvi-a subir correndo os degraus que descera na tarde anterior. Experimentando todo tipo de nervosismo, não me movi. A porta da sacada estava aberta, assim como a da sala de estar. Seus passos eram rápidos e regulares. Eu estava absolutamente encantado ao vê-la; foi um alívio imenso. Ainda havia vivacidade em seus modos; embora seu rosto parecesse pronto a sorrir, ela não sorria. O olhar de Yvette era sério, com um toque perturbador, desafiador, de voracidade.

Ela disse: "Pensei em você a manhã toda. Não consegui tirá-lo da cabeça". Como se houvesse entrado na sala apenas para sair dela, como se a chegada ao apartamento fosse continuação da urgência de seu telefonema e ela não quisesse nos dar tempo para trocar palavras, Yvette foi para o quarto e começou a se despir.

Foi como havia sido para mim. Diante dela, eu abandonava antigas fantasias. Meu corpo obedecia a seus novos impulsos, descobria em si mesmo recursos que respondiam às minhas novas necessidades. Novo — esse era o termo. Era sempre novo, ainda que o corpo e suas respostas se tornassem familiares e que o ato fosse físico e demandasse rudeza, controle e sutileza. No final (que eu desejei, assim como desejara tudo o que havia ocorrido antes), energizado, revivificado, senti que havia sido transportado para muito além do deslumbramento da tarde anterior.

Eu havia fechado a loja ao meio-dia. Voltei logo depois das três. Não havia almoçado. Isso teria me atrasado mais, e a sexta-feira era um dia importante para os negócios. Encontrei a loja com as portas baixadas. Metty não havia reaberto à uma, como eu esperara. Sobrava menos de uma hora de comércio, e muitos varejistas de vilarejos próximos já deviam ter feito suas compras e iniciado sua longa viagem de volta de canoa ou caminhão. As últimas vans de transporte na praça, que partiam quando carregadas, já estavam mais ou menos cheias.

Pela primeira vez fiquei alarmado comigo, o início da decadência do homem que eu conhecera. Tive visões de mendicância e decrepitude: um homem que não era da África perdido na África, sem força ou propósito para se manter, com menos direito a qualquer coisa que os velhos bêbados esfarrapados e esfaimados das aldeias que vagavam pela praça, circundando as barracas de comida e implorando por um gole de cerveja, ou que os jovens arruaceiros das favelas, uma nova raça, que usavam camisetas com a foto do Grande Homem, falavam sobre estrangeiros e lucros e, desejando somente dinheiro (como Ferdinand e seus amigos do liceu nos velhos tempos), entravam nas lojas e barganhavam agressivamente por produtos que não desejavam, insistindo no preço de custo.

Desse alarme sobre mim mesmo — exagerado, por ser o primeiro —, passei à raiva contra Metty, que na noite anterior me despertara tanta compaixão. Então me lembrei. Não era culpa dele. Ele estava na alfândega, liberando mercadoria que chegara no mesmo vapor em que Indar e Ferdinand haviam partido, o vapor que ainda estava a um dia de viagem da capital.

Por dois dias, desde o almoço com ovos mexidos na casa de Yvette, as revistas com os artigos de Raymond haviam permanecido na gaveta de minha mesa. Eu não olhara para elas. Fiz isso então, me lembrando delas ao recordar do vapor.

Quando pedi a Yvette para ver algum trabalho de Raymond, fora apenas um meio de me aproximar. Aquele motivo não existia mais, mas tanto fazia. Os artigos de Raymond nas revistas locais pareciam especialmente difíceis. Um deles era a resenha de um livro norte-americano sobre as leis de herança africanas. O outro, bastante longo, cheio de notas e gráficos, parecia ser uma análise, distrito a distrito, dos padrões de voto tribal nas eleições de conselho da grande cidade mineira do sul, pouco antes da independência. Certos nomes de pequenas tribos eu jamais ouvira antes.

Os artigos mais antigos, nas revistas estrangeiras, pareciam ser mais simples. "Conflito num jogo de futebol", numa publicação norte-americana, falava dos conflitos raciais na capital nos anos 30 — conflitos que haviam levado à formação do primeiro clube político africano. "Liberdades perdidas", numa revista belga, tratava do fracasso do esquema missionário, no final do século XIX, em comprar escravos selecionados das caravanas árabes e reassentá-los em "vilas da liberdade".

Aqueles textos eram um pouco mais do meu gosto — eu me interessava em especial pelos missionários e escravos. Mas os parágrafos iniciais eram enganadores; não se tratava exatamente de artigos para ler no trabalho, durante a tarde. Deixei-os de lado para depois. E à noite, quando li na grande cama que Yvette arrumara algumas horas antes e na qual ainda podia sentir seu cheiro, fiquei abismado.

O artigo sobre o conflito racial — depois do inteligente parágrafo de abertura que eu havia lido na loja — se mostrou uma compilação de decretos do governo e citações de jornais. Havia muito material jornalístico; Raymond parecia tê-los levado bastante a sério. Não consegui relevar aquilo, pois sabia, de minha experiência no litoral, que os jornais em pequenas localidades coloniais falavam um tipo de verdade bem particular. Eles não mentiam, mas eram formais. Tratavam com respeito os grandes — homens de negócio, altos funcionários, integrantes do Legislativo e do Executivo. Muitas coisas importantes eram deixadas de lado — frequentemente, coisas essenciais, que as pessoas do lugar saberiam e iriam fofocar.

Eu não achava que os jornais de 1930 seriam muito diferentes de nossos jornais litorâneos. E esperava a cada sentença que Raymond olhasse por trás das reportagens e dos editoriais para chegar à realidade dos acontecimentos. Um distúrbio racial na capital, nos anos 30 — essa devia ter sido uma história forte: tiroteio nos cafés e clubes europeus, histeria e terror nas *cités* africanas. Raymond, contudo, não estava interessado naquilo. Ele não dava a impressão de haver falado com nenhuma das pessoas envolvidas, embora muitas devessem estar vivas na época em que ele escreveu. Ele se apegou aos jornais; parecia querer mostrar que havia lido todos eles e que identificara a precisa tendência política de cada um. Seu tema era um evento africano, mas ele poderia estar escrevendo a respeito da Europa ou de um lugar que jamais visitara.

O artigo sobre os missionários e os escravos resgatados também estava cheio de citações, não de jornais, mas dos arquivos das missões na Europa. O assunto não era novo para mim. Na escola, no litoral, ensinavam sobre a expansão europeia em nossa região como se não fosse nada mais que uma derrota dos árabes e de seus hábitos escravagistas. Achávamos que aquilo era conversa escolar inglesa; não o levávamos em consideração. A história era coisa morta, parte do mundo de nossos avós, e não prestávamos muita atenção a ela; mesmo que, em famílias mercantes como a nossa, ainda se ouvissem histórias vagas — tão vagas que não pareciam reais — sobre padres europeus que compravam escravos a preço baixo nas caravanas antes que eles chegassem aos depósitos na costa. Os africanos (e essa era a moral das histórias) morriam de medo, pois pensavam que os missionários os haviam comprado para comer.

Eu não tinha ideia, até ler o artigo de Raymond, de que o empreendimento havia sido tão grande e sério. Raymond dava os nomes de todas as vilas da liberdade que chegaram a ser criadas. Então, com citações e mais citações de cartas e relatórios extraídos dos arquivos, ele tentava fixar a data do desaparecimento de cada uma. Ele não dava explicações e não procurava por elas; apenas citava os relatórios das missões. Não parecia ter visitado nenhum dos lugares sobre os quais escrevia; não tentara falar com ninguém. No entanto, uma conversa de cinco minutos com alguém como Metty — que, apesar de sua experiência no litoral, viajara aterrorizado pelo continente desconhecido — teria mostrado a Raymond que todo aquele projeto religioso era cruel e ignorante, que acomodar algumas pessoas desprotegidas num território estranho era expô-las a ataques, raptos e coisas ainda piores. Raymond parecia não perceber.

Ele sabia tanto, havia pesquisado tanto. Devia ter gastado semanas em cada um dos artigos. Mas tinha menos conhecimento verdadeiro da África, menos percepção dela, do que Indar, Nazruddin ou até Mahesh; nada que se assemelhasse à intuição do padre Huismans para a estranheza e as maravilhas do lugar. Contudo, ele havia feito da África o seu tema. Havia devotado anos àquelas caixas de documentos que ficavam em seu escritório e que Indar havia mencionado. Talvez houvesse transformado a África em seu tema porque viera à

África como acadêmico habituado a trabalhar com papéis e encontrara um lugar repleto de papéis novos.

Ele fora professor na capital. O acaso — no começo da meia-idade — o pusera em contato com a mãe do futuro presidente. O acaso — e algo da simpatia do professor pelo rapaz africano em desespero, uma simpatia provavelmente misturada com um pouco de amargura pelos mais bem-sucedidos de sua própria estirpe: o homem vendo a si mesmo no rapaz: aquele conselho que ele dera ao jovem, para se juntar à Força de Defesa, parecia conter algo de amargura pessoal — o acaso lhe proporcionara aquela ligação extraordinária com o homem que se tornaria presidente e o ergueria, depois da independência, a uma glória com que ele nunca sonhara.

Para Yvette, inexperiente, vinda da Europa com suas próprias ambições, ele devia ter brilhado. Talvez ela tivesse sido enganada por suas próprias ambições, assim como eu fora pelo ambiente que ela frequentava, no qual eu vira tanto glamour. De fato, tínhamos Raymond em comum — desde o início.

TERCEIRA PARTE

O GRANDE HOMEM

12

Eu pensava com frequência no acaso que me pusera diante de Yvette pela primeira vez naquela noite na casa dela, naquela atmosfera europeia na África, quando ela vestira a blusa preta de Margit Brandt e fora iluminada pelos abajures dispostos no chão — aquela noite em que todo tipo de desejo melancólico fora despertado em mim pela voz de Joan Baez.

Talvez em outro cenário e num outro momento, ela não houvesse causado tal impressão sobre mim. Talvez, se eu houvesse lido os artigos de Raymond no dia em que Yvette os dera a mim, nada acontecesse entre nós na tarde seguinte, quando ela foi a meu apartamento. Eu não teria dado motivo para que ela exibisse seu perfil contra a parede branca da sala de estar; em vez disso, poderíamos ter apenas ido ao Clube Helênico. Ver sua casa na luz do meio-dia já me causara um certo alarme. Ter compreendido mais sobre Raymond logo depois daquilo poderia ter feito com que eu a enxergasse com maior clareza — sua ambição, seu julgamento errôneo, seu fracasso.

E um fracasso como aquele não era algo com que eu teria escolhido me enredar. Meu desejo de ter uma aventura com Yvette era um desejo de ser levado às nuvens, de ser arrancado da vida que eu tinha — do tédio, da tensão inútil, da "situação do país". Não era um desejo de me envolver com pessoas presas numa armadilha tanto quanto eu.

Mas foi essa a situação em que me coloquei. E sair dela simplesmente não estava a meu alcance. Depois daquela primeira tarde, minha descoberta inicial de Yvette, fui possuído por ela, possuído pela pessoa que jamais parei de querer conquistar. A satisfação não resolvia nada; apenas entreabria um novo vácuo, um desejo renovado.

A cidade mudou para mim. Passou a provocar novas associações. Memórias e humores diferentes ligados a certos lugares, a horas do dia, ao clima. Na gaveta de minha mesa na loja, onde as revistas de Raymond outrora haviam jazido esquecidas por dois dias, havia agora fotografias de Yvette. Algumas eram bastante antigas e deviam ser preciosas para ela. Aquelas fotos haviam sido presentes para mim, presentes dados em ocasiões diversas como favores, recompensas, gestos de ternura; uma vez que jamais nos abraçávamos ao nos encontrar, jamais desperdiçávamos nosso tato (e na verdade raramente nos beijávamos), assim também, numa espécie de acordo tácito, continuávamos como no começo e nunca trocávamos palavras ternas. A despeito do rumo fisicamente depravado que nossa paixão começara a tomar, as fotografias de Yvette que eu preferia eram as mais castas. Eu me interessava especialmente pelas que eram de sua época de criança na Bélgica, para quem o futuro ainda era um mistério.

Com aquelas fotografias em minha gaveta, a vista a partir da loja ganhou um sabor diferente: a praça com as árvores depauperadas, as barracas do mercado, os aldeões vagabundos, as ruas sem asfalto empoeiradas sob o sol ou vermelhas na chuva. A cidade arrasada na qual eu me sentira tão vazio se tornou o lugar em que tudo veio a mim.

Por causa daquilo, desenvolvi um novo tipo de preocupação política — quase uma angústia política. Eu teria passado melhor sem aquilo, mas não pude evitar. Por meio de Yvette eu estava ligado a Raymond, e por meio de Raymond eu me sentia ligado mais estreitamente que nunca ao fato, ou ao conhecimento, do poder do presidente. Ver a fotografia do presidente em toda parte já me fizera sentir que, africanos ou não, todos nos tornáramos seu povo. Àquilo se acrescentou, por causa de Raymond, o sentimento de que todos dependíamos do presidente e de que — não importava qual trabalho fizéssemos e o quanto julgássemos estar agindo em nosso próprio interesse — todos o servíamos.

Pelo breve instante em que eu acreditara que Raymond era exatamente como Indar o descrevera — o homem branco do Grande Homem —, senti a excitação de estar próximo do maior poder do lugar. Senti que fora erguido muito acima do país que eu conhecia e de suas aflições diárias — as montanhas de lixo, as estradas ruins, os funcionários traiçoeiros, as favelas, as pessoas que todos os dias saíam do mato e encontravam pouco para comer e nada para fazer, as bebedeiras, os assassinatos repentinos, minha loja. O poder e a vida em torno do presidente na capital pareceram ser a realidade e a essência do país.

Quando entendi qual era a posição de Raymond, o presidente mais uma vez pareceu se afastar para uma posição muito acima de nós. Mas agora existia uma ligação com ele: a ideia de seu poder como algo pessoal, ao qual estávamos todos presos como que por cordões que ele podia acionar ou soltar. Isso era algo que eu jamais sentira. Como outros expatriados da cidade, eu fazia o que se esperava de mim. Pendurávamos as fotografias oficiais em nossas lojas e escritórios; colaborávamos com os diversos fundos presidenciais. Mas tentávamos manter tudo aquilo como pano de fundo, separado de nossas vidas privadas. No Clube Helênico, por exemplo, embora não houvesse regra sobre isso, jamais falávamos da política local.

Mas então, mergulhado na política por Raymond e Yvette, compreendendo a intenção por trás de cada foto presidencial, cada nova estátua da madona africana com seu bebê, eu não conseguia mais ver as estátuas e fotografias como mero pano de fundo. Alguém poderia argumentar que fortunas eram devidas às gráficas europeias que imprimiam aquelas fotos; porém, entender os propósitos do presidente era ser afetado por eles. Um visitante poderia rir da madona africana; eu não.

As notícias sobre o livro de Raymond, sua história, eram ruins: não havia notícias. Indar, a despeito de sua promessa de descobrir novidades sobre o livro (aquela despedida no vapor, com a mão sobre a perna de Yvette), não havia escrito. Yvette não se consolou ao saber que ele também não me enviara uma carta, que ele era um homem com seus próprios problemas. Não era com Indar que ela se preocupava; ela queria informações, e muito depois de Indar deixar o país ela continuou a esperar por uma palavra da capital.

Raymond, enquanto isso, terminara seu trabalho nos discursos do presidente e retornara ao livro de história. Ele sabia esconder seus desapontamentos e aflições. Mas eles se refletiam em Yvette. Às vezes, quando vinha ao apartamento, ela aparentava ser muito mais velha do que era, com sua pele jovem parecendo desgastada, a carne flácida e sugerindo o início de um queixo duplo, as pequenas rugas, mais perceptíveis, em torno dos olhos.

Pobre garota! Não era aquilo que ela havia esperado da vida com Raymond. Ela era estudante na Europa quando eles se conheceram. Ele viajava com uma delegação oficial. O papel dele como conselheiro do homem que recentemente se fizera presidente deveria ser secreto, mas sua importância era conhecida e ele fora convidado para proferir uma palestra na universidade de Yvette. Ela fizera uma pergunta — trabalhava numa tese sobre o tema da escravidão nos escritos franco-africanos. Mais tarde eles se encontraram; ele a cercou de atenções. Raymond já tinha sido casado; o divórcio ocorrera alguns anos antes da independência, quando ele ainda era professor, e sua mulher e sua filha haviam retornado à Europa.

"Dizem que os homens devem prestar atenção à mãe da garota com quem pretendem se casar", Yvette disse. "Garotas que fazem o que eu fiz deveriam levar em conta a mulher que foi usada e descartada por um homem e saber que não vão ter muito mais sucesso que ela. Mas quem pode imaginar? Aquele homem bonito e distinto. Quando Raymond me levou para jantar pela primeira vez, escolheu um dos lugares mais caros. Agiu da maneira mais despreocupada. Mas ele sabia de que tipo de família eu vinha e sabia exatamente o que estava fazendo. Ele gastou mais naquele jantar do que meu pai ganhava numa semana. Eu sabia que era dinheiro da delegação, mas não importava. As mulheres são estúpidas. Mas, se não fossem estúpidas, o mundo não sairia do lugar.

"Foi maravilhoso quando viemos para cá, tenho de reconhecer. O presidente nos convidava com regularidade para jantar, e nas duas ou três primeiras vezes eu me sentei à direita dele. Ele disse que era o mínimo que poderia fazer pela mulher de seu antigo *professeur* — o que não era verdade: Raymond jamais lhe dera aulas: era apenas material para a imprensa europeia. O presidente era muito envolvente, e nunca houve nenhum sinal de disparate, devo acrescentar. Na primeira vez falamos sobre a mesa, literalmente. Ela era feita de madeira local e entalhada com símbolos africanos nas bordas. Horrível, se você quer saber. Ele disse que os africanos eram entalhadores prodigiosamente talentosos e que o país abasteceria o mundo todo com móveis de alta qualidade. Era como essa conversa sobre um parque industrial junto ao rio — uma ideia para ter assunto. Mas na época eu era nova e queria acreditar em tudo o que diziam.

"Sempre havia câmeras, mesmo no começo. Ele posava para elas o tempo todo — as pessoas sabiam, o que dificultava a conversação. Ele jamais relaxava. Sempre conduzia a conversa. Jamais permitia que você mudasse de assunto. É a etiqueta da realeza, que ele aprendera de alguém e que eu aprendi dele, da maneira difícil. Ele tinha um jeito abrupto de se afastar de você, fazia parte do estilo dele. Parecia apreciar a elegância do gesto de deixar um lugar no momento marcado.

"Costumávamos fazer excursões com ele. Aparecemos no fundo de algumas velhas fotografias oficiais — gente branca no cenário. Percebi que suas roupas estavam mudando, mas pensei que fosse apenas seu jeito de se vestir com mais conforto, à maneira africana. Em todo lugar a que íamos havia *séances d'animation* de boas-vindas, danças tribais. Ele se importava muito com aquilo. Dizia que sua intenção era dar dignidade àquelas danças que Hollywood e o Ocidente haviam transformado em coisas malignas. Ele pretendia construir teatros modernos para exibi-las. E foi numa dessas apresentações que me meti em apuros. Ele pusera seu cetro no chão. Eu não sabia que o gesto tinha um significado. Não sabia que devia calar a boca, que, nos velhos tempos, falar quando o cetro do chefe estava no chão era um erro pelo qual se podia ser castigado até a morte. Eu estava perto dele e disse uma frase banal sobre a habilidade dos dançarinos. Ele apenas apertou os lábios de raiva e desviou o olhar, erguendo a cabeça. Não houve nada de elegante naquilo. Todos os africanos ficaram horrorizados com a minha gafe. E eu senti que o faz de conta se transformara em algo horrível, que eu viera parar num lugar horrível.

"Depois daquilo não pude mais aparecer com ele em público. Mas é claro que esse não foi o motivo de ele romper com Raymond. Na verdade, ele se mostrou mais gentil do que nunca com Raymond dali em diante. Ele rompeu com Raymond quando decidiu que não precisava dele, que, nos novos caminhos que estava tomando, o homem branco era um incômodo na capital. Quanto a mim, jamais disse nada. Mas sempre fez questão de mandar lembranças, ou de enviar um funcionário para ver como estávamos passando. Ele precisa de um modelo para tudo, e creio que ouviu dizer que De Gaulle costumava enviar cumprimentos às esposas de seus inimigos políticos.

"Por isso pensei que, se Indar fizesse algumas perguntas sobre o livro na capital, elas chegariam até o presidente. Tudo chega ao presidente aqui. Este lugar é um show de um homem só, como você sabe. E eu esperava conseguir alguma dica. Mas nesses meses todos ele nem sequer me mandou lembranças."

Ela sofria mais que Raymond, ao que parecia. Estava num país que ainda lhe era estranho e se sentia desamparada, duplamente dependente. Raymond estava num lugar que se tornara seu lar. Numa situação com a qual talvez houvesse deparado antes, quando era um professor desconhecido numa capital colonial. Talvez ele houvesse retomado sua antiga personalidade, a autocontenção que desenvolvera como professor, um homem com um conhecimento silencioso, mas desafiador de seu valor próprio. Porém eu sentia haver algo mais. Sentia que Raymond seguia um código que prescrevera para si próprio e que o fato de seguir esse código lhe dava serenidade.

Esse código lhe proibia expressar desapontamento ou inveja. Nisso ele era diferente dos jovens que continuavam a aparecer no Domínio, que lhe faziam visitas e ouviam o que ele tinha a dizer — Raymond ainda tinha seu grande emprego. Ele ainda possuía aquelas caixas cheias de papéis que as pessoas queriam consultar; e depois de todos os anos como o homem branco do Grande Homem, todos aqueles anos em que ele soubera mais sobre o país do que qualquer pessoa viva, Raymond ainda tinha uma reputação.

Quando um daqueles visitantes criticava o livro de alguém ou a conferência que alguém organizara em algum lugar (Raymond não era convidado a conferências naquela época), ele não dizia nada, a menos que tivesse uma observação elogiosa a fazer sobre o livro ou a conferência. Olhava com firmeza nos olhos do visitante, como se esperasse pelo fim da fala. Eu o vi fazer isso muitas vezes; ele dava a impressão de esperar o término de uma interrupção. A expressão de Yvette denunciaria a surpresa ou a mágoa.

Foi o que ocorreu na noite em que fiquei sabendo, por uma frase de um de nossos visitantes, que Raymond se candidatara a um trabalho nos Estados Unidos e fora rejeitado. O visitante, um homem barbado com olhos maldosos que não inspiravam confiança, falava como um aliado de Raymond. Ele até tentava demonstrar certa amargura em nome dele, o que me fez sentir que poderia ser um daqueles professores visitantes de que Yvette me falara, gente que, enquanto consultava os arquivos de Raymond, também aproveitava para flertar com ela.

As coisas haviam mudado desde o começo dos anos 60, disse o homem barbado. Os africanistas já não eram tão raros, e as pessoas que haviam dedicado a vida ao continente estavam sendo deixadas para trás. As grandes potências tinham decidido não brigar pela África naquele momento, e, como resultado disso, as atitudes em relação ao continente haviam mudado. As mesmas pessoas que tinham dito que aquela década era a década da África e haviam bajulado seus grandes homens, agora desistiam da região.

Yvette levantou o braço e olhou atentamente o relógio. Foi uma interrupção deliberada. Ela disse: "A década africana terminou há dez segundos".

Ela já havia feito isso antes, quando outra pessoa falara sobre a década africana. E o truque funcionou mais uma vez. Ela sorriu; Raymond e eu rimos. O homem barbado entendeu o sinal, e o assunto da rejeição de Raymond foi abandonado.

Mas eu me senti desiludido com o que ouvira, e, quando Yvette apareceu em meu apartamento eu disse: "Mas você nunca mencionou que pretendiam deixar o país".

"Você não pensa em partir?"

"Em algum momento, sim."

"Em algum momento todos temos de partir. Sua vida está arranjada. Você é praticamente noivo da filha daquele homem, você disse. Tudo está à sua espera. Minha vida ainda é instável. Preciso fazer algo. Não posso apenas esperar aqui."

"Mas por que você não me disse nada?"

"Por que falar de algo que não vai acontecer? Não nos faria bem nenhum se a notícia se espalhasse. Você sabe disso. E, seja como for, Raymond não tem a menor chance de conseguir alguma coisa no exterior agora."

"Por que ele se candidatou, então?"

"Eu o obriguei. Achei que havia uma possibilidade. Raymond não faria uma coisa dessas por si próprio. Ele é leal."

A mesma relação de proximidade com o presidente que dera uma reputação a Raymond e fizera com que ele fosse convidado para conferências em várias partes do mundo, agora o desqualificava para qualquer cargo sério no exterior. A menos que algo de extraordinário acontecesse, ele teria de ficar onde estava, dependendo do poder do presidente.

Sua posição no Domínio exigia que ele exibisse autoridade. Mas a qualquer momento poderia ser destituído dessa autoridade, ser reduzido a nada, sem nada a que pudesse se agarrar. No lugar dele, não creio que eu fosse capaz de fingir autoridade — essa seria a parte mais difícil para mim. Eu apenas desistiria, compreendendo a verdade daquilo que Mahesh me dissera anos antes: "Lembre-se, Salim, as pessoas aqui são *malins*".

Mas Raymond não demonstrava insegurança. E ele era leal — ao presidente, a si mesmo, às ideias em seus trabalhos, a seu passado. Minha admiração por ele cresceu.

Eu estudava os discursos do presidente — os jornais diários vinham de avião da capital — procurando sinais de que Raymond poderia voltar a ter prestígio. E, se me tornei um encorajador de Raymond, seguindo o exemplo de Yvette, se me tornei seu defensor e procurei promovê-lo até no Clube Helênico, como alguém que não publicara muito, mas que realmente *sabia*, o homem que todo visitante inteligente deveria procurar, não foi apenas porque não queria vê-lo partir, levando Yvette junto. Eu não queria vê-lo humilhado. Admirava seu código e desejava que, quando minha hora chegasse, eu fosse capaz de recorrer a algo semelhante.

A vida em nossa cidade era bastante arbitrária. Yvette, ao considerar minha vida arranjada, ao pensar que eu tinha tudo à minha espera noutro lugar, achou sua própria existência instável. Sentiu que não estava tão preparada quanto o resto de nós — que precisava se cuidar. Era assim que todos nos sentíamos, contudo: julgávamos nossas vidas instáveis, víamos o homem ou a pessoa ao lado como um soldado. Na cidade, onde tudo era arbitrário e a lei era o que era, tudo era fluido. Nenhum de nós tinha nenhuma certeza. Sem nunca saber direito o que estávamos fazendo, a todo momento nos ajustávamos à arbitrariedade que nos circundava. No final não éramos capazes de dizer onde estávamos.

Cada um defendia seu terreno. Todos tínhamos de sobreviver. Mas, como sentíamos que nossas vidas eram fluidas, todos nos sentíamos isolados e livres da obrigação de prestar contas ao que quer que fosse. Foi o que acontecera a Mahesh. "Não é que não haja certo ou errado aqui. Não há o certo." Foi o que acontecera a mim.

Aquilo era o oposto da vida de nossa família e comunidade no litoral. Aquela vida era cheia de regras. Regras demais; era uma espécie de vida pré-fabricada. Na cidade eu me livrara de todas as regras. Durante a rebelião — tanto tempo atrás —, também sentira que me havia privado da segurança que as regras conferiam. Pensar nisso me fazia sentir instável e perdido. E eu preferia não pensar nisso — era algo próximo demais do pânico que você podia provocar em si mesmo a qualquer momento se se detivesse por tempo demais em reflexões sobre a posição física da cidade no continente e sobre seu próprio lugar na cidade.

Ver Raymond responder à arbitrariedade com um código que desenvolvera para si mesmo me parecia extraordinário.

Quando disse isso a Yvette, ela respondeu: "Você acha que eu teria me casado com alguém que não fosse extraordinário?".

Estranho, depois de todas as críticas, ou aquilo que eu interpretara como críticas! Mas tudo o que era estranho em meu relacionamento com Yvette logo deixava de sê-lo. Tudo era novo para mim; eu acolhia as coisas como elas vinham.

Com Yvette — e com Yvette e Raymond também — eu adquirira uma espécie de vida doméstica: a paixão no apartamento, a noite tranquila em família na casa do Domínio. A ideia de que aquela era minha vida doméstica me ocorreu quando ela foi perturbada. Enquanto tudo seguia, eu me deixava levar. Naquela época, nada parecia definido. E foi apenas quando aquela vida foi perturbada que fiquei espantado com a frieza com que havia aceito hábitos que, se me houvessem sido mencionados quando eu era mais jovem, a respeito de outra pessoa, teriam parecido horríveis. O adultério era horrível para mim. Eu ainda o via segundo o contexto das famílias e da comunidade no litoral, e o considerava ilegítimo e desonroso, um sinal de vontade fraca.

Foi Yvette quem sugeriu, depois de uma tarde no apartamento, que eu jantasse com eles naquela noite. Ela fez o convite por afeição, preocupada com minha noite solitária, e pareceu não ver nenhum problema. Fiquei nervoso; não achei que fosse capaz de encarar Raymond em sua própria casa dali a tão pouco tempo. Mas Raymond estava em seu escritório quando cheguei e lá ficou até a hora de comer; meu nervosismo desapareceu diante da novidade de encontrar Yvette, recentemente desnuda e corrompida pelo desejo, no papel de esposa.

Acomodei-me na sala. Ela ia e vinha. Foram momentos absolutamente deliciosos para mim. Cada gesto caseiro me tocava; adorei aquelas roupas comuns. Os movimentos de Yvette na casa eram mais vivos, mais assertivos, seu francês à mesa (agora com Raymond), mais preciso. Mesmo enquanto eu escutava Raymond (toda a ansiedade já sumida), era excitante me distanciar de Yvette, procurar vê-la como a uma estranha, e então buscar, naquela estranha, a mulher que eu conhecia.

Na segunda ou terceira daquelas ocasiões, fiz com que ela voltasse comigo ao apartamento. Não foi preciso usar nenhum subterfúgio: logo depois de comer, Raymond se retirou para o escritório.

Yvette pensou que eu desejava dar uma volta de carro. Quando compreendeu minhas intenções, soltou uma exclamação, e seu rosto — uma máscara de domesticidade à mesa de jantar — se transfigurou de prazer. Durante todo o caminho para o apartamento ela esteve a ponto de rir. A reação me surpreendeu; eu nunca a vira tão à vontade, tão divertida, tão relaxada.

Ela sabia que os homens se sentiam atraídos por ela — aqueles professores visitantes deixavam isso bem claro. Mas tornar a ser cobiçada depois de tudo o que fizéramos naquela longa tarde pareceu tocá-la de maneira inusitada. Ela ficou satisfeita comigo, absurdamente satisfeita consigo própria e se mostrou tão companheira que eu poderia ser um velho amigo de escola em vez de seu amante. Tentei me colocar no lugar dela e, por um instante, tive a ilusão de habitar seu corpo e sua mente de mulher, de compreender seu prazer. E então pensei, sabendo no que eu transformara a vida dela, que eu passara a ter uma ideia de suas necessidades e privações.

Metty estava em casa. Nos velhos tempos, segundo a velha etiqueta, eu tomara precauções para que aquele lado de minha vida permanecesse secreto para ele. Ao menos eu me esforçara para dar essa impressão. Mas àquela altura manter segredo era impossível e não parecia importar. E nunca mais nos preocupamos com a presença de Metty.

O extraordinário daquela noite se tornou padrão em muitos dias que passamos juntos. O jantar com Raymond na casa, ou reunião com ele após a refeição, ocorria numa espécie de parênteses entre a tarde no apartamento e a noite no apartamento. De tal forma que na casa, quando Raymond aparecia, eu era capaz de ouvir com mente aberta e preocupação autêntica ao que quer que ele dissesse.

A rotina de Raymond não se alterava. Ele costumava estar no escritório quando eu — ou outro visitante, caso houvesse — chegava. Demorava a aparecer e, a despeito do ar desligado, sempre tinha o cabelo molhado, bem penteado para trás, além de se vestir com apuro. Suas saídas, quando precedidas por um pequeno discurso, podiam ser dramáticas. Mas suas entradas normalmente eram discretas.

Gostava de começar fingindo que era um convidado em sua própria casa, especialmente em reuniões depois do jantar. Mas não era difícil fazê-lo falar. Muitas pessoas queriam ouvir sobre sua posição no país e sua ligação com o presidente; Raymond, contudo, já não falava sobre aquilo. Falava sobre seu trabalho e então passava a temas intelectuais mais amplos. O gênio de Theodor Mommsen, o homem que segundo Raymond reescrevera a história de Roma, era o assunto favorito. Comecei a reconhecer o modo como ele encaminhava a conversa naquela direção.

Raymond jamais se furtava a fazer um comentário político, mas nunca trazia o assunto à baila por si próprio e nunca se envolvia em discussões políticas. Por mais críticos que nossos convidados fossem a respeito do país, Raymond permitia que eles se expressassem, com aquele ar de quem aguarda o fim de uma interrupção.

Nossos visitantes se tornavam cada vez mais críticos. Tinham muito a dizer a respeito do culto à madona africana. Templos haviam sido construídos — e continuavam sendo — em lugares associados à mãe do presidente, e peregrinações àqueles lugares eram decretadas para certos dias. Sabíamos a respeito do culto, mas em nossa região não se ouvia falar muito dele. A mãe do presidente vinha de uma tribo ribeirinha pequena e distante, e em nossa cidade tínhamos somente algumas estátuas em estilo semiafricano, além de fotografias dos templos e das procissões. Visitantes que chegavam da capital, no entanto, tinham bastante a dizer — e, como estrangeiros, era fácil para eles fazer ironia.

Mais e mais eles nos incluíam em suas ironias — Raymond, Yvette e pessoas como eu. Começou a parecer que aos olhos deles éramos pessoas de fora da África que haviam permitido serem transformadas em africanos, aceitando o que quer que decretassem para nós. Esse tipo de ironia, vinda de gente que estava de passagem, gente que não veríamos mais e que nos esforçávamos por tratar bem, gente que estaria a salvo em seu próprio país, ofendia. Mas Raymond jamais se deixou provocar.

A um homem grosseiro ele disse: "O que você não consegue entender é que essa paródia da cristandade, a respeito da qual você fala tão calorosamente, só faz sentido para os cristãos. Na verdade é por isso que, do ponto de vista do presidente, ela talvez não seja uma boa ideia. O significado da mensagem pode se perder na paródia. No centro desse culto extraordinário, existe uma ideia imensa sobre a redenção da mulher africana. Mas o culto, apresentado do modo como vem sendo, pode despertar antagonismos por diferentes razões. Sua mensagem pode ser mal-entendida, e a grande ideia que ela encerra pode ter sua realização atrasada por duas ou três gerações".

Esse era Raymond — ainda leal, esforçando-se para dar sentido a eventos que deviam desnorteá-lo. Aquilo não lhe fazia bem; todo o trabalho envolvido naquelas reflexões era desperdiçado. Nenhuma palavra veio da capital. Ele e Yvette continuavam esquecidos.

Mas então, por cerca de um mês, seus ânimos tiveram uma melhora. Yvette contou que Raymond tinha motivos para acreditar que sua coletânea de discursos do presidente caíra em boas graças. Fiquei satisfeitíssimo. Chegou a ser ridículo — percebi estar olhando de maneira diferente para as fotos do presidente. E embora nenhuma palavra direta chegasse, Raymond, após ter se mantido na defensiva por tanto tempo, e depois de tudo o que precisara dizer a respeito do culto à madona, começou a argumentar mais com os visitantes e a sugerir, com algo de sua antiga verve, que o presidente tinha uma carta na manga que daria nova direção ao país. Uma ou duas vezes ele chegou a falar sobre a possibilidade da publicação de um livro com os discursos do presidente e sobre o efeito que teria sobre as pessoas.

O livro foi publicado. Mas não foi o livro em que Raymond havia trabalhado, um livro de longos excertos com um comentário que amarrava tudo. Foi um livro de pensamentos pequenino, muito fino, chamado *Maximes.* Tinha dois ou três pensamentos por página, cada um com quatro ou cinco linhas de extensão.

Pilhas de exemplares chegavam à nossa cidade. Apareciam em todo bar, loja ou escritório. Minha loja recebeu cem; Mahesh recebeu cento e cinquenta no Bigburger; o mesmo aconteceu no Tivoli. Todo vendedor ambulante tinha seu pequeno estoque — cinco ou dez, dependendo do comissário. Os livros não eram de graça; cada cópia custava vinte francos, e tínhamos de comprá-los em pacotes de cinco. Cada comissário era obrigado a enviar o dinheiro de sua consignação para a capital e, por uma ou duas noites, o figurão tinha de rodar para cima e para baixo com seu Land-Rover lotado de *Maximes*, tentando se livrar deles.

A Guarda Jovem usou boa parte de seu estoque numa de suas paradas infantis de sábado à tarde. Essas paradas eram um evento apressado e confuso — camisas azuis, centenas de perninhas agitadas, alpargatas brancas, algumas crianças menores frenéticas, próximas das lágrimas e correndo de tempos em tempos para alcançar seu grupo. Todos ficavam ansiosos por terminar aquilo e voltar para casa, que podia estar a quilômetros de distância.

A parada com o livreto do presidente foi mais bagunçada que o habitual. A tarde estava encoberta e pesada, depois de uma chuva na parte da manhã. A lama nas ruas, que começara a secar, se encontrava naquela consistência maldita em que bicicletas e mesmo pessoas faziam com que ela voasse em porções e bolotas grudentas. A lama manchava de vermelho as alpargatas das crianças e lembrava feridas em suas pernas negras.

As crianças deviam segurar o livreto do presidente enquanto marchavam e gritar o longo nome africano que ele dera a si próprio. Mas as crianças não haviam sido devidamente ensaiadas. Os gritos eram irregulares; e, como as nuvens haviam se tornado negras, dando a impressão de que logo choveria novamente, os participantes da parada tinham mais pressa que nunca. Apenas seguravam o livrinho e trotavam no lusco-fusco, sujando-se umas às outras de lama, gritando apenas quando a Guarda Jovem gritava com elas.

As paradas já eram uma piada entre os nossos, e aquilo não ajudou. A maioria das pessoas, mesmo aquelas saídas das profundezas da floresta, sabia o que estava por trás do culto à madona. Mas não creio que alguém nas praças ou no mercado tivesse alguma ideia do que significava a parada das *Maximes*. Não creio nem sequer, para dizer a verdade, que Mahesh soubesse do que se tratava ou qual o modelo para aquilo, até que lhe dissessem.

E assim *Maximes* não fez sucesso entre nós. E o mesmo deve ter ocorrido em outras partes do país, pois tão logo noticiaram a grande demanda provocada pelo livro, os jornais abandonaram o assunto.

Raymond, falando do presidente, disse: "Ele sabe quando retroceder. Essa sempre foi uma de suas maiores virtudes. Ninguém entende melhor que ele o humor cruel de seu povo. E ele pode finalmente concluir que o estão aconselhando mal".

Raymond ainda esperava, portanto. Naquilo em que antes eu vira um código comecei a reconhecer teimosia e algo semelhante a vaidade. Mas Yvette nem sequer tentou esconder sua impaciência. Ela se entediara com o tema do presidente. Raymond talvez não tivesse nenhum outro lugar aonde ir. Mas Yvette estava inquieta. E esse era um mau sinal para mim.

13

Mahesh era meu amigo. Mas eu o considerava um homem cujo desenvolvimento fora prejudicado por seu relacionamento com Shoba. Aquilo fora uma façanha e tanto para ele. Shoba o admirava e precisava dele, e assim ele se sentia satisfeito consigo mesmo, satisfeito com a pessoa que ela admirava. Seu único desejo parecia ser cuidar dessa pessoa. Ele se vestia para ela e preservava sua aparência para ela. Eu costumava imaginar que, quando Mahesh pensava em si mesmo fisicamente, ele não se comparava com outros homens ou se julgava de acordo com algum ideal masculino, mas via apenas o corpo que agradava a Shoba. Ele se via como sua mulher o via; e era por isso que, embora fosse meu amigo, eu considerava que sua devoção a Shoba fizera dele um homem pela metade, e ignóbil.

Eu mesmo desejara uma aventura, em nome da paixão e da satisfação física, mas jamais pensara que ela me absorveria de maneira semelhante, que toda a ideia que eu tinha de meu próprio valor dependeria do modo como uma mulher respondia a mim. Mas assim era. Toda a minha autoestima derivava de ser o amante de Yvette, de servi-la e agradá-la fisicamente como eu fazia.

Aquele era meu orgulho. Era também minha vergonha, ter reduzido minha masculinidade a somente aquilo. Havia momentos, em especial durante os períodos de baixa no comércio, em que eu me sentava à minha mesa na loja (as fotografias de Yvette na gaveta) e me pegava lamentando. Lamentando em meio a uma satisfação física que não poderia ser mais completa! Houvera um tempo em que eu não julgaria aquilo possível.

E quanta coisa tinha acontecido comigo por causa de Yvette. Eu passara a saber muito mais. Perdera o hábito de comerciante expatriado de não parecer notar muito as coisas, um hábito que podia redundar em genuíno atraso. Eu recebera tantas ideias sobre história, poder político, outros continentes. Mas, apesar de todo aquele novo conhecimento, meu mundo se tornara mais limitado do que nunca. Nos eventos a meu redor — como a publicação do livro do presidente e a marcha com o livro —, eu apenas procurava indícios de que minha vida com Yvette pudesse estar ameaçada, ou apta a continuar. Quanto mais limitado meu mundo se tornava, mais obsessivamente eu vivia nele.

Ainda assim, foi um choque quando soube que Noimon vendera tudo e partira para a Austrália. Noimon era nosso maior comerciante, o grego com um dedo em cada negócio. Ele chegara ao país muito jovem, no final da guerra, para trabalhar numa das plantações de café gregas no fundo da floresta. Embora só falasse grego ao chegar, conquistou muita coisa em pouco tempo, adquirindo as próprias plantações e depois uma loja de móveis na cidade. Pareceu que a independência o havia liquidado, mas Noimon continuou firme. No Clube Helênico — que ele tratava como sua própria instituição de caridade e onde reinava, depois de mantê-lo funcionando durante os piores momentos —, ele costumava dizer que o país era seu lar.

Durante todo o *boom* comercial, Noimon reinvestira e ampliara seus negócios; a certa altura, ofereceu uma enorme quantia a Mahesh pelo Bigburger. Sabia lidar com funcionários públicos e era habilidoso para conseguir contratos do governo (mobiliara as casas no Domínio). E então vendeu tudo em segredo a uma das novas agências comerciais estatais da capital. Podíamos imaginar as idas e vindas em torno do câmbio e os beneficiários ocultos envolvidos naquela venda — o jornal da capital anunciou aquilo como uma espécie de nacionalização, com a devida compensação.

Sua partida nos fez sentir um pouco traídos. Também nos fez sentir tolos, apanhados ao relento. Qualquer um pode agir com deliberação durante um momento de pânico; é preciso um homem forte para agir durante um momento de expansão econômica. Nazruddin me avisara. Lembrei-me de sua pequena palestra a respeito da diferença entre o comerciante e o homem que não passava de um matemático. O comerciante comprava por dez e se sentia satisfeito ao sair com doze; o matemático via seus dez crescerem até dezoito, mas não vendia porque desejava ver seus dez dobrarem até vinte.

Eu me saíra melhor que isso. Aquilo que, segundo a escala de Nazruddin, eu comprara a dois, eu havia feito crescer até vinte. Mas então, com a partida de Noimon, a soma caíra a quinze.

A partida de Noimon marcou o fim de nosso *boom* econômico, o fim da confiança. Todos sabíamos disso. Mas no Clube Helênico — onde apenas quinze dias antes, nos iludindo com falsas esperanças, Noimon falara com seu pragmatismo habitual sobre melhorias na piscina — tentávamos dar uma cara mais bonita às coisas.

Ouvi dizer que Noimon vendera tudo pensando apenas na educação dos filhos. Também se falou que sua mulher o pressionara (corriam rumores de que Noimon tinha uma segunda família, meio africana). Finalmente começaram a dizer que Noimon ainda lamentaria sua decisão. Cobre era cobre, o *boom* continuava e, enquanto o Grande Homem estivesse no poder, tudo correria bem. Além disso, embora a Austrália, a Europa e a América do Norte fossem bons lugares para visitar, a vida lá não era tão mansa quanto alguns pensavam — e Noimon, depois de uma existência inteira na África, descobriria isso logo. Vivíamos melhor onde estávamos, com serviçais e piscinas, luxos que apenas os milionários possuíam naqueles outros lugares.

Era um amontoado de besteiras. Mas eles tinham de dizer aquilo, ainda que o comentário sobre as piscinas fosse particularmente estúpido, pois, apesar de todos os técnicos estrangeiros, nosso sistema de abastecimento de água entrara em colapso. A cidade crescera rápido demais, e ainda havia muita gente chegando; nas favelas, bombas de emergência funcionavam o dia inteiro; e a água foi racionada em todo lugar. Algumas piscinas — e não havia tantas — tinham sido esvaziadas. Em outras, simplesmente desligaram o filtro, por economia ou inexperiência, e elas se encheram de algas verdes brilhantes e plantas mais selvagens, parecendo os lagos peçonhentos da floresta. Mas as piscinas existiam, fosse qual fosse sua condição, e as pessoas podiam falar sobre elas porque gostávamos mais da ideia das piscinas do que delas próprias. Mesmo quando estavam em funcionamento, ninguém as usava muito — era como se ainda não houvéssemos aprendido a encaixar aquele luxo incômodo em nossa rotina.

Transmiti as fofocas do Clube Helênico a Mahesh, esperando que ele compartilhasse de minha atitude ou ao menos percebesse a piada, apesar de ela ser ruim para nós.

Mas Mahesh não percebeu a piada. Também fez comentários sobre a qualidade superior de nossa vida na cidade.

Ele disse: "Gostei que Noimon partiu. Deixe ele provar um pouco da boa vida lá fora. Espero que aproveite. Shoba tem alguns amigos ismaelitas em Londres. Eles estão aproveitando *muito* a vida lá. As pessoas não vivem apenas de passear na Harrods. Eles escreveram a Shoba. Pergunte a ela. Ela vai lhe contar sobre os tais amigos de Londres. O que chamam de casa grande lá seria uma piada para nós aqui. Você viu os vendedores no Van der Weyden. Aquilo é gastar. Mas pergunte como eles vivem em casa. Nenhum deles vive tão bem quanto eu aqui".

Mais tarde julguei que foi o "eu" na última frase de Mahesh que me ofendeu. Ele podia ter se expressado melhor. Aquele "eu" me fez entender o que enfurecera Indar em seu almoço com Shoba e Mahesh. Indar dissera: "Eles não sabem quem eu sou ou o que fiz. Não sabem nem sequer onde estive". Ele percebera o que eu não havia percebido:

era novidade para mim que Mahesh pensasse estar vivendo "bem", daquele modo como dissera.

Eu não percebera nenhuma grande mudança em seus hábitos. Ele e Shoba ainda viviam em seu apartamento de concreto com a sala cheia de coisas brilhantes. Mas Mahesh não estava brincando. De pé com suas belas roupas, ao lado de sua máquina de café importada, em sua loja franqueada, ele realmente acreditava ser alguma coisa, bem-sucedido e completo, realmente pensava que havia chegado lá e não tinha mais nada a almejar. O Bigburger e o *boom* comercial — e Shoba, sempre ali — haviam destruído seu senso de humor. E eu, que costumava pensar nele como um companheiro de sobrevivência!

Mas a mim não cabia condenar Mahesh ou os outros. Eu era como eles. Também queria me agarrar ao que tinha; também odiava a ideia de que pudesse ter sido apanhado. Ao contrário deles, eu não conseguia dizer que tudo ainda estava bem. Mas agia como se estivesse. O simples fato de o *boom* comercial já ter ultrapassado o auge, o simples fato de a confiança ter sido abalada, tornaram-se para mim razão suficiente para não fazer nada. Foi assim que expliquei a situação a Nazruddin quando ele me escreveu de Uganda.

Nazruddin raramente escrevia. Mas ele ainda acumulava experiência, sua mente ainda trabalhava. E embora suas cartas me deixassem nervoso antes de abri-las, eu sempre as lia com prazer, pois, por trás das notícias pessoais, sempre havia algo mais que ele queria dizer. Ainda sentíamos o efeito do abalo provocado por Noimon, de modo que pensei, quando Metty trouxe a carta do correio, que ela trataria de Noimon ou das previsões sobre o cobre. Mas a carta falava de Uganda. Também lá existiam problemas.

As coisas estavam mal em Uganda, escreveu Nazruddin. Os oficiais do exército que haviam tomado o poder pareciam ser corretos no início, mas então começaram a surgir sinais claros de conflitos tribais e raciais. E tais conflitos não iriam simplesmente se dissipar. Uganda era um país belo, fértil, tranquilo, sem pobreza e com altas tradições africanas. Poderia ter tido um futuro, mas a questão era seu tamanho. Uganda não era grande o bastante. Tornara-se muito pequena para os ódios tribais. Os veículos motorizados e as estradas modernas haviam encurtado as distâncias; sempre haveria conflitos. Cada tribo se sentia mais ameaçada em seu território no presente do que nos dias em que todos, inclusive os comerciantes do litoral como nossos antepassados, se locomoviam a pé — o que fazia com que uma viagem comercial durasse até um ano. A África, retornando a seus velhos tempos munida de ferramentas modernas, seria um lugar difícil por algum tempo. Era melhor dar crédito aos indícios do que viver na esperança de que as coisas caminhassem bem.

E assim, pela terceira vez na vida, Nazruddin pensava em partir e começar tudo de novo, dessa vez fora da África, no Canadá. "Mas minha sorte está acabando, posso ver em minha mão."

A carta, a despeito das notícias perturbadoras, fora escrita no velho estilo sereno de Nazruddin. Não oferecia nenhum conselho direto nem fazia pedidos diretos. Mas era um lembrete — deliberado, por certo, especialmente naquele momento de intensa agitação para ele — de meu acordo com Nazruddin, de meu dever para com sua família e a minha. Aquilo aumentou meu pânico. Ao mesmo tempo, fortaleceu minha resolução de permanecer imóvel.

Respondi da maneira que mencionei, destacando as novas dificuldades na cidade. Demorei um pouco para responder e, quando o fiz, percebi que escrevia apaixonadamente, oferecendo a Nazruddin um retrato de mim mesmo como alguém incompetente e desamparado, um de seus "matemáticos". Nada do que escrevi era mentira. Eu estava tão desamparado quanto aparentava. Não sabia para onde ir. Não acreditava — depois do que vira de Indar e de outras pessoas no Domínio — que dispusesse dos talentos e das habilidades necessários para sobreviver num outro país.

E foi como se eu houvesse sido pego pela minha própria carta. Meu pânico cresceu assim como minha culpa e meu sentimento de estar provocando a própria destruição. Por causa disso tudo, por causa de uma vida que eu sentia retroceder e que me obcecava cada vez mais ao retroceder, comecei a me questionar. Será que eu fora possuído por Yvette? Para servi-la como eu a servia era preciso sair de mim mesmo. Mas era nessa perda de identidade que residia minha satisfação; eu duvidara, depois de minha vida nos bordéis, de minha capacidade de ser homem naquele sentido com qualquer mulher. Yvette me permitira o acesso a uma ideia de minha masculinidade da qual acabei por depender. Não seria meu apego a ela um apego àquela ideia?

Estranhamente envolvida nessa ideia de mim mesmo, e de Yvette comigo, estava a própria cidade — o apartamento, a casa no Domínio, a maneira como nossas vidas se arranjavam, a ausência de uma comunidade, o isolamento em que ambos vivíamos. Em nenhum outro lugar seria assim; e talvez em nenhum outro lugar nosso relacionamento fosse possível. A possibilidade de lhe dar prosseguimento em outro lugar nunca foi abordada. Toda essa questão de um outro lugar era algo em que eu preferia não pensar.

Na primeira vez em que ela foi ao apartamento depois do jantar em sua casa senti que alcançara uma certa compreensão de suas necessidades, as necessidades de uma mulher ambiciosa que se casara jovem e viajara para o país errado, cortando laços. Jamais senti que pudesse satisfazer aquelas necessidades. Passara a aceitar a noção, e até me excitar com ela, de que era um incômodo que se tornara um hábito. Talvez ela fosse o mesmo para mim. Mas eu não tinha meios para descobrir e, na verdade, não queria exatamente fazê-lo. O isolamento que me mantinha obcecado acabaria por se tornar algo que eu considerava necessário.

Com o tempo tudo passaria; nós dois retornaríamos à nossa vida interrompida. Não era uma tragédia. Aquela certeza do fim — mesmo enquanto o *boom* perdia força, e meus quinze se reduziam a catorze, e Nazruddin e sua família desenraizada tentavam se estabelecer no Canadá — era minha segurança.

Sem mais nem menos, Shoba nos deixou para visitar a família no leste. Seu pai morrera. Ela foi para a cremação.

Fiquei surpreso quando Mahesh me contou. Não pela morte, mas pelo fato de Shoba poder voltar à família. Não era aquilo que eu fora levado a pensar. Shoba se apresentara como fugitiva, alguém que violara as regras de sua comunidade ao se casar com Mahesh e que vivia naquele lugar remoto para se esconder da vingança de sua família.

Ao me contar sua história pela primeira vez — num almoço num dia silencioso, durante a rebelião —, ela dissera que precisava tomar cuidado com estranhos. Ocorrera a ela que sua família poderia contratar alguém, de qualquer raça, para cumprir a ameaça: desfigurá-la ou matar Mahesh. Ácido no rosto da mulher, assassinato do homem — eram as ameaças-padrão nessas ocasiões, e Shoba, convencional em tantos sentidos, não considerava tão desagradável me deixar saber que tais ameaças lhe haviam sido feitas. Quase sempre essas ameaças eram vazias, proferidas apenas para satisfazer as convenções; mas às vezes elas podiam ser cumpridas à risca. No entanto, à medida que o tempo passava e Shoba parecia esquecer alguns detalhes de sua primeira história, parei de acreditar no drama do estranho contratado. Só dava por garantido que ela houvesse sido deserdada pela família.

Em minha própria situação difícil, eu sempre me mantivera consciente do exemplo de Shoba, e foi um desapontamento descobrir que ela mantivera abertas suas linhas de comunicação. Quanto a Mahesh, ele passou a agir como genro enlutado. Poderia ter sido seu modo de transformar o assunto em drama público, recebendo pedidos caros de café, cerveja e bigburgers (que preços hoje em dia!) com um ar de ternura e dor. Poderia ter sido seu modo de demonstrar simpatia por Shoba e respeito pelos mortos. Mas era também um pouquinho o comportamento de um homem que sentia que finalmente conquistara seu lugar. Incrível!

Mas daí a piada azedou. Shoba deveria ter ficado fora por dois meses. Ela voltou depois de três semanas e parecia se esconder. Não me convidavam para almoçar; aquele hábito, então quase uma tradição, finalmente teve um fim. Ela odiara a situação política no leste, disse Mahesh. Jamais gostara dos africanos e retornara enfurecida com os políticos corruptos e arrogantes, com o ódio e as mentiras ininterruptas no rádio e nos jornais, com as bolsas roubadas à luz do dia, com a violência de todas as noites. Voltara estarrecida com a situação de sua própria família, que ela considerara sólida e segura. Tudo isso, combinado com a dor pela perda do pai, deixara Shoba estranha. Era melhor que eu ficasse distante algum tempo, disse Mahesh.

Mas isso não parecia explicar tudo. Haveria algo mais que ódio político e racial e luto por um pai que outrora ela envergonhara? Haveria talvez uma nova percepção do homem que ela escolhera e da vida que ela vinha levando? Algum lamento pela vida familiar que ela então percebera haver perdido, alguma dor mais profunda pelas coisas que traíra?

O ar de luto que Mahesh, na ausência de Shoba, se mostrara tão feliz em exibir se transformou em um profundo e legítimo acabrunhamento depois que ela voltou; e então esse acabrunhamento passou a ser atravessado por irritações. Ele começou a demonstrar sua idade. A confiança que havia me irritado o deixara. Lamentei por isso, lamentei que houvesse desfrutado dela por um período tão curto. E ele, que falara de modo tão cortante sobre Noimon, e com tanto orgulho a respeito da maneira como vivíamos, passou a dizer: "É lixo, Salim. Tudo está virando lixo novamente".

Privado da possibilidade de almoçar com eles ou visitar seu apartamento, passei a aparecer no Bigburger certas noites para bater papo com Mahesh. Uma vez encontrei Shoba.

Ela estava sentada ao balcão, contra a parede, e Mahesh numa banqueta ao lado. Eram como fregueses em seu próprio restaurante.

Cumprimentei Shoba, mas não houve calor em sua resposta. Eu poderia ter passado por um estranho, alguém que ela mal conhecia. E, mesmo quando me sentei junto a Mahesh, ela continuou alheia. Shoba parecia não me ver. E Mahesh parecia não notar. Estaria ela descontando em mim coisas que agora condenava em si própria?

Eu os conhecera fazia tanto tempo. Eram parte de minha vida, não importava o quanto meus sentimentos a respeito deles mudassem. Eu percebia contenção e dor, e algo como um adoecimento, nos olhos de Shoba. E também que ela atuava um pouco. Mesmo assim, fiquei magoado. E, quando os deixei — sem que ninguém exclamasse "Fique mais um pouco!" —, senti-me abandonado e algo confuso. Todo detalhe familiar da vida noturna na rua — as fogueiras dourando os rostos magros e de aparência exausta das pessoas que se sentavam à volta, os grupos de sombras sob as marquises das lojas, os adormecidos com seus espaços demarcados, os lunáticos esfarrapados e perdidos, as luzes de um bar se abrindo em leque sobre um passadiço de madeira —, tudo parecia diferente.

O rádio estava ligado no apartamento. Soava incomumente alto, e, quando subi as escadas externas, tive a impressão de que Metty ouvia a narração de uma partida de futebol da capital. Uma voz ecoante variava o tom e a velocidade, e havia o rugido de uma multidão. A porta de Metty estava aberta, e ele estava sentado de calças e camiseta na beirada da cama. A luz da lâmpada central em seu quarto era amarela e fraca, o rádio era ensurdecedor.

Olhando para mim, depois voltando a abaixar a vista, concentrado, Metty disse: "O presidente".

Aquilo ficou evidente, à medida que comecei a acompanhar as palavras. E explicava por que Metty considerara que não tinha de abaixar o som. O discurso fora anunciado — eu havia esquecido.

O presidente falava na língua africana que a maioria das pessoas que viviam ao longo do rio compreendia. Outrora os discursos do presidente haviam sido em francês. Mas naquele discurso as únicas palavras em francês foram *citoyens* e *citoyennes*, usadas repetidamente por seu efeito musical, agora juntas numa frase ondulante, logo ditas em separado, com as sílabas bem distintas, para criar o efeito de uma batida solene de tambor.

A língua africana que o presidente escolhera para seus discursos era simples e mestiça, e ele a simplificava mais ainda, tornando-a a linguagem do boteco e da briga de rua, se convertendo, enquanto falava — aquele homem que mantinha todos em suspenso e imitava a etiqueta da realeza e as graciosidades de De Gaulle —, no mais humilde entre os humildes. Esse era o atrativo da língua africana na boca do presidente. Aquele uso régio e musical da linguagem mais reles e das expressões grosseiras prendia a atenção de Metty.

Metty estava absorto. Os olhos, sob as manchas amareladas da iluminação em sua testa, estavam imóveis, apertados, atentos. Os lábios estavam comprimidos, e, em sua concentração, ele não parava de mexê-los. Quando expressões grosseiras ou obscenidades eram usadas e a multidão rugia, Metty ria sem abrir a boca.

O discurso, até ali, fora idêntico a tantos outros que o presidente já fizera. Os temas não eram novos: sacrifícios e o futuro brilhante; a dignidade da mulher africana; a necessidade de fortalecer a revolução, impopular como ela era entre os negros das cidades que sonhavam em acordar um dia como homens brancos; a necessidade de que os africanos fossem africanos, de que retornassem a seus hábitos democráticos e socialistas, de que redescobrissem as virtudes da dieta e dos medicamentos de seus antepassados e não corressem como crianças atrás de coisas importadas em suas latas e garrafas; a necessidade de vigilância, trabalho e, acima de tudo, disciplina.

Era assim que, ao mesmo tempo que parecia tão somente reafirmar velhos princípios, o presidente também mencionava e ridicularizava novas críticas, fossem ao culto da madona ou ao desabastecimento de remédios e alimentos.

Ele sempre mencionava críticas e frequentemente as antecipava. Fazia tudo se encaixar; era capaz de sugerir que sabia de tudo. Conseguia fazer com que o que ocorria no país, bom, ruim ou normal, parecesse parte de um plano maior.

As pessoas gostavam de ouvir os discursos do presidente porque muito neles era redundante; como Metty naquele instante, elas esperavam pelas velhas piadas. Mas cada discurso era também uma nova atuação, com seus próprios recursos dramáticos; e cada discurso tinha um propósito. Aquele tinha interesse especial para nossa cidade e nossa região. Foi o que disse o presidente, e esse se tornou um dos recursos dramáticos da parte final da exposição: ele se interrompeu diversas vezes para dizer que tinha algo para manifestar ao povo de nossa área, mas teríamos de esperar. A multidão na capital, reconhecendo o recurso como tal, um novo elemento estilístico, começou a urrar cada vez que sentia que ele seria usado.

Nós daquela região apreciávamos uma cerveja, disse o presidente. Ele gostava mais ainda; seria capaz de embebedar qualquer um de nós numa competição. Mas não devíamos nos impacientar; ele tinha algo a dizer. E todos sabiam que a declaração que o presidente faria tinha a ver com a Guarda Jovem. Por mais de um dia estivéramos esperando aquela declaração, ele deixara a cidade inteira na expectativa.

A Guarda Jovem jamais recuperou seu prestígio depois do fracasso da parada do livreto. Seus desfiles infantis nas tardes de domingo se tornaram cada vez mais bagunçados e vazios, e os funcionários do governo descobriram que não tinham meios de obrigar as crianças a participar. Eles haviam prosseguido com as Patrulhas Morais. Mas as aglomerações noturnas eram agora cada vez mais hostis; e uma noite um oficial da Guarda foi morto.

Tudo começara como uma confusão com alguns mendigos de rua que haviam interrompido um pedaço de calçada de maneira meio permanente, com blocos de concreto roubados de uma construção. Tudo poderia ter acabado num bate-boca. Mas o oficial tropeçou e caiu. Com aquela queda, aquela momentânea aparência de desamparo, ele deu ensejo ao primeiro golpe com um bloco de concreto; e a visão do sangue encorajou um assassinato rápido e frenético, cometido por dúzias de pequenas mãos.

Ninguém fora preso. A polícia ficara nervosa; a Guarda Jovem ficara nervosa, assim como as pessoas na rua. Falou-se alguns dias depois que o exército seria mandado para uma batida nas favelas. Aquilo provocou o retorno apressado de algumas pessoas às aldeias; as canoas trabalharam muito. Mas nada aconteceu. Todos esperaram para ver o que o presidente faria. Mas por alguns dias o presidente não dissera nada e não fizera nada.

E o que disse então foi assombroso. A Guarda Jovem em nossa região deveria ser desmantelada. Eles haviam esquecido seu dever para com o povo; haviam traído a confiança dele, do presidente; haviam falado demais. Os oficiais perderiam seu salário; não haveria emprego no governo para nenhum deles; seriam banidos da cidade e devolvidos ao mato para lá fazer algo construtivo. No mato aprenderiam a sabedoria do macaco.

"*Citoyens-citoyennes*, o macaco é esperto. Ele é esperto pra caralho. O macaco fala. Vocês não sabiam? Pois eu vou contar. O macaco fala, mas não demonstra. O macaco sabe que, se falar na frente do homem, o homem vai pegar ele, bater nele e fazer ele trabalhar. Vai fazer ele carregar pedra debaixo do sol. Vai fazer ele remar o barco. *Citoyens! Citoyennes!* Vamos ensinar essa gente a ser como o macaco. Vamos mandar eles pro mato para suar o rabo."

14

Esses eram os métodos do Grande Homem. Ele escolheu o momento, e o que parecera uma afronta à sua autoridade serviu no final para acentuá-la. Ele se exibiu novamente como o amigo do povo, do *petit peuple*, como gostava de dizer, e puniu seus opressores.

Mas o Grande Homem não visitara nossa cidade. Talvez, como disse Raymond, as notícias que ele vinha recebendo fossem imprecisas ou incorretas. E dessa vez algo deu errado. Todos havíamos considerado a Guarda Jovem uma ameaça e todos ficáramos felizes de vê-la desbaratada. Mas foi depois do desmantelamento da Guarda Jovem que as coisas desandaram em nossa cidade.

A polícia e outros funcionários se tornaram intratáveis. Começaram a atormentar Metty cada vez que ele saía com o carro, mesmo na rápida corrida até a alfândega. Ele era parado repetidamente, às vezes por pessoas que conhecia, por pessoas que já o haviam parado antes. Os documentos do carro eram conferidos, assim como seus documentos pessoais. Havia ocasiões em que ele precisava deixar o carro onde estava e voltar à loja para buscar algum atestado que não estava com ele. Mas também não ajudava nada estar com todos os papéis.

Certa vez, sem motivo algum, ele foi levado à central de polícia, teve suas digitais tomadas e — na companhia de outras pessoas tão desacorçoadas quanto ele — foi obrigado a passar uma tarde inteira com as mãos sujas numa sala com bancos de madeira sem encosto, chão de cimento esburacado e paredes azuis descascadas, encardidas e brilhantes por causa das muitas cabeças e ombros que se haviam esfregado nelas.

A sala, da qual o resgatei no final da tarde, depois de gastar muito tempo procurando por ele, era num barracão tosco de concreto e ferro corrugado, nos fundos da construção principal, que datava da colônia. O piso ficava poucos centímetros acima do chão; a porta estava aberta, e galinhas ciscavam no pátio desnudo. Tosca, acolhedora e iluminada como era, a sala ainda assim tinha um quê de prisão. A única mesa e a única cadeira pertenciam ao oficial responsável, e essas peças desconexas de mobília enfatizavam o desamparo de todos os demais presentes.

O uniforme ultraengomado do oficial tinha manchas de suor nas axilas, e ele escrevia muito devagar num livro-razão, uma letra de cada vez, aparentemente anotando informações das folhas borradas de impressões digitais. Ele tinha um revólver. Havia uma fotografia do presidente com seu cetro de comando; e acima dela na parede azul, bem alto, onde a superfície irregular se mostrava empoeirada em vez de suja, a frase DISCIPLINE AVANT TOUT, Disciplina Acima de Tudo, estava pintada.

Não gostei daquela sala e pensei que seria melhor para Metty não usar mais o carro depois daquilo, resolvendo eu mesmo os problemas na alfândega. Mas então os funcionários se voltaram para mim.

Desenterraram velhos formulários e declarações de bens, coisas que haviam sido arranjadas da maneira usual muito tempo antes, e foram chacoalhá-las diante de mim na loja como se não estivessem pagas. Disseram que recebiam pressão de seus superiores e gostariam de rever alguns detalhes comigo. Primeiro se mostravam tímidos, como alunos malcomportados; depois assumiam ares de conspiração, como amigos que quisessem me prestar um favor secreto; e então ficavam agressivos, como funcionários corruptos. Outros queriam conferir meu estoque conforme as declarações de alfândega e recibos de venda; e havia alguns que diziam que queriam investigar meus preços.

Aquilo era extorsão, o propósito era dinheiro, e dinheiro rápido, antes que tudo mudasse. Aqueles homens haviam farejado alguma transformação; no desmantelamento da Guarda Jovem haviam enxergado indícios da fraqueza do presidente, e não de sua força. E naquela situação não havia ninguém a quem eu pudesse apelar. Qualquer oficial estava pronto, em troca de uma recompensa, a dar garantias de sua própria conduta. Mas ninguém tinha autoridade o bastante ou segurança o bastante para dar garantias da conduta dos outros.

Tudo na cidade continuava como antes — o exército no quartel, as fotografias do presidente por todo lado, o vapor realizando suas viagens regulares vindo da capital. Mas os homens haviam perdido ou rejeitado a ideia de uma autoridade vigilante, e tudo voltara a ser tão fluido quanto no início. Exceto que dessa vez, depois de todos os anos de paz e fartura nas lojas, todos se mostravam mais gananciosos.

O que acontecia comigo acontecia com todos os outros comerciantes estrangeiros. Até Noimon, se ainda estivesse por lá, teria sofrido. Mahesh estava mais soturno que nunca. Ele disse: "Eu sempre digo: você pode contratá-los, mas não comprá-los". Era uma de suas frases; queria dizer que relações estáveis não eram possíveis ali, que só podiam existir acordos renovados dia a dia entre os homens, que numa crise a paz era algo que você tinha de comprar de novo a cada instante. Seu conselho era que aguentássemos. E não havia mais nada que pudéssemos fazer.

Minha própria sensação — meu conforto secreto naquele período — era que os funcionários do governo haviam interpretado mal a situação e que seu frenesi era autoinduzido. Como Raymond, eu começara a acreditar no poder e na sabedoria do presidente e confiava que ele faria algo para restabelecer sua autoridade. Por isso prevariquei e deixei de pagar, prevendo que, uma vez que começasse a desembolsar dinheiro, não poderia mais parar.

Mas a paciência dos funcionários era maior do que a minha. Não é exagero dizer que não passava um dia sem que eu recebesse a visita de algum deles. Comecei a esperar pelas visitas. Isso era ruim para meus nervos. No meio da tarde, se ninguém tivesse aparecido, eu começava a suar. Passei a odiar e temer aquelas faces sorridentes de *malins*, que se aproximavam da minha com familiaridade e solicitude fingidas.

E então a pressão diminuiu. Não porque o presidente houvesse agido, como eu estivera esperando. Mas porque a violência chegou à nossa cidade. Não o drama noturno de arruaças e assassinatos, mas um ataque contínuo a policiais e delegacias, a funcionários e repartições.

Era isso, sem dúvida, que os funcionários haviam pressentido — ao contrário de mim. Fora isso que os fizera gananciosos, dispostos a encher os bolsos enquanto pudessem. Certa noite, a estátua da madona africana no Domínio foi arrancada de seu pedestal e destruída, como ocorrera outrora com as estátuas do período colonial e com o monumento em frente às docas. Depois disso os funcionários se mostraram mais parcimoniosos em suas visitas. Mantinham-se afastados da loja; tinham muito a fazer. E, embora eu não pudesse dizer que as coisas haviam melhorado, a violência chegou como um alívio e, por algum tempo, para mim e para as pessoas que eu via nas ruas e praças, era mesmo causa de euforia, assim como um grande incêndio ou uma tempestade podem ser.

Em nossa cidade crescida demais, populosa demais e bagunçada demais, víamos todo tipo de irrupção de violência. Houvera motins por causa da água e, em diversas ocasiões, motins nas favelas porque alguém fora atropelado por um carro. No que passou a acontecer havia ainda um elemento de frenesi popular; mas também era evidente uma organização maior, a existência de um princípio mais profundo. Alguma profecia, quem sabe, passara a circular pelas *cités* e favelas, encontrando confirmação nos sonhos de muitas pessoas. Era o tipo de coisa de que os funcionários teriam ouvido falar.

Numa manhã, ao me trazer café, Metty, muito sério, estendeu uma folha de papel para mim, dobrada com cuidado até ficar bem pequena, e suja nas pontas. Era um panfleto impresso que fora obviamente dobrado e desdobrado muitas vezes. Seu título era "Os antepassados gritam" e ele era assinado por um certo Exército de Libertação.

> Os ANTEPASSADOS gritam. Diversos falsos deuses vieram a esta terra, mas nenhum tão falso quanto os deuses de hoje. O culto da mulher africana assassina as nossas mães e, uma vez que a guerra é o prolongamento da política, decidimos enfrentar o INIMIGO num confronto armado. Caso contrário, todos morreremos para sempre. Os antepassados estão gritando. Se não formos surdos poderemos ouvi-los. Com a palavra INIMIGO indicamos os poderes do imperialismo, as multinacionais e os fantoches colocados no poder, os falsos deuses, os capitalistas, os padres e professores que oferecem falsas interpretações. A lei encoraja o crime. As escolas ensinam a ignorância, e o povo pratica a ignorância em vez de sua cultura verdadeira. Falsos desejos e falsas cobiças foram inculcados em nossos soldados e guardiões, e os estrangeiros de toda parte nos qualificam de ladrões. Desconhecemos a nós mesmos e nos desencaminhamos. Marchamos para a morte. Esquecemos as LEIS AUTÊNTICAS. Nós, do EXÉRCITO DE LIBERTAÇÃO, não recebemos instrução. Não imprimimos livros ou fazemos discursos. Apenas conhecemos a VERDADE e reconhecemos esta terra como uma terra pela qual os antepassados do povo agora gritam. NOSSO POVO deve compreender a luta. Deve aprender a morrer conosco.

Metty disse que não sabia de onde viera o panfleto. Alguém o dera a ele na noite anterior. Achei que ele sabia mais, mas não o pressionei.

Não tínhamos muitas gráficas na cidade, e me pareceu evidente que o panfleto — muito mal impresso, com tipos quebrados e misturados — vinha da tipografia que costumava fazer o jornal semanal da Guarda Jovem. Aquele, enquanto durara, fora o nosso único jornal e era um acúmulo de disparates — como o jornal-mural de uma escola, com anúncios absurdos de comerciantes, homens de negócio e até mesmo donos de barracas do mercado, além de alguns textos que se pretendiam noticiosos (na verdade eram algo próximo da chantagem aberta) sobre pessoas que haviam infringido leis de trânsito, ou utilizado veículos do governo para o transporte noturno, ou construído casebres onde não deviam.

Ainda assim, era muito estranho. Os oficiais da Guarda Jovem, enquanto serviam ao presidente, haviam despertado o ódio das pessoas que tentavam policiar. Mas então, humilhados pelo presidente no discurso sobre os macacos, destituídos de poder e de seus empregos, se apresentaram ao povo como homens humilhados e ofendidos da região, como defensores da gente de lá. E as pessoas ouviam.

Voltou a ser como antes da rebelião. Mas naquela época não houvera panfletos, nem líderes tão jovens e educados como aqueles. Sem contar um outro fato. No tempo da rebelião, a cidade apenas começava a se reerguer, e os primeiros conflitos ocorreram longe, nas aldeias. Agora tudo acontecia na própria cidade. Como consequência, houve muito mais sangue; e a violência, que primeiro pareceu direcionada apenas às autoridades, se tornou geral. Barracas africanas e lojas da periferia foram atacadas e saqueadas. Gente começou a ser morta de modo horrível por arruaceiros, policiais e criminosos das favelas.

Africanos e subúrbios em primeiro lugar, estrangeiros e o centro mais tarde — era assim que eu via as coisas acontecerem. Então, tendo apenas acabado de me livrar de um tipo de chantagem oficial contra a qual não havia como apelar, logo me vi exposto, sem nada a que me agarrar. Eu carregava esse medo pelas ruas conhecidas, o sentimento de ter me tornado fisicamente vulnerável. As ruas sempre haviam sido perigosas. Mas não para mim. Como estrangeiro, até então eu conseguira me manter afastado da violência que observava.

A tensão era enorme. Ela corrompia tudo e, pela primeira vez, pensei em fugir. Se tivesse existido um refúgio à minha espera em alguma cidade distante pronta a me acolher, creio que teria partido naquela época. Um refúgio como esse existira outrora; vários, na verdade. Não mais. As notícias de Nazruddin eram desanimadoras. Seu ano no Canadá fora ruim. Ele mais uma vez desenraizava sua família e partia para a Inglaterra. O mundo exterior já não oferecia abrigo; continuara a ser para mim o vasto desconhecido e se mostrava cada vez mais perigoso. O que eu escrevera falsamente para Nazruddin se tornara real. Eu não estava em condições de agir. Tinha de ficar onde estava.

E então, esquecendo objetivos, segui em frente, vivendo minha vida — como eu aprendera anos antes com Mahesh. Mais e mais acontecia, em meus contatos com pessoas que conhecia bem, de me esquecer de analisar seus rostos, de me esquecer do medo. Dessa maneira o medo, o sentimento de que tudo poderia desmoronar a qualquer momento, se tornou um pano de fundo, uma condição da vida, algo que era preciso aceitar. E algo que um alemão da capital, um homem de cinquenta e tantos anos, me disse certa tarde no Clube Helênico quase me acalmou.

Ele disse: "Numa situação como esta você não pode passar todo o tempo amedrontado. Algo pode acontecer, mas você deve encarar como um acidente feio na estrada. Algo fora de seu controle, que poderia ocorrer em qualquer lugar".

O tempo passou. Não veio nenhuma explosão, não ocorreu o cataclismo que eu previra. Não houve incêndios no centro; os recursos dos rebeldes eram limitados. Os assaltos e assassinatos continuaram; a polícia realizou batidas em retaliação; um equilíbrio acabou se estabelecendo. Duas ou três pessoas eram mortas toda noite. Mas, estranhamente, eram fatos que pareciam distantes. O próprio tamanho e o crescimento desordenado da cidade abafavam todo evento que não fosse muito extraordinário; as pessoas nas ruas e praças já não esperavam notícias. As notícias, aliás, eram raras. O presidente não fazia declarações, a rádio e os jornais da capital não mencionavam nada.

No centro da cidade a vida continuou como antes. Os negociantes que viessem da capital de avião ou vapor, caso se hospedassem no Van der Weyden e frequentassem os clubes e restaurantes mais conhecidos, sem fazer perguntas, nem mesmo suspeitariam de que a cidade se encontrava num estado de insurreição, que a insurreição tinha líderes e — ainda que seus nomes só fossem conhecidos em seus próprios distritos — mártires.

Fazia tempo que Raymond tinha se transformado em um homem atordoado. Em algum momento ele parecia ter decidido que não retornaria aos favores do presidente e deixara de esperar, deixara de prestar atenção aos sinais. Nos jantares em sua casa já não analisava ou explicava os acontecimentos, já não tentava fazer as peças se encaixarem.

Ele não falava sobre história ou sobre Theodore Mommsen. Eu não sabia o que ele estava fazendo em seu escritório, e Yvette não tinha como me dizer; ela não estava muito interessada. A certa altura tive a impressão de que ele estava lendo coisas antigas que escrevera. Ele mencionou um diário que havia mantido ao chegar ao país. Esquecera muitas coisas, ele disse; fatos demais estavam condenados ao esquecimento. Aquele costumava ser um de seus temas à mesa de jantar; ele pareceu perceber isso e se calou. Mais tarde disse: "Estranho, ler aqueles diários. Naqueles dias as pessoas costumavam se coçar para ver se sangravam".

A insurreição aumentou a confusão dele; e, depois de a estátua da madona ser destruída no Domínio, Raymond ficou muito aflito. Não era hábito do presidente apoiar aqueles entre seus homens que haviam sido atacados; ele tendia a demiti-los. E agora Raymond vivia com medo de uma demissão. Tudo se resumira a isso para ele — um emprego, uma casa, o sustento, segurança básica. Era um homem derrotado, e a casa no Domínio era uma casa da morte.

A perda também foi minha. Aquela casa era importante para mim; e muito, como então percebi, dependia da saúde e do otimismo de ambas as pessoas que ali viviam. Um Raymond derrotado tornava sem sentido minhas noites ali. Aquelas noites na casa eram parte de meu relacionamento com Yvette; elas não podiam simplesmente ser transferidas para outro lugar. Isso teria implicado uma nova geografia, um outro tipo de cidade, um outro tipo de relacionamento, e não aquele que eu tinha.

Minha vida com Yvette dependia da saúde e do otimismo de nós três. Fiquei estupefato com essa descoberta. Essa descoberta, eu a fiz primeiro em relação a mim mesmo, quando estava sendo achacado pelos funcionários públicos.

Eu queria me esconder de Yvette. Senti que só era possível me encontrar com ela, estar com ela da maneira como eu desejava, em plena força, como sempre fora. Eu não podia me apresentar a ela como um homem atormentado e enfraquecido por outros homens. Ela tinha os próprios motivos de inquietação; eu sabia disso, e não podia suportar a ideia de que os derrotados se encontravam em busca de conforto.

Foi nesse ponto — como se compreendêssemos um ao outro — que começamos a espaçar nossos encontros. Os primeiros dias sem Yvette, os primeiros dias de solidão, de excitação esmorecida e visão clareada, foram um alívio. Eu conseguia até mesmo fingir que era um homem livre e que era capaz de passar sem ela.

Então ela ligaria. Saber que eu ainda era requisitado seria satisfação suficiente, que eu converteria, enquanto esperasse por ela no apartamento, em irritação e insatisfação comigo mesmo, sentimentos que continuariam até o momento em que, depois de subir pela escada externa, ela entrasse na sala de estar com toda a tensão de Raymond e dos dias anteriores estampada em sua face. Então, muito rápido, os dias anteriores sumiriam de minha própria mente; o tempo iria se compactar. Eu passara a conhecê-la muito bem fisicamente; cada encontro pareceria ligado ao anterior.

Mas eu sabia que essa ideia de continuidade, apesar de poderosa naqueles breves momentos íntimos, era uma ilusão. Havia as horas e os dias com Raymond na casa dela; havia sua própria intimidade, sua própria busca. Ela trazia cada vez menos notícias. Passou a haver acontecimentos que não compartilhávamos e menos coisas que podiam ser ditas sem algum comentário ou explicação.

Ela agora me ligava a cada dez dias. Dez dias parecia ser o limite dela. Ocorreu-me numa ocasião — depois de a grande cama de espuma já ter sido arrumada, quando ela se maquiava e observava partes de seu corpo no espelho da penteadeira, antes de voltar ao Domínio — que nossa relação se tornara um tanto anêmica. Eu poderia ser um pai ou um marido complacente, ou até uma amiga que observava, enquanto ela se arrumava para um amante.

Uma ideia como essa se assemelha a um sonho vívido, que consolida temores que não queremos reconhecer e tem o efeito de uma revelação. Acho que, pensando em meus próprios apuros e na derrota de Raymond, comecei a considerar também Yvette uma pessoa derrotada, aprisionada na cidade, tão farta de si mesma e de desperdiçar seu corpo quanto eu estava farto de mim mesmo e de minhas aflições. Então, observando Yvette diante da penteadeira, vendo-a iluminada graças a algo mais do que aquilo que eu lhe dera, percebi como eu me iludira. Aqueles dias vazios em que ela não se encontrara comigo, aqueles dias sobre os quais eu nada havia perguntado, eram, para Yvette, dias cheios de possibilidades. Passei a esperar pela confirmação. E dois encontros mais tarde eu pensei tê-la encontrado.

Eu conhecia Yvette muito bem. Com ela, mesmo então, eu não deixara de olhar para fora de mim. Não teria feito sentido de nenhuma outra maneira, de nenhuma outra maneira teria sido possível. Aquilo que ela despertava em mim permanecia extraordinário. Suas reações eram parte da dádiva, e eu aprendera a interpretá-las à medida que elas evoluíam; eu aprendera a avaliá-las com precisão. A cada encontro, eu percebia o momento em que a memória sensual que eu possuía dela começava a operar, ligando o presente ao passado. Mas então, na ocasião de que estou tratando, suas respostas pareceram confusas. Algo se interpusera entre nós; algum novo hábito começara a se formar, destruindo a membrana delicada das memórias mais antigas. Era o que eu vinha esperando. Tinha de acontecer um dia. Mas foi um momento terrível.

Depois veio aquele intervalo anêmico. A grande cama de espuma fora arrumada — aquele favor doméstico, depois do que costumara ser paixão. Eu estava de pé. Ela também estava, observando seus lábios no espelho.

Ela disse: "Você me faz ficar tão bonita. O que eu vou fazer sem você?". Era uma cortesia estereotipada. Mas então ela disse: "Raymond vai querer fazer amor comigo quando me vir assim". Aquilo era incomum, nada tinha a ver com ela.

Eu disse: "Isso excita você?".

"Homens mais velhos não são tão repulsivos quanto você pensa. E eu sou mulher, afinal de contas. Se um homem faz certos gestos, eu reajo."

Ela não pretendia me magoar, mas magoou. E então pensei: "Ela provavelmente está certa. Raymond é como uma criança castigada. Isso é tudo o que resta a ele agora".

Eu disse: "Acho que nós o fizemos sofrer".

"Raymond? Não sei. Acho que não. Ele nunca deu nenhum sinal. Mas é claro que pode ser diferente agora."

Eu a acompanhei até o patamar da escada — a sombra da casa caindo sobre o quintal, as árvores sobre as casas e as construções de madeira, a luz dourada da tarde, a poeira no ar, os flamboaiãs florescentes, a fumaça das cozinhas. Ela desceu correndo os degraus de madeira até onde o sol, penetrando oblíquo por entre as casas, a atingiu em cheio. Então, acima dos ruídos dos quintais circundantes, eu a ouvi ir embora.

E somente alguns dias depois me dei conta de como fora estranho termos falado de Raymond naquele instante. Eu falara da dor de Raymond pensando na minha própria;

Yvette, nas necessidades de Raymond enquanto pensava nas suas. Tínhamos começado a nos comunicar, se não dizendo o contrário do que pensávamos, ao menos indiretamente, mentindo sem mentir, contornando a verdade do modo como as pessoas, em certas situações, acham necessário.

Cerca de uma semana mais tarde eu estava deitado, lendo sobre a origem do universo e o big bang num de meus fascículos de enciclopédia. Era um tópico familiar; eu gostava de ler num fascículo coisas que eu já lera em outro. Não era leitura para adquirir conhecimento; era para me lembrar, de maneira fácil e agradável, de todas as coisas que eu desconhecia. Era como uma droga, que me fazia sonhar com um futuro impossível no qual, em meio a uma paz total, eu começaria pelo começo de todos os assuntos e devotaria meus dias e noites ao estudo.

Ouvi uma porta de carro bater. E eu soube, antes de escutar os passos na escada, que era Yvette que chegava sem aviso naquela hora tardia, maravilhosamente. Ela subiu correndo os degraus. Seus sapatos e roupas fizeram um barulho enorme no corredor, e então ela abriu a porta do quarto.

Ela estava vestida com esmero e seu rosto se mostrava corado. Devia vir de algum evento. Toda arrumada, ela se atirou na cama e me abraçou.

Disse: "Eu arrisquei. Fiquei pensando em você durante o jantar inteiro e escapei assim que pude. Eu tinha de tentar. Não tinha certeza que você estaria aqui, mas arrisquei".

Eu podia sentir o cheiro da comida e da bebida em seu hálito. Fora tudo muito rápido — do som da porta do carro até ali, Yvette na cama, o quarto vazio transformado, Yvette naquele estado inflamado e jovial que me fazia lembrar a primeira vez em que voltáramos ao apartamento depois de jantar no Domínio. Eu me vi em lágrimas.

Ela disse: "Não posso ficar. Vim só dar um beijo no deus e vou embora".

Minutos depois ela se lembrou das roupas que, até então, vestira com tanto despojamento. De pé diante do espelho, levantou a saia para ajeitar a blusa. Por insistência dela, continuei na cama.

Com a cabeça inclinada para um lado, observando o espelho, ela disse: "Achei que você estaria em suas antigas caçadas".

Agora parecia falar mais mecanicamente. Já não estava no estado de ânimo em que chegara. Então ela ficou pronta. Ao se voltar do espelho para me encarar, pareceu, no entanto, novamente satisfeita consigo mesma e comigo, satisfeita com sua pequena aventura.

Ela disse: "Sinto muito, mas tenho de ir". Quando estava quase na porta, ela se virou, sorriu e disse: "Você não tem uma mulher escondida no armário, tem?".

A pergunta me pareceu completamente deslocada. Era o tipo de coisa que eu ouvira de prostitutas que fingiam ter ciúmes na tentativa de agradar. Aquilo estragou o momento. Opostos: mais uma vez, comunicação por opostos. Uma mulher no armário: aquela outra fora dele. A viagem desde o Domínio: aquela viagem de volta. Afeição, logo antes da traição. E eu estivera em lágrimas.

Então, tudo o que fermentava dentro de mim desde que ela começara a arrumar suas roupas explodiu. Saltei da cama e me interpus entre ela e a porta.

"Você acha que eu sou Raymond?"

Ela se assustou.

"Você acha que eu sou Raymond?"

Dessa vez não lhe dei oportunidade para responder. Bati nela com tanta força e tantas vezes no rosto, mesmo através de seus braços erguidos como proteção, que ela cambaleou para trás e se deixou cair no chão. Comecei a chutá-la, por causa da beleza de seus sapatos, de seus tornozelos, da saia que eu a vira levantar, da curva de seu quadril. Yvette encostou o rosto no chão e ficou imóvel por um instante; depois respirou fundo, como fazem as crianças antes de gritar, e começou a chorar, num lamento que logo se transformou numa sucessão de soluços reais e escandalosos. Eles encheram o quarto por vários minutos.

Eu havia me sentado, entre as roupas que despira antes de ir para a cama, na cadeira Windsor de espaldar redondo que ficava contra a parede. A palma de minha mão estava rígida e inchada. As costas da mão doíam, desde o mindinho até o pulso; osso se chocara contra osso. Yvette se ergueu. Seus olhos eram fendas entre as pálpebras vermelhas e inchadas de chorar. Ela se sentou na ponta do colchão de espuma, no canto da cama, e olhou o chão, com as mãos em repouso sobre os joelhos. Eu era um canalha.

Ela disse, depois de algum tempo: "Vim ver você. Parecia uma ideia tão boa. Mas eu estava errada".

Então ela se calou.

Eu disse: "E o seu jantar?".

Ela balançou a cabeça lentamente. Sua noite fora arruinada; ela desistira de tudo — e com que facilidade! Aquele gesto com a cabeça me fez compreender sua alegria inicial, agora desfeita. Meu erro fora considerá-la perdida rápido demais.

Ela descalçou os sapatos com as pontas dos pés. Levantou-se, desabotoou a saia e a despiu. Assim como estava, com o cabelo arrumado e a blusa vestida, ela se deitou, cobriu-se com o lençol de algodão e se acomodou no cantinho da cama que sempre ocupava. Encostou a cabeleira presa no travesseiro e voltou as costas para mim. O fascículo de enciclopédia que permanecera daquele lado da cama escorregou para o chão com um pequeno ruído. E foi assim, naquela hora de despedida, naquela paródia de vida doméstica, que repousamos por alguns minutos.

"Você não vem?", disse ela então.

Eu estava nervoso demais para me mexer ou falar.

Mais alguns instantes se passaram até que ela dissesse, virando-se para mim: "Você não pode ficar eternamente aí nessa cadeira".

Sentei-me na cama ao lado dela. Seu corpo emanava brandura, maleabilidade e calor. Raras vezes eu a vira assim antes. Naquele instante afastei as pernas dela. Ela as ergueu um pouquinho — macias concavidades sob os joelhos — e então cuspi entre suas pernas até não ter mais saliva na boca. Toda a docilidade se transformou em ultraje. Ela gritou: "Você não pode fazer isso!". Osso atingiu osso novamente; minha mão doía a cada golpe, até que ela rolou pela cama até o outro lado e, se sentando, começou a discar o telefone. Para quem ligaria àquela hora? A quem recorreria, em quem confiava tanto?

"Raymond. Oh, Raymond. Não, não. Estou bem. Sinto muito, vou direto para casa."

Ela pôs a saia e os sapatos e mergulhou no corredor pela porta que deixara aberta. Nenhuma pausa, nenhuma hesitação: ouvi-a descer apressada as escadas — que som diferente agora! A cama, onde nada acontecera, estava em desordem — pela primeira vez depois de uma visita dela; eu já não teria aquele favor doméstico. Havia marcas de sua cabeça no travesseiro, dobras causadas por seus movimentos nos lençóis: raros e indescritivelmente preciosos para mim, aqueles vestígios no pano logo desapareceriam. Deitei onde ela estivera, para sentir seu perfume.

Do corredor, Metty chamou. "Salim?" Depois chamou novamente e entrou, de cueca e camiseta.

Eu disse: "Oh, Ali, Ali. Aconteceram coisas horríveis hoje. Cuspi nela. Ela me obrigou a cuspir nela".

"As pessoas brigam. Depois de três anos uma história não acaba assim."

"Não é isso, Ali. Eu não consegui fazer nada com ela. Eu não a queria, não a queria. É isso que eu não suporto. Terminou tudo."

"Você não deve ficar trancado em casa. Vamos dar uma volta. Vou me vestir para andar com você. Vamos juntos até o rio. Venha, eu vou com você."

O rio, o rio à noite. Não, não.

"Sei mais sobre sua família do que você, Salim. É melhor você se acalmar andando. É a melhor solução."

"Vou ficar aqui."

Ele permaneceu ali mais um pouco, e então foi para seu quarto. Mas eu sabia que ele estava esperando e vigiando. As costas de minha mão inchada doíam; o mindinho parecia morto. A pele estava azulada em alguns pontos — também isso era uma relíquia agora.

Não fiquei surpreso quando o telefone tocou.

"Salim, eu não queria ir embora. Como você está?"

"Péssimo. E você?"

"Eu dirigi devagar quando saí. Então, depois da ponte, dirigi depressa para chegar aqui e falar com você."

"Eu sabia que você ia ligar. Estava esperando."

"Você quer que eu volte? A estrada está vazia. Eu chegaria nuns vinte minutos. Oh, Salim, estou com uma aparência horrível. Meu rosto ficou muito ruim. Vou precisar me esconder por dias."

"Para mim você sempre será maravilhosa. Você sabe disso."

"Eu deveria ter dado um Valium para você quando vi seu estado. Mas só pensei nisso quando estava no carro. Você precisa tentar dormir. Esquente um pouco de leite e tente dormir. Ajuda beber algo quente. Peça a Metty para esquentar um leite para você."

Nunca mais próxima, nunca mais semelhante a uma esposa quanto naquele momento. Era fácil falar ao telefone. E, quando acabou, comecei minha própria vigília através da noite, minha espera pelo amanhecer e por outra ligação. Metty dormia. Ele deixara a porta de seu quarto aberta, e eu o ouvia ressonar.

Houve um momento, com a chegada da luz, em que a noite, de um golpe, se tornou parte do passado. As pinceladas das vidraças brancas ficaram evidentes e, naquela hora, em meio à minha dor enorme, tive uma iluminação. Ela não veio em palavras; as palavras com que tentei traduzi-la eram confusas e fizeram com que a iluminação sumisse. Parecia que os homens nasciam apenas para envelhecer, para viver um período determinado, para adquirir experiência. Os homens viviam para adquirir experiência; o tipo da experiência pouco importava; prazer e dor — acima de tudo a dor — não tinham significado; possuir a dor era tão sem sentido quanto perseguir o prazer. E, mesmo quando a iluminação sumiu, ficou tênue e meio absurda, como um sonho, lembrei que ela me ocorrera, que eu acedera a um conhecimento sobre a ilusão da dor.

A luz penetrou pelas vidraças pintadas. O quarto desarrumado se transformou. Ele pareceu se tornar sujo. A única relíquia verdadeira era agora a minha mão dolorida, embora eu pudesse encontrar um ou dois cabelos dela se procurasse bem. Coloquei uma roupa, desci as escadas e, desistindo da ideia de uma caminhada matinal, dirigi pela cidade, que começava a despertar. Senti-me refeito pelas cores; pensei que deveria ter feito esse passeio matinal com mais frequência.

Logo antes das sete me dirigi ao centro, ao Bigburger. Sacos e caixas de lixo se acumulavam na calçada. Ildephonse estava lá, o paletó de seu uniforme agora tão gasto quanto a decoração. Mesmo àquela hora, Ildephonse já estivera bebendo; como ocorria com a maioria dos africanos, ele só precisava de um gole da fraca cerveja local para ficar alterado. Havia anos que me conhecia; eu era o primeiro freguês do dia; no entanto, mal me deu atenção. Seus olhos vidrados de cerveja olhavam para a rua além de mim. Numa das dobras de seu lábio inferior ele encaixara um palito de dente, com muita precisão, muito confortavelmente, de maneira que podia falar ou deixar pender o lábio sem que o palito se desalojasse; era uma espécie de truque.

Eu o trouxe de volta de seus devaneios, ele me deu um café e um sanduíche de queijo. Foram duzentos francos, quase seis dólares; os preços estavam absurdos naquela época.

Pouco antes das oito, Mahesh chegou. Ele estava cada vez mais desleixado. Mahesh sempre tivera orgulho de ser magro e compacto. Mas já não era tão magro quanto antes; eu já o via como um tipo mais comum de homenzinho gordo.

Com a chegada de Mahesh, foi como se Ildephonse tivesse recebido um choque. O olhar vidrado se desfez, o palito desapareceu e ele começou a saltitar para cá e para lá, sorrindo e saudando os fregueses matinais, hóspedes do Van der Weyden na maioria.

Eu esperava que Mahesh notasse meu estado. Mas ele não fez referência nenhuma; nem sequer parecia surpreso em me ver.

"Shoba quer vê-lo, Salim", disse ele.

"Como vai ela?"

"Ela está melhor. Acho que está melhor. Ela quer vê-lo. Vá comer conosco. Vamos almoçar. Vamos almoçar amanhã."

Zabeth me ajudou a atravessar a manhã. Era dia de compras. Seus negócios haviam diminuído desde a rebelião, e ela trazia notícias de conflitos nas aldeias. Jovens vinham sendo sequestrados pela polícia e pelo exército; era a nova tática do governo. Embora nada aparecesse nos jornais, a mata estava novamente em guerra. Zabeth parecia estar do lado dos rebeldes, mas eu não tinha certeza; tentei aparentar tão neutro quanto possível.

Perguntei sobre Ferdinand. Seu estágio na capital terminara. Ele seria destinado a algum alto posto em breve, e as últimas notícias que eu ouvira de Zabeth eram de que ele poderia suceder nosso comissário local, demitido pouco depois do início da rebelião. As raízes tribais mestiças de Ferdinand o tornavam uma boa escolha para aquele cargo difícil.

Zabeth, mencionando calmamente aquele título imponente (lembrei-me do velho livro de subscrições para o ginásio e dos dias em que o governador da província assinava sozinho numa página inteira, como um rei), disse: "Acho que Fer'nand vai virar comissário, Salim. Se deixarem ele viver".

"Se ele viver, Beth?"

"Se não o matarem. Não sei se eu quero que ele consiga esse emprego, Salim. Os dois lados vão querer matá-lo. E o presidente vai querer matá-lo antes, como um sacrifício.

Ele é ciumento, Salim. Ele não vai deixar ninguém crescer neste lugar. Veja a foto dele em todos os lugares. E veja os jornais. A foto dele é sempre maior que a de todo mundo. Preste atenção."

O jornal do dia anterior estava sobre minha mesa, e a fotografia para a qual Zabeth apontava era do presidente em conferência com funcionários governamentais da província do sul.

"Veja, Salim. Ele está enorme. Os outros são tão pequenos que você mal consegue ver. Não dá para dizer quem é quem."

Os funcionários do governo usavam o uniforme regulamentar criado pelo presidente — vestes de manga curta, lenços no pescoço em vez de camisa e gravata. Eles se sentavam em fileiras apertadas e, na foto, realmente eram todos iguais. Mas Zabeth me apontava algo mais. Ela não via a fotografia como fotografia; ela não interpretava a distância como perspectiva. O que a preocupava era o espaço ocupado na imagem impressa pelas diferentes figuras. Ela, de fato, chamava a minha atenção para algo que eu nunca percebera: nas fotos dos jornais, só visitantes estrangeiros recebiam tanto espaço quanto o presidente. Ao lado de gente nativa, o presidente era sempre uma figura enorme. Ainda que as fotos fossem do mesmo tamanho, a do presidente mostraria apenas seu rosto, enquanto o outro homem aparecia de corpo inteiro. Assim, na foto da conferência com os funcionários do sul, tirada por sobre os ombros do presidente, seus ombros, cabeça e chapéu ocupavam quase todo o espaço, enquanto os demais personagens eram pontos próximos, vestidos de maneira igual.

"Ele está matando aqueles homens, Salim. Eles estão afogando um grito, e ele sabe desse grito. Mas veja bem, Salim, aquilo que ele tem não é um fetiche. Aquilo não é nada."

Ela observava a grande foto do presidente em minha loja, que o mostrava segurando seu cetro de comando, entalhado com vários emblemas. Acreditava-se que um fetiche especial estava alojado no ventre protuberante da figura humana que ocupava o meio do bastão.

Ela disse: "Aquilo não é *nada*. Vou contar uma coisa sobre o presidente. Ele tem um homem que anda na sua frente em todo lugar aonde ele vai. Esse homem salta do carro antes de o carro parar, e tudo o que é ruim para o presidente persegue esse homem e deixa o presidente em paz. Eu vi isso acontecer, Salim. Vou lhe contar uma coisa. O homem que pula do carro e se perde na multidão é branco".

"Mas o presidente nunca esteve aqui, Beth."

"Eu vi, Salim. Eu vi o homem. E você não vai me dizer que não sabe."

Metty foi uma boa companhia o dia inteiro. Sem mencionar o que acontecera, ele me tratou com respeito (respeito por um homem violento e magoado) e ternura — lembrei-me de momentos como aquele em nossa vida no litoral, depois de alguma briga feia na família. Creio que ele se lembrou de momentos semelhantes também, e retornou aos velhos tempos. No fim, eu também atuava para ele, o que me ajudou.

Deixei que ele assumisse minhas responsabilidades e me mandasse para casa no meio da tarde; ele disse que fecharia a loja. Mais tarde, ele não foi encontrar sua família, como era o costume. Foi para o apartamento e me fez saber discretamente que estava lá e que ia ficar. Eu podia ouvi-lo caminhando nas pontas dos pés. Não havia necessidade para aquilo, mas a atenção me confortou; e naquela cama, onde de tempos em tempos eu captava um odor esmaecido do dia anterior (ou melhor, daquele mesmo dia), caí no sono.

O tempo avançava aos solavancos. Eu acordava e me sentia confuso. Nem a luz da tarde nem a barulhenta escuridão pareciam fazer sentido. E assim passou a segunda noite. O telefone não tocou, e eu não liguei. De manhã, Metty me trouxe café.

Fui almoçar com Mahesh e Shoba — parecia que eu tinha estado no Bigburger e recebera aquele convite muito tempo atrás.

O apartamento, com seus belos tapetes persas e peças de cobre, com seus muitos bibelôs e as cortinas fechadas para impedir a entrada da luz forte do meio-dia, estava como eu me lembrava. Foi um almoço silencioso, não propriamente um encontro de reconciliação ou confraternização. Não falamos de eventos recentes. O tema do preço dos imóveis — outrora um favorito de Mahesh, mas agora deprimente para todo mundo — nem sequer foi mencionado. Quando falávamos, era sobre a comida.

Perto do fim, Shoba perguntou de Yvette. Era a primeira vez que ela o fazia. Dei uma ideia de como iam as coisas. Ela disse: "Sinto muito. Vinte anos podem passar antes que algo semelhante lhe aconteça de novo". E depois de tudo o que eu pensara de Shoba, de seus modos conservadores e suas censuras, fiquei surpreso com a simpatia e a sabedoria que ela demonstrava.

Mahesh limpou a mesa e preparou Nescafé — até ali eu não vira empregados. Shoba abriu um pouco uma cortina, para deixar entrar mais claridade. Ela se sentou, sob a luz que entrava, numa poltrona moderna — estrutura de metal brilhante, largos braços estofados — e pediu que eu me sentasse ao lado. "Aqui, Salim."

Ela me observou atentamente enquanto eu sentava. Então, erguendo um pouco a cabeça, mostrou seu perfil e disse: "Você vê algo em meu rosto?".

Não entendi a pergunta.

Ela disse: "Salim!", e se voltou inteiramente para mim, erguendo a face, me fitando nos olhos. "Ainda estou muito desfigurada? Veja ao redor de meus olhos e de minha bochecha esquerda. Especialmente na bochecha esquerda. O que você vê?"

Mahesh acomodara as xícaras de café na mesinha de centro e estava de pé ao meu lado, observando comigo. Ele disse: "Ele não está vendo nada".

Shoba disse: "Deixe que ele fale por si próprio. Veja meu olho esquerdo. Veja a pele sob o olho e na bochecha". Ela levantou o rosto, como se posasse para um busto ou medalhão.

Prestando muita atenção, procurando o que ela queria que eu encontrasse, vi que aquilo que eu achara ser uma coloração causada pelo cansaço ou pela doença sob seus olhos era também, em alguns pontos, efeito de leves manchas sobre a pele pálida, manchas perceptíveis apenas do lado esquerdo. E, uma vez que as notara, não podia mais deixar de vê-las; encarei-as como o desfiguramento de que ela falava. Ela viu que eu via. Ficou triste, resignada.

Mahesh disse: "Já não está tão ruim. Você o *obrigou* a ver".

"Quando eu disse à minha família que ia viver com Mahesh, meus irmãos ameaçaram jogar ácido em meu rosto", disse Shoba. "Pode-se dizer que algo semelhante ocorreu. Quando meu pai morreu, eles me mandaram um telegrama. Recebi a mensagem como sinal de que queriam que eu voltasse para casa para as cerimônias. Foi terrível voltar — meu pai morto, o país em péssimo estado, os africanos tão horríveis. Senti como se estivéssemos à beira de um precipício. Mas eu não podia dizer isso a eles. Quando você lhes perguntava o que iam fazer, fingiam que estava tudo bem, que não havia nada com que se preocupar. E você tinha de fingir com eles. Por que será que agimos assim?

"Certa manhã, não sei o que me deu. Havia uma garota síndone que estudara na Inglaterra — ou pelo menos dizia isso — e abrira um salão de cabeleireiro. O sol é muito forte lá em cima, nas planícies, e eu havia dirigido muito, visitando amigos ou apenas passeando, para sair de casa. Todos os lugares de que eu gostava fui rever e passei a odiar. Então parei. Acho que essas idas e vindas escureceram e mancharam minha pele. Perguntei àquela garota se não haveria um creme que eu pudesse usar. Ela disse que tinha um produto e o usou em mim. Eu gritei para que ela parasse. Era peróxido. Corri para casa com o rosto ardendo. E aquela casa da morte realmente se tornou para mim uma casa cheia de sofrimento.

"Eu não podia continuar ali depois daquilo. Eu tinha de esconder meu rosto de todos. Então voltei correndo para cá, para me esconder como antes. Agora não posso ir a lugar nenhum. Só saio à noite, de vez em quando. Melhorou bastante. Mas ainda preciso tomar cuidado. Não diga nada, Salim. Eu vi a verdade em seus olhos. Já não posso ir para o exterior. Eu queria tanto ir, partir. E tínhamos o dinheiro. Nova York, Londres, Paris. Você conhece Paris? Há um dermatologista lá. Dizem que ele restaura a pele melhor do que ninguém. Seria ótimo se pudéssemos ir até lá. Depois eu poderia viajar para qualquer lugar. *Suisse* — como é mesmo que se diz?"

"Suíça."

"Isso mesmo. Presa neste apartamento, já estou até esquecendo como se fala. Pois esse seria um belo país, se conseguíssemos um visto."

Enquanto isso, Mahesh a encarava, encorajando-a um pouco, um pouco irritado com ela. Sua elegante camisa vermelha de algodão, com um colarinho rígido e de belo corte, estava aberta no alto — um toque de estilo que ele aprendera com Shoba.

Fiquei aliviado de deixá-los, de me livrar da obsessão que eles me haviam impingido naquela sala. Tratamentos, pele — as palavras continuaram me incomodando por um bom tempo.

Aquela obsessão não tinha a ver apenas com uma mancha na pele. Eles haviam se isolado. Outrora tiraram o sustento da ideia de suas altas tradições (que outras pessoas, em outro lugar, se encarregavam de preservar); agora estavam vazios na África, desprotegidos, sem nada a que recorrer. Haviam começado a apodrecer. Eu era como eles. A menos que agisse rápido, meu destino seria como o deles. Aquela constante investigação de espelhos e olhares; obrigar o outro a procurar a mácula que o mantém escondido; loucura num quarto fechado.

Decidi retornar ao mundo, escapar da geografia estreita da cidade, cumprir minha obrigação com aqueles que contavam comigo. Avisei a Nazruddin que ia visitá-lo em Londres, deixando que ele interpretasse aquela mensagem lacônica. Mas que decisão, aquela! Quando já não havia outra escolha para mim, quando minha família e minha comunidade já mal existiam, quando obrigações mal tinham sentido e já não havia refúgios.

Acabei partindo num avião que rumava para o leste do continente antes de se voltar para o norte. Esse avião fazia escala em nosso aeroporto. Não tive de ir até a capital para apanhá-lo. Até então, a capital continuava desconhecida para mim.

Dormi no voo noturno para a Europa. Uma mulher na poltrona da janela, passando para o corredor, esbarrou em minhas pernas e eu acordei. Pensei: "Mas essa é Yvette. Então ela está comigo. Vou esperar que ela volte". E por dez ou quinze segundos, completamente acordado, aguardei. Então compreendi que estava sonhando acordado. Doeu fundo compreender que eu estava sozinho, voando para um destino muito diferente.

15

Eu jamais viajara de avião antes. Lembrava um pouco o que Indar dissera a respeito desse tipo de viagem; ele dissera algo como que o avião o ajudara a se ajustar à falta de lar. Comecei a compreender a ideia.

Num dia eu estava na África; na manhã seguinte, na Europa. Era mais do que viajar rápido. Era como estar em dois lugares ao mesmo tempo. Acordei em Londres com pedacinhos da África em mim — como o comprovante da taxa de embarque, que me fora entregue por um funcionário que eu conhecia, no meio de um outro tipo de multidão, em outro tipo de prédio, em um outro clima. Os dois lugares eram reais; os dois eram irreais. Era possível jogar um contra o outro; e não se tinha a sensação de haver feito uma decisão final, uma grande jornada conclusiva. O que, em certo sentido, era o que era para mim, embora eu tivesse apenas um bilhete de viagem, um visto de turista, e a obrigação de retornar em seis semanas.

A Europa para onde o avião me levara não era aquela que eu conhecera toda a vida. Quando eu era criança, a Europa comandava meu mundo. Ela havia derrotado os árabes na África e controlado o interior do continente. Governava o litoral e todos os países do oceano Índico com os quais fazíamos comércio; ela nos supria de bens. Sabíamos quem éramos e de onde vínhamos. Mas era a Europa que nos dava os selos postais descritivos que nos proporcionavam a ideia do que tínhamos de pitoresco. Ela também nos dera uma nova língua.

A Europa já não governava. Mas ainda nos alimentava de inúmeras maneiras com sua linguagem e nos enviava seus produtos cada vez mais maravilhosos, coisas que, no mato africano, incrementavam ano após ano a ideia que tínhamos de nós mesmos, davam a noção de nossa modernidade e de nosso desenvolvimento e nos tornavam conscientes de uma outra Europa — a Europa das grandes cidades, das grandes lojas, dos grandes prédios e universidades. Para aquela Europa, somente os privilegiados ou os prodígios entre os nossos viajavam. Aquela era a Europa para onde fora Indar, ao partir para sua famosa universidade. Aquela era a Europa que pessoas como Shoba tinham em mente quando falavam em viajar.

Mas a Europa aonde eu chegara — aonde sabia desde o começo que chegaria — não era nem a velha nem a nova Europa. Era algo medíocre, vil e repugnante. Era a Europa onde Indar, depois de seu período na famosa universidade, sofrera e tentara chegar a alguma resolução sobre seu lugar no mundo; onde Nazruddin e sua família haviam buscado refúgio; onde centenas de milhares de pessoas como eu, vindas de partes do mundo como a minha, haviam forçado a entrada para viver e trabalhar.

Dessa Europa, eu não conseguia formar uma imagem mental. Mas ela estava ali, em Londres; era impossível ignorá-la; e não havia mistério. Barraquinhas, quiosques, lojinhas e armazéns abafados, dos quais gente como eu cuidava, sugeriam pessoas que haviam se infiltrado. Elas comerciavam no centro de Londres como haviam feito na África. Os produtos viajavam distâncias mais curtas, mas a relação do comerciante com seus produtos permanecia a mesma. Nas ruas de Londres eu via aquelas pessoas, que eram como eu, com um certo distanciamento. Via garotas venderem maços de cigarro à meia-noite, aparentemente aprisionadas em seus quiosques, como bonecas num teatro de marionetes. Elas não tinham acesso à vida da grande cidade onde viviam, e eu me perguntava sobre a falta de sentido de seus grandes esforços, sobre a falta de sentido de sua jornada difícil.

Que ilusões a África incutia nas pessoas que vinham de fora! Na África eu havia considerado nosso instinto e nossa capacidade para o trabalho algo heroico e criativo, mesmo sob condições extremas. Eu havia contrastado isso com a indiferença e o distanciamento dos habitantes das aldeias. Mas então, em Londres, contra o cenário dos negócios, vi aquele instinto como sendo puramente instinto, sem propósito, que servia apenas a si próprio. E um sentimento de revolta tomou conta de mim, mais forte do que qualquer coisa que eu houvesse experimentado na infância. Somou-se a ele uma nova simpatia pela revolta de que Indar me falara, a revolta que ele descobrira caminhando às margens do rio londrino, quando decidira rejeitar a ideia de lar, de respeito pelos ancestrais e de adoração impensada pelos grandes homens, bem como a autossupressão que acompanhava esses conceitos, e se atirar conscientemente num mundo mais vasto e inóspito. Essa seria a única maneira de eu viver ali, se tivesse de fazê-lo.

No entanto, eu tivera minha vida de revolta na África. Eu a levara tão longe quanto possível e fora a Londres em busca de alívio e salvação, agarrando-me ao que restara de nossa vida organizada.

Nazruddin não se surpreendeu com meu noivado com sua filha Kareisha. Ele sempre se apegara, percebi alarmado, àquela ideia de fidelidade que encontrara na palma de minha mão anos antes. A própria Kareisha não se surpreendeu. De fato, a única pessoa que pareceu examinar o acontecimento com algum espanto fui eu mesmo, fascinado com o fato de que uma tal guinada em minha vida pudesse ocorrer tão facilmente.

O noivado aconteceu quase no fim de minha estada em Londres. Mas fora tido como certo desde o começo. E era mesmo confortador, naquela cidade estranha, depois daquela viagem veloz, ser cuidado por Kareisha, que me chamava pelo nome o tempo todo e me conduzia por Londres; ela, a experiente (com Uganda e o Canadá às costas), eu, o primitivo (representando um pouco).

Ela era farmacêutica. Em parte, um feito de Nazruddin. Com sua vivência de mudanças e súbitas reviravoltas, havia muito ele perdera a fé no poder da propriedade e dos negócios para proteger os homens; desse modo, incentivara os filhos a adquirir habilidades que pudessem ser úteis em qualquer lugar. Talvez a serenidade de Kareisha, extraordinária para uma mulher solteira de trinta anos em nossa comunidade, viesse de sua profissão; ou talvez de seu nome intacto e do exemplo de Nazruddin, ainda satisfeito com suas experiências e em busca de novidades. Mas eu sentia, mais e mais, que em algum ponto das andanças de Kareisha existira um romance. Em outros tempos a ideia me teria ultrajado. Àquela altura, eu já não me importava. E devia ter sido um bom homem. Pois ele deixara em Kareisha uma afeição por nós. Aquilo era novidade para mim — minha experiência com mulheres era muito limitada. Eu me deleitava com a afeição de Kareisha e interpretava meu papel masculino. Era deliciosamente tranquilizador.

Interpretação — havia muito disso em mim naquele tempo. Pois eu sempre tinha de voltar a meu hotel (não longe do apartamento) e ali encarar minha solidão, o outro homem que eu também era. Eu odiava aquele quarto de hotel. Ele me fazia sentir como se não estivesse em lugar nenhum. Ele trazia à tona velhas angústias e adicionava algumas novas, sobre Londres, sobre aquele mundo maior onde eu teria de abrir caminho. Por onde começar? Quando eu ligava a televisão, não era para me encantar. Era para me tornar consciente da grande estranheza lá fora e imaginar como aquelas pessoas na tela haviam sido escolhidas na multidão. E enquanto isso, em minha mente, sempre estava a ideia confortável de "voltar", de pegar um outro avião, de talvez não precisar ficar ali, no fim das contas. As decisões e os prazeres do dia e do fim da tarde eram regularmente apagados por mim à noite.

Indar dissera, sobre pessoas como eu, que, ao chegar a uma grande cidade, fechávamos os olhos; só nos importava demonstrar que não estávamos estupefatos. Eu era um pouco desse jeito, mesmo tendo Kareisha para me guiar. Eu poderia dizer que estava em Londres, mas não exatamente onde. Eu não tinha recursos para entender a cidade. Tudo o que eu sabia é que estava hospedado em Gloucester Road. Ali ficava meu hotel, bem como o apartamento de Nazruddin. Eu ia a toda parte de metrô, mergulhando na terra num ponto, emergindo em outro, incapaz de relacionar um lugar ao outro e às vezes realizando baldeações complicadas para viajar uma distância mínima.

A única rua que eu conhecia bem era a Gloucester. Se eu andava em determinada direção, encontrava mais prédios e avenidas e me perdia. Se andava na outra direção, passava por diversos restaurantes turísticos, um ou dois deles árabes, e chegava ao parque. No parque havia uma alameda larga, em declive, onde meninos andavam de skate. No topo da alameda se encontrava um grande lago com as margens asfaltadas. Parecia artificial, mas estava cheio de pássaros, cisnes e diferentes espécies de patos. E aquilo sempre me parecia estranho — o fato de os pássaros não se importarem de estar lá. Pássaros artificiais, como os adoráveis bichinhos de celuloide de minha infância, não ficariam deslocados ali. Ao longe, em toda a volta, para além das árvores, estavam os prédios. Ali você realmente percebia a cidade como algo feito pelo homem, e não como algo que crescera sozinho e ali ficara. Indar também falara sobre aquilo; e ele estava certo. Era tão fácil para gente como nós pensar nas cidades como frutos da natureza. Isso nos reconciliava com nossas próprias cidades repletas de casebres. Sem perceber, começávamos a pensar que um lugar era isso, e outro era aquilo.

No parque, em tardes bonitas, as pessoas empinavam pipa e, às vezes, árabes das embaixadas jogavam futebol sob as árvores. Sempre havia muitos árabes ao redor, gente de pele clara, árabes verdadeiros, não aqueles de sangue meio africano que tínhamos no litoral; uma das bancas de jornal do lado de fora da estação de Gloucester Road tinha vários periódicos e revistas árabes. Nem todos eles eram ricos ou limpos. Às vezes eu via pequenos grupos de árabes pobres e malvestidos acocorados na grama do parque ou nas calçadas das ruas próximas. Imaginava que fossem serviçais domésticos, e aquilo me parecia vergonhoso. Mas então, certo dia, vi uma dama árabe com seu escravo.

Reconheci o sujeito num átimo. Ele usava um barretezinho branco e uma túnica simples, também branca, anunciando amplamente sua posição social, e carregava duas sacolas cheias do supermercado Waitrose, da Gloucester Road. Como prescrito, ele caminhava dez passos à frente de sua ama, que era gorda como as mulheres árabes gostam de ser e tinha marcas azuis em sua face pálida logo abaixo de seu véu negro de gaze. Ela estava satisfeita consigo mesma; via-se que estar em Londres e fazer compras no estilo moderno, com outras donas de casa, no supermercado Waitrose, havia mexido com ela. Por um instante pensou que eu fosse árabe e me olhou, através do véu de gaze, como se esperasse um sinal de aprovação e admiração de minha parte.

Quanto ao carregador das sacolas, ele era um rapaz magro de pele clara, e eu diria que ele nascera na casa. Ele tinha a expressão vazia e canina que os escravos nascidos em casa, pelo que eu me recordava, gostavam de exibir quando estavam em lugares públicos com seus amos, encarregados de tarefas simples. O rapaz fingia que as compras do Waitrose eram um fardo enorme, mas era apenas fingimento, para atrair atenção para ele e a mulher que ele servia. Ele também me confundira com um árabe e, quando nos cruzamos, abandonou a expressão de quem faz força e me dirigiu um olhar de inquisitiva melancolia, como um cachorrinho que queria brincar, mas acabara de entender que não era o momento.

Eu estava indo para o Waitrose, comprar uma garrafa de vinho para Nazruddin. Ele não perdera o gosto por vinho e boa comida. Estava feliz de ser meu guia nesses assuntos; e de fato, depois de anos daquela coisa portuguesa na África — branca e sem sabor, ou tinta e ácida —, a variedade de vinhos em Londres era uma pequena excitação diária para mim. Durante o jantar no apartamento (e antes da televisão: ele a ligava por algumas horas toda noite), contei a Nazruddin sobre o escravo de branco. Ele disse que não estava surpreso; era um novo traço da vida em Gloucester Road; fazia algumas semanas que ele observava um sujeito ensebado vestido de marrom.

Nazruddin disse: "Nos velhos tempos eles faziam um barulho desgraçado se o pegassem transportando um par de sujeitos para a Arábia num *dhow*. Hoje eles têm seus vistos e passaportes como todo mundo, e passam pela imigração sem que ninguém dê a mínima.

"Sou supersticioso a respeito dos árabes. Eles deram a nós, e à metade do mundo, nossa religião, mas eu não consigo evitar o sentimento de que, quando eles deixarem a Arábia, coisas terríveis vão acontecer no mundo. Basta pensar de onde viemos. Pérsia, Índia, África. Pense no que aconteceu nesses lugares. E agora a Europa. Eles injetam petróleo e sugam dinheiro. Injetam petróleo para manter o sistema em funcionamento, sugam o dinheiro para arrebentá-lo. Eles precisam da Europa. Eles querem bens e propriedades e precisam de um lugar seguro onde pôr seu dinheiro. Seus próprios países são horrendos. Mas eles estão destruindo dinheiro. Estão matando a galinha dos ovos de ouro.

"E não são os únicos. O dinheiro está em fuga no mundo todo. As pessoas rasparam o tacho, limparam tudo até o fim, como um africano limpa o quintal, e agora eles querem fugir dos lugares horríveis onde fizeram sua fortuna e encontrar um país seguro. Eu pertencia a essa turba. Coreanos, filipinos, gente de Hong Kong e Taiwan, sul-africanos, italianos, gregos, sul-americanos, argentinos, colombianos, venezuelanos, bolivianos, muitos negros que limparam lugares dos quais você nunca ouviu falar, chineses de toda parte. Todos estão fugindo. Eles têm medo do fogo. Não pense que é só da África que as pessoas estão saindo.

"Hoje em dia, desde que a Suíça fechou as portas, eles vão sobretudo para os Estados Unidos e o Canadá. Estão esperando por eles nesses lugares, para levá-los à lavanderia. Lá encontram os especialistas. Os sul-americanos esperam pelos sul-americanos; os asiáticos, pelos asiáticos; os gregos, pelos gregos. E os levam para os responsáveis pela limpeza. Em Toronto, em Vancouver, na Califórnia. Quanto a Miami, essa é uma lavanderia gigante.

"Eu sabia disso antes de ir para o Canadá. Não deixei ninguém me vender uma vila de um milhão de dólares na Califórnia ou uma plantação de laranjas na América Central, ou um pedaço de pântano na Flórida. Sabe o que eu comprei, em vez disso? Você não vai acreditar. Comprei um poço de petróleo, parte dele. O homem era geólogo. Advani o apresentou a mim. Disseram que precisavam de dez pessoas para formar uma pequena companhia petrolífera. Queriam reunir cem mil dólares, cada um contribuiria com dez. O capital autorizado, no entanto, seria maior do que isso, e o combinado era que, se encontrássemos petróleo, o geólogo compraria as ações restantes pelo valor nominal. Era justo. O risco era dele, assim como o trabalho.

"O risco estava aceito, a terra estava lá. No Canadá você pode simplesmente ir para o campo e fazer sua perfuração. Pode alugar o equipamento e não custa um absurdo. Trinta mil para um teste, dependendo de onde você quer perfurar. E eles não têm aquela legislação sobre 'os frutos da terra' que existe no país onde você está. Eu conferi tudo. Era um risco, mas pensei que fosse apenas geológico. Apostei meus dez. E adivinhe. Encontramos petróleo. Do dia para a noite, portanto, meus dez valeram duzentos — ou cem, digamos. Mas, como éramos uma companhia privada, o lucro estava apenas no papel. Só podíamos vender um para o outro, e ninguém tinha dinheiro assim.

"O geólogo fez a opção dele e comprou as cotas restantes por virtualmente nada. Desse modo ele assumiu o controle da companhia — e tudo isso estava no contrato. Então ele adquiriu uma companhia de mineração semifalida. Ficamos intrigados com isso, mas àquela altura não questionávamos a sabedoria do homem. Que subitamente desapareceu numa das ilhas negras. Ele havia associado as duas empresas de alguma maneira, emprestado um milhão de dólares de nossa companhia amparado no valor do petróleo e transferido o dinheiro, sob algum pretexto, para sua própria empresa. Ele nos deixou com a dívida. O truque mais antigo de todos, e nove homens ficaram assistindo enquanto ele era aplicado, como se olhássemos alguém cavar um buraco na estrada. Para piorar as coisas, descobrimos que ele não havia pago seus dez. Ele havia feito tudo com nosso dinheiro. Suponho que agora ele esteja movendo céus e terra para transferir seu milhão para um lugar seguro.

Enfim, foi desse jeito que consegui o impossível — converter dez numa dívida de cem.

"Com o tempo, essa dívida vai sumir. O petróleo está lá. Talvez eu até consiga reaver meus dez. O problema com pessoas como nós, que correm o mundo com dinheiro para esconder, é que só somos bons nos negócios em nossa própria terra. Enfim. O petróleo era apenas uma distração. O que eu tentava era administrar um cinema para filmes étnicos. Você conhece a palavra. Grupos estrangeiros que vivem em certo lugar. Era tudo muito étnico onde eu estava, mas acho que a ideia só me ocorreu porque havia um cinema à venda, que parecia ser uma ótima propriedade no centro da cidade.

"Tudo estava funcionando quando visitei o lugar, mas, depois de fechar o negócio, descobri que não conseguíamos obter uma imagem nítida na tela. Primeiro pensei que o problema era apenas nas lentes. Então percebi que o homem que me vendera o lugar havia trocado o equipamento. Fui me encontrar com ele e disse: "Você não pode fazer isso". Ele disse: "Quem é você? Eu não o conheço". Desse jeito. Bem, consertamos os projetores no final, melhoramos as poltronas e tudo o mais. Os negócios não eram muito bons. Um cinema étnico no centro da cidade não era uma ideia tão boa. O problema com alguns daqueles grupos étnicos é que eles não gostam de circular muito. Só querem chegar em casa o mais rápido possível e ficar lá. Os filmes que iam bem eram os indianos. Havia muitos gregos por lá, e os gregos adoram os filmes indianos. Você sabia disso? Enfim. Lutamos para atravessar o verão. O frio chegou. Acionei alguns botões para ligar o aquecimento. Não aconteceu nada. Não havia sistema de aquecimento. Ou o que existira havia sido tirado.

"Voltei a falar com o homem. Eu disse: Você me vendeu o cinema como uma dor de cabeça permanente. Ele respondeu: Quem é você?. Eu disse: Minha família comerciou no oceano Índico por séculos, sob todo tipo de governo. Há um motivo para termos durado tanto tempo. Barganhamos bastante, mas somos fiéis ao acordo. Todos os nossos contratos são orais, mas entregamos o que prometemos. Não é porque somos santos. É porque tudo vem abaixo se agimos de outra maneira. Ele disse: Você deveria voltar para o oceano Índico.

"Quando saí do encontro, caminhei muito rápido. Tropecei numa irregularidade do calçamento e torci o tornozelo. Considerei isso um sinal. Minha sorte acabara; eu sabia o que tinha de fazer. Senti que não podia continuar naquele país. Senti que o lugar era um embuste. Eles achavam que eram parte do Ocidente, mas haviam se tornado como o resto de nós, que havíamos procurado segurança entre eles. Eram como pessoas muito distantes, que viviam na terra de outro povo e às custas do cérebro de outros, e que achavam que aquilo era tudo o que deviam fazer. Por isso eram tão entediados e aborrecidos. Achei que fosse morrer se ficasse entre eles.

"Quando vim para a Inglaterra, todos os meus instintos diziam que eu deveria entrar no ramo da engenharia de luz. O país é pequeno, as estradas e as ferrovias são boas, há energia, todo tipo de instalação industrial. Pensei que se identificasse alguma boa área, conseguisse bom equipamento e empregasse asiáticos, não haveria jeito de perder. Os europeus se entediam com máquinas e fábricas. Os asiáticos as adoram; secretamente eles preferem as fábricas à sua vida em família. Mas depois do Canadá eu perdera a ousadia. Achei melhor ser conservador. Decidi investir em imóveis. Foi assim que vim parar em Gloucester Road.

"Este é um dos centros de atividade turística em Londres, como você viu. Londres está se destruindo em nome do turismo — dá para ver isso aqui. Centenas de casas, milhares de apartamentos foram esvaziados para proporcionar hotéis, albergues e restaurantes para os turistas. Acomodações privadas estão ficando raras. Achei que não havia como perder. Comprei seis apartamentos num quarteirão. Comprei no auge do *boom*. Os preços agora caíram vinte e cinco por cento, as taxas de juros subiram de doze por cento para vinte e até vinte e quatro por cento. Você se lembra do escândalo no litoral quando veio à tona que a gente de Indar estava emprestando dinheiro a dez e doze por cento? Sinto como se já não entendesse o dinheiro. E os árabes estão na rua aí fora.

"Preciso cobrar aluguéis ridículos para não ter prejuízo. E, quando você cobra aluguéis ridículos, atrai gente estranha. Este é um de meus suvenires. É um bilhete de aposta de uma das loterias em Gloucester Road. Guardo-o para me lembrar de uma garota simplória que veio do norte. Ela se confundiu com os árabes. Aquele com quem ela se envolveu era dos pobres, da Argélia. Ela costumava pôr o lixo ao lado da porta do apartamento. O argelino costumava apostar nos cavalos. Era assim que eles pretendiam se dar bem.

"Eles ganharam e depois perderam. Já não conseguiam pagar o aluguel. Reduzi o valor. Ainda assim não conseguiram pagar. Houve reclamações sobre o lixo e as brigas, e o argelino adquiriu o hábito de mijar no elevador quando ficava trancado do lado de fora. Pedi que saíssem. Eles se recusaram, e a lei estava do lado deles. Então mandei colocarem uma nova fechadura enquanto estavam fora. Quando voltaram, simplesmente chamaram a polícia, que abriu a porta para eles. Para me impedir de entrar novamente eles também trocaram a fechadura. A essa altura, naquela porta, buracos de fechadura e armações de metal eram como botões numa camisa. Desisti.

"Todo tipo de conta estava em atraso. Fui até o apartamento um dia e bati na porta. O apartamento estava cheio de sussurros, mas ninguém abriu. O elevador ficava próximo da porta. Abri e fechei o elevador. Eles pensaram que eu havia ido embora, e é claro que foram conferir. Coloquei o pé na fresta e entrei. O pequeno apartamento estava cheio de árabes de camiseta e com calças de cores horríveis. Dormiam espalhados pelo chão. A garota não estava com eles. Eles a haviam expulsado, ou então ela partira. Assim, por dois meses, enquanto pagava vinte por cento de juros além de outras taxas, eu dava abrigo a um grupo de árabes pobres que ocupariam uma tenda inteira. Racialmente, eles são uma gente estranha. Um deles tinha cabelo vermelho vivo. O que estavam fazendo em Londres? O que pretendiam fazer? Como iam sobreviver? Qual é o lugar no mundo para pessoas como aquelas? Há tantos deles.

"Houve uma outra garota que me enganou. Setecentas libras se foram com ela. Ela veio do Leste europeu. Refugiada? Mas ela era mulher. Devia ter gastado um belo dinheiro para imprimir estes cartões fotográficos. Aqui está ela, com água até o pescoço — não sei por que ela achou que deveria pôr esta foto no cartão. E neste ela finge pedir uma carona, vestida numa espécie de macacão aberto no alto e mostrando um pouco de peito. Aqui aparece usando um boné de feltro e calças pretas de couro, exibindo seu traseiro pequenino. 'Erika. Modelo-Atriz-Cantora-Dançarina. Cabelo: Ruivo. Olhos: Verde-Acinzentados. Especialidades: Moda-Cosméticos-Calçados-Mãos-Pernas-Dentes-Cabelos. 1,75m. 32-25-33.' Tudo isso, e ninguém quer comprar. O que aconteceu foi que ela ficou grávida, acumulou uma conta telefônica de mil e duzentas libras — mil e duzentas libras! — e fugiu certa noite, deixando estes cartões para trás. Uma pilha enorme. Não suportei a ideia de jogar todos eles fora. Achei que deveria guardar um, em nome dela.

"O que acontece a essa gente? Para onde eles vão? Como é que vivem? Será que voltam para casa? Será que têm casa? Você falou bastante, Salim, a respeito daquelas garotas do Leste da África nos quiosques de tabaco, vendendo cigarros durante a noite toda. Elas deixaram você deprimido. Você acha que elas não têm futuro e nem sabem onde estão. Fico me perguntando se isso não é a sorte delas. Elas desejam se aborrecer, fazer o que fazem. As pessoas com quem tenho falado têm expectativas e sabem que estão perdidas em Londres. Suponho que seja horrível para elas quando têm de ir embora. Esta área está cheia desse tipo de gente, que vem para o centro porque só ouviu falar disso e porque acha que é uma jogada esperta. Tentam tirar leite de pedra. Você não pode culpá-los. Eles fazem o que veem os ricos fazerem.

"Este lugar é tão cheio e movimentado que leva algum tempo até você perceber que muito pouco está acontecendo de fato. As coisas só estão seguindo seu curso. Muita gente foi silenciosamente posta de lado. Não há dinheiro, dinheiro de verdade, e isso deixa todo mundo mais desesperado. Viemos para cá no momento errado. Mas não importa. É o momento errado em todos os outros lugares também. Quando estávamos na África, nos velhos tempos, consultando nossos catálogos, encomendando produtos e vendo os navios descarregarem no porto, não creio que pensássemos que seria deste jeito na Europa, ou que os passaportes britânicos que obtivemos como proteção contra os africanos realmente nos trariam até aqui e que os árabes estariam na rua, do lado de fora."

Esse era Nazruddin. Kareisha disse: "Espero que você saiba que estava escutando a história de um homem feliz". Ela não precisava me dizer.

Nazruddin estava bem. Ele fizera de Gloucester Road seu lar. O cenário londrino era estranho, mas Nazruddin parecia estar como sempre estivera. Ele avançara dos cinquenta para os sessenta anos, mas não parecia particularmente envelhecido. Ainda usava seus ternos de corte antigo; mas as lapelas largas (com pontas que se dobravam) que eu associava a ele haviam retornado à moda. Não achei que ele duvidasse de que seu investimento em imóveis acabaria dando certo. O que o oprimia (e fazia com que falasse sobre o fim de sua sorte) era a inatividade. Mas ele havia encontrado naquele pedaço de cerca de um quilômetro da Gloucester Road, entre a estação de metrô e o parque, o retiro perfeito de aposentadoria.

Ele comprava seu jornal numa loja; lia-o durante o café da manhã numa cafeteria minúscula que também vendia aquarelas; dava uma volta no parque; comprava guloseimas numa das várias lojas de comida das redondezas. Às vezes se dava ao luxo de um chá ou bebida no grande saguão antiquado do hotel de tijolos vermelhos próximo da estação. Às vezes visitava o "Salão de Danças" árabe ou persa. E havia a diversão noturna da televisão no apartamento. A população de Gloucester Road era cosmopolita, sempre em mutação, composta de pessoas de todas as idades. Era um lugar receptivo, domingueiro, e os dias de Nazruddin eram cheios de encontros e novas percepções. Ele dizia tratar-se da melhor rua do mundo; pretendia ficar lá tanto quanto fosse possível.

Novamente ele escolhera bem. Esse sempre fora seu dom, dar a entender que escolhera bem. Outrora eu ficara ansioso para encontrar o mundo que ele havia encontrado.

O exemplo de Nazruddin, ou a maneira como eu secretamente havia interpretado a sua experiência, haviam determinado minha vida afinal de contas. Mas então, em Londres, feliz como fiquei de encontrá-lo de bom humor, aquele seu dom me deprimira. Ele me fez sentir que, depois de tantos anos, eu não havia conseguido me equiparar a ele, e nunca conseguiria; que minha vida sempre seria insatisfatória. Esse sentimento era capaz de me devolver ao meu quarto de hotel numa agonia de pavor e solidão.

Às vezes, caindo no sono, eu despertava de repente com uma imagem de minha cidade africana — absolutamente real (e o avião poderia me levar até lá no dia seguinte), mas com associações que lhe davam a aparência de um sonho. Então eu recordava minha iluminação sobre a necessidade de simplesmente viver, sobre a ilusão da dor. Eu comparava Londres à África até que ambos se tornassem irreais, e então conseguia dormir. Depois de um tempo eu não precisava evocar a iluminação, o humor daquela manhã africana. Ela ficava ali, a meu lado, aquela visão remota do planeta, de homens perdidos no espaço e no tempo, ainda que inquietos de maneira apavorante e sem propósito.

Foi nesse estado de indiferença e irresponsabilidade — como as pessoas perdidas de Gloucester Road de quem Nazruddin falara — que fiquei noivo de Kareisha.

Certo dia, perto do final de minha estada em Londres, Kareisha disse: "Você já foi ver Indar? Vai visitá-lo?".

Indar! Seu nome fora mencionado várias vezes em nossas conversas, mas eu não sabia que ele estava em Londres.

Kareisha disse: "Está bem assim. Eu não recomendaria uma visita ou algum contato. Quando está de mau humor, ele é difícil e agressivo, não é nada engraçado. Ele está nesse ânimo desde que o projeto de que ele participava foi interrompido".

"O projeto acabou?"

"Há cerca de dois anos."

"Mas ele sabia que ia acabar. Ele falava como se esperasse por isso. Conferencistas, universidades, intercâmbio na África — ele sabia que essa agitação não podia durar muito, que nenhum governo nativo realmente se importava. Mas achei que tivesse planos. Ele disse que podia se virar de várias formas."

Kareisha disse: "Na hora agá foi diferente. Ele se importava mais com o projeto do que demonstrava. É claro que ele pode fazer várias coisas. Mas está decidido a não fazê-las. Poderia conseguir um emprego numa universidade, na América, sem dúvida nenhuma. Ele tem contatos. Poderia escrever para os jornais. Não tocamos nesse assunto quando o vemos hoje em dia. Naz' diz que Indar se tornou impermeável à ajuda. O problema é que ele investiu demais naquele projeto. E, quando acabou, teve aquela experiência ruim na América. Ruim para ele, de qualquer maneira.

"Você conhece Indar. Sabe que quando ele era jovem a coisa que mais lhe importava era a riqueza de sua família. Você se lembra da casa em que eles viviam. Quando você mora numa casa daquelas, acho que você pensa dez ou vinte vezes ao dia que é muito rico ou que é mais rico do que quase todos à sua volta. E você lembra como ele costumava agir. Jamais falava sobre dinheiro, mas o dinheiro estava sempre lá. Era como se ele sentisse que o dinheiro o havia santificado. Todos os ricos são assim, penso. E essa foi uma ideia a respeito de si próprio que Indar nunca perdeu. Seu projeto não lhe devolveu o dinheiro, mas o sacralizou novamente.

Ele o ergueu acima de todo mundo mais uma vez e o equiparou à gente importante da África, convidado de um governo aqui e outro ali, conviva de ministros e presidentes. Por isso foi um abalo quando o projeto acabou, quando os norte-americanos decidiram que aquilo não lhes rendia nada.

"Indar foi para a América, para Nova York. Sendo quem era, ficou num hotel caro. Encontrou seus contatos norte-americanos. Todos muito simpáticos. Mas ele não gostou da direção em que o empurravam. Sentiu que o estavam empurrando para coisas menores e fingiu não perceber. Não sei o que Indar esperava daquela gente. Ou melhor, sei. Esperava que o transformassem em um deles, para que ele se mantivesse no antigo nível. Achou que era o que merecia. Ele gastava um dinheiro enorme, e o dinheiro estava acabando. Certo dia, muito contrariado, chegou a procurar hotéis mais baratos. Ele não queria fazer isso, porque pensou que até mesmo dar uma espiada em hotéis mais em conta seria admitir que logo estaria tudo acabado para ele. Ficou horrorizado com os hotéis mais baratos. Em Nova York você despenca rápido, ele disse.

"Havia um sujeito em particular com quem ele costumava lidar. Ele encontrara o homem em Londres bem no começo, e eles haviam se tornado amigos. Nem sempre fora assim. No começo ele havia achado o homem um tolo e agira de maneira agressiva com ele. Isso acabou envergonhando Indar, porque foi esse homem que o arrancou da bagunça em que havia se metido em sua primeira estada em Londres. Esse homem havia devolvido a confiança a Indar, havia feito com que ele pensasse de maneira positiva a respeito de si próprio e da África. Esse homem havia fomentado boas ideias em Indar. Indar acabou dependendo dele. Achou que eles eram pares, e você sabe o que eu quero dizer com isso.

"Eles costumavam se encontrar em Nova York. Almoço, bebidas, reuniões no escritório. Mas nada parecia ocorrer. Era voltar para o hotel e esperar. Indar foi se deprimindo. O homem convidou Indar para jantar em seu apartamento certa noite. Era um prédio de aparência cara. Indar deu o nome na entrada e subiu no elevador. O ascensorista esperou até que a porta do apartamento se abrisse e Indar entrasse. Lá dentro, Indar ficou paralisado.

"Ele havia considerado aquele homem um par, um amigo. Ele se abrira para o homem. E então descobriu que o homem era imensamente rico. Indar jamais estivera num lugar tão suntuoso. Você e eu teríamos achado interessante, aquele dinheiro todo. Indar ficou arrasado. Foi só ali, no apartamento cheio de objetos caros e de quadros, que Indar compreendeu que, enquanto ele se abria para o homem, falando de todas as coisas que o deixavam ansioso, o homem lhe dera muito pouco em troca. Aquele homem era muito, muito mais sagrado. Era mais do que Indar poderia aguentar. Sentiu-se traído e enganado. Ele dependia do sujeito. Testava suas ideias com ele, procurava-o em busca de apoio moral. Considerava o homem alguém parecido com ele. Indar achou que havia sido manipulado durante aquele tempo todo, explorado da pior maneira. Perdeu o otimismo, depois de já haver perdido tanta coisa. Todas aquelas ideias construtivas! África! Não havia nada africano naquele apartamento, ou naquele jantar. Nenhum perigo, nenhuma perda. A vida privada, a vida entre amigos, era muito diferente da vida lá fora. Não sei o que Indar esperava.

"Durante o jantar ele concentrou todo seu ressentimento numa garota. Ela era a esposa de um jornalista muito velho que publicara livros de sucesso em outra época. Indar a odiou. Por que ela havia casado com o velho? Qual era a piada? Pois tudo indicava que o jantar fora arranjado em torno dela e de seu amante. Eles não faziam muito segredo da história, e o velho fingia não notar. Ele falava sem parar sobre a política francesa dos anos 30 e se mantinha no centro de tudo, contando a respeito das pessoas importantes que encontrara e das coisas que elas lhe haviam dito. Ninguém ligava para ele, mas ele não se importava.

"No entanto, ele fora um homem famoso. Indar pensou muito a respeito disso. Tentava se aliar ao velho, para odiar mais os outros. Então o velho percebeu quem era Indar e começou a falar sobre a Índia dos velhos tempos, sobre seu encontro com Gandhi em alguma tapera famosa. Como você sabe, Gandhi e Nehru não são os temas favoritos de Indar. Ele resolveu que não estava disponível para trabalhos sociais naquela noite e foi muito rude com o velho, muito mais rude do que todos os outros haviam sido.

"Assim, no final do jantar, Indar estava em péssimo estado. Ele se lembrou dos hotéis baratos que havia visitado e, enquanto descia pelo elevador, sofreu um ataque de pânico. Achou que ia morrer. Mas conseguiu sair dali e se acalmou. Ele tivera uma ideia simples. A ideia de que estava na hora de partir, de ir para casa.

"E é assim que as coisas têm sido com ele. De tempos em tempos isso é tudo de que ele fala, que é hora de voltar para casa. Leva alguma aldeia encantada em sua cabeça. Nos intervalos ele faz os trabalhos mais humildes. Sabe que tem estofo para coisas melhores, mas não quer fazê-las. Creio que gosta que lhe digam que ele pode fazer melhor. A esta altura nós já desistimos. Ele não quer pôr tudo em risco novamente. A ideia de se sacrificar é mais confortável, e ele gosta de fazer drama. Mas você verá com seus olhos, quando voltar."

Kareisha, ao falar sobre Indar, me tocou mais do que imaginava. Aquela ideia de voltar para casa, de partir, a ideia de um outro lugar — eu vivera com ela em diversas formas ao longo dos anos. Na África ela sempre me acompanhara. Em Londres, em meu quarto de hotel, eu havia permitido que ela me dominasse em algumas noites. Ela era enganadora. Percebi então que ela confortava apenas para enfraquecer e destruir.

Aquela iluminação a que eu me agarrava, sobre a unidade da experiência e a ilusão da dor, era parte do mesmo modo de sentir. Mergulhávamos nele — gente como Indar e eu — porque essa era a base de nosso velho estilo de vida. Mas eu rejeitara aquele estilo de vida — e bem a tempo. Apesar das garotas nos quiosques de cigarros, aquele estilo de vida já não existia, fosse em Londres ou na África. Não poderia haver retorno; não havia nada para que retornar. Havíamos nos tornado aquilo que o mundo lá fora fizera de nós; tínhamos de viver no mundo assim como ele existia. O Indar mais jovem fora mais sábio. Use o avião; pisoteie o passado, como Indar dissera que havia pisoteado. Livre-se da ideia do passado; torne banais as cenas oníricas de perda.

Foi esse o estado de ânimo com que deixei Londres e Kareisha para retornar à África, para resolver tudo lá, para obter tanto quanto possível de minhas posses. E começar de novo em outro lugar.

Cheguei a Bruxelas no final de tarde. O avião para a África partiria de lá à meia-noite. Tomei consciência novamente do drama das viagens de avião — Londres sumira, a África viria, Bruxelas então. Jantei e depois fui a um bar, um lugar com mulheres. Toda a excitação vinha da ideia do lugar, mais que dele próprio. O que se seguiu, algum tempo depois, foi rápido, desimportante e reconfortante.

Não diminuiu o valor do que eu tivera na África — aquilo permanecia verdadeiro e não me desencantara. Além disso, eliminou a dúvida particular que eu tinha a respeito do noivado com Kareisha, que eu nem sequer beijara.

A mulher, nua, despreocupada, ficou de pé em frente a um espelho alto e se observou. Pernas gordas, barriga arredondada, peitos maciços. Ela disse: "Comecei a fazer ioga com um grupo de amigos. Nós temos um professor. Você faz ioga?".

"Eu jogo bastante squash."

Ela não prestou atenção. "Nosso professor diz que os fluidos psíquicos de um homem podem dominar uma mulher. Ele diz que, depois de um encontro perigoso, uma mulher pode reassumir controle de si própria batendo palmas com força ou respirando fundo. Que método você recomenda?"

"Bata palmas."

Ela me encarou como deveria fazer com seu professor de ioga; endireitou-se, semicerrou os olhos, abriu os braços para trás e então juntou as palmas violentamente. Com aquele som, que causava espanto no quartinho abarrotado, ela abriu os olhos, pareceu surpresa, sorriu como se estivesse brincando desde o começo e disse: "Vá!". Quando me vi na rua, respirei fundo e fui direto para o aeroporto, apanhar o avião da meia-noite.

QUARTA PARTE

BATALHA

16

A aurora chegou de repente, azulada no oeste, avermelhada com grossas faixas horizontais de nuvens negras no leste. Por vários minutos foi assim. A escala, o esplendor — dez quilômetros acima da terra! Descemos devagar, deixando para trás a luz do topo. Abaixo das nuvens pesadas, a África se mostrava como uma terra verde-escura e de aparência molhada. Via-se que mal começava a clarear ali; nas florestas e nos riachos ainda estaria bem escuro. As áreas florestais se estendiam mais e mais. O sol irrompeu sob as nuvens; estava claro quando aterrissamos.

Então finalmente eu visitava a capital. Era um modo estranho de chegar até lá, depois de um tamanho desvio. Se eu houvesse vindo direto de minha cidade ribeirinha, ela teria parecido uma capital imensa e rica. Mas depois da Europa, e com Londres ainda tão próxima, a cidade parecia esquálida, desimportante apesar de seu tamanho, um eco da Europa, uma espécie de faz de conta às margens de todo aquele mato.

Os mais experientes entre os passageiros europeus, desconsiderando a grande foto do presidente com seu cetro de comando, correram para os oficiais da imigração e da alfândega e deram a impressão de abrir caminho à força. Admirei aquela confiança, mas eram sobretudo pessoas protegidas — empregados de embaixadas, pessoas que trabalhavam em projetos do governo, funcionários de grandes empresas. Minha própria passagem foi mais lenta. Quando acabei, o terminal estava quase vazio. Os anúncios de linhas aéreas e a fotografia do presidente já não tinham ninguém para olhar. A maioria dos funcionários sumira. E a manhã estava no auge.

Foi uma longa corrida até a cidade. Era como o trajeto, em minha cidade, do Domínio até o centro. Mas a terra era mais ondulada ali, e tudo era em grande escala. As favelas e *cités* (com as plantações de milho entre as casas) eram maiores; nelas havia ônibus e até um trenzinho antiquado com carros abertos; havia fábricas. Por toda a estrada viam-se grandes cartazes, com cerca de três metros de altura, pintados de maneira uniforme, trazendo uma frase ou máxima do presidente. Alguns dos retratos pintados eram tão grandes quanto uma casa, literalmente. Não tivéramos nada do gênero em nossa cidade. Tudo em nossa cidade, percebi então, era em escala menor.

Retratos, máximas, estátuas ocasionais da madona africana estavam espalhados por todo o caminho até o hotel. Se eu tivesse viajado direto de minha cidade, teria me sentido sufocado. Mas depois da Europa, e depois do que vira do país lá do alto, além de minha impressão da esqualidez da capital, minha atitude foi diferente, e fiquei surpreso com ela. Havia para mim um elemento de *páthos* naquelas máximas, nos retratos e nas estátuas, nesse desejo de um homem do mato de se tornar grande, que se satisfazia de maneira tão pouco refinada. Cheguei a sentir uma ponta de simpatia pelo homem que se exibia daquela maneira.

Entendi então por que tantos visitantes recentes do Domínio achavam cômicos nosso país e nossa reverência pelo presidente. O que vi no caminho do aeroporto não me pareceu cômico, contudo. Para mim, estava mais para um grito. Eu acabava de chegar da Europa; tivera um vislumbre da verdadeira competição.

Do dia para a noite eu trocara um continente por outro, e essa estranha simpatia pelo presidente, essa visão da impossibilidade do que achei que ele tentava fazer, veio apenas no momento da chegada. A simpatia diminuiu à medida que a cidade se tornou familiar, e passei então a enxergá-la como uma versão maior da minha própria cidade. A simpatia, com efeito, começou a se desfazer quando cheguei ao novo grande hotel (ar-condicionado, lojas no *lobby*, piscina que ninguém estava usando) e o encontrei repleto de agentes da polícia secreta. Não consigo imaginar o motivo de tanta agitação. Eles estavam lá para se exibir aos visitantes. E também porque gostavam de ficar no elegante hotel novo; queriam se mostrar aos visitantes num ambiente moderno.

Era patético; ou você podia fazer piada daquilo. Mas aqueles homens nem sempre eram engraçados. Ali mesmo, as tensões da África já começavam a retornar a mim.

Aquela era a cidade do presidente. Era ali que ele havia crescido, onde sua mãe havia trabalhado como arrumadeira de hotel. Era ali que, nos tempos coloniais, ele havia encontrado sua ideia da Europa. A cidade colonial, mais espraiada que a nossa, cheia de áreas residenciais com frondosas árvores ornamentais completamente crescidas, eu ainda precisava ver. Era com aquela Europa que o presidente desejava competir em seus próprios edifícios. A cidade, embora decadente no centro, com ruas sujas e montes de detritos nos fundos dos grandes bulevares coloniais, ainda estava cheia de obras públicas. Grandes áreas próximas ao rio haviam sido transformadas em reservas presidenciais — palácios com grandes muros, jardins, casas oficiais com diversos propósitos.

Nos jardins presidenciais perto das corredeiras (as corredeiras ali se assemelhavam às nossas, mil e seiscentos quilômetros rio acima), a estátua do explorador europeu que cartografara o rio e usara o primeiro vapor fora substituída por uma estátua gigantesca de um nativo africano com lança e escudo, feita no estilo moderno — o padre Huismans não lhe teria prestado atenção. Ao lado dessa estátua ficava uma menor, uma madona africana com a cabeça abaixada coberta por um véu. Ali perto, as sepulturas dos primeiros europeus: uma pequena colônia morta, a partir da qual tudo crescera, onde nossa própria cidade fora semeada. Gente simples, com ofícios simples e produtos simples, mas agentes da Europa. Como as pessoas que chegavam agora, como as pessoas no avião.

As corredeiras faziam um barulho constante e imutável. Os jacintos-d'água, as "coisas novas do rio", que haviam partido de tão longe, do centro do continente, avançavam em redes e moitas confusas, um ou outro solitário, quase no fim de sua jornada.

Na manhã seguinte voltei ao aeroporto para tomar o avião que ia para o norte. Agora eu estava mais adaptado ao lugar, e o tamanho da capital causou uma impressão maior sobre mim. Sempre havia um novo acampamento nas margens da estrada do aeroporto. Como viviam todas aquelas pessoas? A terra ondulada fora limpa, aplainada, erodida, exposta. Teriam existido florestas ali? Os postes onde estavam pendurados os cartazes com as máximas do presidente eram quase sempre fincados no barro. E os próprios cartazes, com respingos da lama da estrada e cobertos de poeira na parte de baixo, de forma nenhuma tão limpos quanto haviam parecido na manhã anterior, eram como elementos da desolação.

No aeroporto, no setor dos voos domésticos, o painel de partidas anunciava o meu avião e um outro. O painel era eletrônico e, de acordo com uma placa, fabricado na Itália. Era um equipamento moderno, parecido com os painéis que eu vira nos aeroportos de Londres e Bruxelas. Mas abaixo dele, em volta dos balcões de embarque e das balanças, a bagunça de sempre se desenrolava; e a bagagem despachada, com bastante gritaria, lembrava a mercadoria de uma camionete de mercado: baús de metal, caixas de papelão, trouxas de tecido, sacos disto e daquilo, grandes bacias esmaltadas embrulhadas num pano.

Eu tinha meu bilhete e ele estava em ordem, mas meu nome não constava da lista de passageiros. Alguns francos teriam de trocar de mãos primeiro. E então, justamente quando eu me dirigia para o avião, um segurança à paisana que comia alguma coisa pediu meus documentos e decidiu que eles requeriam um exame mais acurado. Pareceu muito ofendido e me mandou aguardar numa salinha vazia. Era o procedimento-padrão. O olhar ofendido e enviesado, a salinha privada — era assim que oficiais menores faziam você saber que iriam lhe extorquir algum dinheiro.

Mas aquele sujeito não levou nada, pois bancou o tolo e me deixou esperando tanto tempo na salinha, sem vir receber sua propina, que atrasou o voo e acabou sendo afugentado por um funcionário da companhia aérea que, sabendo muito bem onde eu me encontrava, irrompeu pela porta, gritou para que eu saísse imediatamente e me fez correr pelo asfalto até o avião, retardatário, mas sortudo.

Na primeira fileira se encontrava um dos pilotos da companhia aérea europeia, um pai de família de baixa estatura e de meia-idade; a seu lado estava um pequeno garoto africano, mas era difícil dizer se havia alguma ligação entre eles. A algumas fileiras atrás estava um grupo de seis ou oito africanos, homens na faixa dos trinta com paletós velhos e camisas abotoadas até em cima. Eles falavam alto e bebiam uísque diretamente da garrafa — eram só nove da manhã. O uísque era caro ali, e aqueles homens queriam que todos soubessem que eles o estavam bebendo. A garrafa era oferecida a estranhos; chegou inclusive até mim. Aqueles homens não eram como os da minha região. Eles eram maiores, com feições e tons de pele diferentes. Eu não conseguia decifrar suas faces; via apenas arrogância e bebedeira. Eles contavam vantagem; queriam que soubéssemos que eram proprietários de plantações. Agiam como pessoas que haviam acabado de ganhar dinheiro, e a história toda me pareceu esquisita.

Era um voo simples, de duas horas, com uma escala no meio. E para mim, depois de minha experiência de voo intercontinental, era como se mal tivéssemos atingido a velocidade de cruzeiro acima das nuvens brancas quando a descida começou. Notamos então que estávamos seguindo o rio — marrom, ondulado, enrugado e manchado daquela altura, com vários canais entre ilhas estreitas e alongadas de mata. A sombra do avião se movia no topo da floresta. Esse topo se tornou menos regular e compacto quando a sombra do avião cresceu; a floresta sobre a qual descemos estava bem devastada.

Depois da aterrissagem nos disseram para sair do avião. Caminhamos até um pequeno prédio no final da pista e, enquanto estávamos lá, vimos o avião se virar, taxiar e partir. Ele havia sido requisitado para alguma tarefa presidencial; voltaria assim que executasse o serviço. Tínhamos de esperar. Era por volta de dez horas. Até o meio-dia, enquanto o calor aumentava, ficamos impacientes. Depois disso, todos, inclusive os bebedores de uísque, se acomodaram para aguardar.

Estávamos no meio do mato. O mato cercava a clareira do aeroporto. Ao longe, uma aglomeração particular de árvores indicava o curso do rio. O avião demonstrara como o rio era complexo, como seria fácil se perder, ficar horas remando por canais que o desviavam do curso principal. A poucos quilômetros do rio, pessoas viveriam em aldeias quase da mesma maneira como haviam vivido por séculos. Menos de quarenta e oito horas antes eu estivera na apinhada Gloucester Road, onde o mundo se encontrava. E então, por horas, permaneci fitando o mato. Quantos quilômetros me separavam da capital, de minha própria cidade? Quanto tempo levaria para cobrir aquela distância por terra ou água? Quantas semanas ou meses, e contra quais perigos?

O céu ficou encoberto. As nuvens escureceram, assim como a mata. O céu ficou agitado com relâmpagos e trovões; e então vieram a chuva e o vento, fazendo com que nos retirássemos da varanda do pequeno prédio. Caiu uma tempestade. A mata desapareceu na chuva. Era aquele tipo de chuva que alimentava as florestas, que fazia com que a grama e outras plantas de um verde vivo crescessem tanto em volta do pequeno prédio. A chuva diminuiu, as nuvens subiram um pouco. A mata se revelou novamente, uma fileira de árvores depois da outra, as mais próximas escuras, as seguintes desbotando fileira após fileira até se fundirem com o cinzento do céu.

Garrafas vazias de cerveja cobriam as mesas de metal. Pouca gente se mexia; quase todo mundo havia encontrado um lugar onde ficar. Ninguém falava muito. A belga de meia-idade que encontráramos no prédio, esperando para tomar nosso avião, se mantinha entretida com a edição de bolso francesa de *Peyton Place*. Via-se que ela se abstraíra do mato e do tempo e vivia num outro lugar.

O sol saiu e brilhou na grama alta. O asfalto soltava vapores e, durante algum tempo, olhei aquilo. Mais tarde, uma parte do céu ficou negra, enquanto a outra permanecia clara. A tempestade que começara com relâmpagos vívidos na metade escura finalmente nos alcançou e tudo ficou negro, frio e muito úmido. A floresta se tornara um lugar sombrio. Não houve agitação nessa segunda tempestade.

Um dos passageiros africanos, um homem velho, apareceu com um chapéu de feltro e um roupão azul atoalhado sobre o terno. Ninguém prestou muita atenção. Eu apenas registrei aquela esquisitice e pensei: "Ele está usando uma coisa estrangeira à sua maneira". Algo semelhante passou pela minha cabeça quando um homem descalço apareceu com um capacete de bombeiro com a viseira transparente abaixada. Era um homem velho com a face enrugada;

os calções marrons e a camisa xadrez cinza estavam esfarrapados e ensopados. Pensei: "Ele encontrou uma máscara pronta para suas danças". Ele passou de mesa em mesa, conferindo as garrafas de cerveja. Quando achava que uma garrafa merecia ser esvaziada, levantava a viseira e bebia.

Parou de chover, mas continuou escuro, a escuridão do fim da tarde. O avião, no início apenas um filete de fumaça marrom no céu, apareceu. Quando saímos para o embarque no descampado molhado, vi o homem com o capacete de bombeiro — e um companheiro igualmente paramentado — cambaleando ao lado do portão. Ele era um bombeiro, afinal de contas.

Na subida vimos o rio recebendo os resquícios de luz. Ele exibia uma coloração ouro-avermelhada, e depois ficou vermelho. Nós o seguimos por muitos quilômetros e muitos minutos, até que ele se tornou um mero brilho, algo suave, ultranegro entre as florestas negras. Então tudo escureceu. Atravessamos o negrume em direção a nosso destino. A viagem, que parecera tão simples de manhã, adquirira um outro aspecto. Tempo e distância lhe haviam sido restituídos. Senti que estava viajando havia dias e, quando co meçamos a descer, soube que havia viajado para longe e imaginei como tivera a coragem de viver por tanto tempo num lugar tão distante.

E então, de repente, ficou fácil. Um prédio familiar; funcionários que eu conhecia e com quem podia papear; pessoas cujas feições eu compreendia; um de nossos velhos táxis desinfetados; a estrada esburacada — e bem conhecida — até a cidade, primeiro através de uma mata de contornos reconhecíveis, e então através dos acampamentos de retirantes. Depois da estranheza do dia, era a vida organizada novamente.

Passamos por um prédio incendiado, uma nova ruína. Fora uma escola primária, nada muito elaborado, a bem dizer uma espécie de cabana baixa, e, no escuro, eu poderia não ter prestado atenção se o taxista não o houvesse apontado; aquilo o deixava excitado. A insurreição, o Exército de Libertação — tudo aquilo ainda estava em andamento. Mas não diminuiu o meu alívio de estar na cidade, de ver as aglomerações noturnas nas calçadas, de me encontrar, tão cedo depois da chegada, ainda um pouco embebido na escuridão da floresta, em minha própria rua — tudo ali, real e comum como sempre fora.

Estava tudo certo no apartamento. Mas na sala, e especialmente no quarto, havia algo — talvez um excesso de ordem, uma ausência de sujeira — que me fez sentir que Metty se havia posto à vontade durante minha ausência. O telegrama que eu enviara a ele de Londres devia ter feito com que retrocedesse. Será que havia se ressentido daquilo? Metty? Mas ele crescera em nossa família; ele não conhecia outra vida. Sempre estivera ou com a família ou comigo. Nunca havia estado sozinho, exceto em sua viagem vindo do litoral e naquele último período.

Ele me trouxe o café na manhã seguinte.

Ele disse: "Suponho que o senhor saiba por que está voltando, *patron*".

"Você disse isso ontem à noite."

"Porque você não tem nada para que voltar. Você não sabe? Ninguém lhe disse em Londres? Você não lê os jornais? Você não tem nada. A loja não é sua. Vão dar a loja ao cidadão Théotime. O presidente fez um discurso duas noites atrás. Ele disse que estava radicalizando e tirando tudo de todos. De todos os estrangeiros. No dia seguinte puseram um cadeado na porta. E em algumas outras também.

Você não leu isso em Londres? Você não tem nada e eu não tenho nada. Não sei por que voltou. Não creio que tenha sido por minha causa."

Metty estava mal. Ele estivera sozinho. Devia ter ficado louco esperando minha volta. Tentava arrancar uma resposta agressiva de mim. Tentava me obrigar a fazer algum gesto defensivo. Mas eu estava tão perdido quanto ele.

Radicalização: dois dias antes, na capital, eu vira a palavra numa manchete de jornal, mas não prestara atenção. Pensei que fosse apenas outra palavra; havia tantas delas. Então compreendi que a radicalização era o novo grande acontecimento.

E foi como Metty dissera. O presidente aprontara outra de suas surpresas, e essa dizia respeito a nós. Eu e outros como eu havíamos sido nacionalizados. Nosso negócio deixara de ser nosso por decreto e fora cedido pelo presidente a novos proprietários. Esses novos proprietários eram chamados de "depositários do Estado". O cidadão Théotime fora nomeado depositário de meu negócio; Metty disse que na última semana ele de fato passara os dias na loja.

"O que ele faz?"

"Fazer? Ele está esperando por você. Ele vai transformar você em gerente. Foi para isso que o senhor voltou, *patron*. Mas você verá. Não se apresse. Théo não vai cedo para o trabalho."

Quando cheguei à loja, vi que o estoque, que diminuíra em seis semanas, estava em exposição como antes. Théo não mudara aquilo. Mas minha mesa fora removida do lugar ao lado da pilastra, na frente da loja, para o depósito nos fundos. Metty disse que isso ocorrera no primeiro dia. O cidadão Théo decidira que o depósito seria seu escritório. Ele gostava da privacidade.

Na gaveta do alto da mesa (onde eu costumava manter as fotos de Yvette, o que outrora modificara a visão da praça do mercado para mim) havia diversas fotonovelas franco-africanas e revistas em quadrinhos rasgadas: os africanos viviam de maneira muito moderna e, nos gibis, eram desenhados quase como europeus — nos últimos dois ou três anos circulara muito desse lixo produzido na França. Minhas próprias coisas — revistas e documentos de trabalho que achei que fossem ser necessários para Metty — estavam nas duas gavetas de baixo. Haviam sido manipulados com cuidado; Théo tivera essa gentileza. Nacionalização: antes fora uma palavra. Era chocante ver a concretização de seu significado.

Esperei por Théo.

E, quando o homem chegou, vi que ele estava envergonhado e que seu primeiro impulso, quando me viu pela vitrine, foi continuar caminhando. Eu o conhecera anos antes como mecânico; ele costumava cuidar dos carros do Departamento de Saúde. Então, por causa de certas ligações tribais, ele cresceu politicamente, mas não muito. Teria problemas para assinar o nome. Estava por volta dos quarenta anos, tinha aparência comum e uma face larga, de tez escura, abatida e inchada por causa da bebida. Estava bêbado. Mas só de cerveja; ele ainda não progredira para o uísque. Nem adotara o uniforme oficial regulamentar, com túnica de mangas curtas e gravata. Usava calças e camisa. Era, de fato, um homem modesto.

Eu estava de pé onde minha mesa costumava ficar. Ocorreu-me então, ao notar como a camisa de Théo estava suja e suada, que era como retornar ao tempo em que os estudantes, tratando-me como uma presa, iam à loja tentar arrancar dinheiro de mim com artimanhas simplórias. Théo suava pelos poros do nariz. Não creio que houvesse lavado o rosto naquela manhã. Ele parecia alguém que acrescentara um pouco mais de bebida, e nada mais, a uma grande ressaca.

Ele disse: "Mis' Salim. Salim. Cidadão. Não leve para o lado pessoal. Nada disso aconteceu por minha vontade. Você sabe que eu o tenho na maior estima. Mas você também sabe qual era a situação. A revolução tinha ficado" — ele lutou para encontrar a palavra — "*un pé pourrie*. Um pouco podre. Nossos jovens estavam impacientes. Era preciso" — tentando encontrar a palavra correta ele pareceu confuso, fechou o punho e fez um gesto desajeitado — "era preciso radicalizar. Era absolutamente necessário radicalizar. Esperávamos demais do presidente. Ninguém queria assumir responsabilidades. Agora a responsabilidade foi jogada sobre as pessoas. Mas você não sofrerá nada. Uma compensação adequada será paga. Você vai preparar seu próprio inventário. E continuará sendo o gerente. Os negócios correrão como antes. O presidente insiste nisso. Ninguém vai sofrer. Seu salário será justo. Assim que o comissário chegar, os papéis serão providenciados".

Depois desse começo hesitante, ele falou formalmente, como se houvesse preparado o discurso. No final ficou envergonhado de novo. Esperava que eu dissesse algo. Mas depois mudou de ideia e foi para o depósito, seu escritório. E eu saí, para falar com Mahesh no Bigburger.

Lá os negócios transcorriam como sempre. Mahesh, um pouco mais gordo, preparava cafés, e Ildephonse corria para lá e para cá servindo os cafés do final da manhã. Fiquei surpreso.

Mahesh disse: "Mas esta tem sido uma empresa africana há anos. Ela não pode ser mais radicalizada. Eu apenas dirijo o Bigburger para Phonse e alguns outros. Eles formaram uma companhia africana e me deram uma pequena parte nela, como gerente. Depois, compraram uma licença de mim. Foi durante o *boom*. Eles devem muito ao banco. Você não acredita olhando para Phonse. Mas é verdade. Aconteceu em vários lugares depois que Noimon vendeu para o governo. Aquilo nos deu uma ideia da direção do vento, e alguns decidiram se compensar antecipadamente. Foi fácil naquela época. Os bancos estavam abarrotados de dinheiro".

"Ninguém me disse."

"Não era o tipo de coisa sobre a qual as pessoas falavam. E seus pensamentos iam em outra direção."

Era verdade. Houvera um esfriamento entre nós naquela época. Ambos ficáramos arredios depois da partida de Noimon.

Eu disse: "E o Tivoli? Todo aquele novo equipamento na cozinha. Eles investiram muito".

"Eles estão endividados até o pescoço. Nenhum africano em sã consciência ia querer ser depositário daquilo. Mas eles fizeram fila para seu negócio. Foi quando eu soube que você não fizera nada. Théotime e um outro homem acabaram se esmurrando aqui mesmo, no Bigburger. Houve muitas brigas assim. Foi uma espécie de carnaval depois que o presidente anunciou as medidas. Montes de pessoas simplesmente iam a um lugar, não diziam nada às pessoas lá dentro e faziam marcas nas portas ou deixavam um pedaço de tecido lá dentro, como se escolhessem um pedaço de carne no mercado. Ficou muito ruim durante algum tempo. Um grego incendiou sua plantação de café. Agora eles se acalmaram. O presidente fez uma declaração apenas para dizer que aquilo que o Grande Homem dá, o Grande Homem pode tirar. É assim que o Grande Homem os controla. Ele dá e tira."

Passei o resto da manhã no Bigburger. Para mim, era estranho desperdiçar um dia de trabalho daquela maneira, conversando, trocando notícias, olhando as idas e vindas no Bigburger e no Van der Weyden do outro lado da rua, me sentindo o tempo todo separado da vida da cidade.

Mahesh tinha pouco a dizer de Shoba. Não houvera mudanças. Ela ainda se escondia em casa com sua desfiguração. Mas Mahesh não lutava mais contra essa situação, nem parecia irritado. E não o deixava infeliz — como temi que deixaria — ouvir histórias de Londres e de minhas viagens. Outras pessoas viajavam; outras pessoas partiam; ele não. Para Mahesh, se tornara simples assim.

Passei a ser o gerente de Théotime. Ele parecia aliviado e feliz, e concordou com o salário que sugeri para mim. Comprei uma mesa e uma cadeira, que coloquei junto ao pilar, de modo que era quase tudo como nos velhos tempos. Levei vários dias recolhendo velhas notas, conferindo o estoque e preparando um inventário. Era um documento complicado e estava obviamente fraudado. Mas Théotime o aprovou tão rápido (mandando que eu saísse do depósito enquanto ele lutava para assinar *Cit.: Theot:*) que senti que Mahesh estava certo, que nenhuma indenização seria paga, que o máximo que eu poderia esperar, se alguém se lembrasse disso, eram bônus do governo.

O inventário só me fez recordar tudo o que eu havia perdido. O que restava? Num banco na Europa eu tinha cerca de oito mil dólares, resultado de minhas transações com ouro nos velhos tempos; aquele dinheiro ficara parado lá, apodrecendo, perdendo valor. Havia o apartamento na cidade, para o qual não haveria comprador; mas o carro renderia alguns milhares de dólares. E eu tinha cerca de quinhentos mil francos locais em vários bancos — cerca de quatorze mil dólares no câmbio oficial, metade disso no mercado paralelo. Isso era tudo; e não era muito. Eu precisava conseguir mais dinheiro logo, além de mandar para fora do país o pouco que tinha.

Como gerente da loja eu tinha oportunidades; mas elas não eram extraordinárias. E então comecei a viver perigosamente. Passei a comerciar ouro e marfim. Comprei, armazenei e vendi; servindo de intermediário para operadores maiores (que pagavam diretamente para meu banco na Europa), armazenei e expedi em troca de uma porcentagem. Era arriscado. Meus fornecedores, e às vezes os coletores, eram funcionários do governo ou soldados, gente com quem era sempre perigoso lidar. As recompensas não eram grandes. Ouro apenas parece algo caro; é preciso vender vários quilos antes que sua porcentagem faça alguma diferença. O marfim era melhor, mas também mais difícil de armazenar (continuei usando o buraco ao pé da escadaria em meu quintal) e mais complicado de transportar. Para o transporte eu usava uma das caminhonetes ou peruas do mercado, enviando as coisas (grandes presas em carregamentos de colchões, peças menores em sacos de mandioca) entre outras mercadorias, sempre agindo em nome do cidadão Théotime e às vezes conseguindo que o próprio Théotime fizesse alguma pressão política e passasse um sermão público no motorista.

Era possível fazer dinheiro. Mas mandá-lo para fora do país era outra coisa. Só dá para tirar dinheiro desse tipo de país se você lida com quantias muito grandes e consegue que altos funcionários ou ministros se interessem pelo assunto. Ou então se houver certo volume de transações negociais. Havia muito pouca atividade naquele momento, e eu tinha de contar com visitantes que, por diversos motivos, precisavam de moeda local. Não havia outra maneira. E eu era obrigado a confiar nessas pessoas para cumprir o acordo quando voltassem à Europa ou aos Estados Unidos.

Era um negócio lento, importuno, humilhante. Gostaria de dizer que descobri certas regras sobre o comportamento humano. Gostaria de dizer que se pode confiar em pessoas de certa classe ou de certo país, e que se deve desconfiar deste ou daquele tipo de gente. Isso teria tornado as coisas bem mais simples. Mas toda vez era uma aposta. Perdi dois terços de meu dinheiro dessa maneira; eu o dei para estranhos.

Nessas transações com dinheiro eu ia ao Domínio, entrava e saía; era lá que eu fazia muitos de meus contatos. No começo era desconfortável estar lá. Mas então comprovei a tese de Indar quanto a tripudiar sobre o passado: o Domínio logo deixou de ser o que fora para mim. Tornou-se um lugar onde pessoas honradas — muitas delas trapaceiras de primeira viagem, que mais tarde usariam seu respeito pela lei como desculpa para me enganar com a consciência limpa — tentavam obter uma taxa de câmbio melhor do que aquela que havíamos combinado. O que essas pessoas tinham em comum era nervosismo e desprezo, desprezo por mim e pelo país. Parte de mim concordava com elas; eu tinha inveja do desprezo que elas sentiam com tanta facilidade.

Certa tarde, vi que a casa de Raymond e Yvette tinha um novo inquilino, um africano. A casa estivera fechada desde minha volta. Raymond e Yvette haviam partido; ninguém, nem sequer Mahesh, fora capaz de dizer quando ou em quais circunstâncias. Portas e janelas estavam agora bem abertas, o que acentuava a precariedade da construção.

O novo homem, de costas nuas, passava o ancinho pelo chão bem em frente da casa, e então parei para bater um papo. Ele vinha de algum lugar rio abaixo e era gentil.

Disse que ia plantar milho e mandioca. Os africanos não compreendiam a agricultura em larga escala; mas eram agricultores apaixonados dessa maneira doméstica, plantando para o consumo da casa, de preferência bem junto a ela. Notou meu carro; lembrou que estava sem camisa. Ele disse que trabalhava para a companhia do governo que operava os vapores. E, para dar uma ideia de sua situação, ele disse que sempre que viajava no vapor era na primeira classe, e de graça. Aquele belo emprego estatal, aquela grande casa no famoso Domínio — ele era um homem feliz, satisfeito com o que obtivera, sem desejar nada mais.

Havia mais casas como aquela no Domínio. A politécnica ainda era lá, mas o Domínio perdera seu caráter de lugar de exibição moderno. Estava mais desleixado e, a cada semana, ganhava mais ares de conjunto habitacional africano. Pés de milho — que naquele clima e naquele solo brotavam em três dias — cresciam em muitos lugares; e as folhas arroxeadas da mandioca, que nascia de uma muda simples ainda que você a plantasse de cabeça para baixo, criavam o efeito de arbustos de jardim. Aquele pedaço de terra — quantas mudanças lhe haviam ocorrido! Floresta na curva do rio, ponto de encontro, colônia árabe, centro de comércio europeu, subúrbio europeu, uma ruína como as ruínas de uma civilização morta, o luminoso Domínio da nova África, e então aquilo.

Enquanto falávamos, crianças começaram a sair dos fundos da casa — crianças do campo ainda, que dobravam o joelho ao encontrar um adulto antes de se aproximar timidamente para ouvir e olhar. E então um grande dobermann avançou sobre mim.

O homem com o ancinho disse: "Não se preocupe. Ele vai errar. Ele não enxerga bem. É o cachorro de um estrangeiro. Ele me deu antes de partir".

Foi como ele disse. O dobermann errou por cerca de trinta centímetros, correu um pouquinho adiante, parou, voltou, e então montou em mim, balançando o rabinho cortado, transbordando de alegria com meu cheiro estrangeiro, me confundindo momentaneamente com outra pessoa.

Fiquei feliz por Raymond, por ele haver partido. Ele não estaria a salvo no Domínio ou na cidade àquela altura. A curiosa reputação que ele ganhara no final — de ser o homem branco que ia na frente do presidente e atraía para si as coisas ruins dirigidas contra ele —, aquela reputação poderia ter encorajado o Exército de Libertação a matá-lo, especialmente naquele momento, quando se dizia que o presidente planejava visitar a cidade e a cidade era preparada para receber a visita.

Os montes de lixo no centro estavam sendo retirados. As ruas esburacadas estavam sendo aplainadas e restauradas. E pintura! Ela estava em toda parte no centro, atirada sobre concreto, gesso e piche, pingando sobre as calçadas. Alguém se livrara de seu estoque — rosa, verde-limão, vermelho, malva e azul. O mato estava em guerra; a cidade estava em estado de insurreição, com incidentes todas as noites. Mas de repente, no centro, parecia que era carnaval.

17

O cidadão Théotime aparecia de manhã com os olhos vermelhos e aparência atormentada, alto depois da cerveja do desjejum, com um par de gibis ou fotonovelas para atravessar as horas de trabalho. Havia um sistema informal de empréstimo de revistas na cidade. Théo sempre tinha algo novo para folhear. E, estranhamente, seus gibis ou fotonovelas, bem enrolados, lhe emprestavam um ar atarefado, executivo, quando ele vinha até a loja. Ele ia direto para o depósito e podia ficar lá sem sair durante toda a manhã. Primeiro pensei que fosse porque queria ficar fora do caminho e não causar problemas. Mas então compreendi que aquilo não era difícil para ele. Ele gostava de ficar no depósito sem nada em particular para fazer, apenas folheando revistas e bebendo cerveja, quando lhe dava vontade.

Mais tarde, menos constrangido e menos tímido comigo, sua vida no depósito se tornou mais agitada. Ele começou a ser visitado por mulheres. Gostava que o vissem como um verdadeiro *directeur*, com uma equipe e um escritório; isso também agradava às mulheres. Uma visita podia consumir uma tarde inteira, com Théotime e a mulher conversando da maneira como as pessoas conversam quando estão se protegendo da chuva — com longas pausas e longos olhares hipnotizados em direções diferentes.

Era uma vida bem fácil para Théotime, mais fácil do que qualquer coisa que ele pudesse ter imaginado quando era um mecânico no Departamento de Saúde. Mas, à medida que ganhou confiança e perdeu o medo de que a loja fosse arrancada dele pelo presidente, ele se tornou difícil.

Começou a incomodá-lo o fato de que, como *directeur*, ele não tivesse um carro. Talvez alguma mulher lhe houvesse dado a ideia, ou talvez fosse o exemplo de outros depositários do Estado, ou ainda alguma coisa que ele lera em seus gibis. Eu tinha um carro; ele começou a pedir caronas e depois requisitou que eu fosse buscá-lo e levá-lo em casa. Eu poderia ter recusado. Mas disse a mim mesmo que era uma coisa pequena para mantê-lo quieto. Nas primeiras vezes ele sentou na frente; depois se sentou atrás. Era minha tarefa, quatro vezes ao dia.

Ele não ficou quieto por muito tempo. Talvez fosse minha complacência, meu desejo de não parecer humilhado: logo

Théotime procurou outras maneiras de se impor. O problema então foi que ele não sabia o que fazer. Ele teria gostado de viver realmente seu papel — de assumir o controle da loja ou de sentir (enquanto aproveitava sua vida no depósito) que a comandava. Mas sabia que não sabia nada; sabia que eu sabia que ele não sabia nada; e tornou-se um homem furioso com sua própria incapacidade. Ele fazia cenas constantes. Ficava bêbado, ofensivo e ameaçador, e tão deliberadamente irracional quanto um funcionário que decidisse ser *malin*.

Era estranho. Queria que eu o reconhecesse como chefe. Ao mesmo tempo queria que eu levasse em consideração o fato de ele ser um homem inculto da África. Queria tanto respeito quanto minha tolerância, até minha compaixão. Quase chegava a querer que eu desempenhasse meu papel de subordinado como um favor para ele. No entanto, se eu respondesse ao desejo dele e agisse assim, se eu lhe levasse algum documento simples da loja, a autoridade de que ele se imbuía seria bastante real. Ele acrescentou isso à ideia de seu papel; e mais tarde usaria essa autoridade para extorquir alguma nova concessão. Como fizera com o carro.

Era pior do que lidar com um funcionário *malin*. O funcionário que se fingia ofendido — e o repreendia, por exemplo, por apoiar a mão em sua mesa — queria apenas dinheiro. Théotime, evoluindo rápido da simples confiança em seu papel para a compreensão de sua incapacidade, queria que você fingisse que ele era um outro tipo de homem. Não era nada engraçado. Eu resolvera ficar calmo com a expropriação de minhas posses, me manter concentrado no objetivo que me havia proposto. Mas não era fácil ficar calmo. A loja se tornou um lugar odiento para mim.

Era pior para Metty. Os pequenos serviços que de início ele fizera para Théotime se tornaram obrigações e se multiplicaram. Théotime começou a mandar Metty para tarefas sem sentido.

Certa noite, depois que ele voltou ao apartamento após visitar sua família, Metty entrou em meu quarto e disse: "Não aguento mais, *patron*. Vou fazer uma coisa horrível uma hora dessas. Se Théo não parar, vou matá-lo. Prefiro arar nos campos a ser escravo dele".

Eu disse: "Não vai durar muito".

O rosto de Metty se contorceu de exasperação, e ele bateu silenciosamente um dos pés. Estava à beira das lágrimas. Ele disse: "O que você quer dizer? O que você quer dizer?", e saiu do quarto.

De manhã, fui buscar Théotime. Como um homem próspero e influente da localidade, Théotime tinha três ou quatro famílias em diferentes pontos da cidade. Mas, desde que se tornara um depositário do Estado, ele (como outros depositários) arranjara várias outras mulheres e vivia com uma delas numa das pequenas edículas de um quintal de *cité* — terra vermelha atravessada por canaletas rasas de um lado, terra e lixo varridos até um canto, mangueiras e outras árvores espalhadas pelo terreno, mandioca, milho e bananeiras entre as casas.

Quando toquei a buzina, mulheres e crianças das diversas casas saíram e olharam enquanto Théotime andava até o carro, com seu gibi enrolado. Ele fingia ignorar o público e cuspiu casualmente no chão uma ou duas vezes. Seus olhos estavam vermelhos por causa da cerveja, e ele tentava parecer ofendido.

Guiamos para fora da viela esburacada da *cité* e tomamos a estrada principal, aplainada e vermelha, onde os prédios acabavam de ser pintados para a visita do presidente — cada prédio numa cor (paredes, batentes de janela, portas), e cada cor diferente da do prédio vizinho.

Eu disse: "Gostaria de lhe falar a respeito das obrigações do cidadão Metty em nosso estabelecimento. O cidadão Metty é o assistente do gerente. Ele não é um serviçal geral".

Théotime estava esperando por aquilo. Ele tinha um discurso preparado. Ele disse: "Você me espanta, cidadão. Sou o depositário do Estado, escolhido pelo presidente. O cidadão Metty é funcionário de um estabelecimento do Estado. Cabe a mim decidir como o mestiço será empregado". Ele usou a palavra *métis*, brincando com o nome adotado que outrora deixara Metty tão orgulhoso.

As cores vívidas dos prédios se tornaram ainda mais irreais para mim. Elas se tornaram as cores de minha raiva e angústia.

Eu ficava cada vez menor aos olhos de Metty, e então falhei completamente com ele. Eu já não conseguia oferecer a proteção simples que ele havia pedido — Théotime deixou isso bem claro durante o correr do dia. E assim o velho contrato entre Metty e eu, que era o contrato entre sua família e a minha, foi rompido. Mesmo que eu fosse capaz de arranjar um lugar para ele em outro estabelecimento da cidade — o que teria sido possível nos velhos tempos —, nosso contrato especial estaria acabado. Ele pareceu compreender isso, o que o deixou desequilibrado.

Ele começou a dizer: "Eu vou fazer algo terrível, Salim. Você precisa me dar dinheiro. Me dê algum dinheiro e me deixe partir. Sinto que vou fazer algo horrível".

Senti sua dor como mais uma pressão sobre mim. Mentalmente, somei sua dor à minha. Eu devia ter me preocupado mais com ele. Devia tê-lo mantido longe da loja e lhe dado uma parte de meu próprio salário enquanto aquilo durasse. Era, de fato, o que ele queria. Mas ele não se expressou dessa maneira. Embrulhou tudo naquela ideia maluca de partir, o que apenas me assustou e me fez pensar: "Para onde ele vai?".

E assim ele continuou na loja e sob o jugo de Théotime, ficando mais e mais atormentado. Quando me disse numa noite "Me dê algum dinheiro que eu vou embora", eu respondi, pensando na situação na loja e tentando encontrar palavras confortadoras: "Não vai durar para sempre, Metty". Isso o fez gritar "Salim!". E na manhã seguinte, pela primeira vez, ele não me trouxe café.

Isso aconteceu no começo da semana. Na tarde de sexta-feira, depois de fechar a loja e levar Théotime até seu quintal, voltei ao apartamento. Agora aquele era um lugar desolador para mim. Eu já não o considerava meu. Desde aquela manhã no carro com Théotime eu sentira náusea com as cores brilhantes da cidade. Eram as cores de um lugar que se tornara estranho e que parecia muito distante de tudo o mais. Eu pensava em ir ao Clube Helênico — ou ao que restara dele — quando ouvi uma porta de carro bater.

Fui até o patamar da escada e vi policiais no quintal. Havia um oficial — seu nome era Prosper: eu o conhecia. Um dos homens tinha um ancinho, outro uma pá. Eles sabiam o que estavam procurando e sabiam exatamente onde tinham de cavar — debaixo da escada externa. Eu tinha quatro presas ali.

Meu pensamento voou, fez ligações. Metty! Eu pensei: "Oh, Ali! O que você fez comigo?". Eu sabia que era importante informar alguém. Mahesh — não havia ninguém mais. Ele estaria em seu apartamento naquela hora. Fui ao quarto e telefonei. Mahesh atendeu, e eu apenas tive tempo de dizer "As coisas estão ruins aqui" antes de ouvir passos subindo. Desliguei o telefone, fui ao banheiro, puxei a descarga e saí para ver Prosper entrando com seu rosto arredondado e sorridente.

O rosto veio, sorrindo; retrocedi diante dele, e foi assim que, sem dizer nada, atravessamos o corredor antes que eu me virasse e conduzisse Prosper até a sala de estar branca. Ele não conseguia esconder a satisfação. Seus olhos brilhavam. Ele ainda não decidira como se comportar. Ainda não decidira quanto pedir.

Ele disse: "O presidente estará aqui na próxima semana. Sabia disso? O presidente se interessa pela preservação. Então isso é muito sério para você. Pode acontecer qualquer coisa a você se eu enviar meu relatório. Isso certamente vai custar dois mil ou mais".

Aquilo me pareceu bem modesto.

Ele notou meu alívio. Disse: "Eu não estou pensando em francos. Estou pensando em dólares. Sim, isso vai lhe custar três ou quatro mil dólares".

Aquilo era ultrajante. Prosper sabia disso. Nos velhos tempos cinco dólares eram uma ótima quantia; e, mesmo durante o *boom*, era possível conseguir muito com vinte e cinco dólares. As coisas haviam mudado desde a insurreição, por certo, e haviam se tornado muito ruins com a radicalização. Todos ficaram mais vorazes e desesperados. Havia o sentimento de que tudo estava descendo pelo ralo rapidamente, o sentimento de que o caos se aproximava; e algumas pessoas eram capazes de agir como se o dinheiro já houvesse perdido o valor. Mas, mesmo assim, oficiais como Prosper só recentemente haviam começado a falar em centenas de dólares.

Eu disse: "Não tenho esse dinheiro".

"Achei que você ia dizer isso. O presidente chega na próxima semana. Estamos levando algumas pessoas em prisão preventiva. É o que vai acontecer com você. Vamos esquecer as presas por enquanto. Você fica lá até o presidente partir. Então talvez você decida que tem o dinheiro."

Coloquei algumas coisas numa mochila de lona, e Prosper me levou até a chefatura de polícia, pela cidade colorida, no banco de trás de sua land-rover. Lá aprendi a esperar. Lá decidi que precisava eliminar pensamentos sobre a cidade, deixar de pensar no tempo, esvaziar minha mente tanto quanto possível.

Houve muitos estágios em meu avanço por aquele prédio, e comecei a considerar Prosper meu guia naquele inferno particular. Ele me deixava sentado ou em pé por longos períodos, em salas e corredores que refulgiam com uma nova pintura a óleo. Era quase um alívio vê-lo retornar com suas grandes bochechas e a maleta elegante.

Estava quase anoitecendo quando ele me levou para o anexo no quintal dos fundos, de onde outrora eu resgatara Metty e onde então eu mesmo tive minhas digitais tomadas, antes de ser conduzido à cadeia da cidade. As paredes haviam sido de um azul empoeirado, eu lembrava. Agora eram de um amarelo brilhante, e a inscrição DISCIPLINE AVANT TOUT, Disciplina Acima de Tudo, fora refeita em grandes letras pretas. Eu me perdi contemplando a caligrafia ruim e irregular, a textura da foto do presidente, a superfície desigual da parede amarela, as gotas de tinta seca no piso rachado.

A sala estava cheia de homens detidos. Demorou bastante antes de tirarem minhas digitais. O homem na escrivaninha agia como alguém abarrotado de trabalho. Não parecia olhar o rosto das pessoas que fichava.

Perguntei se não poderia tirar a tinta das mãos. Não era um desejo de ficar limpo, percebi depois de pedir. Era mais o desejo de parecer calmo, não humilhado, e sentir que aqueles acontecimentos eram normais. O homem na escrivaninha disse sim e retirou de uma gaveta um prato cor-de-rosa de plástico onde havia um pedaço de sabão afilado no meio e cheio de listras negras. O sabão estava bem seco. Ele disse que eu podia sair e usar a bomba de água.

Fui para o quintal. Já estava escuro. Ao meu redor havia árvores, luzes, fumaça de cozimento, até sons. A bomba ficava perto do barracão aberto da garagem. A tinta, surpreendentemente, saiu com facilidade. Comecei a ser tomado pela raiva quando voltei e dei ao homem seu sabão e vi os outros que esperavam comigo na sala amarela.

Se havia um plano, aqueles acontecimentos tinham significado. Se havia lei, aqueles acontecimentos tinham significado. Mas não havia plano e não havia lei. Era tudo faz de conta, um jogo, um desperdício do tempo dos homens no mundo. E com que frequência ali, mesmo nos tempos da floresta, aquilo devia ter acontecido, aquele jogo de carcereiros e prisioneiros em que pessoas podiam ser destruídas a troco de nada. Lembrei o que Raymond costumava dizer — quanto a eventos serem esquecidos, perdidos, engolidos.

A cadeia ficava na estrada para o Domínio. Mas fora construída bem afastada da estrada, e na frente haviam surgido um mercado e um acampamento. Era isso que você notava — o mercado e o acampamento — ao dirigir por ali. O muro de concreto da cadeia, com não mais que dois metros ou dois metros e meio de altura, era um pano de fundo esbranquiçado. O prédio nunca parecera uma cadeia real. Havia algo de artificial e até mesmo improvável nele: aquela nova cadeia naquele novo acampamento, tudo tão tosco e de aparência precária, numa clareira do mato. Você sentia que as pessoas que haviam construído a prisão — aldeões que se mudavam para a cidade pela primeira vez — brincavam de ter uma comunidade e suas regras. Eles haviam erguido um muro que era apenas um pouco mais alto que um homem e colocado algumas pessoas ali atrás. E, como eram aldeões, lhes bastava aquela cadeia. Em outro lugar, a cadeia teria sido mais elaborada. Aquela era muito simples: você percebia que o que se passava além do muro baixo correspondia à vida ordinária do mercadinho em frente.

Então, no final da rua, depois das luzes e dos rádios das pequenas tendas, cabanas e barracas de bebida, a cadeia se abriu para me receber. Um muro mais alto que um homem é um muro alto. Sob as luzes elétricas, o lado exterior brilhava com a pintura nova; e mais uma vez, só que agora em enormes letras negras de quase sessenta centímetros, via-se a inscrição DISCIPLINE AVANT TOUT. Senti que as palavras zombavam de mim e me condenavam. Mas era assim que desejavam que me sentisse. Que mentira complicada aquelas palavras haviam se tornado! Quanto tempo levaria para retroceder a partir daquilo, em meio a todas as mentiras acumuladas, até o que era verdadeiro e simples?

Lá dentro, por trás dos portões da cadeia, havia silêncio e espaço: um terreno grande, desnudo e poeirento, com prédios baixos e toscos de concreto e de ferro corrugado dispostos em quadras.

A janela gradeada de minha cela dava para um pátio vazio iluminado por lâmpadas elétricas colocadas bem no alto de alguns postes. Não havia forro, apenas o telhado de ferro corrugado. Tudo era rústico, mas se aguentava. Era sexta-feira à noite. O dia certo para deter pessoas: nada aconteceria durante o fim de semana. Eu tinha de aprender a esperar, numa cadeia que subitamente era real e assustadora por causa de sua simplicidade.

Numa cela como a minha, você logo toma consciência de seu corpo. Você pode passar a odiá-lo. E seu corpo é tudo o que você tem: esse era o curioso pensamento que flutuava em meio à minha raiva.

A cadeia estava cheia. Descobri isso de manhã. Muito tempo antes eu ouvira de Zabeth e de outros sobre os sequestros nas aldeias. Mas jamais suspeitara que tantos rapazes e meninos haviam sido capturados. Pior, jamais me ocorrera que fossem mantidos na cadeia em frente à qual eu passara tantas vezes. Nos jornais não havia nada sobre a insurreição e o Exército de Libertação. Mas era disso que se tratava na cadeia — ou ao menos na parte dela em que eu estava. Era horrível.

Logo cedo parecia que uma espécie de aula estava em andamento: gente aprendendo poemas de diversos instrutores. Os instrutores eram carcereiros com botas enormes e bastões; os poemas eram hinos de louvor ao presidente e à madona africana; as pessoas obrigadas a repetir os versos eram aqueles jovens saídos das aldeias; muitos haviam sido amarrados e jogados no pátio, sendo maltratados de uma maneira que não quero descrever.

Esses eram os sons aterrorizantes da manhã. Aquela pobre gente havia sido enganada e condenada pelas palavras no muro branco da cadeia. Mas era possível dizer, perscrutando as feições, que na mente, no coração e na alma eles se haviam retirado para muito longe. Os carcereiros frenéticos, eles mesmos africanos, pareciam compreender isso, pareciam saber que suas vítimas eram inalcançáveis.

Aqueles rostos da África! Aquelas máscaras de calma infantil que haviam provocado os golpes do mundo, e também dos africanos, como agora na cadeia: me pareceu jamais tê-las visto antes com tanta clareza. Indiferentes à atenção, indiferentes à compaixão ou ao desprezo, aquelas faces não eram, contudo, passivas ou resignadas. Havia, nos prisioneiros assim como em seus diligentes torturadores, certo frenesi. Mas o frenesi dos prisioneiros era interno; ele os levara para muito além de sua causa ou mesmo do conhecimento de sua causa, para muito além do pensamento. Haviam se preparado para a morte não porque fossem mártires, mas porque o que eram e o que sabiam que eram constituía a totalidade de suas posses. Eram pessoas enlouquecidas pela ideia de quem eram. Jamais me senti mais próximo deles, ou mais distante.

Durante todo o dia, ao longo do aumento e da diminuição do calor do sol, os sons continuaram. Do outro lado do muro branco estava o mercado, o mundo exterior. Toda imagem que eu tinha do mundo exterior havia sido contaminada pelo que acontecia a meu redor. E a cadeia parecera estranhamente antiquada. Eu pensara que a vida ali corresponderia à vida no mercado do lado de fora. Yvette e eu havíamos parado numa das barracas certa tarde para comprar batata-doce. Na barraca ao lado, um homem vendia lagartas peludas e cor de laranja — ele tinha uma grande bacia branca cheia delas. Yvette fez cara de horror. Ele, o vendedor, levantou a bacia rindo e a enfiou pela janela do carro, oferecendo-a como um presente; depois segurou sobre a boca uma lagarta que se contorcia e fingiu mastigar.

Toda aquela vida prosseguia do lado de fora. Enquanto ali rapazes e meninos aprendiam disciplina e hinos para o presidente. Havia um motivo para o frenesi dos carcereiros, dos instrutores. Ouvi que uma execução importante ia acontecer; que o próprio presidente assistiria a ela quando viesse à cidade; e que ele escutaria os hinos cantados por seus inimigos. Para aquela visita, a cidade explodira em cores.

Senti que quase nada me separava daqueles homens no pátio, que não havia razão para eu não ser tratado como eles. Decidi manter e afirmar minha condição de figura à parte, alguém que aguardava o resgate. Ocorreu-me a ideia de que era importante eu não ser tocado fisicamente por um carcereiro. Ser tocado poderia resultar em coisas piores. Decidi não fazer nada que provocasse qualquer contato físico, nem sequer o mais leve. Tornei-me cooperativo. Obedeci a ordens quase antes de elas serem dadas. E assim, no final do meu fim de semana, com minha ira e minha obediência, com minha exposição às imagens e aos sons do pátio, eu já era um prisioneiro curtido.

Prosper foi me buscar na segunda de manhã. Eu esperava que alguém fosse. Mas não ele, que não parecia muito feliz. O brilho da pilhagem deixara seus olhos. Sentei ao lado dele na land-rover e ele disse quase amigavelmente, enquanto passávamos pelos portões da cadeia: "Esse assunto podia ter sido resolvido na sexta-feira. Mas você tornou as coisas bem mais difíceis para você mesmo. O comissário se interessou pelo seu caso. Espero que corra tudo bem para você, é só o que posso dizer".

Eu não sabia se aquelas eram boas ou más notícias. O comissário poderia ser Ferdinand. Sua nomeação fora anunciada algum tempo antes, mas até então ele não aparecera na cidade; e a nomeação poderia ter sido cancelada. Se fosse Ferdinand, contudo, aquela não seria a melhor maneira de me encontrar com ele.

Ferdinand, progredindo no mundo, tinha, como eu lembrava, aceito e vivido todos os papéis até o fim: estudante do liceu, aluno da politécnica, novo homem da África, passageiro de primeira classe no vapor. Depois de quatro anos, seu período como estagiário administrativo naquela capital tão dominada pelo presidente, onde estaria ele? O que teria aprendido? Que ideia teria a respeito de si próprio como um dos funcionários do presidente? A seus próprios olhos ele teria crescido; eu estaria menor. Isso sempre me perturbara um pouco — saber que o vão entre nós cresceria à medida que ele envelhecesse. Eu pensara com frequência em como o mundo era fácil e arrumado para ele, o menino de aldeia que começara do nada.

Prosper me entregou às pessoas na recepção do secretariado. Havia uma longa varanda em torno do pátio interno, e de três lados a varanda era protegida do sol por grandes venezianas vermelhas. Causava uma sensação estranha andar pelas finas faixas de sombra e luz, observar como elas pareciam se mover sobre você enquanto você se movia. O recepcionista me encaminhou para uma sala onde, depois do ofuscamento causado pelo tremeluzir na varanda, pontos de luz dançaram diante de meus olhos; e então me deixaram entrar no gabinete.

Era Ferdinand, estranho em sua gravata de bolinhas e sua túnica de mangas curtas, inesperadamente comum. Eu teria esperado algum estilo, algum calor, um pouco de arrogância, um pouco de exibicionismo. Mas Ferdinand parecia distante e adoentado, como alguém que se recupera de uma febre. Não estava interessado em me impressionar.

Na parede branca recém-pintada havia uma fotografia aumentada do presidente, apenas a face — aquela era uma face cheia de vida. Abaixo daquela face, Ferdinand parecia encolhido e desprovido de identidade no uniforme regulamentar que o deixava como todos os outros funcionários do governo que apareciam nas fotos coletivas dos jornais. Ele era, afinal de contas, como outros altos funcionários. Por que achei que seria diferente?, imaginei. Aqueles homens, que dependiam dos favores do presidente em tudo, eram pilhas de nervos. O grande poder que exerciam era acompanhado por um medo constante de serem destruídos. Eles eram instáveis, semimortos.

Ferdinand disse: "Minha mãe falou que você havia partido".

"Passei seis semanas em Londres. Não vi sua mãe desde a volta."

"Ela desistiu dos negócios. E você também precisa fazer isso. Você precisa partir. Imediatamente. Não sobrou nada aqui para você. Você sabe o que isso significa? Significa que eles vão prender você de novo. E eu não vou estar sempre aqui para soltá-lo. Não sei o quanto Prosper e os outros queriam tirar de você. Mas vai ser mais da próxima vez. Tudo se resume a isso agora. Você sabe disso. Eles não lhe fizeram nada na cadeia. Mas foi só porque não lhes ocorreu. Ainda acham que você não é esse tipo de pessoa. Você é um estrangeiro; eles não se interessam por você; só espancam gente que vem do mato. Mas um dia eles vão apertar você e descobrir que você é como todo mundo. Aí coisas ruins vão lhe acontecer. Você tem que ir. Esqueça tudo e vá. Não há aviões. Todos os assentos foram reservados para oficiais que vão estar aqui durante a visita do presidente. É uma medida-padrão de segurança nessas ocasiões. Mas há um vapor na terça. Amanhã. Esteja nele. Pode ser o último. O lugar vai estar cheio de oficiais. Não chame a atenção para você. Não leve muita bagagem. Não diga nada a ninguém. Vou manter Prosper ocupado no aeroporto."

"Vou fazer o que você diz. E como vai você, Ferdinand?"

"Não pergunte. Não pense que as coisas só vão mal para você. Vão mal para todo mundo. Isso é o mais terrível. Elas vão mal para Prosper, para o homem a quem deram sua loja, para todo mundo. Ninguém vai a lugar nenhum. Vamos todos para o inferno, e cada homem sabe disso em seus ossos. Estamos sendo mortos. Nada tem sentido. É por isso que estão todos tão frenéticos. Todos querem juntar seu dinheiro e fugir. Mas para onde? É isso que está enlouquecendo as pessoas. Elas sentem que estão perdendo o lugar para onde podem voltar. Comecei a sentir a mesma coisa enquanto era estagiário na capital. Eu sentia que fora usado. Sentia que minha educação não servia para nada. Sentia que havia sido enganado. Tudo que me deram foi para me destruir. Comecei a pensar que gostaria de ser novamente uma criança, esquecer os livros e tudo ligado a eles. O mato governa a si próprio. Mas não há lugar para ir. Dei uma volta pelas aldeias. É um pesadelo. Todas essas pistas de voo que o homem construiu, que as empresas estrangeiras construíram — nenhum lugar é seguro agora."

Seu rosto fora como uma máscara no começo. Agora mostrava sua inquietação.

Eu disse: "O que você vai fazer?".

"Não sei. Vou fazer o que for preciso."

Ele sempre fora assim.

Sobre sua mesa havia um peso de papel feito de vidro — pequenas flores numa meia esfera de cristal. Ele pôs o peso de papel na palma aberta de sua mão esquerda e o observou.

Ele disse: "E você precisa ir e arranjar seu bilhete no vapor. Foi lá que nos vimos da última vez. Pensei muitas vezes sobre aquele dia. Éramos quatro no barco. Meio-dia. Bebemos cerveja no bar. Lá estava a esposa do diretor — você foi embora com ela. Lá estava o conferencista seu amigo. Ele viajou comigo. Aquele foi o melhor momento. O último dia, o dia da partida. Foi uma ótima viagem. Mas do outro lado era diferente. Eu tive um sonho, Salim. Um sonho terrível".

Ele tirou o peso de papel de sua mão e o devolveu à mesa.

Ele disse: "Vai ocorrer uma execução às sete da manhã. É por isso que estamos nos encontrando. Vamos testemunhar a execução. É um de nós que vai ser morto, mas o homem não sabe. Ele acha que vai assistir. Vamos nos encontrar num lugar que não posso descrever. Pode ser uma casa de família — sinto a presença de minha mãe. Eu entro em pânico. Sujei alguma coisa de maneira vergonhosa e tento limpá-la ou escondê-la a qualquer custo, porque tenho de estar na execução às sete horas. Nós esperamos o homem. Nós o saudamos da maneira habitual. E então esse é o problema no sonho. Vamos deixar o homem em paz, para ser conduzido sozinho ao lugar de sua execução? Teremos coragem de ficar com ele, de conversar amigavelmente até o último instante? Devemos seguir em um carro ou em dois carros?".

"Vocês devem ir num carro só. Se forem em dois, quer dizer que estão inclinados a mudar de ideia."

"Vá e arranje sua passagem."

O escritório do vapor era famoso por seus horários irregulares. Sentei-me no banco de madeira do lado de fora até que o homem veio e abriu a porta. A *cabine de luxe* estava livre; eu a reservei. Isso ocupou a maior parte da manhã. O mercado em frente às docas já estava erguido: o vapor deveria chegar naquela tarde. Pensei em visitar Mahesh e o Bigburger, mas achei melhor não. O lugar era muito aberto e central, e recebia muitos funcionários do governo na hora do almoço. Era estranho ter de pensar na cidade daquela maneira.

Tomei um lanche no Tivoli. Ele parecia um pouco desmoralizado naquela época, como se esperasse a radicalização. Mas mantivera sua atmosfera europeia, e havia artesãos europeus com suas famílias às mesas, e homens bebendo cerveja no bar. Pensei: "O que vai acontecer com essa gente?". Mas eles estavam protegidos. Comprei um pouco de pão e queijo e algumas latinhas caras — minha última compra na cidade — e decidi passar o resto do tempo no apartamento. Eu não queria fazer mais nada. Não desejava ir a lugar nenhum, nem olhar para ninguém, nem falar com quem quer que fosse. Até a ideia de ter de ligar para Mahesh era um fardo.

No final da tarde ouvi passos na escada externa. Metty. Fiquei surpreso. Normalmente àquela hora ele estava com a família.

Ele foi até a sala e disse: "Ouvi que o deixaram sair, Salim".

Ele parecia arrasado e confuso. Devia ter passado dias péssimos depois de me denunciar a Prosper. Era sobre isso que ele queria que eu falasse. Mas eu não queria falar sobre aquilo. O choque daquele momento de três dias antes desaparecera. Minha mente estava cheia de outras coisas.

Não conversamos. E logo pareceu que não tínhamos nada a dizer. Nunca houvera um silêncio como aquele entre nós. Ele ficou ali por algum tempo, foi ao quarto, depois voltou.

Ele disse: "Você precisa me levar com você, Salim".

"Eu não vou a lugar nenhum."

"Você não pode me deixar aqui."

"E a sua família? Como eu posso levá-lo comigo, Metty? O mundo está diferente. Há vistos e passaportes. Pode ser que eu não consiga essas coisas nem para mim mesmo. Não sei para onde vou ou o que vou fazer. Mal tenho dinheiro. Mal posso cuidar de mim mesmo."

"Vai ficar feio por aqui, Salim. Você não sabe as coisas que estão dizendo lá fora. Vai ficar muito feio quando o presidente chegar. No começo eles só iam matar gente do governo. Agora o Exército de Libertação diz que isso não basta. Eles dizem que precisam fazer o que fizeram da última vez, só que melhor. Primeiro iam criar tribunais populares e matar as pessoas nas praças. Agora dizem que precisam matar muito mais gente, e todos vão ter de sujar as mãos de sangue. Vão matar qualquer um que saiba ler e escrever, qualquer um que já tenha usado um paletó e uma gravata, qualquer um que já tenha usado *jacket de boy*. Vão matar todos os senhores e todos os escravos. Quando tiverem terminado, ninguém vai saber que já houve um lugar como este aqui. Eles vão matar e matar. Dizem que é a única maneira, voltar às origens antes que seja tarde demais. A matança vai durar dias. Dizem que é melhor matar por dias do que morrer para sempre. Vai ser terrível quando o presidente chegar."

Tentei acalmá-lo. "Eles sempre falam assim. Desde a insurreição têm falado do dia em que tudo irá pelos ares. Falam desse jeito porque é isso que gostariam que acontecesse. Mas ninguém sabe o que vai acontecer. O presidente é esperto. Você sabe disso. Deve ter ideia de que estão preparando alguma coisa para ele aqui. Então ele vai deixá-los excitados, e talvez não venha. Você conhece o presidente. Sabe como ele brinca com as pessoas."

"O Exército de Libertação não é só aqueles meninos no mato, Salim. Todo mundo está nele. Todo mundo que você vê. Como eu vou me virar sozinho?"

"Você tem que se arriscar. Foi isso que sempre fizemos. Todo mundo fez isso aqui. E não creio que vão incomodá-lo — você não os assusta. Mas esconda o carro. Não os deixe tentados com ele. Não importa o que digam sobre voltar às origens, eles vão querer o carro. Se se lembrarem dele e perguntarem a respeito, diga para falar com

Prosper. E nunca esqueça que este lugar vai renascer novamente."

"Como vou viver, então? Quando não houver mais loja e eu não tiver dinheiro? Você não me deu dinheiro. Você o desperdiçou com outras pessoas, mesmo quando eu estava pedindo."

Eu disse: "Ali! Eu o desperdicei. Você está certo. Não sei por que fiz isso. Eu podia ter lhe dado algum dinheiro. Não sei por que não dei. Nunca pensei nisso. Nunca pensei em você dessa maneira. Você acaba de me dar essa ideia. Você deve ter ficado louco. Por que você não me disse?".

"Achei que você soubesse o que estava fazendo, Salim."

"Eu não sabia. E não sei agora. Mas, quando tudo acabar, você terá o carro e o apartamento. O carro vai valer bastante, se você o guardar. E eu vou mandar dinheiro por Mahesh. Vai ser muito fácil de fazer."

Ele não se sentiu confortado. Mas era tudo o que eu podia fazer. Ele reconheceu isso e não me pressionou mais. Então foi encontrar a família.

No fim eu não liguei para Mahesh; deixei para escrever mais tarde. A segurança nas docas na manhã seguinte não estava reforçada. Mas os oficiais se mostravam nervosos. Eles sentiam ter uma tarefa nas mãos; o que acabou me ajudando. Estavam menos interessados num estrangeiro de partida do que nos africanos estranhos do acampamento do mercado, ao redor dos portões e do monumento. Ainda assim fui parado várias vezes.

Uma funcionária me disse, ao devolver meus documentos: "Por que você está viajando hoje? O presidente chega à tarde. Você não gostaria de vê-lo?". Ela era uma mulher local. Havia ironia em sua voz? E tomei cuidado para retirar toda a ironia da minha. Eu disse: "Eu gostaria, cidadã. Mas preciso partir". Ela sorriu e me deixou passar.

Por fim embarquei no vapor. Estava quente em minha *cabine de luxe*. A porta dava de frente para o rio, que ofuscava; o sol caía sobre o deque. Dei a volta até o lado com sombra, voltado para o cais. Não foi uma boa ideia.

Um soldado no cais acenou para mim. Nossos olhos se encontraram e ele começou a avançar pela plataforma. Pensei: "Não fique sozinho com ele. Tenha testemunhas".

Desci para o bar. O barman estava em pé diante de suas prateleiras vazias. Um homem gordo com braços enormes e macios, um funcionário qualquer do vapor, bebia numa mesa.

Sentei-me a uma mesa no centro, e o soldado logo apareceu na porta. Ele permaneceu ali por algum tempo, nervoso por causa do homem gordo. Mas então, superando seu nervosismo, veio até minha mesa, se inclinou e sussurrou: "*C'est moi qui a réglé votre affaire*. Eu acertei as coisas para você".

Era um simpático pedido de dinheiro, de alguém que logo poderia estar numa batalha. Não fiz nada; o homem gordo observava. O soldado percebeu o olhar do gordo e começou a retroceder, sorrindo, dizendo, com gestos, que eu podia esquecer o pedido. Depois disso tive a precaução de não me exibir mais.

Partimos por volta do meio-dia. A balsa de passageiros não era rebocada naqueles dias — aquela era considerada uma prática dos tempos coloniais. Em vez disso, a balsa era amarrada à proa do vapor. Logo a cidade ficou para trás. Mas por alguns quilômetros as margens do rio, muito embora cheias de mato, ainda guardavam vestígios dos lugares onde no período colonial as pessoas haviam construído grandes casas.

Depois do calor da manhã o tempo ficou tempestuoso, e na luminosidade de chumbo da tempestade as margens cheias de mato do rio eram de um verde brilhante contra o negrume do céu. Abaixo do verde brilhante a terra era de um vermelho vivo. O vento soprava e desfazia reflexos na superfície do rio próxima à margem. Mas a chuva que se seguiu não durou muito; navegamos para fora dela. Logo nos movíamos pela verdadeira floresta. De tempos em tempos passávamos por uma aldeia, e canoas de comércio avançavam até nós. Foi assim durante toda aquela tarde encoberta.

O céu se enevoou, e o sol em declínio apareceu alaranjado, refletido numa linha irregular sobre a água barrenta. Então navegamos em direção a um brilho dourado. Havia uma aldeia adiante — dava para saber por causa das canoas logo à frente. Naquela luz, as silhuetas das canoas e das pessoas não tinham nitidez e eram como borrões. Mas aquelas canoas, quando as alcançamos, não tinham produtos para vender. Estavam desesperadas para se atar ao vapor. Elas fugiam das margens do rio. Colidiam com as paredes do barco e da balsa, e muitas foram inundadas. Jacintos-d'água se intrometiam no espaço estreito entre o vapor e a balsa. Prosseguimos. A noite caiu.

Foi nessa escuridão que paramos abruptamente, com muitos ruídos altos. Havia gritos na balsa, nas canoas que iam conosco, em muitas partes do vapor. Jovens armados tinham abordado o vapor e tentado dominá-lo. Mas eles falharam; um dos jovens sangrava na ponte de comando acima de nós. O homem gordo, o capitão, continuava senhor de seu barco. Descobrimos isso mais tarde.

Naquele momento, o que vimos foi a luz de busca do vapor brincando sobre as margens e sobre a balsa de passageiros, que se soltara e estava inclinada, no meio dos jacintos-d'água, na beira do rio. A luz de busca iluminou os passageiros da balsa que, atrás de grades e amuradas, pareciam não ter se dado conta de que estavam à deriva. Então houve o disparo de metralhadoras. A luz foi apagada. O vapor não devia mais ser visível. O vapor foi ligado novamente e se moveu rio abaixo sem as luzes, para longe da região da batalha. O ar deveria estar cheio de mariposas e insetos voadores. Enquanto estivera acesa, a luz de busca iluminara milhares deles, brancos sob a luz branca.

JULHO DE 1977 – AGOSTO DE 1978

SOBRE O AUTOR E O TRADUTOR

V. S. [VIDIADHAR SURAJPRASAD] NAIPAUL nasceu em Chaguanas, Trinidad e Tobago, em 1932. Descendente de imigrantes do norte da Índia, Naipaul é neto de um trabalhador das plantações de cana-de-açúcar e, sintoma da ascensão social e cultural da família no país, filho de um escritor e jornalista. Aos dezoito anos, recebeu uma bolsa de estudos e emigrou para a Inglaterra. Em 1953, graduou-se na University College, em Oxford, e depois trabalhou como jornalista freelancer para a BBC. Iniciou-se na literatura em 1957, com a publicação de *O massagista místico*, romance ambientando em Trinidad durante o período colonial. Nas décadas seguintes, escreveu mais de trinta livros, entre romances, coletâneas de contos e ensaios premiados como *Uma casa para o sr. Biswas* (1961), *Os mímicos* (1967), *O enigma da chegada* (1987), *Índia: Um milhão de motins agora* (1990), *Um caminho no mundo* (1994), *Meia vida* (2001) e *A máscara da África* (2010). Radicado na Inglaterra desde 1950 mas dividindo-se entre extensas temporadas na África e na Ásia, Naipaul ganhou diversos prêmios literários, entre os quais o Man Booker Prize, pelo volume de contos *In a free state* (1971), e o prêmio T. S. Eliot de escrita criativa, em 1986. Doutor *honoris causa* pelas universidades de Cambridge, Londres, Oxford e Columbia, em 1990 foi sagrado cavaleiro britânico pela rainha Elizabeth II. Em 2001, recebeu o prêmio Nobel de literatura.

CARLOS GRAIEB nasceu em 1970. Estudou direito na Universidade de São Paulo, mas resolveu dedicar-se à carreira jornalística em 1991, ano em que começou a colaborar com o jornal *O Estado de S. Paulo*. Foi responsável pela seção de livros e, posteriormente, editor de cultura da revista *Veja*, de cujo portal eletrônico é editor executivo.

25 ANOS
DA COMPANHIA DAS LETRAS /
COLEÇÃO PRÊMIO NOBEL

1934 / LUIGI PIRANDELLO
40 NOVELAS

1975 / EUGENIO MONTALE
OSSOS DE SÉPIA

1976 / SAUL BELLOW
HENDERSON, O REI DA CHUVA

1978 / ISAAC BASHEVIS SINGER
A MORTE DE MATUSALÉM

1988 / NAGUIB MAHFOUZ
NOITES DAS MIL E UMA NOITES

1993 / TONI MORRISON
AMADA

1994 / KENZABURO OE
JOVENS DE UM NOVO TEMPO,
DESPERTAI!

1998 / JOSÉ SARAMAGO
O ANO DA MORTE DE RICARDO REIS

2001 / V. S. NAIPAUL
UMA CURVA NO RIO

2003 / J.M. COETZEE
DESONRA

2006 / ORHAN PAMUK
NEVE

2007 / DORIS LESSING
AMOR, DE NOVO

Grafia atualizada segundo o Acordo Ortográfico da Língua Portuguesa de 1990, que entrou em vigor no Brasil em 2009.

TÍTULO ORIGINAL
A bend in the river

PROJETO GRÁFICO
warrakloureiro

FOTO DO AUTOR
Abbas/ Magnum Photos/ Latinstock

PREPARAÇÃO
Eliane de Abreu Santoro

REVISÃO
Larissa Lino Barbosa
Juliane Kaori

ATUALIZAÇÃO ORTOGRÁFICA
Verba Editorial

Dados Internacionais de Catalogação na Publicação (CIP)
(Câmara Brasileira do Livro, SP, Brasil)

Naipaul, V. S.
Uma curva no rio / V. S. Naipaul ; tradução Carlos Graieb. – São Paulo : Companhia das Letras, 2011.
Título original: A bend in the river
ISBN 978-85-359-1906-6
1. Ficção inglesa I. Título.
11-08446 CDD-823

Índice para catálogo sistemático:
1. Ficção : Literatura inglesa 823

[2011]

EDITORA SCHWARCZ LTDA.
Rua Bandeira Paulista, 702, cj. 32
04532-002 – São Paulo – SP
Telefone: (11) 3707-3500
Fax: (11) 3707-3501
www.companhiadasletras.com.br
www.blogdacompanhia.com.br

1ª EDIÇÃO [2004]

EDIÇÃO COMEMORATIVA DOS 25 ANOS
DA COMPANHIA DAS LETRAS COMPOSTA
EM WALBAUM E AKZIDENZ GROTESK
POR WARRAKLOUREIRO E IMPRESSA
EM OFSETE PELA GEOGRÁFICA SOBRE
PAPEL PÓLEN SOFT DA SUZANO PAPEL
E CELULOSE, COM TIRAGEM LIMITADA
DE 3000 EXEMPLARES, PARA A EDITORA
SCHWARCZ EM OUTUBRO DE 2011